COLLECTION FOLIO

Pierre Assouline
de l'Académie Goncourt

Le paquebot

Gallimard

© *Pierre Assouline et Éditions Gallimard, 2022.*

Pierre Assouline est journaliste et écrivain. Il est l'auteur d'une trentaine de livres, notamment des biographies (Gaston Gallimard, Moïse de Camondo, Hergé, Simenon, Cartier-Bresson...) et des romans (*La cliente, Lutetia, Le portrait, Vies de Job, Sigmaringen, Golem...*). Par ailleurs, il est chroniqueur à *L'Histoire* et à *L'Express*, tient quotidiennement le blog « La République des livres », enseigne à Sciences Po et siège à l'Académie Goncourt.

À Nathalie

Il voyagea.

Il connut la mélancolie des paquebots, les froids réveils sous la tente, l'étourdissement des paysages et des ruines, l'amertume des sympathies interrompues.

Il revint.

FLAUBERT
L'Éducation sentimentale,
incipit du chapitre VI,
troisième partie

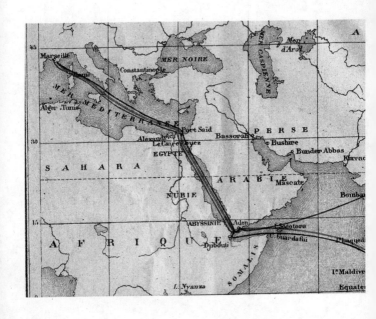

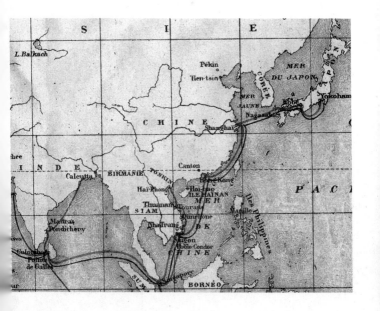

La famille avait requis deux hommes pour la transporter, car cela peut être lourd et imposant, une maquette de paquebot. Ils l'enrobaient de leurs bras avec mille précautions, à l'égal d'un bébé. L'objet n'avait pourtant rien d'un nouveau-né. La solennité avec laquelle ils exécutaient leur mission ajoutait encore à la gravité de la cérémonie. Pour rien au monde je n'aurais voulu la manquer, flatté d'y avoir été convié comme si j'appartenais au premier cercle du défunt ; je vivais ma présence comme un privilège. Notre petite troupe se trouvait sur la Manche battue par un vent glacé, à bord d'un bateau au large de Morlaix ou de Saint-Malo, je n'en jurerais pas, n'étant guère marin ; nulle trace d'eau salée dans mes veines ; de toute façon, vu la circonstance, il eût été déplacé de poser la question.

Cette maquette, je l'avais vue autrefois trôner au-devant de son bureau de président, au siège des Messageries maritimes à Marseille, réplique de celle qui se trouvait chez lui dans le Finistère. La compagnie en possédait d'autres de différents navires qui faisaient son orgueil, mais dans son testament il avait bien précisé que celle-ci et nulle autre devait être immergée peu après sa mort, comme si son œuvre ne devait pas lui survivre.

Réunis sur le pont, nous avions froid, très froid. Après quelques paroles convenues rappelant ses dernières volontés, la miniature du bateau glissa délicatement vers les vagues qui ne tardèrent pas à l'engloutir. Durant de longues minutes, nul n'osa prononcer un mot. L'immersion d'un vieux capitaine de marine bardé de médailles n'eût pas provoqué plus d'émoi.

Ainsi, quelques jours après l'inhumation de M. Georges Philippar à Penhars, sa commune près de Quimper, la maquette du *Georges Philippar* était livrée au silence de la mer.

Cette scène est demeurée depuis gravée dans le marbre encombré de ma mémoire. Elle se déroulait au cœur de l'hiver 1959, plus d'un quart de siècle après la croisière inaugurale de ce paquebot, peu avant que l'Europe ne sombre...

I
ALLER

Marseille, 26 février 1932.

On peut adorer s'en aller. Ivresse du départ, volupté de l'arrivée ; encore faut-il revenir. Une même inquiétude. Marseille, je dois avouer que je n'ai jamais fait qu'y passer. On va à Rennes ou à Strasbourg mais on passe par Marseille comme s'il s'agissait d'une porte, celle-là même qui figure sur le blason de la ville, j'avais lu cela un jour sous la plume du journaliste Albert Londres et l'image m'avait plu. Pourquoi mes pas m'ont-ils porté ce jour-là à Notre-Dame de la Garde, je l'ignore ; il m'a suffi de les suivre et, dès le parvis, de me laisser emporter par le flot de ces passagers aux têtes de fidèles, saisis dans leur propre anxiété quelques instants avant le grand départ.

Plaques de marbre ou objets de toutes sortes, les ex-voto des gens de mer en témoignent, on y vient d'abord par reconnaissance d'un vœu exaucé plutôt que pour implorer une protection à venir contre les avaries, incendies et naufrages. Les yeux clos, un candidat à la grande traversée, si l'on en jugeait par sa mise, murmurait à mes côtés :

> ... Vierge Marie, reine des flots,
> À qui les marins, même mécréants
> Ont toujours été dévots,
> Vois à tes pieds tes fils qui voudraient
> Se hausser jusqu'à toi...

Ma curiosité m'avait mêlé au troupeau mais je m'en étais naturellement écarté. Tout à son recueillement, le regard plongé vers le sol, il passait à côté de ce que le lieu offrait de plus singulier à mes yeux : les maquettes de petits vaisseaux sauvés du naufrage par l'ombre portée de la Bonne Mère suspendues aux voûtes des chapelles par leurs agrès. Sa protection n'aurait pas suffi à m'épargner le plus redouté car le plus immédiat des fléaux, d'une banalité à pleurer mais d'une ponctualité à hurler : le mal de mer. Nul ex-voto n'en faisait état.

Mon expérience des longues traversées m'avait instruit sur l'efficacité très relative des remèdes de grand-mère (la menthe, la menthe, la menthe ! à sucer en bonbons ou à boire en sirop), ceux des marins (des bananes et des pommes vertes censées calmer les aigreurs) ou ceux du tout-venant (boire de l'eau régulièrement). Toutes choses dont je n'attendais plus rien, en me disant cependant que, si elles ne faisaient pas de bien, elles ne pouvaient pas faire de mal. À la Pharmacie centrale, on me proposa du bicarbonate de soude mais j'en avais également éprouvé l'inefficacité. Dans ce cas, fit le préparateur avec l'air désolé de celui qui doit se résoudre à envoyer un client à un concurrent, essayez l'herboriste, sait-on jamais, mais il ne poussa pas la grandeur d'âme jusqu'à m'en fournir l'adresse, il ne faut pas abuser. Heureusement, pour tout Marseillais, l'établissement du Père Blaize figure parmi les plus anciennes institutions de la ville. En descendant vers le Vieux-Port, dans une ruelle du quartier de Noailles, il se repère facilement à sa façade en bois. Sa fameuse tisane ? Non merci, je n'ai pas de problèmes de foie, rien, un souci avec le mal de mer, or je me rends jusqu'en Asie... Justement, me dit-on, il y a quelque chose de très prisé là-bas, c'est le *kudzu*, efficace contre les nausées de toutes sortes et la gueule de bois, alors pourquoi pas, sinon le gingembre, tout simplement, c'est l'antiémétique idéal contre le mal des transports. Dans le doute, j'achetai les deux avant de rejoindre la Joliette, les entrepôts à bagages, pour m'assurer de la présence de mes malles.

Tout paquebot amarré dans un port est une invitation au voyage. Le mien, accosté à cul, avait commencé l'embarquement. À l'entrée de la passerelle, le commissaire de bord, registre en main, répondait aux questions d'un journaliste local, à en juger par l'accent ; au ton qu'il adoptait en jetant de temps en temps un coup d'œil à son registre, on aurait cru qu'il essayait de vendre quelque chose, ou de faire l'article, alors que seul son amour pour le navire, et tout ce qu'il incarnait, l'animait. Il faisait corps avec le mastodonte dont il barrait l'accès aux badauds et resquilleurs.

— Marseille-Yokohama, plus de 18 000 kilomètres, c'est la ligne impériale de la compagnie ! 172 mètres de long, 20 de large, huit entreponts et même un garage pour cinq automobiles ! Quoi d'autre ? Ah oui, les cabines, bien sûr. Huit de luxe avec terrasses, balcons, fenêtres, salle de bains... 185 cabines de première avec cabinet de toilette particulier, 132 cabines de seconde (toutes les cabines de première et de seconde ont vue sur la mer, eau courante, eau salée chaude pour la douche), 102 de troisième, 650 d'entrepont, soit en tout, très exactement, 1 077 ! Et puis la sécurité, bien sûr, important, la sécurité ! Vingt bateaux de sauvetage dont deux sont munis de la TSF et de moteurs et radeaux de secours... Et pour faire fonctionner cette merveille qui prendra son envol dans... quelques minutes, 347 membres d'équipage dont 26 pour l'état-major, 35 pour le pont, 21 pour les machines, 79 pour le restaurant, deux pour le commissariat, 134 boys et chauffeurs chinois. Voilà, notez qu'aujourd'hui, c'est un peu particulier, le vernissage comme disent les artistes, alors 358 passagers à l'embarquement dont 65 en première classe et 78 en seconde, vous savez tout et maintenant...

Certains vivent les voyages, et plus encore les traversées, lorsqu'ils se font mouvement perpétuel, comme une passion. Mon cas en ce temps-là. Les poètes, eux, jouissent de ce privilège de n'avoir pas besoin de partir pour voyager. Partir c'est rompre, fût-ce provisoirement. Jusqu'à ce que les amarres soient larguées, on appartient encore à l'humaine condition ; après, on relève de la race des échappés de la terre, une espèce particulière dont j'étudiais les mœurs et coutumes au gré de mes navigations.

Remarquant que son inventaire avait piqué ma curiosité, le commissaire de bord lança une ultime bordée de chiffres au reporter qui n'en était pas rassasié, avant d'invoquer l'heure du départ ; puis il m'entraîna par le bras vers le haut de la passerelle, ce qui aurait paru étrangement familier si je ne menaçais pas de tomber, déséquilibré par le cartable gonflé de livres que je ne confiais jamais aux porteurs ; le geste avait quelque chose d'affable, comme si nous nous retrouvions entre vieux camarades dans un vestiaire de sport, mais son étreinte puissante – j'avais l'impression d'être palpé aux muscles – s'avéra aussi douloureuse qu'embarrassante à mesure que nous gravissions les marches ; il y a comme ça de sympathiques conversations qui vous laissent des bleus sur l'avant-bras :

— Vous avez l'air d'aimer ça !
— Quoi ?

— Mais les paquebots, pardi ! Vous voulez rêver un peu, cher monsieur ? Eh bien imaginez-vous que la première traversée pour la toute jeune compagnie des Messageries maritimes depuis son port d'attache marseillais s'effectua en 1871 pour la destination si stendhalienne de Civitavecchia, à bord d'un navire baptisé l'*Hellespont* placé sous le commandement, tenez-vous bien, d'Auguste Caboufigue… Franchement, ça ne dégage pas une belle musique, ça ?

Il ne m'en fallait pas davantage pour deviner que j'allais avoir du plaisir à voyager au long cours avec un tel responsable. Le pavillon de la compagnie, blanc à coins rouges frappé des initiales MM, claquait fièrement, mais il était hissé si haut qu'on ne percevait pas ses gifles au vent. Quoi de plus romanesque qu'un grand navire quittant un port ? Il doit avoir l'air d'une force qui va. Crains qu'un jour un paquebot ne t'émeuve plus !

J'avais atteint l'âge de mon père lorsque le mal l'avait prématurément emporté. Cette seule perspective me faisait redouter depuis un certain temps l'année 1932. Mon horizon en était assombri, bouché même. Une secrète énergie m'enjoignait de tenir bon, de résister, de me tenir en toutes circonstances afin de dépasser ce cap. Maudite dans ma mémoire, cette borne chronologique me paraissait infranchissable, comme si une sorte de fatalité génétique et héréditaire y était attachée ; elle fixait arbitrairement ma limite ici-bas. Je savais déjà qu'il était parti trop tôt : je pris alors conscience qu'il était mort trop jeune ; mais son empreinte demeurait si forte que, dans mon esprit, nul n'était moins mort que lui. De toute façon, en mer on ne sent plus la présence tonitruante des morts. À croire que l'on s'embarque pour s'alléger.

   Les cloches se faisaient entendre pour sommer les accompagnants de quitter le navire. Sur le quai, des retardataires tentaient de se frayer un chemin dans la foule, suivis par une théorie de portefaix ; lourdement chargés, ils bousculaient au passage des badauds venus admirer le dernier-né des Messageries maritimes tant célébré par les gazettes, sans parler des amis, des familles, tout le petit monde coutumier de la cérémonie des adieux. On a beau y être habitué, la mélancolie des embarquements ne va jamais sans son lot de promesses, d'émotions et de larmes discrètes.
   Des éclats de voix fusaient d'un groupe qui s'était formé sur le côté. Des boys chinois se disputaient dans leur langue, un dialecte peut-être ; manifestement, une partie d'entre eux refusait de monter à bord ; sans l'intervention d'un agent de la compagnie, ils en seraient venus aux mains. « Des Chinois, mais tout de même ! Au moins, les Annamites de la buanderie se tiennent cois, eux ! » commenta le commissaire de bord. C'était d'autant plus troublant qu'au même moment, un autre incident se produisit, avec lequel on ne put s'empêcher d'établir un

lien. La Sûreté générale ayant alerté la direction des Messageries maritimes d'un risque d'attentat, celle-ci fit perquisitionner le bateau à la recherche de matériel de guerre destiné aux Japonais, fouille policière accompagnée d'une inspection de techniciens de la compagnie ; ils ne trouvèrent en fait qu'une automitrailleuse dûment et officiellement enregistrée. Mais il n'en fallait pas davantage pour contrarier chez certains la tranquillité d'esprit nécessaire aux longues traversées. Les câblogrammes qu'Albert Londres consacrait à la guerre sino-japonaise depuis le début de l'année, expédiés de Shanghaï au *Journal* via Eastern, ne rassuraient guère ses fidèles lecteurs, dont j'étais.

Trois coups de sirène résonnèrent pour exprimer successivement les vœux de bonne traversée de la compagnie, le salut du commandant et le largage des amarres. L'heure était à l'élan. Les remorqueurs commençaient à nous lâcher. Le ronflement des deux moteurs Diesel battait la cadence. La magie opéra dès que s'estompa la vision du port au loin, puis celle des phares de la digue Sainte-Marie et de celle des Catalans. Les passagers quittèrent progressivement le bastingage auquel ils s'étaient accoudés pour la cérémonie des adieux à la terre ferme.

Tout neuf et frais pimpant, le *Georges Philippar*, grand bateau blanc et beau comme un cygne, appareilla pour sa croisière inaugurale dans une atmosphère de fête le 26 février 1932, à seize heures et trente minutes, par beau temps. Ce jour-là, comme chaque fois, j'avais une pensée pour le « Léviathan des mers », comme avait été surnommé le *Great Eastern*, énorme transatlantique britannique mis au rancart avant sa démolition en 1889. Quel monstre ! Il avait inspiré à Victor Hugo son poème « Pleine mer » qui m'impressionnait lorsque nos maîtres nous le faisaient réciter à l'école : « ... Le mal l'avait marqué de son funèbre sceau... » ; c'était saisissant mais tellement tragique que cela en devenait morbide, et je n'en dormais plus.

Premières heures à bord.

Lorsque nous nous rendîmes compte que notre coude-à-coude était devenu superflu, le passager qui était à mes côtés depuis l'embarquement marqua une distance et, comme j'eus le réflexe d'en faire autant, nous échangeâmes un sourire déjà complice :
— Armin de Beaufort, dit-il en soulevant son chapeau d'un léger pincement de doigts.
— Jacques-Marie Bauer.
En toutes circonstances et sous toutes les latitudes, une certaine page d'un livre me venait systématiquement à l'esprit chaque fois qu'il m'arrivait de faire une nouvelle connaissance, ou même, plus simplement, de croiser quelqu'un pour la première fois et de me trouver en situation de l'observer. La première page de *Candide*, celle où il est écrit : « Sa physionomie annonçait

son âme. » Puissance de la formule lorsqu'elle s'appuie sur la sûreté du jugement. Mon instinct m'ayant rarement trompé, surtout lorsque la nature d'une poignée de main le confirmait, j'en rendais grâce au génie de Voltaire. La personne qui se tenait face à moi, suffisamment haute de taille pour faire oublier qu'elle était un peu enveloppée, avait tout d'un homme de qualité. Je l'avais entraperçu sur le quai avec une femme qui ne pouvait être que la sienne tant ils ne paraissaient faire qu'un. Ce couple si miraculeusement assorti offrait à la vue un chef-d'œuvre d'harmonie sans que cet accomplissement manifestât la moindre trace d'effort, d'affectation, d'ostentation. Ils avaient l'air, comment dire, international. Un cosmopolitisme du meilleur goût, fin, raffiné, discret. Oui, ils ne faisaient qu'un, mais lequel ?

— Bizarre, cette bagarre sur le quai, lui dis-je.
— Cela vous intrigue, n'est-ce pas ?
— Je me demande quel est leur problème...
— Pas les Chinois, ni les terroristes : ça ! dit-il en levant la main gauche.

Il avait remarqué l'insistance avec laquelle j'en observais à la dérobée l'extrémité du pouce et de l'index, les deux soigneusement enveloppés de cotons et de sparadraps flambant neufs. La curiosité, sans aucun doute, on ne se refait pas ; mais une curiosité permanente, tous azimuts, impossible à satisfaire car son objet était en permanence renouvelé.

— C'est bête, je sais, reprit-il, mais tout à

l'heure, en m'installant dans ma cabine, j'ai aussitôt voulu changer une lampe de place et en la rebranchant, pffft ! des étincelles, et je me suis un peu brûlé, une bricole.

— Comme un court-circuit ?

— Pardon, je n'y connais rien mais cela ressemble à ça. Qu'importe, adieu Bonne Mère, à nous toutes les mers : Rouge ! chinoise ! japonaise ! À nous, océan Indien ! L'air du large, ça me rend lyrique. Vous semblez inquiet ? Il n'y a pas de quoi. Un peu de friture, une odeur de grillé, on s'en remet, non ?

Lors de la « petite » croisière inaugurale de Saint-Nazaire à Marseille, avec escales à Lisbonne et Ceuta, peu avant la grande, la vraie, tout s'était bien passé. Il n'y a pas de fatalité. Si on n'en est pas convaincu, autant renoncer au voyage, ce qui, dans mon cas, obligerait à faire une croix sur l'agrément des croisières au long cours, moins celui des escales que celui de l'inattendu des rencontres à bord ; professionnellement, je serais alors tenu de déléguer à un collaborateur, ou pire encore à un intermédiaire, mes visites à certains clients importants, et j'aurais tout à y perdre.

Cela doit paraître surprenant venant d'un habitué des croisières mais, cette fois, l'effroi me saisit à la pensée que nous serions hors de vue de toute terre.

À peine mes bagages déposés dans ma cabine, ouverts pour les aérer, accrocher quelques cintres dans une armoire et éparpiller quelques affaires malgré l'exiguïté des lieux, je me précipitai sur le pont. J'avais pu me limiter aux cent cinquante kilos réglementaires fixés pour les passagers de première et deuxième classes, les autres n'ayant droit qu'à la moitié. Les porteurs le sentent bien : avec moi, ce qui pèse, ce ne sont pas les souliers ou les vêtements, mais les livres.

Si tout paquebot a partie liée avec le théâtre, le huis clos n'en est pas la seule raison. Le pont-promenade fait office de scène, et les cabines de coulisses. La salle à manger, le fumoir, le salon de musique, le salon de conversation sont des décors secondaires, ce dernier surtout qui fait penser à une volière avec sa houle de chapeaux. Passagers et équipage sont en représentation, chacun dans le rôle qui lui est assigné par la société ; mais, selon qu'il s'en échappe, le détourne, le travestit avec plus ou moins de réussite, et selon que l'homme maîtrise ou non les circonstances, la pièce que constitue toute croisière devient une comédie ou vire au tragique. Une attention un peu flottante à ce monde en suspens risquerait d'être ton sur ton. Il en faut peu pour que cet échantillon d'humanité ne parte à la dérive. Telle était ma conviction, forgée par l'expérience de plusieurs traversées, dont la première, trois ans avant la fin de l'autre siècle, à bord du *Sénégal*, m'avait mené en Grèce sur invitation de l'École française d'Athènes, à l'occasion de son cinquantième anniversaire.

Qui ne marche pas s'allonge. C'est l'un ou

l'autre alternativement. Puisqu'il faut absolument marcher chaque jour de laudes à complies, ne fût-ce que pour brûler des calories, soulager les maux de dos, entretenir les muscles et réduire l'anxiété, je pratique la promenade sur le pont, non à la manière d'un arpenteur méthodique, errant avec un objectif bien défini, mais comme un somnambule au regard aigu. D'autant que, d'ordinaire, la promenade en forêt est mon oxygène hebdomadaire ; elle me nettoie le cerveau et le revivifie, comme si j'étais relié aux arbres par une invisible perfusion. Ici la distance limite l'imaginaire, mais la perspective donne au paquebot une profondeur de champ inégalée. L'immensité de la mer engage l'esprit à l'illimité. Face à l'infini d'une telle étendue, ce paysage comme un état d'âme, comment ne pas penser à ces hommes océans évoqués par Victor Hugo dans son *Shakespeare*, ce livre dément, total, inclassable, qui part dans tous les sens, cumule tous les genres et qui est bien davantage que la biographie qu'il annonce. Après avoir cité des génies de l'art ou de la pensée, il soutient que c'est la même chose de regarder ces âmes que de regarder l'étendue. Alors je me convaincs qu'après tout je marche sur l'eau ; cet espace absolu est à portée de main, il suffit de fixer la ligne d'horizon. L'essentiel est de passer le minimum de temps derrière son hublot.

Adieu Marseille, à nous Yokohama ! Nous étions partis pour quarante-trois jours de traversée. Cette nuit-là, la première de la croisière, vu du pont, le monde m'apparut étrangement scintillant, lustré de frais. La traversée s'annonçait comme un enchantement. On eût rêvé que longtemps nul ne pût retirer la mer sous nos pieds.

Premier soir, à la salle à manger.

Le premier jour, les gens se reniflent et se devinent. Presque un jeu que cette entrée en matière, figure imposée de toute traversée. On va tout de même passer quelques semaines avec des inconnus ; à l'arrivée, ils le seront moins. Des amitiés se seront nouées, des amours peut-être, et autant se seront défaites.

Comme il sied à toute inauguration, un certain nombre de passagers des catégories de luxe sont des invités de la compagnie. Ceux-là vivront le voyage comme une pure villégiature. Certains parmi ces heureux du monde se connaissent, d'autres se reconnaissent. Tout dans leur attitude insouciante reflète le seul tourment d'avoir à se laisser vivre. Ils se comportent comme des invités permanents de la société ; quelques-uns poussent le cynisme jusqu'à être les premiers à crier « Remboursez ! » au moindre problème. On les repère rapidement et on marque ses distances avec ce type de personnages.

Les autres, ceux qui paient leur ticket, fût-ce à tarif réduit, sont souvent des fonctionnaires coloniaux, des militaires, des diplomates ou autres

« voyageurs de l'État ». On distingue aisément ceux qui rejoignent leur poste de ceux qui le quittent. Ils ne font pas la même tête et diffèrent par leur humeur. Il y a aussi les industriels et les entrepreneurs de l'import-export qui vont s'assurer eux-mêmes sur place, une ou deux fois par an, de la bonne marche de leurs affaires. Il y a les habitués de toutes les croisières ; on ignore ce qu'ils fuient, on sait juste qu'ils le fuient ; à croire que vivre en mer leur est devenu plus naturel que vivre à terre et qu'ils n'ont pas trouvé d'autre moyen de se débarrasser de celui qu'ils sont. Il y a enfin les cas isolés, qui échappent aux catégories, et portent leur énigme en eux ; quelques semaines ne sont pas de trop à qui veut espérer la déchiffrer.

Le premier jour, j'évite d'être dérangé ; il suffit de conserver un roman entrouvert, posé sur les genoux, et nul ne s'aventurera à rapprocher un tabouret en osier de votre chaise longue pour vous faire subir son babil ; j'ai ainsi découvert à quel point un livre pouvait agir comme une arme de dissuasion, douce mais efficace : le lecteur intimide encore, un invisible halo de sacré l'enveloppe et le protège des intrusions. Le ciel s'obscurcissait, un orage se formait, l'écume giclait sur le pont et, autour de moi, tous lisaient. Du moins la plupart semblaient plongés dans leur lecture, quand celle-ci ne les plongeait pas dans le sommeil. Non qu'ils eussent tous la fibre littéraire, il s'en faut, mais le voyage au long cours est vraiment le moment d'une vie où il serait impensable de ne pas emporter un livre dans ses malles. Et si le roman avait leurs faveurs, sans que cette domination soit exclusive, c'est aussi que le genre permettait de s'évader de ce huis clos. De cet enfermement large. Un comble, dans un lieu, le paquebot, qui symbolisait à égalité avec la poésie le plus raffiné des moyens de transport. Le roman propose déjà une navigation ; peu importent les escales, les ports et les villes si le voyage a la fluidité d'une vie dont le mouvement devient le but même. Toute croisière ressemble en principe à la lente course d'un pendule revenant à son point de départ. En principe seulement…

Le soir, au dîner, cela me fut plus facile encore : il me suffit de demander au maître d'hôtel de me placer à une petite table dans un coin en prenant bien soin de débarrasser le couvert en face de moi ; l'épais volume que j'y déposai d'emblée avec une certaine ostentation en aurait découragé plus d'un. Tel était mon souhait le plus vif, du moins au tout début du voyage. Après, j'aurais tout le loisir de redevenir l'animal social que je savais être. Pour l'heure, je voulais juste voir sans être vu. Observer, écouter, décortiquer, imaginer avant de me livrer au plaisir secret de juger, au risque de condamner tout en sachant que mes victimes auraient quelques semaines pour faire appel devant mon tribunal intérieur. Car à table, dès lors qu'on écoute, on a le loisir de dévisager les gens au sens propre, c'est-à-dire de les voir de fond en comble, les fouiller, les décrypter, et deviner si une femme au masque souriant n'est pas en réalité en proie à la puissance ravageuse de la déception.

Rien ne me plaît tant que d'être en face de moi-même, de temps à autre, pour mieux me retrouver ; tant pis pour les maîtres d'hôtel qui s'évertuent à dissimuler les esseulés dans un coin de la salle comme si leur présence à couvert unique assombrissait nécessairement l'ambiance. Dans la même rangée que moi, un autre passager avait fait le même choix. Un jeune en voyage de noces qui voulait ainsi s'entraîner à se séparer, par souci d'hygiène tant mentale que spirituelle. La salle à manger constituait à mes yeux le lieu idéal pour se livrer à l'observation de mes contemporains. Tout nous juge, tout nous révèle, tout nous trahit. Nos manières de manger, de nous vêtir, de nous tenir à table, de marcher. Rien de tel que la stratégie des placements, les manières de table, la nature des conversations, les jeux de pieds sous la nappe, la façon de s'adresser au personnel. Un cadeau pour un esprit critique. On y prend la mesure de l'insondable vacuité des gens du monde.

Si le petit déjeuner et le déjeuner marquent des temps forts du rituel quotidien, l'heure du thé, l'après-midi, représentant une légère respiration dans cet emploi du temps mécanique rappelé par la cloche de quart, le dîner, à dix-huit heures trente, est le grand moment, le plus riche, celui pour lequel il convient de s'habiller : les hommes en noir et les militaires en redingote à col serré, double rangée de boutons et décorations sur la poitrine, afin de faire ressortir dans tout leur éclat les femmes en robe du soir, le crêpe romain blanc et le crêpe georgette rivalisant avec le satin, les grands décolletés et les effets de boléro au corsage les départageant. Le commandant Auguste Vicq, chevelure argentée et teint boucané, préside une grande table, le commissaire de bord une autre, et si le commandant est requis sur la passerelle, le médecin ou le commissaire de bord le remplace. Un spectacle ! Et moi, dans mon coin, le premier soir, je scrute.

Un embouteillage sur le grand escalier monumental, dû aux novices en croisière peu au fait des horaires, avait retardé la commande. Alors que je tenais le menu en main et que j'hésitais entre un canard Montmorency accompagné d'une purée de champignons et un baron d'agneau jardinière entouré de pommes duchesse, une présence s'imposa, il n'y a pas d'autre mot.

— Vous permettez ?

Sans même me laisser le temps de me lever, la jeune fille, à moins que ce ne fût une jeune femme, empoigna d'autorité une chaise à une autre table et la planta face à la mienne. Elle s'assit, récupéra le menu que je venais de lâcher sous le coup de la surprise et s'affaira à le commenter.

— On se connaît ? tentai-je.

— Faites comme si. Vous comprenez, mon grand-père a voulu dîner dans sa cabine, et l'autre échalas à l'entrée qui croit que je suis seule veut absolument m'amener à sa table.

— Mais... vous êtes seule !

— Plus maintenant. Ne vous inquiétez pas, je ne vais pas vous envahir longtemps, juste le temps qu'il me lâche les escarpins. Vous permettez... Ho ho, *La Montagne magique*, mêmes initiales que les Messageries maritimes, MM ! Quel sens de la synchronisation ! Quel chic ! Un calibre, ce Thomas Mann, de la grosse cavalerie. Il vous tiendra bien compagnie jusqu'à Yokohama, mais pour le retour jusqu'à Marseille, *La Mort à Venise*, ça ne suffira pas.

— Si vous avez un conseil à me prodiguer, mademoiselle ou madame...

— Salomé... Pressagny.

— C'est joli, Pressagny. Vous portez un nom de rivière à truites, il vous va bien. Pardon, Jacques-Marie Bauer. Sans indiscrétion, quel âge avez-vous ?

Dans le temps qu'elle prit pour me répondre tout en jetant un regard panoramique vers le parasite qui semblait lassé de l'attendre, je pus enfin la détailler : une silhouette gracieuse et menue, un petit format, des boucles blondes encadrant des traits délicats, un menton mutin à l'effet accentué par une fossette, une apparence frêle dissimulant probablement une certaine énergie, des mains aussi fines qu'éloquentes, un regard qui recelait une détermination et une force insoupçonnables de prime abord.

— Disons vingt-quatre ans. Et vous ?

— Disons un peu plus.

— Un peu beaucoup même, crut-elle bon d'ajouter avec ce zeste d'insolence qui pimentait son langage et faisait son charme. Mais encore ?

— Je ne sais pas, il n'arrête pas de bouger. C'est vrai, ça change tous les jours... Pressagny, comme le commandant de marine ?

— Mon grand-père ! sourit-elle. Si vous le connaissez, c'est que vous avez voyagé sur un de « ses » paquebots. J'adore quand il dit « mes paquebots », comme s'il était une compagnie à lui seul alors qu'il les a juste commandés. Bon, merci de m'avoir accordé l'asile politique.

— Je t'en prie, Salomé, c'était bien le moins, dis-je alors qu'elle s'était déjà dressée, tendue tel un arc, sur ses chaussures à talons.

Elle paraissait si jeune que le tutoiement m'était venu naturellement, comme s'il s'agissait d'une amie de ma fille.

— Attention, murmura-t-elle en se penchant vers moi. Si vous me tutoyez, je vous tutoie, ça marche comme ça, Jacques. Excusez-moi mais Jacques-Marie, ce n'est pas possible, ça me rappelle trop le catéchisme. *Ciao !*

Deuxième jour, à la piscine.

Le lendemain, après une nuit reposante, je pris mes marques en reproduisant le rituel matutinal qui est de longue date le mien à terre. En deux temps : d'abord, et en tout lieu, faire mon lit, quelle que soit la domesticité qui en est chargée, vieille habitude militaire héritée de mon père ; ensuite, nager durant une heure au moins, parfois davantage, quels que soient le temps ou la fatigue accumulée, règle de vie à laquelle on ne déroge pas sous peine d'avoir un faux pli dans le jugement durant toute la journée.

Située à l'avant du bateau, longue de quarante-deux mètres et large de huit, la piscine était confortable, je n'avais pas lieu de me plaindre. En écho au souci esthétique de M. Philippar, elle avait fait l'objet de la part des décorateurs d'un soin égal à celui apporté aux cabines ou aux salons. Toute de placages de sycomore et d'acajou, en pierre de Cassis polie et en marbre bleu turquoise, elle était couverte et par conséquent fermée ; bordée de lourdes vasques de chaque côté, elle faisait penser à des thermes romains, à ceci près qu'un bar en mezzanine la traversait en surplomb, comme le jubé suspendu entre le chœur et la nef à l'église Saint-Étienne-du-Mont, dans le cinquième arrondissement de Paris ; mais ici, la seule sainte parole qui était proclamée annonçait des cocktails aux goûts inédits. Mon premier bain y fut d'autant plus savoureux que nul autre n'avait encore eu l'idée ou l'envie de s'y plonger ; je distinguais bien la présence d'un autre homme, mais en civil, accoudé au bar, qui semblait attendre quelqu'un ; j'avais tout le loisir de m'enivrer de mes vaguelettes et de m'abandonner à mes pensées tout en alignant les longueurs à mon rythme. Après m'être séché et enveloppé d'un peignoir blanc en éponge siglé « MM », comme je faisais un crochet par le bar pour me réhydrater, l'inconnu m'interpella de loin :

— Vous avez du souffle et de la résistance ! Bravo, cher monsieur ! L'âge des menus ennuis n'a pas prise sur vous.

Puis il s'avança vers moi, la main tendue :

— Delbos de Calvignac. Très heureux, monsieur... Bauer, n'est-il pas ?

Et, comme pour dissiper au plus vite la perplexité qui devait se lire sur mon visage, il ajouta aussitôt, dans un sourire satisfait mêlé de vanité bien mal tempérée :

— Je suis membre du conseil d'administration de la compagnie. Je le représente, en quelque sorte, même s'il n'en a nul besoin. Son meilleur ambassadeur, c'est cette merveille, ce *packet-boat* car, peut-être le saviez-vous déjà, « paquebot » vient de là : à l'origine ces navires servaient à transporter le courrier, et d'ailleurs... Ce bateau, c'est un morceau de la France.

Son monologue dura bien une dizaine de minutes. Non seulement cuistre mais snob, deux des fléaux que je redoutais le plus réunis en un seul homme, du genre à continuer à me parler si par malheur nous étions amenés à nager côte à côte. Il affectait de ne s'exprimer qu'en truffant son langage de mots anglais, si bien qu'on le croyait issu d'une illustre famille de lords, un troisième baron un peu dégénéré du Lancashire ; entre initiés, n'est-ce pas, on dit les *liners* transatlantiques, avec ce qu'il faut de précieux sous la langue pour faire entendre les italiques dans une bouche française qui s'en croit alors anoblie ; tout novice en mondanités tomberait dans le panneau. En réalité juste un gros propriétaire du Lot, comme son patronyme de Delbos le donnait à penser, d'une famille certainement enracinée du côté de Calvignac, mais comme Martin était du Gard, sans que cela indiquât la moindre trace d'aristocratie ; dans certains milieux, la discrète maîtrise de l'anglais va de soi et ne s'étale pas ; la véritable noblesse est tout sauf « s.nob. », c'est-à-dire *sine nobilitate*, comme on le notait jadis sur les registres d'inscription de l'université de Cambridge pour les étudiants issus de la *gentility* qui se faisaient passer pour ce qu'ils n'étaient pas. Nul doute que le nom de Delbos de Calvignac n'était pas gravé dans le marbre d'un passé glorieux, l'un de ceux qui ont la vertu de raconter une histoire à leur seul énoncé.

— Puis-je vous offrir un verre, monsieur Bauer ? proposa-t-il avec cette manière si anglaise de nommer la personne à qui on s'adresse.

— Juste un verre d'eau à cette heure-ci, cher monsieur, répondis-je, ma façon à moi de rester si français.

Le bruyant claquement de doigts qu'il adressa au barman, deux fois plutôt qu'une pour bien faire ressentir ce qu'il avait d'impératif, acheva de me le rendre infréquentable. Voltaire était incomplet : il n'y a pas que la physionomie qui annonce une âme, un geste peut suffire et celui-ci, tout de domination bien sentie, le condamnait irrémédiablement à mes yeux. Je n'avais accepté son invitation que pour savoir ce qu'il avait à me dire, car manifestement il n'avait pas échoué si tôt dans la matinée à la piscine par passion de la natation. Il commença par tourner autour du but de mon voyage, simple villégiature ou intérêt particulier, avec l'air de ne pas y toucher ; il était le premier mais certainement pas le dernier ; je n'en demeurais pas moins évasif.

— J'aimerais, cher ami, si vous le permettez, que la traversée vous soit le plus agréable possible. Au moindre problème, n'hésitez pas à m'en parler.

— Ai-je l'air soucieux ?

— À l'embarquement, quelques passagers ont paru inquiets de l'incident avec les boys chinois sur le quai. *You know,* les rumeurs vont vite... Ils avaient participé aux travaux de remise en état du navire après quelques avaries, comme il y en a toujours lors d'une inauguration. Ils sont travailleurs et efficaces. Et au moment d'embarquer, ils ont refusé obstinément.

On pouvait douter de ses propos, tant il avait une mine de dissimulateur. Soudain, il me tarda de trouver un bon fauteuil en osier dans la langueur du pont-promenade et de m'y installer enfin pour reprendre Thomas Mann là où je l'avais laissé. J'avais feuilleté son roman dans une librairie en Allemagne à sa sortie mais, depuis un an, on pouvait enfin le lire dans sa traduction française, le savourer page à page comme le mérite cette puissante histoire écrite dans le pli des événements, et nul lieu ne s'y prêtait mieux.

Même jour, sur le pont-promenade.

Si tout paquebot est une ville flottante, et le nôtre possédait même une cellule, une salle de quarantaine et une cabine capitonnée pour aliénés, son pont-promenade en est le boulevard à ragots. Dans cette microsociété flottante, les reclus que nous étions s'accommodaient de la mise en jugement permanente de chacun par tous. On a beau y être hors du monde, certains s'y croient le centre du monde. À peine risquent-ils une confidence qu'ils redoutent sa diffusion internationale. Il est vrai que les passagers viennent d'un peu partout, mais tout de même. Ce n'est jamais qu'un microcosme qui se donne pour une élite. Ils devraient savoir que tout saignement de nez dans la Méditerranée ne provoque pas nécessairement un effet papillon dans l'océan Indien.

Dès les premiers jours, on y est. Dans le jus, dans le motif. La croisière a quelque chose de toxique, mais d'une toxicité douce, molle, apathique. Elle nous plonge dans l'ivresse d'un opium qui ne dit pas son nom, fait de houle et d'embruns, de mondanité et de conversation, de roulis et de tangage, et de cette mise hors du temps qui dispense de regarder sa montre, sinon d'en posséder une.

La petite Salomé apparut au loin au bras d'un homme âgé, sans que l'on sût lequel s'accrochait à l'autre. Comme elle souhaitait de toute évidence me le présenter, je me levai pour aller à leur rencontre mais sans lâcher la main de Thomas Mann.

« Commandant Pressagny ! » lançai-je à ce beau vieillard, moins grand que lorsque je l'avais connu, du temps de sa splendeur, en raison d'une voussure accentuée ; mais ce qu'il avait perdu en hauteur, il l'avait gagné en noblesse ; sa barbe finement taillée et sa magnifique crinière blanche si soigneusement peignée n'y étaient pas étrangères. L'âge n'avait entamé ni sa mince silhouette, ni son teint toujours mat qui faisait ressortir le bleu de ses yeux, ni son autorité naturelle. Simplement, sa présence dégageait désormais une certaine sagesse qui forçait le respect.

— Je te le confie un moment.

Salomé me le remit quasiment en mains, comme un objet des plus fragiles, avant de s'éclipser.

— Alors, c'est vous le sauveur de ma petite-fille, dit-il aussitôt assis. J'espère que sa manière de faire et de parler ne vous a pas trop choqué. Moi, j'adore. Elle est drôle, si libre, pétulante et puis brillante, brillante, brillante, si vous saviez. Elle est elle-même sa propre dot. Son mari devra la mériter. Mais dites-moi, où nous sommes-nous déjà rencontrés, dans quel mauvais lieu ai-je eu l'honneur de vous mener à bon port ?

— Un paquebot de la White Star Line, je crois, mais quand…

— Si c'est le *Cymric*, c'était avant la guerre car les Allemands l'ont torpillé, l'*Oceanic* aussi. Mais si c'était après, le *Cedric*, peut-être, qui vient juste d'être envoyé à la démolition.

— Le *Cedric* ! Avec ses deux cheminées couleur chamois et une manchette noire, la verrière au plafond de la salle à manger et les vitraux du fumoir… Cela fait bien une vingtaine d'années, sur la ligne Liverpool-New York. Inoubliable !

— Mais je vous dérange, vous étiez en train de lire, monsieur Bauer. Toujours dans les livres, j'ai l'impression ?

— Toujours… Et vous, rangé des paquebots ?

— J'ai fait mon temps. Je l'aurai passé à transporter des voyageurs, des marchandises et du courrier à l'autre bout du monde. Et maintenant, toujours sur l'eau, mais sans rien commander d'autre que des whiskies soda.

— Mais qu'allez-vous faire désormais ?

— Voyager, qu'est-ce que vous croyez !

Une silhouette toute de blanc vêtue se rapprocha de nous, celle du commandant Vicq, le « pacha » du paquebot. Il tenait à saluer en personne la présence à bord de son collègue. À la chaleur de leur effusion, on comprenait qu'ils se connaissaient au moins depuis leur service militaire, aussi je me mis en retrait pour les laisser bavarder. Quand Pressagny revint vers moi, je ne pus m'empêcher de m'étonner de la déambulation de Vicq sur le pont-promenade à toute heure, comme s'il n'avait pas mieux à faire ; à quoi mon nouvel ami rétorqua que sa présence y était au contraire indispensable car un commandant de paquebot a ceci de commun avec la Sainte Vierge que, s'il n'apparaît pas de temps en temps, le doute s'installe.

Les mains de Pressagny étaient remarquables. Trop raffinées pour être spectaculaires mais si bien dessinées qu'on ne les oubliait pas. D'ailleurs, un jour qu'il me confiait son souhait d'être peut-être incinéré et de faire disperser ses cendres en mer (il hésitait encore), je lui suggérai d'en commander l'exécution d'un moulage en plâtre afin qu'elles fussent offertes en bronze à la contemplation éternelle des hommes – et surtout des femmes, tellement plus sensibles à la capacité de séduction des mains, aussi puissante que celle du regard, car elle décide du sort de celles qui les contemplent.

— Ne restez pas assis sur ce fauteuil branlant, commandant ! lançai-je à Pressagny en tirant un transat vers nous, allongez-vous à mes côtés, nous serons plus à l'aise pour médire des autres, le sport favori des indigènes, comme vous le savez d'expérience.

— M'allonger, moi ? mais vous n'y pensez pas. Déjà, à mon âge, quand on s'assoit, on n'est pas sûr de se relever. Alors s'allonger...

Puis, s'interrompant, il lança un large regard d'avant en arrière qui balaya la place, avant de rapprocher son fauteuil de ma chaise longue et de demander sur le ton de la confidence :

— Entre nous, le *Georges Philippar*, qu'en pensez-vous ?

— Magnifique.

— Évidemment, mais vous en avez vu d'autres. Beau bateau, j'en conviens. Mais il ne s'agit pas de ça.

— De quoi s'agit-il alors ? comme disait mon vieux maître.

— Ce bateau a été construit à la façon d'un piège.

Son jugement avait claqué tel un verdict sans aucun appel possible. De quoi produire son effet.

— Qu'est-ce qui vous fait dire ça ?

— Le Bazar de la Charité. Vous vous souvenez ? Tous les matériaux étaient hautement inflammables. Comme ici. Vous n'avez pas remarqué ? Et cette idée de Blount, le fils du banquier, d'installer à l'entrée du Bazar une porte tambour ! Bloquée, évidemment. Et on s'étonne que tant de femmes y aient grillé ! Mais que cela ne gâche pas votre traversée. C'est juste le revers de la médaille, juste...

Son analogie m'avait interloqué. Je m'attendais à des remarques d'officier de marine sur les moteurs, la vitesse, que sais-je encore, mais pas à l'intrusion du scandale du Bazar dans la conversation. D'un côté, en m'alertant du haut de son autorité d'ancien commandant de nombreuses traversées, il encourageait ma faculté d'inquiétude ; de l'autre, il voulait apaiser ma force de perturbation, pour avoir déjà éprouvé les dégâts qu'un passager trop angoissé peut provoquer lors d'une croisière. Un paradoxe qui ne dissimulait pas le moindre calcul, je n'en doutais pas, mais qui me laissa perplexe. De même qu'un détail sur sa tête.

— Votre casquette, commandant, ce n'est qu'une simple casquette de marin !

— Ce que je suis.

— Mais vos galons ?

— Il n'y a qu'un commandant sur ce paquebot : le commandant Vicq. Moi, je ne suis qu'un rescapé décati, une ruine nostalgique, un vestige du monde d'avant... Tiens, voilà ma petite-fille qui revient. Je lui cède la place et je vais me dégourdir les jambes. À bientôt de toute façon, nécessairement... Nul ne s'échappe de notre caravane.

Salomé, elle, n'hésita pas à pousser le fauteuil d'un coup de pied, à le remplacer par une chaise longue et à s'y jeter le dos le premier. Mais à peine eut-elle ouvert le gros livre qu'elle était allée chercher qu'elle s'y plongea, un crayon à la main et un carnet posé sur ses genoux, avec une avidité et une concentration qui affichaient un invisible écriteau « *Do not disturb* ». Elle avait l'air si naturellement cérébrale qu'on lui aurait donné la Sorbonne sans confession. Lorsqu'elle en émergea une heure après, je ne pus retenir ma curiosité, d'autant que le titre en couverture, *Stultifera navis mortalium*, m'était opaque. Cela témoignait qu'elle avait fait de solides études classiques et qu'il lui en restait quelque chose, ce dont je ne doutais pas, mais au-delà ?

— Tu ne connais pas ?...

— Tu n'as rien emporté de plus folichon pour une croisière ?

— Si : *Das Narrenschiff*. C'est l'original de ce chef-d'œuvre de Sébastien Brant, le plus célèbre des humanistes alsaciens. Pas vraiment une nouveauté. Plus de quatre siècles. *La Nef des fous*, en français, ce sera ma montagne magique à moi. Sauf que pour la traduire, je dois d'abord me l'approprier.

— Tu vas traduire ça, vraiment ?

— Il le faut. Depuis le temps, il y a bien eu des traductions en vieux français depuis la version latine de Locher mais, comme il avait tronqué l'original, il faut tout refaire en repartant de zéro. C'est une satire morale, une dénonciation, et chaque personnage y incarne un vice ou un péché. La prose ne fera pas l'affaire. L'idéal, ce serait l'hexasyllabe, plus allègre que l'octo. Tu vois ?... L'octosyllabe, quoi !

— J'avais compris.

— Ce texte, il faut lui mettre de l'air, de la gaieté et tu sais quoi ? De la folie, parfaitement, pour secouer le moyen-haut-allemand trop coincé, parce que le strasbourgeois, ça va bien un moment mais ça devient vite irrespirable.

— Attention à ne pas énerver le sens en traduisant chaque parole ! lui lançai-je sans trop d'espoir.

— Une traduction sage d'une histoire sur la folie des hommes, ça n'irait pas du tout. Alors je m'en suis saisie dans les deux langues. Il faut toujours consulter ceux qui ont essuyé les plâtres, histoire de ne pas commettre les mêmes erreurs et contresens... Question de ton, aussi. En latin, c'est moins grotesque qu'en allemand. Et tu sais quoi ? C'est même meilleur. Des deux, je te conseille vraiment...

— En fait, j'ai déjà de quoi lire.

La conversation glissa sur les livres de chevet. Sa curiosité se révéla encore plus intense que la mienne. À moins que son tempérament ne lui permît de l'exprimer plus vivement que je n'osais le faire. Au fond, j'hésitais à lui répondre car il y a quelque chose de profondément indiscret à vouloir percer ce secret-là ; qu'y a-t-il de plus intime que le livre censé reposer au plus près de nous ? Même si on ne s'en empare pas chaque soir au coucher ni chaque matin au réveil, on emporte son titre et sa couverture dans notre sommeil et il ne faut pas s'étonner s'il irrigue nos rêves, pour le meilleur et pour le pire, et nous interroge au lever.

— Alors, l'écrivain à côté de ton lit ?

— À mon chevet, il n'y a pas d'écrivains mais des livres. Et parfois, juste une partie d'entre eux, des chapitres, voire des passages. En fait, j'ai des phrases de chevet. Mais un seul livre, si je te disais lequel, tu ne me croirais pas.

— Vas-y toujours.

— *La Chèvre de monsieur Seguin.*

— Quoi, le conte pour enfants, celui d'Alphonse Daudet ? Tu blagues ?

Elle partit d'un grand éclat de rire mais se reprit, de crainte de m'embarrasser.

— Ne le prends pas mal mais c'est tellement inattendu de la part d'un homme qui semble avoir lu tant de livres et doit si bien connaître la littérature...

— Et pourtant... Je le lis chaque fois comme s'il se présentait à moi gravé sur une tablette d'argile. Ça m'aide à tenir dans bien des circonstances. Un vrai bréviaire de résistance pour les situations ordinaires et extraordinaires. Résister, tenir, se tenir. Aussi fort que le *Livre de Job*, c'est dire. Tout se résume en une phrase de Blanquette : « Mon Dieu, pourvu que je tienne jusqu'à l'aube. » C'est bête mais tu vois, cette simple phrase m'a déjà sauvé la vie.

En le lui avouant, je prenais conscience que les sentiments que nous éprouvons pour des personnages de fiction ne sont pas nécessairement fictifs : ils peuvent être semblables à ceux que nous éprouvons pour les vraies gens de la vraie vie. Était-ce mon émotion empreinte d'une soudaine gravité au moment de lui faire cet aveu ? Toujours est-il qu'elle baissa le regard et ne dit mot.

— Et toi ?

— *Michel Strogoff*. Je n'arrive pas à l'oublier tant il m'a bouleversée. Je n'avais jamais pleuré avant. La première fois que je l'ai lu, je n'en ai pas dormi pendant des jours. Les années ont passé et je n'en suis toujours pas sortie. Je crois que je ne me remettrai jamais de sa mort.

— Tu vois bien, nos lectures d'enfance, on n'en sort pas, quel que soit notre âge. Mais ce n'est rien par rapport à toutes les larmes que la musique m'a arrachées. Et pas uniquement la grande, la petite aussi, et les chansons populaires, mmmmh, *Parlez-moi d'amouuuur...*

Contrairement à tant de femmes travaillées par un ardent désir d'écrire, elle n'avait pas besoin de tuer l'ange du foyer en elle. Les libertés dont elle jouissait, à commencer par celle de *s'autoriser* toutes choses, lui permettaient de laisser grandir ce je-ne-sais-quoi qui ne demande qu'à s'affirmer. Avait-elle déjà traduit quoi que ce soit ? Son assurance et ses certitudes désarmaient par avance ce genre de question de bon sens, que je ne pensai même pas à lui poser.

Nous avions du temps, beaucoup de temps, mais tout le monde n'avait pas accès au plus insigne des privilèges, au luxe suprême : prendre son temps, le perdre au besoin et en jouir. Une parfaite illustration de l'*otium* et de ses dangers car, si le loisir studieux éloigne conflits et tensions, s'il rapproche d'un idéal de liberté personnelle, l'inactivité peut se dégrader en inertie, fléau qui guette tout passager.

— À propos, qu'est-ce que tu fais là ? me demanda-t-elle en se retournant vers moi.

— Comme toi, j'essaie de lire.

— Non mais là sur ce paquebot, dans cette croisière. Sûrement pas du tourisme. Alors ?

Un sourire complice pour toute réponse. Elle eut la sagesse de s'en contenter.

On ignorait l'heure. Comme si on l'avait fait disparaître. N'en restait qu'un peu à l'état pur, cristallisé par la connexion mystérieuse entre passé et présent. Une révolte s'annonçait dans le ciel, un bataillon de nuages massait ses troupes mais le commissaire de bord nous assura que ce serait fugace.

Au même moment, juste devant nous mais si loin de nous par la pensée, deux femmes accoudées au bastingage avaient soudainement cessé de parler pour se perdre chacune dans la contemplation des éléments. L'une sondait les flots avec insistance ; elle semblait aussi captivée que si elle étudiait les mouvements migratoires des baleines à bosse dans l'océan Indien, rêvant peut-être du jour où l'on serait capable de reconstituer leurs chants et de les élever au rang de beaux-arts, parmi les musiques des autres cétacés à fanons. L'autre scrutait attentivement le ciel, là où certains impressionnistes commençaient leur tableau, guettant le moment improbable où il cesserait d'être bleu. Cela arrivait parfois, mais si fugitivement qu'on ne prenait pas ombrage de ce caprice de la météo.

— Plus je regarde le ciel, plus je suis prise d'un doute : vu d'ici, surtout par beau temps, c'est clair, ordonné, uniforme ; mais imaginez qu'arrivé là-haut on découvre un labyrinthe. Quelle angoisse, et pour longtemps !

Une pluie fine s'invita, à regret, l'air de rien, résignée telle une veuve. Les lampes ont parfois l'inconvénient d'abîmer la lumière ambiante ; un réflexe naturel pousse à les allumer mais on gagnerait parfois à retenir son geste le plus longtemps possible pour laisser les silhouettes se mouvoir et les visages s'exprimer dans la seule clarté des lueurs et des reflets ; dans le clair-obscur, notre regard est toujours plus indulgent pour les défauts de notre visage que le soleil accuse cruellement. La femme n'avait pas bougé, protégée des gouttelettes par son chapeau. Elle allait continuer à sonder la voûte céleste, histoire de vérifier si la lune était toujours perchée au même endroit. Un halo d'irréel les enveloppa lorsque l'une se tourna vers l'autre et lança :

— Mais vous parlez toute seule !
— Quand on se parle à soi-même, on n'est jamais seule... On est même assurée d'être en excellente compagnie.

Au sourire complice que Salomé m'adressa, je compris qu'elle finirait bien par les enrôler dans son guignol de *La Nef des fous* d'une manière ou d'une autre.

Armin de Beaufort déambula devant nous, aussi discret qu'un grand arbre qui ne veut faire d'ombre à personne, pudique et tourmenté. Comme il s'arrêtait pour bavarder avec des dames, je prêtai l'oreille. Il se situait à un point d'équilibre, difficile à tenir mais tenu, au point de passage des frontières, doté d'une qualité assez rare : la faculté d'émerveillement au risque de paraître naïf. Son langage était si raffiné qu'on entendait l'esperluette, le « & », en lieu et place du « et ». Si parfaitement éduqué qu'il ne parlait ni de lui ni des autres, il essayait de s'en tenir aux seules idées, même si elles naissent le plus souvent de nos confrontations. L'entretien que nous sommes... Tout en lui illustrait discrètement le principe selon lequel il est facile d'être radical, mais difficile d'avoir le suprême courage de la mesure. Tout en lui suintait le gentilhomme de vieille roche qui n'avait jamais dû de sa vie porter un regard méprisant sur un être, ni même sur une chose. Tous égaux en dignité. Sa voix veloutée était de celles qui réchauffent et laissent une trace dans l'air. Une voix qui donne à voir. Essentielle, la voix. Notre intime extérieur. Par sa seule sonorité, en dehors du sens, chargée de tant de mémoire, la sienne exprimait déjà toute une généalogie, un je-ne-sais-quoi de profondément archaïque qui laissait entrevoir dans ses échos le labyrinthe des ancêtres. Mais étrangement, pour un homme de ma génération, il semblait n'avoir plus la force de faire danser la vie ; cette énergie le désertait petit à petit et je n'aurais pas été étonné d'apprendre un jour qu'à sa demande on l'ait laissé couler ses derniers jours à une escale.

Lorsqu'il me présenta la femme à son bras et que nous échangeâmes quelques mots, je devinai que jusqu'à la fin de la croisière ils ne feraient qu'un à mes yeux, que je ne pourrais les appeler autrement qu'Armin&Tessa et que dans mon esprit, mieux qu'un trait d'union ou une conjonction de coordination, une esperluette les lierait. Je ne doutais pas qu'un tel homme préférât l'honneur et ses réflexes à la conscience et ses échappatoires, et le duel d'homme à homme à la guerre peuple contre peuple. Une morale héroïque mais qui ne se poussait pas du col. Il ne gardait pas son drapeau blanc au fond de sa poche mais ne le portait pas non plus en étendard. Même son léger débraillé conservait une touche seigneuriale. Tant de gens prennent la mer parce qu'ils ont besoin de nouveaux souvenirs. Du passé ils ont fait leur religion. Or toute foi exige d'être revivifiée de temps à autre pour ne pas se naphtaliniser. À vrai dire, mon nouvel ami était élégant en toutes choses et toutes circonstances. D'une délicatesse telle qu'il pouvait vous faire des confessions assez intimes sans jamais vous mettre dans la position d'un voyeur.

De son panama, Salomé usait comme d'un bouclier. Un authentique en feuille de palmier fabriqué en Équateur mais, puisqu'elle ne faisait rien comme tout le monde, il s'agissait du modèle « homme », et je dois reconnaître qu'il lui allait bien. Le rabattant au ras des yeux, elle se plongea à nouveau dans son gros livre dont la langue m'était aussi étrangère que le propos, s'immergeant bien à sa manière : en fermant les écoutilles à l'égal d'un sous-marinier, persuadée que la moindre voie d'eau serait fatale à son intelligence du texte. Son grand-père, essoufflé et fourbu par son grand tour, vint s'asseoir à mes côtés. Il semblait malheureux comme un pou sur la tête d'un chauve, ce qu'il démentit aussitôt : « Mélancolique, plutôt. » Comme je m'inquiétais de son état de santé, il chercha à me rassurer en bombant le torse : « Voyez-vous, cher Bauer, l'architecte de ce corps n'était peut-être pas un génie mais le maître d'œuvre, lui, n'a pas triché sur les matériaux. Ils tiennent bon, et depuis longtemps ! Mais à quoi bon tout ça, je vous le demande sincèrement : à quoi bon... »

Cela avait tout d'une question rhétorique. J'aurais voulu y répondre mais je restai sans voix. Qu'opposer au spleen né du sentiment de l'irréversible écoulement du temps ? En embuant son regard, son vague à l'âme lui rappelait que les fêtes de l'enfance ne durent pas, non plus que les jours enfuis d'années qu'on ne fera plus revenir. Avant de les commander, il avait dû rêver les paquebots. Une page de Flaubert me revint alors à l'esprit et la réminiscence était si puissante que je ne pus m'empêcher d'en murmurer les premiers mots :

Il voyagea.
Il connut la mélancolie des paquebots, les froids réveils sous la tente, l'étourdissement des paysages et des ruines, l'amertume des sympathies interrompues.
Il revint...

Cette citation de *L'Éducation sentimentale* avait dû le toucher au cœur autrefois car, pour la première fois, le vieil homme me prit la main, ferma les yeux afin que sa mémoire ne le trompe pas et poursuivit à voix basse :

> … Il fréquenta le monde, et il eut d'autres amours encore. Mais le souvenir continuel du premier les lui rendait insipides ; et puis la véhémence du désir, la fleur même de la sensation était perdue.

Puis il baissa le regard vers le sol et plus un mot ne chut de ses lèvres avant le dîner. Le silence s'installa entre nous trois mais il n'avait rien de pesant, au contraire ; il agissait secrètement comme un mortier entre des briques ; nous étions désormais liés sans qu'il fût nécessaire de le formuler. Nous n'étions qu'au début de notre périple ; j'étais pourtant convaincu que, jusqu'à notre retour, je ne ferais probablement pas connaissance de personnalités aussi attachantes, de gens d'une telle qualité que ce grand-père et sa petite-fille.

Jour 5, brève escale à Port-Saïd.

Le point quotidien figurait sur une feuille affichée tous les jours, à midi, au même endroit afin d'informer les passagers de la bonne marche du navire : latitude et longitude, distances parcourues et à parcourir encore. Cela permettait aussi à certains de calculer le nombre de jours qui nous séparaient de la prochaine escale, ce qui me laissait indifférent, n'ayant jamais eu le goût des escapades chronométrées. Une seule d'entre elles me motivait et nous en étions bien loin encore.

Port-Saïd était en vue. L'imposante statue en bronze de Ferdinand de Lesseps, qui devait culminer à une vingtaine de mètres de hauteur, se dessinait au bout de la jetée. On nous annonça alors que l'escale serait écourtée et qu'aucun passager n'aurait l'autorisation de descendre, fût-ce pour se promener en ville, contrairement à ce qui avait été prévu. Des policiers montèrent à bord, comme cela avait déjà été le cas à Marseille. Cette fois, ils fouillaient le bateau à la recherche d'une bombe dissimulée dans un bagage. Ils revinrent bredouilles de leur exploration des cales mais justifièrent leur intervention par la découverte d'un colis suspect sur le quai. Un radiogramme avait mis en garde contre la présence de six communistes potentiellement munis d'explosifs sur le pont de la troisième classe. L'alerte, que le commandant Vicq avait confiée à un passager sans paniquer pour autant, avait vite fait le tour des salons, amplifiée et déformée comme il se doit à chaque étape. Un tel attentat aurait provoqué le naufrage du paquebot en plein canal de Suez, obstruant ce dernier pour un certain temps et empêchant des livraisons d'armement…

Une dizaine d'heures furent nécessaires pour le traverser et rejoindre la mer Rouge. Les petits vendeurs à la sauvette, fournisseurs de tout et de rien qui assaillaient les passagers de leur pacotille depuis les barques qui nous faisaient cortège, en furent pour leurs frais. Qu'il s'agisse de Port-Saïd ou, plus tard, de Djibouti, les escales ne durèrent que deux heures à peine au lieu des douze prévues, le temps de ravitailler le garde-manger en produits frais, à la veille de la grande envolée à travers l'océan Indien. À ceux qui le déploraient, notamment deux couples d'Américains qui se faisaient peut-être une idée superlative de « *Djibeauty* », le commissaire de bord expliqua qu'ils ne rataient rien : franchement, qui peut avoir encore envie de ramener d'inconfortables babouches en peau de chèvre grainée et des nougats de Montélimar de fabrication locale ? Tant pis pour la flânerie rue Mohammed-Aly et la contemplation béate de la mosquée Abass sans que l'on sût si la béatitude en question relevait d'un émerveillement mystique ou d'un vertige moins spirituel causé par une chaleur au-delà des quarante degrés tolérables par tout Occidental bien né. Et puis quoi, chacun sait que l'escale de Djibouti est un coupe-gorge.

Jour 7, au fumoir.

Fort de mon expérience de précédentes traversées, je cherchais à organiser l'ennui, cette araignée silencieuse, et à dérouter la routine afin que notre petit monde ne sombrât pas dans l'apathie généralisée, ce genre d'inactivité qui confine à l'inertie dont une voix intérieure aux accents de Salomé me renvoyait l'écho, « *Otium ! Otium !* ». Les voyageurs affrontent bien des naufrages et bien des aventures pour finalement retrouver ailleurs l'ennui qu'ils avaient laissé chez eux. À vrai dire, la météo, aussi monocorde qu'accablante, avait quelque chose de décourageant. Mon attitude n'avait rien d'altruiste : craignant la contagion en milieu clos, je voulais juste me mettre à l'abri d'éventuelles pensées suicidaires de quelques-uns. Plutôt que de continuer à bavarder par-ci, par-là, au gré des promenades, je m'étais mis dans l'idée d'ordonner nos conversations. Autrement dit de retrouver chaque jour après le déjeuner, au fumoir, des passagers intéressés par un colloque permanent en français. Lorsque je m'en ouvris un matin à un petit groupe sur le pont-promenade, ils s'en montrèrent ravis, certains parce que cela leur paraissait plus intéressant que le silence, d'autres parce qu'ils y trouvaient la manière la moins contestable de fuir leurs épouses – il leur semblait implicite que les femmes ne seraient pas admises dans ce cercle. Mais on ne peut s'enfuir d'un paquebot. Avis aux dons Juans et aux allumeuses : toute croisière est un piège pour les lâches.

La première fois, à l'heure dite, on put compter une dizaine de membres. Un franc succès !

Les portes n'étaient pas closes pour autant et n'importe qui pouvait continuer à fréquenter le fumoir en s'y isolant. D'ailleurs, tout au long de la croisière, deux passagers réfugiés dans un coin, toujours le même, ne cessèrent de disputer leur partie d'échecs quotidienne durant nos parleries. On se serait cru au Café Central à Vienne, à ceci près qu'on ne trouvait pas les journaux de notre vieille Europe. Me voyant hésiter sur l'art et la manière de conduire les débats sans que cela parût trop directif, un Espagnol des plus charmants proposa aussitôt son aide technique. Grand, longiligne même, le teint d'une belle pâleur, le regard noir et profond, il séduisait au premier abord par ce que l'on remarque le moins chez un homme : ses mains racées aux doigts si fins. D'une curiosité irrépressible, il répondait le plus souvent aux questions par d'autres questions, non par souci rhétorique mais parce qu'il brûlait vraiment de savoir, d'accroître sans fin le champ de ses connaissances et, qui sait, de compenser par cette recherche d'exactitude les vertiges dans lesquels son émotivité l'entraînait. Il paraissait doté de cette sensibilité extrême à toutes les manifestations de l'art et de la beauté propre à certains malades, dit-on, sans toutefois préciser la nature du mal dont ils souffrent. Son monde tenait dans un mouchoir de poche, une petite chose subtile de la maison Porthault, certes, brodée à la main et peinte à l'aiguille, armoriée bien entendu, qui n'en était pas moins limitée, comme l'entre-soi de ses relations.

Snob mais de bon aloi, jamais dupe de ses affectations tant elles annonçaient un esprit raffiné, doté d'un patronyme qui fleurait bon le cuir de Cordoue, José-Manuel Alvarez de la Mirada expliqua à ceux qui l'ignoraient, en l'espèce presque tous, que, outre la sieste et la tauromachie, son pays entretenait une tradition des plus vivaces : les *tertulias*. Certaines étaient devenues de véritables institutions, telles celle du Gran Café de Gijón ou celle du Café Pombo à Madrid. La plupart étaient à dominante culturelle, littéraire ou artistique, mais il arrivait qu'elles fussent scientifiques. De toute façon, quels que soient leur thème et la qualité de leurs membres, souvent fort célèbres et prestigieux (il cita les noms de Ramón Gómez de la Serna, José Bergamín, Benito Pérez Galdós, Tomás Borrás, Federico García Lorca, sans que ses accents admiratifs trouvent le moindre écho parmi nous), la politique ne manquait jamais de s'y insinuer et d'y faire exploser des échanges en principe assez consensuels. Il nous indiqua les pièges à éviter et surtout les travers à bannir : digressions, monologues, apartés, hystérisation… Au fond, tout ce qu'une hôtesse sait et pratique lorsqu'elle reçoit. Il fut décidé que l'entrée serait libre, étant entendu qu'au-delà d'une masse critique les débats d'idées auxquels nous prétendions deviendraient impossibles, et que si l'un d'entre nous, pères fondateurs autoproclamés de cette parlerie flottante, opposait une boule noire à l'admission d'un nouveau membre, son refus serait respecté sans même qu'il eût à s'expliquer.

— Alors, qui se lance ?

Chacun regardait l'autre mais nul n'osait, jusqu'à ce qu'Hercule Martin, un petit bonhomme, soit dit sans mépris, prît la parole. Toute sa personne exprimait la légèreté d'une plume. Une cinquantaine de kilos tout mouillé. Une silhouette indécise, entre sac de peau et carcasse d'homme, le visage froissé, en attente d'épanouissement depuis sa naissance tel un minerai dans sa gangue. Ayant une fois partagé sa table à déjeuner, j'avais appris entre l'ara poché sauce câpres et la côte de bœuf qu'il se trouvait à la tête d'une importante compagnie d'assurances, ce que j'avais de toute façon stupidement déduit, allez savoir pourquoi, de son teint aux humeurs viciées par d'anciennes maladies, de sa voix d'arrière-gorge, d'un phrasé à angles droits. Il sentait le flétri, l'usagé, le suranné. Comme une odeur de vieille pièce de monnaie trop longtemps conservée dans la poche d'un veston oublié. Sur le pont-promenade, les gens sont plus fréquentables que dans les salons car on se rend moins compte de leur mauvaise odeur. Ils se lavent de temps en temps, ou pas du tout pour ne pas s'abîmer la peau, et croient faire illusion en la frottant à l'eau de Cologne.

En l'appelant Hercule, ses parents avaient eu de grandes ambitions pour lui, mais quel jeu avec le destin, quelle erreur d'aiguillage ! Au cours du repas, il m'était apparu de prime abord comme un redoutable casse-pieds ; un enfant s'étant plaint de douleurs, il s'était permis de lancer à sa mère à travers la table : « Donnez-lui de la chaux, madame. Mais oui, c'est le sel de la croissance, le régulateur des nerfs. Du Biomalt, l'orge malté agit sur le sang et les muscles, et les phosphates de chaux sur le cerveau et les nerfs. Les nerfs, madame ! » s'énervait-il face aux mimiques de la maman incrédule ; pour un peu, on lui aurait donné une cuillerée de chaux, à cet homme, mais manifestement il avait achevé sa croissance depuis un certain temps ; cela dit, il s'avérait vif, intelligent, aigu ; surtout, il se révéla être un médecin raté, ce qui le rendait intéressant ; d'ailleurs, par-devers moi, je l'avais surnommé « Dr Knock », non pour sa ressemblance avec Louis Jouvet que j'avais vu triompher à la Comédie des Champs-Élysées, mais pour ses analogies avec le personnage créé par Jules Romains. Car, si extraordinaire que cela puisse paraître, ce grand assureur ne pouvait s'empêcher de dresser des diagnostics et même de prescrire des médicaments, sans aller jusqu'à rédiger des ordonnances, tout de même. Il y avait chez cet homme quelque chose d'un médecin en délicatesse avec le serment d'Hippocrate qui aurait viré au rebouteux de village ; on le sentait prêt à tout instant à vous fourguer à la dérobée de l'onguent gris, ou à défaut de la poudre de santé Cock. C'était d'autant plus troublant que, dans la pièce de Jules Romains, Knock avait commencé en exerçant son art sur un bateau dont l'équipage était tombé malade... Mais, par son jeu, Jouvet avait sublimé le personnage, alors qu'on n'imaginait pas ce petit homme maigre, nerveux, aux mouvements fébriles, faire de sa vie une épopée. Il ne faisait aucun doute qu'il avait vu la pièce et qu'il s'identifiait à son antihéros. D'ailleurs, à table, une phrase qui n'était pas de lui l'avait trahi : « Les gens bien portants sont des malades qui s'ignorent ! » avait-il lancé à nos commensaux, tel un jugement sans appel. Cette formule, c'était tout eux : la personne qui me faisait face et le docteur de Romains, ce qui produisait un curieux effet de dédoublement. À ceci près qu'Hercule Martin, lui, n'avait rien d'un manipulateur, encore que...

— Peut-être est-ce un excès de prudence de ma part, déclara-t-il, l'assureur reprenant le dessus sur le touriste en croisière, mais tout de même, vous ne remarquez rien ?

Au silence qui suivit sa question et aux regards muets que nous échangeâmes dans la fumée bleuie des cigares, il apparaissait évident que nous ignorions où il voulait en venir, jusqu'à ce qu'il prononce le mot-clé, le mot tabou sur un paquebot car il enflamme les imaginations les plus froides.

— Vous ne voyez donc pas que la sécurité pose problème ? Les problèmes techniques avant même le départ... le retard... les boys chinois... l'alerte à la bombe...

— Le sparadrap de M. de Beaufort, ajoutai-je,

ce qui provoqua un mouvement de tous vers mon fauteuil, leurs visages exprimant une perplexité unanime et, comme l'homme en question se trouvait être des nôtres, d'un même élan notre petit colloque se retourna vers lui afin d'observer ses doigts pourtant vierges de tout pansement.

— Pardon mais non, ce n'était rien, juste un peu de cramé ! fit-il le sourire aux lèvres, d'un ton rassurant qui n'eut aucun effet sur l'assureur.

Trop tard : une certaine inquiétude s'installa parmi nous. Un silence s'ensuivit, de plus en plus pesant. Considéré isolément, chaque incident pouvait paraître anodin, accidentel, aléatoire ; mais il suffisait de les réunir en un faisceau d'indices concordants pour semer le trouble. La discussion se poursuivit sur la voie où elle venait de s'engager. Un passager dont j'ignorais le nom et la qualité, qui s'avéra être un ingénieur de formation, sinon de métier, ayant monté sa propre entreprise, expliqua en quoi c'était « une folie », exactement le terme qu'il employa, d'avoir fait le choix d'une installation électrique de 220 volts en courant continu, avec mise à la masse par la coque, pour un bateau envoyé dans les mers chaudes :

— La chaleur ambiante et les variations de température, la forte humidité et la salinité, tout cela conjugué ne fait peut-être pas fondre les plombs de sécurité mais, plus le circuit chauffe, plus grand est le risque de mettre le feu aux isolants. N'importe quel spécialiste vous le confirmera. Alors pourquoi ?

— La réponse se trouve peut-être dans les archives des chantiers navals à Saint-Nazaire mais je doute que vous y ayez accès, répondit M. Martin. J'ai cru comprendre que cette question y a fait débat l'année dernière lorsque le Bureau Veritas a refusé dans un premier temps de valider le tableau général. Fallait-il le revoir ou changer toute l'installation électrique ? On connaît la suite...

Un hochement de tête pour toute réponse, accompagné d'un sourire entendu, mais cela ne me rassurait pas pour autant. Quelque temps avant mon départ, tout en trouvant les mots pour me tranquilliser, un haut responsable des Messageries maritimes, avec lequel j'avais lié amitié à force d'utiliser les services de la compagnie, m'avait informé un soir après dîner, quelques verres d'un cognac hors d'âge aidant, de « quelques menus problèmes », c'était bien son expression, survenus dès la mise en chantier du *Georges Philippar*. Un incendie s'était déclaré dans les cales réfrigérantes – « oh, rapidement maîtrisé », avait-il aussitôt ajouté, tout en convenant à demi-mot qu'un court-circuit en était à l'origine. Plus tard dans la soirée, il m'avait expliqué qu'il y avait eu un léger souci avec la vitesse de propulsion, ce qui avait nécessité au dernier moment de modifier le pas des hélices, et un autre avec l'installation du tableau électrique, jugé non conforme, mal isolé et mal protégé,

par le Bureau Veritas, justement, avant d'être finalement par lui validé ; après tout, puisqu'il revenait à leurs experts d'évaluer les risques pour les assureurs, on pouvait leur faire confiance. De toutes ces « bricoles », mon ami avait préféré me prévenir avant que de méchantes rumeurs ne m'atteignent en amplifiant les choses.
— La compagnie a fait ça à l'économie.
— Et alors ? Cela relève d'une saine gestion. Je sais bien que les catastrophes sont monnaie courante depuis le début du siècle, même si toutes ne s'achèvent pas aussi tragiquement que celle du *Titanic*. Mais tout de même... la loi des séries...

La voix, identifiable à son accent, était celle d'un russe malin comme tout, aussi sympathique que populaire, toujours flou sur ses véritables origines et l'origine de sa fortune ; il n'avait pas un tempérament d'héritier (qui sait si son grand-père n'était pas allumeur de réverbères dans une bourgade des Balkans ?) ; cela ajoutait à son mystère, d'autant qu'il menait grand train, ce cher Alekseï Sokolowski, universellement connu sur ce paquebot comme « Soko ». Petit, sec, volubile avec ses mains nerveuses couleur de biscuit, jongleur avec les mots, aurait-il assuré être un frère de lait de Raspoutine que nul n'en aurait été surpris. Une fois, dans le salon de correspondance dont il avait fait son bureau et où il recevait, je l'avais surpris agitant ses mains plus encore qu'à l'accoutumée et, comme j'observais cette frénésie de loin mais avec insistance, il se justifia d'une voix suffisamment forte : « Elles sont mes traductrices à l'étranger ! » Je n'y avais pas pensé, non à la fonction des mains, si belles qu'elles faisaient de l'air ambiant une pâte à sculpter, mais à l'idée que sur un paquebot, dût-il battre pavillon français, on était déjà à l'étranger. On le disait gravement malade, cependant sa jovialité de toute heure témoignait qu'il n'y a rien de tel qu'un mort en sursis pour faire un bon vivant. Il insista :

— Pensez-y, la loi des séries...

Trois points de suspension qui nous pesèrent. Dommage que M. Louis Julien, qui occupait les cabines 40 et 42, non loin de la mienne, n'ait pas été des nôtres car il s'apprêtait à rejoindre son poste d'ingénieur des services municipaux de Saïgon ; ou encore M. Descourand, ingénieur de garantie prévu au voyage à l'aller comme au retour : ils nous auraient, si je puis dire, éclairés. Pris chacun isolément, nous n'étions que des individus sans importance collective. Nous n'allions tout de même pas nous unir en syndicat à seule fin d'exiger la révision complète du système ! Ou de certains aspects de la décoration ; très luxueuse, elle faisait un usage abondant des lambris en bois exotiques ; le grand escalier, essentiel pour l'évacuation, était lui aussi en bois.

— Avec des câbles électriques dissimulés derrière les boiseries ! s'exclama notre Hercule.

Et il s'enfonça dans son fauteuil en cuir en remâchant des reproches transformés en borborygmes, pestant contre l'usage du vernis nitrocellulosique ultrainflammable sur des panneaux ignifugés. Un autre membre de notre cercle prit la parole, lui, en défense de la compagnie ; mais quelque chose manquait à sa démonstration, qui demeurait incohérente ; comme si une crise géologique, un tremblement de terre, avait provoqué un séisme en lui et que ce qui faisait le lien soit tombé dans les sous-sols de sa pensée.

Si bien que notre colloque informel digressa vers un débat sur les effets de clarté, sur l'aversion assez partagée pour les emberlificoteurs et les entortilleurs et, en vertu de l'insondable mystère qui gouverne les dérapages et sorties de route des conversations à plusieurs, nous en vînmes à commenter les choix décoratifs de M. Philippar pour son bateau. Son goût d'un luxe si raffiné que l'on n'avait pas été surpris d'apprendre que le parquet était en points de Hongrie. Mais que les raffinements apportés au moindre détail décoratif du navire soient appréciés à leur juste valeur par une clientèle de connaisseurs ne semblait pas être le souci de M. Philippar. Transporter des ploucs enrichis et des parvenus dépourvus de goût lui était indifférent. Le paquebot qui portait son nom se devait d'être au-delà des mers l'ambassadeur d'un art de vivre à la française à son meilleur. Ce qui expliquait la décoration de ses cabines de luxe : une copie du *Psyché et l'Amour* du baron Gérard dans la suite « Empire », la réplique disproportionnée d'une tête d'Athéna en marbre blanc statuaire de Carrare au poli un peu savonneux dans la « Louis XVI », un lit inspiré de celui de la Pompadour et des murs illustrés de saynètes pastorales (un jour que j'avais rendu visite au comte de Camondo en son hôtel de la plaine Monceau pour enrichir sa bibliothèque, il m'avait reçu dans un salon dont les grands panneaux de scènes champêtres d'Huet, des originaux, ceux-là, provenant probablement du garde-meuble royal, constituaient la décoration principale)... Il y avait veillé comme pour chacun des paquebots des Messageries maritimes depuis les débuts de son mandat de président. Car la concurrence entre l'anglaise Cunard-White Star, l'allemande HAPAG, la Compagnie générale transatlantique et l'Italia Flotte Riunite se jouait aussi sur l'esthétique, le confort et l'artistique, un détail qui n'en était pas un. Les armateurs l'avaient bien compris : c'est fou ce que l'on peut être sensible à l'autorité du faste.

L'Art déco avait le vent en poupe. Sauf que pour les détails de certaines cabines, M. Philippar avait fait appel à un pays, Mathurin Méheut, un peintre de Quimper dont les fresques réalisées pour la faïencerie Henriot l'avaient impressionné. Sinon, sur le *Georges Philippar*, ça tendait plutôt vers le style Renaissance, enfin *les* styles Renaissance : italienne, française, flamande, du moins pour l'inspiration car il n'était pas question de se livrer à une servile reproduction de l'ancien ; les ambassadeurs de la compagnie auprès des journaux parlaient même d'« interprétation ». C'est ainsi que les passagers avertis purent reconnaître ici ou là des clins d'œil aux châteaux de la vallée de la Loire, à celui d'Azayle-Rideau ou, plus loin, à celui de Lourmarin et à l'hôtel Lallemant de Bourges. Jean Nicot et Rabelais avaient même été intronisés patrons du fumoir, des médaillons en témoignaient. Le premier avait certes donné son nom à la nicotine après avoir planté quelques graines de tabac dans le jardin de son ambassade à Lisbonne, mais le second ? La question ne serait pas posée. Pour leur salle de jeux, les enfants eurent droit à des fresques mettant en scène Gargantua.

En fait, à bord d'un paquebot de luxe, on est en permanence cerné par le beau, à l'intérieur comme à l'extérieur, mais à condition de ne pas gratter. Pour que le *Georges Philippar* eût vraiment de la classe selon mon goût, il eût fallu lui ôter son clinquant de nouveau riche, sa nouveauté impeccable afin de lui *donner des siècles,* comme disent les antiquaires du Faubourg qui roulent des statuettes africaines ou asiatiques dans la poussière avant de les exposer ; le navire manquait singulièrement de patine, et pour cause : il venait à peine de quitter les fonts baptismaux. Encore quelques années et il gagnerait en élégance ce qu'il perdrait en originalité.

— Vous direz ce que vous voulez, moi, j'aime la décoration voulue par M. Philippar, cette clarté si... si...

— Française ! Ah la fameuse clarté française, quelle légende, quel mythe increvable !

Un tel sarcasme ne pouvait venir que d'un dandy italien soucieux de promener sa pochette partout où il convenait d'être vu, et qui avait déjà attiré l'attention par ses éclats de voix dans la salle à manger ou sur le pont. Mais un dandy lettré, formé aux humanités dans les meilleurs collèges. Il aimait les femmes mais sans plus, à la manière d'un hétérosexuel par défaut, non par goût mais pour ne pas se compliquer la vie. Il se murmurait qu'il avait parfois du mal à joindre les deux bouts, mais des bouts dorés. Il aurait tant aimé faire de sa vie une allégorie, mais en avait-il seulement les moyens ? Oscillant entre classicisme et romantisme, il se donnait un air de liberté à la manière du poète Schiller, initiateur du « col Schiller », autrement dit la chemise à col ouvert. Au vrai, sa présence dans notre cercle m'avait jusque-là échappé. À son allure déliée de sportif certainement capé, on devinait qu'il passait du temps sur le pont supérieur à disputer des parties de tennis. Sa mise était remarquablement soignée ; en fin de journée, ses souliers reluisaient encore d'un éclat tout britannique. C'est peu dire qu'il détonnait lorsqu'il accompagnait sa protectrice, plus sincèrement transie de foi, le dimanche matin à la messe, dans l'un des petits salons ou sur le pont, c'était selon.

— Évidemment, vous, dès que vous pouvez dénigrer ce qui fait l'orgueil de notre race..., observa l'assureur.

— Vous ne nous ferez pas croire que c'est génétique alors qu'on a dépassé cela depuis longtemps déjà ! Cette mystique de la composition ordonnée où tout est bien rangé, ce culte de la sobriété, ce goût de la régularité, tout cela, je n'en disconviens pas, a donné bien des chefs-d'œuvre, mais une telle rhétorique a aussi produit à la longue quelque chose de trop concerté, organisé, rationnel aux dépens de l'expression des passions et, oui, de la vie. Quel manque de folie, mon Dieu !

— Vous, manifestement, elle ne vous fait pas défaut.

La pointe n'était pas sans finesse. Au moins nous avait-elle épargné le recours à Descartes, si régulièrement sollicité dans les discussions sur la clarté française, à croire qu'il en avait déposé le brevet et que sa descendance touchait des droits chaque fois qu'une dispute en faisait état... Et pourtant, qu'y a-t-il de plus émouvant que la quête de la clarté, fût-elle parfois désespérée ? Le distingué Italien avait tout de ces « célibataires de l'art » croqués par Marcel Proust, des amateurs et des dilettantes reconnaissables à leur amertume, que le temps parfois transforme en aigreur ; chez les insatisfaits, c'est le signe annonciateur du venin à venir ; de quoi mettre autant de piquant dans la conversation que de distance dans les relations. Notre célibataire de l'art, ce bellâtre italien à l'évidence entretenu par la compagne hors d'âge appuyée d'ordinaire à son bras (on le sait depuis la belle Otero, la fortune vient en dormant, mais pas en dormant seul), se faisait appeler Luigi Caetani et laissait croire à qui voulait l'entendre une parenté avec l'illustre famille de cardinaux. Tout en lui suintait l'arrivisme, jusqu'à son eau de toilette ; son ambition avait quelque chose de pestilentiel.

Il *devait* avoir le dernier mot. Une saillie, en l'espèce, mais assez juste pour couper court à une éventuelle relance :

— Et si vous croisez Malraux, demandez-lui s'il lui reste de ces têtes magnifiques qu'il a ramenées du Pamir, il en a vendu à Paris, elles sont exposées à New York et je serais étonné qu'elles ne partent pas toutes aux enchères...

Son aplomb sidérait ; il laissait cois ceux qui lui cherchaient querelle. Quelqu'un de brillant, sans aucun doute. Mais il faut se méfier de ceux que l'on désigne comme tels : le plus souvent, c'est pour ne pas avoir à dire qu'ils sont tout aussi creux. Dans son cas, il suffisait de gratter un peu pour constater qu'une si flamboyante assurance dissimulait une immaturité confondante. N'empêche que je la lui enviais. Du genre à mépriser le travail comme un vice bourgeois et à considérer l'oisiveté comme une vertu aristocratique. L'époque le laissait indifférent ; sa seule préoccupation semblait être de savoir tenir son rang vis-à-vis des siècles ; il est vrai que cela prend du temps. Il possédait ce que les Italiens appellent la *sprezzatura*, cette fausse nonchalance alliée au naturel et à l'aisance, désinvolture teintée de mépris qui dissimule l'effort en toutes choses, une forme de vertu que je poursuivrais ma vie durant tel un inaccessible graal : la légèreté. Comme il se plaignait de la décoration de sa cabine, Alvarez de la Mirada tenta de le consoler en lui révélant qu'il y avait pire encore : la propre cabine du commandant Vicq. Une vraie galerie d'ancêtres. Non une dynastie de princes-évêques, mais de sévères magistrats de la Bretagne profonde.

— Le malheureux n'a pas eu le choix : elle est ornée de portraits lourdement encadrés de M. Philippar et des aïeux des deux branches de sa famille. Quel émerveillement pour le regard, au lever, au coucher... Mais son propre buste trônant dans le salon, quelle faute de goût, tout de même.

Le barman se présenta à temps pour prendre la commande.

— Ah, Émile... Est-il vrai que vous avez déjà connu deux naufrages ?

— Jamais deux sans trois ! En attendant, qu'est-ce que je vous sers ?

Et dans l'instant j'eus comme ça la conviction, pour ne pas dire la certitude, que l'on ne reparlerait plus de cette histoire de sécurité, qu'elle avait été évacuée une fois pour toutes, et que, si ce n'était pas le cas, les gens de la compagnie feraient en sorte que l'on passe à autre chose en raison de l'inquiétude que les échos de notre conversation susciteraient chez les passagers, il serait fait appel à notre sens des responsabilités, et de toute façon nous sentirions nous-mêmes à quel point ce genre de discussion pouvait être toxique lorsqu'on est en pleine croisière, et puis voilà. À ceci près que les passagers étaient priés de se plier régulièrement à un entraînement pour rejoindre les chaloupes, et cet exercice agissait comme un rappel à l'ordre.

— Une vodka Martini au shaker, pas à la cuillère, je vous prie.

Jour 10, sur le pont-promenade.

Après l'intensité de tels échanges, l'air du grand large s'impose. Il est là, à portée de poumons. Il faut juste parvenir jusqu'au bastingage. Tenir sa perpendiculaire malgré les inclinaisons du roulis, c'est tout un art que maîtrisent bien les vieux habitués des paquebots, fussent-ils parfois légèrement ivres, comme s'ils avaient passé la nuit sur l'un des entreponts à observer la dérive des continents. Un certain type d'ivresse naît de l'observation continue des flots. De contempler ainsi le ciel et les nuages, d'en défier la lumière du regard, étourdit ; on fixe l'infini en espérant y trouver enfin le mot, l'expression, la formule qui définit l'étrangeté de ce vertige vers le haut. Et si le commentaire de l'actualité vous donne parfois le sentiment d'être contaminé par la peau sale du monde, celui-ci paraît plus propre et plus limpide depuis un navire, quelle que soit sa taille ; à croire que la mer a la vertu de le laver et de nous envelopper dans cette illusion.

Mais quelle frustration d'être sur l'eau et de ne pas pouvoir goûter le suprême plaisir qu'il y a à lancer une pierre et à observer les cercles concentriques que produit sa chute ! On est trop haut et l'eau trop bas. De sorte que parfois on ne se sent pas vraiment en mer. Juste à bord.

Une barre anormalement basse : il en faudrait peu pour tomber à l'eau et disparaître car, à cette vitesse, le temps que le lourd navire arrête les moteurs ou qu'un marin lance une bouée, on est déjà emporté par le fond ; rien de tel que la méditation en appui sur le bastingage pour donner envie d'en finir avec la vie, ou à l'inverse pour guérir de toute tentation de suicide ; seuls ceux qui partagent mon vertige, ou qui supportent mal la vue en contre-plongée sont vulnérables. On ne maîtrise pas tout, encore heureux. En un sens, c'est rassurant. Ça libère.

Les bribes de conversation des promeneurs vous atteignaient afin de vous rappeler que vous n'étiez pas si seul : « Paul Morand ? Pfffft ! Même quand il remonte le Rhône en hydroglisseur, il se croit Conrad au cœur des ténèbres... » Un autre commentait à voix haute pour sa femme un article sur la guerre en cours entre Chinois et Japonais ; comme il était signé Albert Londres, je prêtai l'oreille, espérant y cueillir quelque information sur sa situation exacte, en vain. Parfois, deux passagers s'accoudaient à mes côtés et me gâchaient le sentiment océanique par leurs jeux : « "Que d'eau ! Que d'eau !" Savez-vous de qui c'est ? — Un pèlerin à Lourdes ? — Mais non ! Mac-Mahon visitant des villages dévastés après une crue catastrophique de la Garonne. Et le préfet du département de lui répondre : "Et encore, monsieur le président, vous n'en voyez que le dessus"… » On imagine mal une telle promiscuité dans un lieu pareil ; et pourtant, le parasitisme ignore les classes sociales. Un réflexe naturel en moi s'opposait à tout ce qui conspire contre la vie intérieure. Ma solitude ne me pesait jamais car elle était choisie et non subie ; il y a un certain bonheur à se sentir seul, abandonné même, car on a l'illusion de se trouver près du cœur sauvage de la vie.

Un soleil gras écrasait quiconque osait sortir de l'ombre, franchir la frontière qui nous séparait d'une aveuglante lumière blanche et se laisser attraper par une haleine de four. De quoi renforcer plus que nécessaire le caractère clos et autarcique de l'univers du paquebot.

L'horloge sonnait le *tea time*, rituel auquel certaines et même certains n'auraient dérogé pour rien au monde. On se serait cru à un thé de quatre heures chez tante Julie, à ceci près que la puissance invitante n'avait pas un œil rivé sur la santé de ses napperons en dentelle et l'autre prêt à fusiller celui qui oserait les chiffonner. Le cinéma faisait une telle réclame au mode de vie des grandes traversées que les commerçants enrichis et les parvenus montés en graine voulaient en être. La conversation s'en ressentait. Plus que jamais rendu à sa vocation première, le pont-promenade se vouait à la mondanité, aux marivaudages et à la séduction délicate.

Une Verdurin tenait ouvertement salon juste derrière moi. De son vrai nom Bianca de Cheverny. Je l'avais déjà repérée, et avais décidé de prendre mes distances après qu'elle eut interrogé le petit groupe dont j'étais d'un sonore et existentiel « Mais qu'est-ce qu'on fait là ? », à quoi une voix lui avait aussitôt répondu « Imaginez-vous que l'eau couvre plus de 70 % de la surface de la planète », ce qui avait au moins eu le mérite de détourner la conversation avec une touche d'irréel. Il suffisait de la laisser pérorer pour qu'elle se trahisse et s'enfonce. Elle s'exprimait dans une langue perruquée, et aussi fardée que son visage. À la manière dont elle prononçait certains noms connus de tous, on comprenait qu'elle ne les connaissait que de la veille. Ainsi, entre ses lèvres sensuelles mais fautives, Isadora Duncan devenait-elle Isadora Ducamp ; tout excitée d'avoir été invitée par le commandant dans la cabine de pilotage, elle affectait de nommer le transmetteur d'ordres de la passerelle à la salle des machines, comme le font les officiers, par le nom du constructeur « Chadburn » mais en oubliant le « d » ; il n'en fallait pas davantage, aux yeux et à l'oreille des plus attentifs, pour la dégrader. Elle avait cette façon inimitable de s'exprimer avec des majuscules plein la bouche, ou de s'immiscer dans une conversation sur les mérites du golf sur la santé juste pour vérifier : « Le golf, c'est la chasse du pauvre, non ? » Ces gens-là n'ont même pas besoin d'adversaire : ils sont leur propre ennemi. Celle-ci s'enivrait de *name-dropping*. Qui ne prétendait-elle pas connaître ! De grossière, elle en devenait pathétique. Autrefois le snobisme me faisait rire : ce grotesque sans limite, cette inconscience de son ridicule... Mais avec le temps j'en ai pris les manifestations en horreur, surtout ses affectations dans le langage, la gestuelle ; tant de vulgaire élégance si ostentatoire. Ces poses ! Ces artifices ! Si encore les snobs faisaient preuve d'autodérision, d'ironie sur soi ; mais non, ils sont d'un esprit de sérieux ! D'une telle fatuité ! Le moment viendrait bien où je glisserais enfin de l'intolérance à l'indifférence.

Il suffisait d'écouter cette femme un instant pour regretter la douce rumeur des jours ordinaires. La profondeur des mots d'esprit lui glissait dessus, tant et si bien que certains en jouaient. Comme Armin&Tessa avaient interrompu leur marche pour « bastinguer » à mes côtés, néologisme que nous nous étions amusés à inventer pour dire que nous nous accoudions face à la mer, et que la porte du salon de musique, ouverte un peu trop vivement par la baronne Duclos de Bouillas, avait fait de mauvaises manières à Armin en décorant son œil de beurre noir, la Verdurin le héla du salon à ciel ouvert où elle trônait parmi sa petite compagnie :

— Mais monsieur de Beaufort, que vous est-il donc arrivé ?

— Je me suis heurté à une branche.
— Ici ?
— À une branche de mon arbre généalogique.

Cette femme, couverte de bijoux comme la châsse de la Sainte-Chapelle, du genre à vouvoyer ses chiens, en resta interloquée, d'autant qu'un tropisme apocalyptique l'encourageait à projeter la fin du monde sur la fin de son petit monde, ce qui était un peu excessif. Avec beaucoup d'humour, afin de briser la solennité d'une assemblée très compassée, Armin sortit un pan de sa chemise pour nettoyer les verres de ses lunettes d'un geste d'une élégance si naturelle qu'il pétrifia les snobs. Dans ces moments-là, la Verdurin paraissait être dans un terrible état de dissolution d'elle-même, crevant d'angoisse à l'idée de n'être plus reçue dans le noble faubourg. Un rien pouvait réveiller le volcan refroidi en elle.

Il en fallait plus pour gâter le spectacle permanent mais sans cesse renouvelé de la mer d'un bleu saphir, qu'elle fût sereine ou troublée. Quelle orgie de pureté dans toutes ces vagues ! Je sais qu'on la trouve tout autant dans l'eau limpide des rivières, dans la clarté des cours d'eau de montagne, mais pas avec cet excès, cette profusion, ce chaos dont un océan peut être si généreux lorsqu'il s'agite un peu. Qu'est-ce qu'on fait là ? Voilà bien une question existentielle, remercions la Verdurin de l'avoir posée. Sa cour, constituée d'animaux parmi les plus curieux de notre ménagerie, l'interprétait à sa manière en se demandant plutôt ce qu'elle ratait en étant là. Pour l'un, c'était la soirée de gala au Moulin Rouge organisée par le producteur Bernard Natan pour l'avant-première du film de Raymond Bernard, *Les Croix de bois*, en présence du président de la République Paul Doumer, naturellement, mais il cessa brusquement d'exprimer des regrets lorsqu'un passager allemand soupira avec ostentation que, de toute façon, le cinéma français trahissait « la mainmise des Américains et des Juifs ». Pour l'autre, c'était le grand cortège Jean Mabuse, fameux défilé des plus belles sociétés carnavalesques françaises et in-ter-na-tio-nales, les concerts et les ballets, le grand rondeau sur la place du Centre avant la dislocation, le bal paré-masqué et enfin la bataille de confettis, à Maubeuge... Je surpris même deux chasseurs en grande conversation. Mais de quoi pouvaient bien parler deux chasseurs ? De balistique cynégétique, de bois de crosse et de refroidissement, de la vogue des fusils à canons superposés. La croisière leur faisait rater un rendez-vous important chez leur armurier, l'un des deux avait même la coquetterie de dire « mon arquebusier », qui leur avait réservé un Superbritte belge. Et les deux d'évaluer les mérites comparés de cette nouveauté et du Montjallard de Saint-Étienne, un superposé à canons rotatifs.

C'est alors qu'un maître d'hôtel du restaurant nous apporta la carte afin de nous informer sur ce qui qu'il nous réservait pour le dîner : des viandes (chevreuil, renard, lapin, lièvre) venant fort à propos, manière involontaire de couper court à l'étalage d'un savoir cynégétique qui allait nous assommer, si l'on en croyait moues et soupirs.

Que tout cela paraissait dérisoire à l'aune du grand lointain...

Même jour, à la piscine.

Soucieux d'entretenir ma mécanique générale, je m'isolai durant une bonne heure dans ma piscine, encore qu'elle ne fût plus mienne depuis quelques jours. Elle avait été envahie par le fléau de toutes les piscines, une calamité exclusivement féminine : invariablement, deux nageuses, et jusqu'à trois dans les cas extrêmes, équipées d'une planche en liège et dûment palmées de caoutchouc, occupaient le bassin pour y bavarder, au mépris de la circulation dans la ligne d'eau dont elles ralentissaient considérablement le rythme, la cadence, la vitesse, allant parfois jusqu'à faire obstruction. De quoi provoquer des envies de meurtre par noyade discrètement encouragée. Alerté, Antonin, le maître-nageur, n'en pouvait mais ; il n'osait trop les rappeler à l'ordre. Après plusieurs vaines tentatives, il semblait résigné et s'amusait des surnoms dont je les avais gratifiées : « le gang des papoteuses » ou encore « la bande des pipelettes ». Une nuance ontologique les distinguait : les premières potinent, les secondes ragotent. En prêtant l'oreille entre deux mouvements de brasse, on en venait à douter que le rythme profond du monde soit celui de l'esprit. Car elles parlaient plus qu'elles ne nageaient, c'est fou ce qu'elles parlaient, en toute liberté, comme si nul n'entendait. J'en avais repéré une pathologiquement intarissable ; ses amies se seraient noyées en route qu'elle ne s'en serait pas aperçue tant son monologue l'occupait ; même tranchée, roulant et gigotant encore dans le panier en osier, sa tête aurait continué à parler. Elle ne laissait aucune chance au silence, ou à la mélodie du clapot. Même dans l'eau, certaines restaient ce qu'elles étaient hors de l'eau : peintes et repeintes. Leur causette relevait souvent d'un commentaire de gazettes, comme le *Berliner Illustrirte Zeitung* qui n'hésitait pas à dépeindre la vie des stars, en accompagnant ses textes de photos, contribuant à une américanisation de la culture, perceptible chez les jeunes.

Avec les bribes que je percevais parfois en les croisant ou en patientant dans la file qui s'était formée derrière leur convoi, j'avais de quoi constituer une anthologie : « ... Oui mais les poils qui sortent du nez, c'est rédhibitoire, il n'y a pas pire pour un homme... Oh, si, il y a pire : ceux qui sortent des oreilles. Là, je dis non.... Ah les clés dans les romans, quelle poisse ! Où donc avez-vous lu qu'Albertine chaussait du 44 ?... Saviez-vous que Louis Armstrong doit son timbre rocailleux si singulier aux traces d'une laryngite mal soignée ?... »

Je commençais à en connaître un bout sur les qualités du Dorin, ce tube de rouge devenu si emblématique de la marque que les Américaines annonçaient « *Give me a Dorine* » pour signifier qu'elles voulaient acheter un rouge à lèvres. Dire que j'avais vécu jusqu'au début des années 1930 en baisant parfois un « Rouge Baiser » sans savoir qu'il résistait à tout, même au baiser, ainsi que le prétendait la réclame.

Un élément fondamental du tennis féminin, qui m'avait jusqu'alors échappé, me fut également révélé dans ces circonstances. En fait, il y a deux écoles : Wills et Lenglen. Les noms des deux plus grandes championnes du moment ne m'étaient certes pas étrangers, mais je ne m'y connaissais pas suffisamment pour les distinguer par leur style, ce qui était d'ailleurs sans importance ; à la longueur retour, la conversation que je captai me renseigna sur l'enjeu, lequel n'était pas vraiment sportif, l'Américaine ayant lancé sur les courts la mode de la visière blanche, en passe de détrôner celle du large bandeau de tulle rose saumon confectionné par Jean Patou pour la Française. Il fallait choisir son camp : soit l'un, soit l'autre. Une vraie querelle idéologique.

La Verdurin patrouillait non loin dans l'eau, mais seule, comme si elle avait été mise à l'isolement par les bandes de nageuses organisées. Ce qui s'avéra assez juste. La crainte de paraître goujat incitait sa petite cour, bruyante au bar de la piscine, à la contempler comme l'éblouissant vestige d'un temps révolu ; à force de fréquenter son mobilier, son visage en était devenu Art déco ; son corps, un temple autrefois beaucoup visité, conservait ses adorateurs bien que des racines en eussent remplacé les piliers, un peu comme à Angkor ; en vérité, c'était une ruine ; Hubert Robert, fameux pour ses dessins et tableaux d'architectures effondrées, eût sans doute été comblé par la mise en scène de ce ravage du temps. La peau sur les os, sèche de corps et d'esprit, son regard d'un bleu métallique soutenu par un sourire mécanique et triomphant, d'une beauté inédite dans les catalogues raisonnés des grands peintres, sa personne irradiait pourtant ; une luminosité envoûtante s'en dégageait ; curieusement, je la pris en sympathie le jour où je compris qu'elle n'avait jamais voulu d'enfant parce que l'enfant, c'était elle. Ce qui me la rendait attachante même si je croyais déjà entendre derrière mon épaule la voix d'Alvarez de la Mirada me corriger : « Attachiante, oui ! »

Nous avions fait connaissance un matin dans l'eau :

— Alors comme ça, vous ici, une heure durant, des longueurs sans se lasser ! m'interpella-t-elle, allongée sur le dos tout en continuant à battre des pieds. Ne me répondez pas, vos yeux parlent pour vous. Je vous ai déjà observé, vous savez. Vous et moi, on a la chance d'avoir de beaux corps. Vous mesurez combien au juste ?

Surpris autant qu'amusé, je lui avouai mon mètre soixante-quinze.

— Ah c'est petit ! Surtout pour un homme. Mes frères mesurent deux mètres, moi je fais un mètre soixante-dix-neuf, à soixante-dix-huit ans, ça me va. Mais vous, vous avez un corps sculpté comme il faut….

Cet ultime compliment, qui n'avait échappé à personne autour du bassin tant sa voix aiguë portait, provoqua un éclat de rire général.

— Vous êtes un privilégié, me confièrent deux papoteuses, car elle déteste tout le monde, la vieille. Non seulement elle engueule à tout va, mais elle zigzague comme si elle était seule, au risque de collisions. Maintenant, éclipsez-vous sinon elle va nous faire un orgasme !

On entend de ces choses quand on crawle dans une piscine.

Hommes ou femmes, les seuls à ne pas proférer d'âneries sont ceux qui nagent, mais qui nagent vraiment, et pour cause : ils ont la tête sous l'eau ; même s'ils parlent tout seuls, car c'est fou ce qu'on réfléchit lorsqu'on aligne des longueurs, nul ne les entend car leur conversation est intérieure.

Une femme, qui nageait à part depuis un bon moment, émergea soudainement devant moi alors que nous parvenions au bord simultanément. Elle se retourna, retira d'un geste son bonnet qui claqua sous l'effet ; puis elle éclaira son visage ruisselant d'un large sourire auquel, surpris, je répondis gauchement, étant trop près d'elle pour imaginer qu'elle l'adressait à un autre. Anaïs, tel était son prénom, prononcé par un homme qui devait être son mari qui la hélait depuis l'échelle de piscine d'où il la guettait, les bras encombrés d'un peignoir de bain.

Jour 12, sur le pont-promenade.

Comme Salomé semblait traîner sur le pont-promenade, probablement lasse de son travail de traduction, je lui proposais de piquer une tête dans la piscine histoire de se rafraîchir, mais non, elle s'y refusait obstinément, sans explication malgré l'accablante moiteur ambiante, de sorte que je m'étais fait à l'idée qu'elle ne savait tout simplement pas nager, ce qu'elle se gardait bien de démentir, s'enfermant dans le mystère de cette résolution ; je ne voyais aucune autre raison majeure, car elle n'avait pas lieu d'avoir honte de son corps bien proportionné. Nous nous tenions côte à côte, le dos appuyé au bastingage, dans la position idéale pour se parler sans que cela se vît, et pour échanger des commentaires à l'insu de tous. L'image que nous offrions m'était indifférente, même si j'imaginais bien que quelques-uns devaient me soupçonner de détournement de mineure.

— Tu es trop pressée. Laisse les choses venir à toi, fie-toi à ce qui vient. Regarde ces femmes qui ont tant de mal à être solidaires de tous leurs âges. Ne deviens pas comme elles. Ne crains pas les années, ni maintenant ni plus tard. Embrasse ton âge, Salomé !

— Je n'y peux rien si les garçons de ma génération ne m'intéressent pas... Tu as de beaux cheveux, tu sais.

— Ils tirent sur le sel plus que sur le poivre.

— Désolée mais moi, ça me botte ! Et sinon, tu ne veux toujours pas me dire pourquoi tu t'es embarqué sur cette croisière ? Moi, tu le sais, c'est pour accompagner mon grand-père. Mais toi...

Elle était certainement la seule personne à bord à qui je pouvais confier des impressions personnelles, car il n'y avait guère de rapport de forces entre nous, aucune mauvaise interprétation à craindre d'un mot ou d'un geste en trop.

— Sais-tu si Albert Londres devait figurer sur la liste des passagers ?

— Le grand reporter ? Aucune idée. Mais si quelqu'un l'avait vu à bord, ça se saurait. Pourquoi ?

— Comme ça.

Pour le suivre régulièrement par ses reportages dans *Le Journal*, je me doutais bien qu'il se trouvait encore là-bas, en Chine ; mais comme ce diable d'homme passait pour un caméléon, habile à se fondre dans le paysage et à n'être jamais là où l'on s'attendait à le voir, j'imaginais qu'il avait une fois de plus trompé son monde, avec la complicité du directeur de son quotidien, pour mieux disparaître.

Dans le meilleur des cas, Salomé acquiesçait

d'un regard ou de son rire encore pris dans la gangue de l'enfance ; au pire, elle me gratifiait d'un mouvement d'épaule ou d'un haussement de sourcils qui suffisaient à me faire taire. Dans les deux cas, elle m'offrait ce mélange si rare et si explosif d'intensité et de magnétisme qui émanait de sa personne ; oui, vraiment, un cadeau que cette grâce. Moi qui croyais connaître les femmes, il m'avait fallu en rencontrer une à peine née pour découvrir que j'avais encore beaucoup à apprendre. Sa maturité me stupéfiait. Un garçon s'approcha de nous, déjà courbé en attendant la commande, ce qui fit diversion et m'évita de répondre à la question de Salomé.

— C'est vrai ça, à cette heure-ci, que peut-on bien boire ! Pour moi, ce sera un whisky soda et pour la petite un biberon, ou alors un lait fraise sinon, soyons fou, une grenadine…

— Tu sais ce qu'elle te dit, la petite… Un Pernod, je vous prie.

— Sérieuse ? C'est une variante de l'absinthe, ça peut monter jusqu'à quarante degrés ces machins-là, non vraiment, vous n'auriez pas quelque chose du même genre avec un peu d'anis…

— Et du fenouil et du bois de réglisse ! ajouta-t-elle.

Un peu perdu, hésitant face à la responsabilité dont on le chargeait, il revint accompagné du barman et d'une bouteille.

— C'est pareil mais différent, assura son chef avec l'autorité de l'uniforme. Une nouveauté locale, on nous en a donné quelques caisses au départ à l'embarquement pour la réclame à bord. D'ailleurs, c'est écrit dessus, regardez : « Ricard, le vrai pastis de Marseille ». On essaie ?

— Avec beaucoup d'eau et des glaçons pour la petite, moins pour moi.

— Moins de pastis pour lui…, précisa-t-elle malicieusement.

Dans ces moments-là, je me demandais comment à l'avenir j'allais me passer de tant d'espièglerie ; elle mettait autant de piment que de couleur dans ma vie ; si je m'en ouvrais auprès de son grand-père, sûr qu'il comprendrait et me la prêterait de temps en temps. Comme Salomé commençait à feuilleter le gros livre qu'elle ne quittait guère, signe annonciateur qu'elle n'allait pas tarder à s'y plonger, je me rapprochai d'Hercule Martin, le grand assureur que je n'appelais plus que docteur Knock tant ça lui seyait ; je l'avais aperçu de loin sur le pont-promenade en grande discussion avec une dame. Il l'entreprenait depuis un bon moment. Soudain, leur entretien prit fin, après qu'elle l'eut giflé sans violence et qu'elle se fut levée en haussant les épaules. Rejoignant une amie accoudée au bastingage, nous l'entendions clairement s'indigner, incrédule, en haussant les épaules : « Non mais il n'est pas bien, ce type… À peine j'évoque mes bouffées de chaleur, comme ça, au détour d'une phrase, qu'il me conseille de prendre de l'aphloïne car c'est bon, prétend-il, pour les troubles de la ménopause et du système veineux ! Mais je ne lui ai rien demandé à celui-là ! » Il se dirigea donc vers moi en se tenant discrètement la joue, bafouillant une justification selon laquelle la ménopause est due à un manque d'œstrogène, ce que j'approuvai d'un mouvement de tête, sans le moindre commentaire, de crainte qu'il ne se lance dans un développement sur la cessation naturelle de l'activité ovarienne comme un symptôme à traiter. « Ah, la chimie des hormones…, soupira-t-il. Méfiez-vous des gens qui ont eu des malheurs, surtout les femmes : elles en profitent pour vous écraser. »

L'incident n'allait pas arranger sa réputation auprès de ceux qui le tenaient à distance. Plus le personnage passait pour avoir une araignée dans la coloquinte, plus il me paraissait attachant. En fait, dès qu'il revêtait l'habit de celui qu'il rêvait d'être, et que l'assureur terne et bilieux se métamorphosait en Dr Knock, pour le meilleur et pour le pire, son visage rayonnait. Alors sa jonglerie de noms de médicaments, pur galimatias dionysiaque aux yeux des novices, se transformait en un bouquet dans lequel le fantastique le disputait au merveilleux. Ayant pris connaissance avant nous du menu du jour, il en profita pour se lancer sur la présence d'extrait concentré hydrosoluble de foie de veau dans les ampoules d'Hépatrol. Il avait de toutes les potions dans ses poches, sinon dans sa sacoche : des Gouttes Livoniennes contre la toux et les bronchites chroniques, de la Gastrophiline pour soulager les maux d'estomac, de l'Autoplasme Vaillant pour lutter contre les pneumonies, que sais-je encore. Accédant à une dimension légendaire, il incarnait la forêt de Brocéliande en costume cravate. Mais, après sa déconvenue, il me fit de la peine car je l'imaginais retourner vers ses amis, hagard, comme s'il revenait d'un effrayant voyage intérieur, se demandant encore ce qui avait bien pu le propulser vers sa part d'ombre. Dans ces moments-là, il se sentait incomplet avec sa seule personne ; son regard paniqué semblait appeler ses autres moi à la rescousse. D'autant plus pathétique que, chaque fois qu'il prescrivait un traitement, son excitation était telle qu'il était soudainement pris de saignements de nez intempestifs. Ce long voyage me permettrait-il de cerner en lui cette fameuse fureur de se distinguer qui nous jette presque toujours hors de nous-mêmes ?

Ayant probablement perçu des échos de notre conversation médicale, Mme Fedora se rapprocha de nous. Je l'aimais bien, cet archifossile d'une minceur ivoirine qui semblait jouir en permanence d'une forme olympique, bien accroché à son solide squelette, le port de tête d'une ancienne danseuse. Pas du genre à jeûner pour avoir l'esprit plus lucide, ascète mais pas trop, ou alors du genre flamboyant. Elle vivait à l'année sur différents paquebots (souvent la passion du voyage pour le voyage découle de la haine du domicile, certains vivent l'enracinement comme une névrose) et m'émut le jour où elle s'en justifia d'une phrase sèchement énoncée : « Personne ne m'attend chez moi. » Une femme en fuite, à n'en pas douter, qui refusait d'être prisonnière de son histoire. Et comme je tentais maladroitement de comprendre l'origine de sa situation, elle coupa court :

— Mon père avait un point commun avec Dieu : il était toujours occupé ailleurs ; quant à ma mère elle avait le cœur innombrable. Voilà mes parents : des êtres charmants, dans leur genre. Mais ça ne donne pas envie de rester quelque part.

Puis elle ajouta :

— Je me doute que, pour quelqu'un comme vous, s'enfuir à bord d'un paquebot de croisière c'est une drôle de façon de prendre la clé des champs, et pourtant...

— Vous n'avez pas de maison de famille ?

— J'aurais tant aimé... Cela ne s'est pas trouvé.

— Vous pourriez être celle de votre lignée qui la fonde, justement.

— Trop tard. Et puis ma descendance, si vous saviez, pas vraiment le genre à se réunir plus d'une fois par an, et encore sous la contrainte du calendrier. Rien n'est triste comme une maison de famille sans famille. Heureusement, il nous reste les paquebots.

Contrairement à certains de ses glorieux aînés, le *Georges Philippar* était un géant à taille humaine. Tous les passagers n'ont pas les mêmes motivations. Il y a ceux qui se rendent d'un point à un autre, ceux qui rentrent, ceux qui fuient. À eux tous ils forment une constellation de circonstances. Mme Fedora, qui avait réussi à rester si jeune d'allure mais depuis si longtemps, gardait en permanence un mince foulard de mousseline noué autour du cou ; ses malles devaient en receler un grand nombre d'exemplaires en toutes les couleurs ; ils n'avaient d'autre but que de dissimuler ce fouillis de traits à la base du cou qui trahit le passage du temps ; sa voix chevrotante annonçait son âge plus encore que ces redoutés plissements ; son timbre autrefois si distinctif en était altéré, métamorphosé en un bêlement de chèvre ; chacune de ses phrases en tremblait. Si elle évitait les miroirs qui la renvoyaient à la vérité de ses rides, elle ne pouvait rien contre l'écho de sa voix qui la confrontait à sa ruine lente.

Un coup de vent eût-il emporté son foulard au large qu'elle s'en serait sentie soudainement mise à nu. Pour l'heure, son mouchoir collé sur ses lèvres, Mme Fedora était prête à restituer à la mer d'un seul jet le mérou brun que le chef avait si délicatement préparé. Le cri du cœur. Alors se produisit cet événement qui m'eût paru inimaginable au début de notre traversée quand j'avais fait la connaissance d'Hercule Martin : elle le consulta, lui, le grand assureur, en lieu et place du médecin de bord. Nul besoin de s'étendre : son attitude la trahissait.

— Au point où vous en êtes, chère madame,

puisque le bicarbonate de soude ne vous fait aucun effet, il n'y a guère que quelques gouttes d'eau de mélisse sur un sucre qui puissent vous soulager...

Knock ignorait qu'elle était sujette à ce genre de nausée, même avant les repas, mais qu'il n'y avait jamais de passage à l'acte. Jamais, de son propre aveu, que ça roule ou que ça tangue. Tant et si bien que cette incapacité à vomir comme tout un chacun l'angoissait.

— Avez-vous remarqué qu'on ne peut se voir éternuer car on ferme les yeux chaque fois, me fit-elle observer.

— C'est embêtant, en effet. Rassurez-moi : ce n'est pas vital au moins ?

— Pas trop.

Knock était incapable de comprendre que, mieux que tout traitement, une cuirasse psychologique protégeait Mme Fedora, une couche dure comme la terre gelée du Grand Nord qu'elle appelait d'ailleurs « mon cher permafrost ». Elle reconnaissait que, depuis ses premières expériences avec les tables tournantes, au lendemain du Second Empire, rien ne l'avait bouleversée. Comme elle s'éloignait de nous, le mouchoir brodé toujours collé aux lèvres, et que je craignais une longue digression sur ce sujet peu ragoûtant, je pris un air de conspirateur, lui saisis l'avant-bras gauche pour lui demander :

— Vous avez lu *Du côté de chez Swann* ?

— Plus ou moins...

— Marcel Proust nous dit que son personnage

souffre d'un eczéma ethnique et de la constipation des Prophètes. Vous en pensez quoi ?

Au regard sombre qu'il me jeta, je compris qu'il allait sortir sa montre du gousset et prétexter un rendez-vous avec sa femme comme si elle se trouvait à l'autre extrémité d'une ville et que l'heure fût aux embouteillages.

— Sérieux, et l'asthme de Combray, vous connaissez ?

— Jamais entendu parler. Vous êtes sûr que ça existe ?

— C'est répertorié dans le DMCI, le Didi des maux chroniques et incurables.

— Et ça s'attrape comment ?

— Par contamination, à force de fréquenter des lecteurs compulsifs de la *Recherche*...

Cette fois, il s'éloigna pour de bon en me regardant d'un drôle d'air. Les proustiens se reconnaissent entre eux comme des maçons en société, secrètement. À ceci près que tout est dans le langage. Une fois j'avais évoqué « la race maudite » pour éviter le terme d'« homosexuel » qui sonne si pharmaceutique, mais le test s'était révélé inopérant tant l'expression est ambiguë et peut entraîner de graves malentendus. Une autre fois, à table, je fis chou blanc en parlant d'un couple de passagers assez coincés dont je doutais qu'il fît souvent « catleya », ce que personne ne releva, à croire que je n'avais rien dit.

Vicq, notre hôte, attentif aux moindres signes, qui arpentait le pont-promenade en saluant à gauche à droite d'un hochement de tête tel un député-maire entretenant sa clientèle d'électeurs, vint s'accouder au bastingage tout près de moi :

— Entre nous, ce Dr Knock, comme on l'appelle, vous ne l'aimez guère.

— Détrompez-vous, commandant. S'il m'a exaspéré au début de la traversée, j'ai fini par le trouver touchant, car si pathétique, ce qui m'a finalement rapproché de lui. Simplement, je me méfie de l'effet de ses conseils, comme des slogans exagérés par la réclame. Le côté « Madame, tôt ou tard, vous porterez des bas Ronsard ! ». J'ai été témoin de tellement d'accidents autour de moi ! Des femmes à qui des teintures à l'aniline contenues dans du mascara ont fait perdre la vue... D'autres brûlées par des produits de blanchiment de la peau à cause de leur teneur en ammoniac.

— Et ces crèmes enrichies au radium ! Et toutes ces recettes antirides vendues comme des fontaines de Jouvence ! renchérit-il. Car désormais, on est dans le tout-au-radium ! Tout ça à cause des Belges !

— Des Belges, vraiment ?

— Parfaitement ! Ce sont eux qui exploitent l'Union minière du Haut-Katanga et qui cassent les prix sur le radium. Depuis, c'est la course à l'échalote entre les laboratoires. Dites, Bauer, c'est vous qui avez fait boire de l'anis à la petite Pressagny ?

— Pourquoi, il contient du radium, lui aussi ?

— Ce n'est pas raisonnable...

Il est vrai qu'elle ronflait dans son transat, son livre à terre, ce qui ne lui ressemblait pas. Je tentai de rassurer le commandant en lui disant que l'ivresse, ce n'est pas quand on se surprend à dialoguer avec ses orteils : c'est quand on est persuadé qu'ils vous répondent. Mais à la réflexion, ma remarque n'était pas de nature à le rassurer.

Puis le commandant poursuivit sa tournée. À peine eut-il disparu du pont-promenade en direction de la dunette que Knock rappliqua.

— Entre nous, le commandant Vicq, vous en pensez quoi ?

— Je me demande s'il ne porte pas la poisse. Le *Philippar* a été lancé pour remplacer le *Paul Lecat* emporté par un incendie, et c'était Vicq qui commandait déjà. Sur la même ligne...

— Il en était le pacha, c'est vrai, mais l'incendie s'est déclaré alors que le navire se trouvait au bassin en cale sèche et qu'il était désarmé. D'ailleurs, ce sont les pompiers du port qui ont circonscrit le sinistre.

Hercule Martin hocha la tête, le menton enserré dans sa main, l'air plus grave et méditatif que jamais. Ce n'était plus l'improbable médicastre et pharmacologue du dimanche qui réagissait, mais bien le grand assureur.

Jour 14, sur le pont-promenade.

Observer, prendre mentalement des notes sur l'éphémère de la vie comme elle va, y compris dans ce microcosme flottant, cela pouvait *make my day* comme disent les Anglais. Presque tous les passagers possédaient leur petite fiche dans ma mémoire ; à leur insu, je tenais à jour leur casier, quand bien même nombre de traits que je leur prêtais relevaient de mon imagination ou des rumeurs du boulevard à ragots.

L'un d'eux résistait à mes enquêtes de voisinage mais sans s'y opposer, par sa seule force d'inertie. Salomé l'avait surnommé « Oblomov » et, ma foi, c'était bien vu et bien trouvé. Il avait tout d'un grand paresseux et semblait très à côté. Avait-il tissé par magie un fin réseau d'imperméabilité entre lui et le monde ? C'est à croire. Après des jours et des jours de traversée, bien peu connaissaient le son de sa voix. L'air accablé par l'apathie de l'instant, il passait l'essentiel de son temps allongé sur son transat, toujours le même, à la même place, comme si celui-ci conservait l'empreinte de sa forme, de sorte qu'il n'avait même pas besoin de le réserver. La léthargie élevée au rang des beaux-arts. L'homme et le meuble faisaient corps. Un chef-d'œuvre que cette incrustation. Son calme laissait affleurer une étrange vibration. Ce passager, dont nul n'avait cherché à connaître le véritable état civil, avait tout du héros du roman d'Ivan Gontcharov. En choisissant un mode de vie horizontal, à l'exception des repas qu'il expédiait enfin en position assise, il mettait le monde à distance mais sans violence ni agressivité, avec une certaine tendresse dans le regard, comme le fameux personnage de papier. Ce n'est pourtant pas durant cette croisière qu'il aurait eu l'âme ravagée par la fatigue des heures. La moindre gesticulation lui paraissait vaine. Bien que toute énergie l'ait déserté, il n'avait pourtant rien d'un effondré ou d'un pétrifié. Peut-être avait-il pour projet de prouver que l'oisiveté pratiquée comme un mode de vie ne mène pas nécessairement à l'état de légume. Son ressort intérieur était-il cassé ? À moins qu'il n'ait pas trouvé mieux que cette situation assez unique dans son genre pour s'enfoncer dans ses rêves pleins de réminiscences de son enfance, puisqu'on est de son enfance comme on est d'un pays. Et si l'oblomovisme n'était rien d'autre que la recherche du paradis perdu ?

Les Modet-Delacourt, un couple que j'avais déjà eu l'occasion de côtoyer au restaurant, qui prenait le thé juste à côté de son transat, parlaient parfois de lui comme s'il n'était pas là, ce qui n'avait rien de déplacé puisque, au fond, il n'était pas vraiment là.

— C'est bizarre, comme une impression que l'horizon recule de jour en jour. Ça vous fait ça à vous aussi, monsieur Oblomov ?

Anaïs Modet-Delacourt ne m'était plus seulement un visage inoubliable entraperçu encore dégoulinant de l'eau de la piscine : désormais elle était aussi une voix. Sa présence inattendue me désarma. L'avait-elle vraiment appelé par le surnom dont on l'avait doté à son insu ? La situation avait quelque chose d'irréel. Certainement un effet de la chaleur suffocante. C'était à se demander si elle demeurait encore dans le cercle de la raison. Vérification faite, elle ne buvait pas du thé mais une tisane, au motif que « celle des chartreux de Durbon, la seule qui fluidifie vraiment le sang, voyez-vous, estompe mes migraines »... Oblomov se retourna vers elle pour lui adresser un bon sourire, avenant et généreux, mais prudemment muet afin de n'avoir pas à engager de conversation. À croire qu'il avait naturellement intégré le personnage avec lequel on voulait le confondre, l'air si absent, si distant, si étranger à la société. Peut-être cherchait-il la bonne latitude où vivre entre le particulier et l'universel, le local et le général. Seul le mari d'Anaïs Modet-Delacourt restait en dehors du coup, les pieds ancrés dans le plancher des vaches alors que nous étions pris dans une plaisante divagation en apesanteur.

— Mais qu'est-ce qu'ils ont tous, avec cet Oblomov que je ne connais même pas...

— Il est très connu, vous savez, lui murmura sa femme en se rapprochant de son épaule gauche afin de ne pas pointer publiquement son ignorance du fameux roman russe, ce qui révélait de sa part autant de délicatesse que de bienveillance. C'est un héros qui passe son temps allongé paresseusement sur son canapé...

— Un antihéros, oui ! Comme s'il y avait une gloire quelconque à tirer de l'inactivité totale ! s'exclama-t-il un brin vexé.

— Si vous voulez, reprit-elle discrètement, mais sa paresse a quelque chose de mélancolique et il est touchant, cet homme.

Durant toute la traversée, le mystère Oblomov demeura inentamé. Nul ne parvint à traverser l'invisible cercle de craie qu'il avait tracé autour de lui. Je n'ai jamais su s'il s'ennuyait.

Le couple s'en alla. Un fauteuil en rotin demeurait vide entre Oblomov et un petit garçon. Ce dernier tenait si fortement des deux mains un album illustré sur ses genoux qu'il y paraissait agrippé, comme on l'est à une planche de salut dans une tempête. En m'asseyant entre le jeune muet et le vieux taiseux, je me croyais assuré d'avoir la paix pendant un moment. La situation idéale pour repartir à l'assaut de ma montagne magique sur les hauteurs de Davos. Gagné par la langueur, effet de contagion du sanatorium Berghof, je m'étais abandonné à une sieste impromptue, mon livre entre les mains, ses pages tournées grâce à l'air dégagé par le mouvement des pales au plafond. Mon sommeil fut aussi profond qu'agité puisque je vécus une étrange expérience de dépersonnalisation. L'impression de ne plus habiter mon corps. De me croire mort. De me voir flotter au-dessus de moi-même, l'âme déjà détachée et échappée de son enveloppe charnelle. Au réveil, brusquement, ma carcasse d'homme s'était abattue sur le transat. Oblomov et le petit garçon s'étaient rapprochés, et même se parlaient. À mon tour, en transportant mon fauteuil, j'entrai dans leur cercle.

— Vous permettez ?

— On se demandait ce que vous faites dans la vie, avoua aussitôt le petit garçon sous le regard amusé d'Oblomov.

— Ça vous intrigue, n'est-ce pas ?

À vrai dire, ma question était toute rhétorique car mon métier en chiffonnait plus d'un à bord ; mais comme nul ne se risquait à me poser la question de but en blanc, parce que ça ne se fait pas, ou que mon masque de secret en décourageait plus d'un, je laissai courir le mystère et me gardai bien de démentir les rumeurs les plus fantaisistes. Aventurier de la mer Rouge, professeur de grec à la Sorbonne, gentleman-cambrioleur sur la Côte d'Azur et même organisateur de tournois de bridge, que n'avais-je entendu par la bande, alors que la réalité, comme souvent, était tellement plus banale.

— J'achète et je vends des livres, vois-tu... Et toi, comment t'appelles-tu ?

— Philippe mais mes parents préfèrent Pipo, pour vous c'est au choix. Alors vous êtes libraire, c'est ça ?

— En quelque sorte...

— Vous vendez des bouquins, quoi !

— Pas des nouveautés comme les autres. Plutôt des anciennetés rares et belles.

Je n'allais tout de même pas l'initier aux

arcanes de la bibliophilie, ni entrer dans le détail des éditions épuisées, de la recherche des grands papiers, de la sensualité du démassicotage, de cette secrète volupté qui nous étreint lorsque nous croyons toucher à la quintessence des choses, ni m'étendre sur la névrose des collectionneurs, cette impérieuse nécessité de posséder et d'accumuler pour mieux dominer dans le fol espoir de maîtriser, qui m'exaspérait de plus en plus mais qui me faisait vivre depuis longtemps déjà. Des angoissés et des narcissiques. D'ailleurs, Georges Philippar en était, je me souvenais lui avoir déjà vendu de précieuses éditions et il me revenait que sa bibliothèque, assez réputée, contenait même des incunables.

— Et chères ? insista-t-il.
— Voilà.
— Des vieilleries, quoi.

Ce jour-là, je ne crois pas m'être fait un futur client, encore qu'il ne faille jurer de rien, je le voyais bien réussir un jour dans les affaires, peut-être celles de son père, et se doter de quelques collections. J'imaginais même le retrouver bientôt dans ma boutique sur les quais à Paris. Après tout, j'ai bien fait mes débuts dans la carrière à treize ans, en achetant un petit livre du XVIIe dans sa reliure en vélin, un ouvrage en latin de l'imprimeur hollandais Blaeu que j'avais payé vingt-cinq centimes à un camarade du collège Louis-le-Grand. Ce qui m'avait ébloui, c'était moins le livre que l'idée que, pour une telle somme, on puisse avoir un témoin aussi intact et évocateur d'un monde disparu près de trois siècles avant nous.

— Vois-tu, quand on lit une ancienne édition, on se croit d'abord transporté au siècle où elle fut imprimée ; on est catapulté hors du temps, on n'est plus d'aucune époque ; nous n'avons plus alors de contemporains que des lecteurs, comme nous, égarés dans le labyrinthe des siècles. Et toi, qu'est-ce que tu lis ?

— *Les Aventures de Tintin, reporter du Petit Vingtième, au Congo.* Des amis de mes parents, des Belges, me l'ont offert l'année dernière dès sa sortie. Il paraît qu'il n'y en a pas beaucoup.

Il était bien renseigné pour son âge. Un confrère lyonnais, qui commençait à se spécialiser dans les ouvrages pour la jeunesse, m'en avait parlé : à peine dix mille exemplaires... Un héros qui achète son équipement au rayon « Congo » du Bon Marché... Très sympathique...

— Tu permets ? lui demandai-je en tendant la main pour qu'il me confie un instant son trésor.

C'en était un, effectivement. La vérification fut rapide : il possédait l'un des premiers exemplaires du tirage de tête de cinq cents exemplaires numérotés et signés sur le contreplat « Tintin » par Hergé et « Milou » par sa femme, mais un doute subsistait. Par déformation professionnelle, je ne pus m'empêcher de l'examiner comme s'il s'agissait des *Essais* de Montaigne dans l'édition de 1588 corrigée de sa main : album au dos toilé vert, cent quinze planches sans pagination, imprimé tantôt sur papier bouffant, tantôt sur papier couché mat. Je le feuilletai avec tout le soin requis par une œuvre d'art et en lus quelques pages. Alors le petit Pipo se planta devant moi, referma l'album d'un geste sec et autoritaire et me demanda :

— C'est qui, Dieu ?

— On ne dit pas « c'est qui » mais « qui est-ce », surtout s'agissant de Lui.

— Bon, alors qui est-ce ?

— Une sorte de père Noël pour les grandes personnes.

La réponse sembla le satisfaire – mais que savons-nous de ce qui se comprend à hauteur d'enfant ? Le russe Soko, qui avait prêté l'oreille en passant, se mêla à notre échange :

— Vous aussi, cela vous déconcerte qu'on laisse les femmes entrer dans les églises... Vous imaginez le genre de conversation qu'elles doivent avoir avec Dieu !

— J'ai déjà du mal à imaginer celle des hommes...

Puis cet homme extraordinairement vif, sinon agité tel un bourdon dans un abat-jour, un authentique personnage qui pouvait s'exprimer dans la plupart des sabirs d'Europe de l'Est, fit un pas de côté pour s'entretenir avec un autre passager dans une langue agglutinante dont aucun mot ne nous était accessible et qui, de fait, ne pouvait être que du hongrois. « Est-ce qu'ils comprennent ce qu'ils se disent ? » me demanda le petit garçon avec gravité, encouragé par les hochements de tête d'Oblomov dont l'horizontalité commençait vraiment à épouser la forme de son transat. Il avait l'air amoureux de son déclin. Un peu comme l'Occident. Son attitude gagnait en mystère de jour en jour à mesure que je l'observais. Peut-être poussait-il son principe de cohérence à son maximum, dans le refus absolu de négocier avec les circonstances. Rester fidèle à ses rêves de jeunesse, c'est se faire à soi-même la promesse de ne jamais dénoncer son passé. Tant s'y vouent, mais combien s'y tiennent… Au fond, il savait se taire en plusieurs langues. Enfin un homme en compagnie duquel il ferait bon la fermer. Rien n'est reposant comme cette hypersensibilité au silence, à ses modulations, aux vibrations qui s'en dégagent. C'est alors, et alors seulement, plutôt qu'à la lecture de n'importe quel roman, que je me demandai si notre paquebot et ses passagers n'avaient pas basculé dans un univers de fiction où tout peut arriver, et même une conversation entre deux personnes dans un idiome dont ils ignorent tout, sous le regard réjoui d'un léthargique qui n'en perd pas une miette.

Moi aussi, il m'arrivait de ne rien faire. Absolument rien. Ni nager, ni marcher, ni écrire, ni regarder ni même lire. Je pourrais vouer des journées entières à l'observation des gens qui passent, ici sur ce pont comme à Paris aux terrasses des cafés, sans jamais avoir l'impression de perdre mon temps. Quand je me regarde, cela m'accable ; mais quand je me compare, cela me rassure, c'est mon côté Mme de Staël.

Je commençais à nourrir des doutes sur la vraie nature de la paresse communément prêtée à Oblomov, le nôtre comme celui du roman ; bien malin celui qui aurait su déceler la basse continue de sa pensée ; après tout, peut-être récusait-il toute activité par refus du progrès à marche forcée, et qu'il le manifestait en s'enveloppant dans un silence qui n'échappait à personne mais que lui seul écoutait profondément. À tout prendre, sa compagnie muette m'attirait davantage que celle de tant de jeunes gens (hormis Salomé) si volontaristes dans leur démarche, si déterminés dans leurs propos, si peu effleurés par la grâce du doute, si endurcis par leur énergie positive, auxquels il manquait d'avoir un jour touché le fond et d'en être remontés pour se réinventer dans une vie autrement plus riche.

Jour 16, dans la salle à manger.

Parfois, les surnoms que je me plaisais à donner à certains passagers s'imposaient d'eux-mêmes tant ils semblaient être une naturelle et évidente transposition de personnages de papier. Un jour, j'eus l'insigne honneur d'être convié à la table d'une tribu qui ne se disloquait jamais. Quoique parfaitement française, cette famille Brocke, qui voyageait pour fêter l'anniversaire du patriarche, gagna aussitôt dans mon petit carnet le surnom de Buddenbrook. On leur avait déjà fait la blague mais je doute qu'ils aient eu connaissance du livre ; à vrai dire je ne les imaginais pas lire un tel roman, ni même aucun roman, encore que Mme Brocke, peut-être, puisque dans ce monde-là il était entendu que la fiction, avec la sensibilité et la sensualité que lui prêtent ceux qui ne l'ont guère fréquentée, est un genre féminin. Il y avait quelque ressemblance entre les deux familles, la vraie et l'autre, celle de chair et de sang et celle de papier, encore que la vraie ne fût peut-être pas celle que l'on croit, mais je ne me voyais pas parler avec eux de l'empire invisible de la littérature sur les âmes. Le patriarche avait des affaires au Tonkin et jouissait d'un titre de consul honoraire de je ne sais quel pays d'Amérique latine où il avait quelque succursale. Rien d'un diplomate, son titre étant de pure courtoisie. Mme Brocke s'exprimait peu devant son mari, comme si cela ne se faisait pas et que son éducation lui imposait de laisser le champ libre lorsqu'il régnait sur la famille rassemblée. Hors de cette circonstance, elle ne parlait pas davantage, ou bien peu, car sa seule présence dégageait un tel magnétisme que toute parole en devenait superflue. Une fois, partie à la recherche de son mari, son arrivée inattendue dans le fumoir où se tenait notre *disputatio* nous stupéfia ; par sa seule présence muette, elle avait fait taire toute conversation, comme l'entrée de la reine de Naples dans le salon de Mme Verdurin, la vraie, celle du roman. La destination de la croisière permettait de joindre l'utile à l'agréable.

— De temps en temps, on veut en avoir le cœur net, se justifiait M. Brocke. Alors on se déplace pour plonger les mains dans le cambouis, vérifier un certain nombre de choses par soi-même. Déléguer, je n'ai jamais aimé cela, mais quand les choses se trouvent aux colonies on n'a pas le choix, n'est-ce pas, alors on se résigne à faire confiance. Mon père disait qu'il faut consacrer le jour à ses propres affaires et la nuit veiller à chasser celles qui pourraient troubler votre sommeil...

— Et moi, il me tarde déjà d'être de retour à Paris pour poursuivre l'achèvement de notre maison depuis si longtemps en travaux, enchaîna Mme Brocke. Mon mari freine des quatre fers par superstition, à cause d'un vieux proverbe de je ne sais quelle tradition : quand la maison est terminée, la mort arrive... La mort, la régression, la déchéance, le déclin, tous ces signes qui disent que la fin est proche. Quand vous regardez une étoile briller de tous ses feux dans le ciel, qu'est-ce qui vous dit qu'elle n'est pas déjà en train de s'éteindre ? Il en va de même pour le destin d'une grande famille.

À mes yeux, sa vraie réussite, c'était cette famille, justement, et non ses entreprises. Même à bord ils ne se déplaçaient qu'ensemble, ne frayant guère avec les autres humains, surtout à table, la leur, à leur mesure, étant réservée durant toute la traversée. Un bloc insécable qui forçait mon admiration. En fait, je les enviais car leur unité exprimait une force intangible. On disait ce genre de dynastie industrielle rythmée en trois temps par trois générations : le père construit, le fils consolide, le petit-fils dilapide. Où en étaient-ils au juste ? Un parfum d'éternel les enveloppait. Il ne suffit pas de mener grand train, encore faut-il que les wagons soient bien attachés, ce qui était le cas à en juger par leur descendance. Vraiment, un honneur d'être le seul étranger non seulement présent mais prié de s'asseoir parmi eux alors qu'ils étaient assez nombreux, parents, enfants et petits-enfants, pour avoir à n'en tolérer aucun. Rare d'être ainsi conscients d'appartenir à une lignée dont nul ne voudra être le maillon manquant, celui qui brisera la chaîne. De l'image de cette masse qui promettait de faire front en toutes circonstances se dégageait le sentiment rassurant de la solidité, mais dénuée de tout esprit de domination ; et c'est ce ciment qu'on pouvait leur envier, à moins que ce ne fût qu'une illusion. Rien ne pouvait leur arriver, comme si leur puissance financière et leur assise matérielle, confortées par un grand patrimoine immobilier, les immunisaient contre tous les malheurs du monde, et même contre les maladies. Un seul déjeuner parmi eux à les écouter parler ne me suffirait pas à déceler la faille.

Après l'entrée unique, le maître d'hôtel avait fait déposer triomphalement deux grands bars au sel pour toute la tablée. Ainsi nous déjeunions comme à la maison, en partageant véritablement un repas puisque nous mangions la même chose, et non comme au restaurant où chacun mange son repas à lui, même dans un face-à-face amoureux. Vraiment, comme à la maison, mais ce n'était pas la mienne. Cela me fit éprouver si fort la nostalgie de ce qui n'est plus et ne reviendra jamais que, pour un peu, j'aurais aidé à débarrasser la table.

Jour 18, dans la salle à manger.

Durant une traversée, on se sent dans la ouate. Celle-ci, de légère, devient moite, gluante, étouffante. Dès la première escale, on est ramené à la commune humanité des terriens, à croire que mers et océans constituent un lieu échappé du globe. À peine pénètre-t-on dans la salle à manger que le retour au réel se manifeste dans sa brutalité. Seul un couple nous maintenait dans l'irréel. Car je ne doutais pas que la plupart des passagers étaient comme moi envoûtés par leur présence muette. Je l'avoue, la première fois que je les vis, je me laissai prendre.

Ce que l'on savait de cette femme ne parvenait que par bribes incertaines, répétées donc déformées. En construisant son propre récit, elle distillait par petites touches l'intrigue de sa vie. L'inconnue séduisait à proportion de l'étonnement qu'elle suscitait à chacune de ses apparitions, que ce fût par sa mise, sa gestuelle, son regard, une mimique, un simple mot parfois. Une grande dame qui a conscience de l'être, c'est-à-dire quelqu'un qui organise son inaccessibilité. L'une de ces femmes dont l'éclat nous coule dans les veines. La seule qui soignait ses entrées dans la salle à manger ; on eût dit qu'elle les préparait, attendant son heure afin que la vaste pièce servît d'écrin à sa beauté ; à peine en franchissait-elle le seuil qu'elle était son personnage : en se métamorphosant dans ce qu'elle incarnait, elle devenait ses admirateurs ; on la remarquait et on l'admirait, mais l'aimait-on, était-elle seulement susceptible d'être aimée, j'en doutais : la distance respectueuse interdit d'aimer une œuvre d'art. Eût-elle été parée de pourpre et d'or qu'elle n'en aurait pas été plus visible. Enveloppée d'une grande capeline noire, elle eût fait un fantôme tout aussi séduisant. L'entrée de cette passagère dans notre immense salle à manger faisait aussitôt baisser le niveau du brouhaha pour le réduire à un réseau de murmures, pendant une minute ou deux, avant qu'il ne s'élève à nouveau. C'était le signe que quelque chose du siècle précédent s'attardait dans celui-ci. Alors son enluminure intérieure, en principe indécelable, m'apparaissait et j'y voyais une grâce.

Elle et l'homme qui l'accompagnait n'étaient pas bêtement beaux, admirablement proportionnés (je dirais même : sculptés, pour les avoir parfois croisés à la piscine où ils détonnaient parmi des fesses en double menton), mais dégageaient un puissant magnétisme. Ils se présentaient au seuil de l'immense pièce comme à un assaut, lui en smoking comme dans un noir de travail, elle en robe de mousseline comme dans une tenue de guerre, mais à une heure calculée afin que le lieu soit quasiment rempli. Parfois une robe n'est qu'une robe, d'autre fois c'est une stratégie.

Cette femme captait tous les regards : une allure aérienne, un port de tête, une chorégraphie des mains, un sourire si nacré qu'il renvoyait des reflets irisés, tout concourait à ce miracle d'élégance naturelle dans lequel le luxe n'avait aucune part. Ce que je croyais être son charme ne devait rien à l'argent et c'était l'autre miracle. Elle n'était pas l'une de celles qui s'habillent systématiquement de l'air du temps, en fonction de la mode sans se demander si celle-ci leur sied. Lorsque le couple estimait que son public était prêt, il traversait la salle la tête haute, elle devant, lui derrière, sans un regard pour le peuple de nains que nous devions représenter à leurs yeux ; ils ne faisaient que passer, tel Ulysse au royaume des ombres ; ils rejoignaient une table pour deux isolée, toujours la même, près du hublot, n'échangeaient pas un mot de la soirée et repartaient les premiers, juste après le dessert, afin de réussir leur sortie aussi bien que leur entrée, non sans être parvenus tout au long de la soirée à conserver l'un comme l'autre un visage absolument inexpressif.

Ce couple, dont on ignorait le nom et la nationalité, était proprement phénoménal. Il ne leur manquait pas un bouton de guêtre, tout en eux était ajusté, pas un détail négligé : des parfaits. Or cette absence de grain de sable propre à gripper la machine n'est-elle pas justement le détail qui tue ? La seule fois que je pus les frôler, cela me sauta aux yeux : cette perfection était leur principal défaut. Celui qui gâchait l'ensemble. Ma déception fut à la mesure de mon emballement. Des créatures inhumaines. Tout rayonnait en eux sauf leur personnalité. Trop de retenue avait tué le naturel qui est le sel de la vie. Une attraction au fond trop froide, inexpressive et désincarnée dans sa recherche d'excellence esthétique, empêchait ce couple d'exercer la moindre séduction faute de posséder l'essentiel : le charme. La magie qu'il pouvait exercer s'évanouissait pour quiconque s'en approchait car leurs regards reflétaient un vide effrayant. Les yeux de Méduse pétrifiant le mortel qui la dévisage.

Ce soir-là, à ma table, nous dûmes subir la présence de Delbos de Calvignac, qui s'autorisait abusivement de sa position de membre du conseil d'administration de la compagnie. Le genre de type qui devait porter sa rosette de la Légion d'honneur jusque sur le revers de sa veste de pyjama. Je l'évitais depuis que je l'avais surpris, un matin alors que je me rendais à la piscine, sermonnant un mousse de sonnerie parce que ses souliers n'avaient pas été cirés à la pâte Marcerou ; il semblait prêt à faire télégraphier aux établissements de Levallois-Perret afin qu'ils lui en fassent expédier quelques boîtes à la prochaine escale. Le fâcheux était un prototype exceptionnel de bavard, son moi en perpétuelle expansion. Du perroquet il n'avait pas que l'œil rond : l'éloquence aussi. Grand dehors contre petit dedans. Air connu. Comme si ses enfilades de formules mises bout à bout allaient créer une pensée, alors qu'elles ne produisaient au mieux qu'un fouillis d'étincelles. Il s'exprimait comme un catalogue ; on l'eût volontiers crédité de l'invention de son propre temps verbal : le présent descriptif. Une fois le soufflé retombé, rien de cohérent n'en émergeait. Non seulement il était interminable, prolixe, abondant, mais il annonçait le pire dans le flot même de son discours, en s'interrompant au moyen de légères parenthèses sonores ponctuées d'un « j'y reviendrai » qui faisait redouter effectivement le pire ; parfois, il y ajoutait une pointe de perversité en y substituant un « nous y reviendrons » qui nous associait tous à son entreprise d'asphyxie collective. En cédant ainsi à leur irrésistible besoin de parler pour être, les gens de son espèce se doutent-ils du mal qu'ils font autour d'eux, ont-ils seulement conscience de voler de précieux instants de nos vies ? Accepter un tel homme à notre table, autant consentir à une prise d'otages. Les prochaines fois, sans moi. Un bavard n'attend jamais de réplique. Et celui-là, en plus, nous gratifiait de citations qui se voulaient des formules historiques mais n'étaient que des anecdotes de fin de banquet ; d'autant plus infernal que sa parole écrasait celle des autres. Sa femme sut y couper court avec beaucoup d'esprit.

— Que voulez-vous, dit-il, moi j'aime les aubes où, dès qu'on ouvre la fenêtre, on sent l'herbe coupée. Alors, ici, je souffre...

— Il en fait beaucoup, mon mari, à quoi bon un tel parfum à l'heure de la première cigarette, n'est-ce pas chéri ?

Ce qui eut pour effet de le faire taire. Alors l'atmosphère devint aussi rafraîchissante qu'un verre d'eau.

Malgré tout ce que je lis, ou plutôt en dépit de toute cette culture littéraire que l'on me prête parce que je suis, depuis toujours, dans les livres jusqu'au cou, j'éprouve une estime sans mélange pour ces gens qui n'ont jamais rien lu, vraiment rien, pas l'ombre d'une ébauche de littérature, mais qui n'en sont pas moins intelligents, dotés d'un instinct puissant et d'une intuition sans faille, forts d'une belle expérience de la vie, et qui ont très bien *réussi leur vie*, à défaut de *réussir dans la vie* selon les canons en vigueur. Combien de fois ai-je eu envie de lancer à la figure de piliers de bibliothèques : « Délivrez-vous ! », ou plutôt : « Dé-livrez-vous, lâchez les bouquins ! », mais je n'ai jamais osé. D'autant que les plus dénués d'imagination ne manquaient pas de toujours m'y ramener, comme si ma vie s'y réduisait. Delbos de Calvignac n'allait pas s'en priver.

— Mais alors, cher Bauer, vos bouquins si précieux, ça vous fait quoi quand vous les lisez ?

Incroyable comme les nouvelles vont vite sur

un paquebot. Quelle que soit sa taille, tout se sait dans l'instant.

— Vous savez, ce n'est pas le but premier.

— Tiens donc ! Expliquez-nous ça...

— Il y a d'abord l'excitation de la recherche, puis celle de la découverte. Ensuite la négociation pour l'achat et après, une fois entré en possession de l'objet...

— Vous le lisez.

— Non, je le hume, je le caresse puis je le palpe...

— Comme une femme, quoi ! dit-il, assez satisfait de son analogie.

— Je le mets à l'oreille, car les pages très anciennes dégagent un son d'une certaine vibration lorsqu'on les tourne avec toute la délicatesse qui s'impose, alors resurgissent les fantômes des lecteurs qui les ont touchées avant moi, et aimées aussi qui sait...

— C'est bien ce que je disais !

— Puis j'examine avec soin la reliure, qui est souvent à elle seule un objet d'art, ensuite les pages de garde afin d'y repérer l'ex-libris, parfois la dédicace et, les grands jours, une lettre de l'auteur qui truffe l'exemplaire.

— Qui truffe l'exemplaire ! Merveilleux...

— Et alors seulement...

— Vous le lisez à la lumière d'une chandelle !

— Non, je le pose sur la table basse et j'en parle avec mon ami Molinaro, avec qui j'échange mes impressions.

Ce qui le laissa pantois.

Notre petite troupe comptait dans ses rangs plusieurs échantillons de cette espèce. Celui que le hasard du placement avait installé un soir au dîner à ma gauche, un fameux organisateur de concerts, n'en avait que pour la musique. Depuis un moment, ce jeune Maltais si britannique du nom d'Adrian Mifsud, assez excentrique pour exiger par un acte notarié qu'aucun de ses os ne soit troué pour servir de flûte enchantée, au visage aussi inexpressif qu'un ciel immaculé, cherchait à m'embarquer dans une discussion sur ce qu'il appelait les « compositeurs autobiographiques » ; il les vouait aux gémonies, Mahler en particulier à qui il reprochait de fabriquer une musique pleine de ses propres souffrances, les exhibant sans être capable de les faire accéder à l'universel ; comme si un artiste pouvait créer en dehors de ses intimes malheurs, de ses névroses cachées, de son secret le plus enfoui ! Je ne me sentais pas le cœur de lui prouver la dimension métaphysique du compositeur, ni même de lui démontrer quoi que ce fût s'agissant de musique, tant le souvenir de la création de ses *Kindertotenlieder* me bouleversait encore. Ce soir de l'hiver 1905, à Vienne où je me trouvais, Mahler, si je puis dire, m'avait *expliqué* ce qui m'arrivait, mieux que je n'aurais su le faire, ce qui est la définition même du chef-d'œuvre en art ; et rien que pour cela, pour cette grâce funèbre et miraculeuse qui s'était emparée de moi ce soir-là dans la salle de la Gesellschaft der Musikfreunde, ma reconnaissance lui serait éternelle. Mais on peut passer des heures sur le pont-promenade à spéculer sur ce que l'on trouverait si on s'aventurait de l'autre côté du vent, le regard embué par la nostalgie des mondes disparus.

Mon interlocuteur demeurait intraitable dans ses certitudes bâties sur une théorie à mes yeux farfelue, cloîtré dans un donjon théorique du haut duquel il considérait et expliquait toute l'histoire de la musique. Inutile de l'inviter à chercher dans quelque repli obscur et inexploré de son for intérieur. Aucune chance que la grâce puisse jamais surgir dans une âme aussi fermée. Ce qui était tout de même regrettable s'agissant d'un art – et lequel ! Il me faisait penser à ce chroniqueur religieux d'un grand quotidien parisien que ses confrères surnommaient « le pisse-copie de l'épiscopat » et qui ne semblait jamais effleuré par le doute, figé dans sa bonne conscience comme le bœuf dans sa gelée. Au fond, le seul moment où il me toucha fut celui où il m'avoua qu'il aurait bien aimé être patron, non pour donner des ordres mais pour ne plus en recevoir. « C'est la vie ! » lança-t-il en français pour clore le débat, comme le font souvent les étrangers, à croire que cela ne se dit pas dans leur langue ; à moins que cette *touch of French* n'y ajoute un certain exotisme. Au vrai, j'ignorais encore d'où il venait et je ne me fiais qu'à son accent oxfordien. Je m'étais même retenu de médire des Anglais en affirmant qu'ils n'aiment pas la musique : en vérité, ils aiment beaucoup le bruit qu'elle fait.

— Vous êtes bien anglais, n'est-ce pas ?
— Pas du tout, au contraire ! protesta-t-il.

Ce qui me plongea dans un abîme de perplexité. Il n'en fallait pas davantage pour me confirmer la prémonition de Salomé : à bord de ce paquebot, nous étions dans la nef des fous.

Jour 19, sur le pont-promenade.

D'ici, on ne s'échappe pas comme ça. L'horizon pour seule perspective, c'est à la fois trop et trop peu pour un claustrophobe épris de fuites.

À bord, on ne médite pas mieux, mais autrement, sur la seule chose qui vaille qu'on s'y arrête : le temps. Non le temps qu'il fera, qui occupait beaucoup l'esprit de mes compagnons de voyage, mais le temps passé, oublié, présent. Impossible d'en sortir. À bord plus encore qu'à terre, on peut avoir le sentiment de l'émiettement de l'univers, de la dispersion du temps ; sans la cloche nous rappelant à l'ordre des repas, la suite des instants et des périodes paraîtrait abolie ; la croisière serait deux fois plus longue qu'on en perdrait le rythme des jours. À bord, hors du temps, me manquent cruellement ces zones grises, incertaines, flottantes (un comble !) qui constituent l'arrière-pays. Ici l'horizon en fait office, et il est partout. Ce n'est pas une ligne fixe au loin mais une barre, au bout de l'océan, qui nous cerne.

À bord, on se persuade que vivre sur un

paquebot, c'est comme vivre dans un grand hôtel, en mieux ; on s'y déleste du poids des choses, on échappe aux pesanteurs qui assombrissent tant les terriens, on met à distance les soucis de propriétaires mais, en plus, on a l'illusion de changer d'hôtel en permanence dans une atmosphère de totale fluidité. Tout paquebot est une ville flottante ; d'ailleurs, Jules Verne en a fait un roman bâti autour du *Great Eastern* et de sa traversée Liverpool-New York ; je l'avais lu dans ma jeunesse et j'avais savouré son portrait mordant du microcosme ; j'avais eu l'occasion de le relire des années après, ayant acquis dans une vente l'édition Hetzel de 1871 pour le compte d'un collectionneur et, cette fois, une remarque m'avait frappé : les récits de grandes traversées sont le fait de voyageurs de première classe, éventuellement d'ecclésiastiques en seconde, mais rarement de passagers de troisième, émigrants démunis ou soldats du rang. Ils ont d'autres soucis.

Non, vraiment, d'ici, non seulement on ne s'échappe pas, mais on n'échappe à personne. Comme je m'étais accoudé au bastingage histoire de me rafraîchir les paupières, Delbos de Calvignac me rejoignit. Il commença par se taire pendant de longues minutes, ce qui m'inquiéta ; dès qu'il bougeait la tête, ses bajoues flottaient comme les volumineuses poches extensibles que les pélicans agitent sous leur bec ; il observa le ballet des mouches au-dessus d'une table encore encombrée des reliefs d'un repas sur le pouce, et la trace de leurs chiures avec le même effroi que Luther pointant une manifestation de Satan lorsqu'elles s'écrasaient sur sa Bible ou sur son nez.

— Vous me paraissez bien mélancolique, avec votre regard perdu dans le vague...

— C'est vrai, je m'attristais à la pensée que tous les gens qui sont là un jour n'y seront plus, ni là ni ailleurs.

— Pas tout de suite, si vous le voulez bien !

— Au fond, le mieux, ce serait de mourir jeune, mais le plus tard possible. Sauf accident...

— Encore l'accident ! s'énerva-t-il.

On peut voyager pendant des jours sans apercevoir le moindre panache de fumée. On peut passer des nuits à guetter l'alignement des planètes. Certains passagers me saluaient obséquieusement plusieurs fois par jour. D'autres étaient si aimables qu'ils ne faisaient rien d'autre. À mesure de la traversée, les conversations de l'entrepont s'affirmaient comme celles du juste milieu, à mi-chemin des autres : la trivialité de la salle à manger et le sérieux du fumoir, ou plutôt « la chambre à fumer », comme disait Jules Verne de celle du *Great Eastern*.

Jour 21, au fumoir.

Ce jeudi-là fut une journée mémorable par son intensité. Non qu'il se passât quoi que ce soit de notable à bord. Juste des échanges de paroles qui marquèrent une étape et modifièrent les relations entre certains passagers. Il y eut d'abord notre parlerie quotidienne au fumoir. Selon la forme des participants, la durée de leur sieste et leur alcoolémie (l'un d'eux, un député radical du Sud-Ouest parmi les plus célèbres du haut personnel politique, incarnait l'archétype d'une spécialité de la IIIe République : un homme d'état d'ébriété), la conversation s'avérait plus ou moins féconde. On comptait bien dans nos rangs quelques amateurs d'alcools raides qui ne buvaient pas pour être saouls mais pour le rester. Leur ivresse n'en était pas moins de qualité, sans esclandres ni débordements. L'un de ces rares moments dans une vie où l'on ne s'appartient plus tant on se croit sorti de son corps.

— Allons rejoindre notre *disputatio* ! lança un habitué.

— Oui c'est cela, vous la *disputatio,* l'autre sa *tortilla,* avec vous deux on n'est pas rendus ! grogna Modet-Delacourt.

— *Tertulia* ! le reprit Alvarez de la Mirada. Vous confondez tout. On a déjà mangé ; maintenant, il est temps de parler, mais parler vraiment, pas comme à table tout à l'heure, parler pour signifier des choses qui valent le coup de l'être.

Deux Allemands voulurent se joindre à nous après s'être présentés. Naturellement, nous les acceptâmes.

— On va voir si vous allez démentir ce que

disait Mme de Staël de vos compatriotes, à savoir que l'esprit de conversation leur est absolument étranger, risquai-je alors que nous franchissions le seuil de notre conclave.

— Je sais ! dit le plus affable des deux. Dans notre langue le verbe se place à la fin de la phrase et il faut attendre pour comprendre de quoi il s'agit, on ne peut donc s'interrompre, ce qui est le sel de la conversation à la française.

— De toute façon, à bord de ce paquebot, c'est la France, nous parlerons donc en français. Alors bienvenue et profitez-en ! Savez-vous ce que disait le général Montecuccoli ?

Ma question eut pour effet immédiat de provoquer un rire général, qui se métamorphosa chez l'un d'entre nous en une crise de fou rire inextinguible.

— Non, ce n'est pas vrai... Montecuccoli ! réussit-il à articuler en manquant s'en étrangler. Mais qui c'est celui-là ?

— Un général modénois du XVIIe siècle.

— Ah, et qu'a-t-il dit, le Montecucul... le Montecoco... ?

— « Il faut toujours saisir l'occasion par les cheveux, mais ne pas oublier qu'elle est chauve. »

Ce qui les laissa cois, et même pensifs. Au moins ma citation avait-elle eu la vertu d'inscrire notre discussion dans la bonne humeur. Une brève illusion. À peine étions-nous assis qu'Hercule Martin, dont la réputation de médicastre ne cessait de grandir à mesure de la traversée, redevint le grand assureur qu'il était dans le civil.

— Incroyable ce que ça brûle bien, un paquebot ; le feu s'y répand avec une facilité déconcertante, lança-t-il tout de go avant de dresser une anthologie de la catastrophe en mer. L'*André Lebon* au wharf de Yokohama, le *Fontainebleau* en mer Rouge, le *Paul Lecat* en cale sèche à Marseille, l'*Atlantique* dans la Manche, le *Paris* au Havre ! Peu de compagnies y ont échappé. Le *Georges Philippar* est assuré pour cent quinze millions de francs.

— N'empêche que M. Philippar, c'est quelqu'un.

— Forcément, tout le monde n'a pas un paquebot à son nom de son vivant...

— Sur proposition du conseil d'administration.

— Ah... Et qui préside le comité général du Bureau Veritas ? M. Philippar... Hum...

— Dans la marine marchande, contrairement à la marine nationale, l'usage autorise à donner le nom d'un navire du vivant de la personne. Ses collaborateurs ont dû insister pour le lui faire accepter. D'ailleurs, savez-vous qui il a choisi comme marraine du paquebot ? Pas une vedette de la chanson ni une starlette de cinéma mais Mlle Lydia Porché, fille de l'un de ses plus anciens employés de l'agence générale de Marseille.

— Certes, enfin... tout de même...

— Et en tant que membre de l'Académie des sciences coloniales et président du Comité central des armateurs de France, il représente toute la profession.

— Mais il s'est bien gardé de participer à cette traversée. Il s'est contenté de la petite croisière inaugurale avec les huiles, les amis, la famille, de Saint-Nazaire à Marseille.

— Qu'insinuez-vous ?

— Je dis ça, je ne dis rien. Je remarque, c'est tout, conclut l'assureur.

On s'employa à faire dévier notre petit colloque vers des sujets moins polémiques. L'un de nous proposa un tour de table sur ce qui constituerait pour chacun le malheur absolu. Être privé de la lecture quotidienne du *Gaulois*... Avoir à supporter le *small talk* d'un Anglais à table... Boire un verre de mauvais blanc le matin... Rester enfermé dans sa cabine au-delà du nécessaire... Avoir à répondre à ce genre de question... Être obligé de parler à des inconnus... Ce fut un festival qui eut effectivement le pouvoir de détendre l'atmosphère. Ah, le café du commerce... Ce n'est pas parce qu'il flotte qu'il échappe à la gravitation commune des bars tabac de France. Quand vint mon tour, je dis simplement ce que j'avais sur le cœur, spontanément, sans y avoir réfléchi alors que j'en avais eu le temps : ne pas être en mesure d'aider ses enfants... Ce qui jeta un froid. Je n'avais pu m'en empêcher.

Le jeu reprit, à nouveau enjoué. Certains rivalisèrent d'humour et de fantaisie. Même les mutiques, si éloquents lorsqu'ils levaient le sourcil ; celui qui écoute participe à la parole, comme on dit du public des grands procès.

Jusqu'à ce qu'un Français du nom d'Alfred Balestra, professeur qui venait d'être promu directeur d'une école à Saïgon, relève le gant, le geste lent et précis, une attitude qui aurait pu faire croire à un ralentissement moteur, mais non, c'était juste la manifestation de son sens de la mesure. Un homme à la voix maigre, pas un gramme de graisse dans ce grain, dont tous les traits du visage semblaient s'être ligués pour dissimuler l'âme. Il avait de l'esprit quand il le voulait ; hélas il le voulait rarement. Son visage portait la trace légère d'une ancienne désolation qui suffisait à le rendre émouvant. On le sentait déchiré entre ses propres démons et ses devoirs envers la chose publique et il en faudrait peu, un détail, un mot de trop, un pas de côté, pour qu'il privilégie les premiers aux dépens de la seconde, seul moyen de ne pas se renier et de demeurer fidèle à ses rêves d'enfant.

Il y a comme ça des gens qui se laissent à peine deviner. Certains, lorsqu'ils parlent, on entend les points ainsi que les virgules et même, chez les plus pontifiants, les points-virgules. Chez cet homme qui avait voué sa vie à l'étude du droit tenu pour une science intangible, à son respect et à son culte, au langage figé des normes, on entendait les notes en bas de page. Tout ce qu'il disait était référencé, documenté afin que nul ne s'avise de le prendre en défaut. Je l'avais mal jugé, superficiellement, pour avoir partagé sa table une ou deux fois ; que pouvais-je bien avoir à dire à un homme aimable et digne de confiance qui se lève tôt et ne boit pas ; sa femme le faisait passer pour un ours car il refusait de l'accompagner dans les cocktails au motif qu'il vaut mieux être assis chez soi que debout chez les autres ; la trivialité de son propos (comment peut-on parler sérieusement de la météo !) m'avait bêtement suffi à l'inscrire dans mon petit carnet comme « l'homme à la cervelle de vent » alors que, par un effet de son éducation, il se contentait de s'adapter à la conversation générale. Mais nous n'étions plus dans la salle à manger ni sur le pont-promenade et, à cette heure de la journée, le fumoir réquisitionné par notre groupe l'autorisait enfin à livrer le fond de sa pensée.

— Le malheur absolu, pour moi, ce serait la victoire de l'idée nationaliste en Europe. Ce n'est pas encore fulgurant mais, petit à petit, ça grignote de l'espace, ça s'insinue dans les discussions, ça se banalise dans les rues, ça ronge les esprits ; le jour où l'on s'en inquiétera vraiment, ce sera trop tard, le poison sera là. Et qu'est-ce qu'on lui oppose ? Le déni puis le silence, qui n'est ni indifférence ni lâcheté, du moins je veux le croire, mais l'expression de la sidération, de l'impuissance, du doute.

— Qu'est-ce que vous êtes sombre !

— Vous verrez, cette folie qui vient, cette barbarie qui monte, ça nous fera tous crever.

— Toujours aussi optimiste, railla Modet-Delacourt. Il paraît que l'on vous a surnommé Zara... comment est-ce déjà ?... Ah oui, Zarathoustra !

— Zarafouchtra, oui..., murmura une voix.

L'intéressé ne releva pas. Il est vrai qu'il n'avait pas grand-chose de commun avec le personnage de Nietzsche à la solitude azuréenne, capable d'enseigner l'éternel retour des choses et d'annoncer la venue du surhomme ; on ne le sentait pas chercher un acquiescement dionysiaque du monde, même si on l'avait effectivement entendu pendant le repas employer des paraboles pour demander qu'on lui passât la salière. Il préféra poursuivre son sombre avertissement. Les mots sortaient de sa bouche avec une telle lenteur qu'ils semblaient extraits d'une vérité ancienne ; de ce long mûrissement, ils tiraient leur force de persuasion :

— Des régimes politiques où les citoyens n'auront plus le droit d'avoir des droits, voilà ce qui se profile en Europe à moins que l'on n'y mette un frein.

— En empêchant lesdits citoyens de les élire démocratiquement ? ironisa Modet-Delacourt décidément en verve.

— Les Vandales ont raté le monastère de Saint-Gall, en Suisse, de neuf kilomètres, en descendant du nord. S'ils l'avaient brûlé, Horace, la plus grande partie de Cicéron, Thucydide, Catulle, nous n'aurions plus rien de cela, car ils en possédaient les manuscrits uniques. Dans son scriptorium, on recopiait les textes grecs et latins. C'est là que l'Europe se réveille. À Sarajevo, mille six cents incunables ont été brûlés et il n'y a pas de copies. Toute époque sait être barbare.

C'est alors que l'un des deux passagers allemands membres de notre informelle société émergea de l'épais nuage bleu dégagé par son cigare, d'un bleu assorti à celui des uniformes des marins, qui commençaient enfin à abandonner le noir. Il le posa dans un cendrier à sa droite, jeta dédaigneusement sur la table basse le numéro du magazine *Time* qu'il feuilletait consacrant en couverture Pierre Laval comme « homme de l'année 1931 », s'avança au bord du fauteuil en cuir où il s'était enfoncé et, coudes posés sur les genoux, avec l'attitude de celui qui est prêt à en découdre, lui répondit calmement dans un français à peine teinté d'une légère trace d'accent :

— Faites-vous allusion à mon pays ou est-ce une vue de l'esprit ?

— Votre perspicacité vous honore.

— Mais qu'est-ce qui vous gêne tant chez les nationaux-socialistes, car c'est bien de cela qu'il s'agit, n'est-ce pas ? reprit Rainer Reiter, ainsi qu'il s'était présenté, en entrant cette fois dans le vif, le sourire noué sur la nuque.

— J'ai des doutes sur leur attachement à ce qu'il y a d'humain dans l'homme. Plus je les observe, plus je les écoute, plus je les lis, car il *faut* les lire, plus je crains que l'idéologie ne les aveugle et l'emporte sur, disons, le souci de la plus élémentaire dignité.

— Vous pourriez en dire autant des communistes, rétorqua l'Allemand, tout à sa joie de se trouver enfin un adversaire à qui s'opposer et apte à devenir, un jour peut-être, on peut rêver, un ennemi de qualité qui le rehausserait.

— Peut-être, mais je ne les connais pas ; voyez-vous, je suis européen et l'Allemagne m'importe.

— C'est un mauvais procès. Les méthodes des nationaux-socialistes sont un peu vives, parfois radicales, mais qui ne l'est pas dans l'opposition ? Vous verrez, une fois au pouvoir, obéissants comme ils sont, car ils ont la religion de l'obéissance, vous le savez bien, tout rentrera tranquillement dans l'ordre et c'est cela que veut le peuple allemand plus que tout. L'ordre ! Ainsi nous aurons tous la paix.

Modet-Delacourt, qui buvait les paroles de cet industriel de la Ruhr, en profita pour renchérir :

— Pareil pour la France ! L'ordre pour avoir la paix.

Un certain temps de conversation est souvent nécessaire avant que le cuir ne s'assouplisse. Mais, tout de même, l'évocation de méthodes « un peu vives » des SA, les sections d'assaut du parti, qui faisaient la loi dans les rues de Berlin et de Munich, brisaient, frappaient, blessaient, brûlaient à tout va, me parut un euphémisme trop saumâtre pour ne pas y réagir. Mais, craignant de ne pas me maîtriser, je résolus de n'en rien faire, même si j'en laissais tout paraître.

— Vous ne parlez pas ? me demanda l'assureur.

— C'est à cause d'un vieux proverbe chinois...
— Ah...

— Si ce que tu as à dire n'est pas plus beau que le silence, alors tais-toi...

Et peu m'importait que ce silence fût interprété comme celui du dédain. Un ange s'ébroua pesamment. L'atmosphère s'épaississait. Pourtant, optimistes et pessimistes, tous se penchaient sur le destin de l'Europe, cette vieille chose si attachante qui produit plus d'histoire qu'elle ne peut en absorber, comme ils l'avaient fait auparavant sur celui du paquebot, en médecins et croque-morts. L'analogie s'imposait. Vitruve disait qu'un édifice ne doit pas seulement tenir solidement mais aussi *avoir l'air* solide. Question d'image, ou de mise en scène si l'on préfère. Un paquebot, c'est pareil. Une civilisation, tout autant. Ce qui me désole, c'est que l'un comme l'autre ont de moins en moins l'air de *stehen*, comme on le dit mieux en allemand, de tenir, de se tenir, de résister.

— La peur est un terrible instrument de pouvoir. Le préféré des tyrans. Vous voulez nous dominer, c'est ça ? demandai-je en me tournant vers l'industriel allemand auquel je n'avais aucune envie d'accorder la grâce d'un surnom, tant sa placidité m'impressionnait.

— Vous manquez de tolérance, Bauer. Eux aussi, ils ont le droit de s'exprimer.

— Pour être tolérant, il faut fixer les limites de l'intolérable, lesquelles passent par des seuils clairement repérables. Sans être encore au pouvoir, les nazis font déjà régner la terreur dans les rues. Vous tolérez, moi pas.

— Vous noircissez le tableau, ce doit être un effet de votre pessimisme, reprit Reiter.

— Par expérience, je ne fais que me préparer à l'incertitude.

— Décidément votre vision de l'histoire est bien tragique. La fréquentation des grands esprits devrait plutôt vous incliner à...

— Au pessimisme.

— J'aurais imaginé l'inverse car nos sociétés résistent plutôt bien, au fond. Voyez où nous en sommes après la guerre et la crise économique, deux cataclysmes en moins de vingt ans et la vieille bête démocrate est en forme.

— La boue démocratique, renchérit son ami... Ohé Bauer, redescendez dans le plat pays de l'optimisme, l'air y est meilleur.

— Elle a fait du chemin, la démocratie.

— C'est qu'elle sait marcher ! Quand on prend conscience que le monde est devenu inhabitable, on en tire les conclusions, au lieu de pleurnicher. Avez-vous déjà songé au suicide ? Vous devriez, mon cher, vous devriez. Et puis vous vous asseyez sur le suffrage populaire, quoi de plus intolérant !

— Ces gens-là ont d'ores et déjà rabaissé de plusieurs points l'indice de civilisation de leur pays. Si on les laisse faire, un jour ils en feront autant en Europe. Ces gens-là, il faut les arrêter et les enfermer.

— Allons, ne faites pas de procès d'intention au NSDAP, ce parti n'a jamais gouverné. Vous êtes bien intransigeant pour un démocrate.

— Ma semaine de bonté est terminée.

À vrai dire, l'éclat de sa pensée me demeurait énigmatique. En la développant, il ressassait le mot « décadence », ad nauseam. En mer, tout porte à l'indifférence au cours du monde ; sauf à bord d'un paquebot, où l'histoire, l'actualité, la politique forment un cocktail explosif. Pour éviter que la discussion ne tourne à l'affrontement personnel, tout le monde s'en mêla. On me reprocha d'être obsédé par la guerre, mais comment leur expliquer l'image irréelle, fantastique, qui hantait mes nuits : l'air terrifié avec lequel les maisons nous regardaient quand nous avions pénétré dans Craonne abandonné par ses habitants sous les bombardements ; on me conseilla de prendre des leçons d'oubli, sans verser dans l'amnésie ou la négation, juste pour laisser l'histoire s'apaiser et les sentiments réciproques repousser sur un terreau plus fécond. Le fait est que, lorsque je regardais poindre la nouvelle Allemagne, j'étais pris d'une furieuse envie de décamper de ma vie, de cette vie-là, de m'exiler de ce monde. Je le faisais déjà, puisque nulle part mieux qu'en mer on se trouve en état d'apesanteur. N'empêche : la manière dont notre époque habitait le temps m'échappait encore. Le comportement de certains de mes compatriotes m'accablait lorsqu'ils représentaient notre pays.

Il arrive que la France me déçoive. Pourtant, on ne cesse pas de l'aimer quand elle cesse d'être aimable. Il est vrai qu'elle porte en elle quelque chose de plus grand qu'elle, qui l'excède et la dépasse, ce supplément d'âme qui l'inscrit pour l'éternité dans un lieu inaccessible aux humeurs et mauvaises manières de l'époque.

— Pardon mais, si l'on en juge par sa frénésie militante et, comment dire, ses excès de langage, il est à craindre qu'une fois porté au pouvoir cet Hitler n'exagère, non ? risqua Armin de Beaufort en parfait homme de compromis.

Il considérait cet art si difficile de conciliation des contraires comme une méthode d'action et non comme un renoncement. Il y a comme ça des gens qui semblent naturellement dotés d'un esprit intercesseur. Il ne s'était pas départi de sa courtoisie afin de ne pas mettre nos amis allemands dans l'embarras, et avait commencé une fois de plus par s'excuser de prendre la parole. Il reprit :

— D'autant que, par sa passivité, le président Hindenburg, si naïf dans ses manœuvres et son goût de l'intrigue, si persuadé de pouvoir entortiller les nazis, mène votre pays à la catastrophe. Pour moi, avant même d'accéder au pouvoir, ces gens-là ont d'ores et déjà une âme de machinistes de la mort.

Je l'enviais car son éducation lui permettait d'énoncer de terribles vérités et de lancer d'implacables anathèmes tout en conservant sa dignité – ce dont je me sentais bien incapable. Pour rien au monde je n'aurais voulu passer pour un écho contrefait de saint Polycarpe, cet évêque de Smyrne de l'Antiquité tardive qui allait en répétant : « Dans quelle époque vivons-nous ! » jusqu'à le hoqueter. Les mots me manquaient pour transmettre ce qui me hantait, cette dissolution des valeurs sous les bruits de bottes qui ne tarderaient pas à les écraser. Hitler pariait beaucoup, et on ne pouvait lui donner tort, sur la passivité, la résignation, la faiblesse, la lâcheté ambiantes. Si las, blasé, désabusé que le peuple allemand parût, son indifférence n'était qu'un masque. Mais pour rien au monde je n'aurais non plus voulu être confondu avec cet étrange passager originaire des Balkans, invisible, incolore et inodore à force de rester assis au fond du fumoir. Le moindre signe d'ostentation lui faisait horreur ; l'usage du « je » devait lui être une outrecuidance ; tant et si bien qu'imperceptiblement sa discrétion glissait vers son effacement ; il était là sans être là puisqu'il n'entrait dans aucune conversation et ne manifestait pas le moindre signe de participation à l'assemblée, fût-ce par des gestes ou des grognements à défaut de paroles ; un pur récepteur qui se gardait bien d'apparaître comme un émetteur, position intenable dans le monde car on ne peut durer en recevant sans offrir.

À mesure que mon contradicteur s'enhardissait dans sa défense de la nouvelle Allemagne, celle que tout annonçait comme inéluctable, comme si la République de Weimar était déjà à l'agonie et qu'elle n'assurait plus que l'intérim, je prenais la mesure du travail que les nazis avaient opéré en profondeur dans les couches les plus élevées de la société. Rainer Reiter avait fait d'excellentes études avant d'avoir son rond de serviette à la table d'un conseil d'administration de la sidérurgie. En l'écoutant se raconter, il m'apparut pour la première fois que les esprits formés dans les meilleures universités d'Europe, que l'on aurait crus les mieux armés contre les sirènes de la démagogie, y avaient succombé, tant la modernité leur faisait horreur. Il me fallait me rendre à l'évidence : Hitler et les siens avaient *aussi* fait la conquête des centaines de mouvements *völkisch* composant la nébuleuse ultranationaliste.

— Je vous donne rendez-vous en juillet prochain, me lança-t-il en me donnant du « cher ami » pour calmer le jeu. Aux élections fédérales ! Et vous verrez que le NSDAP deviendra le premier parti d'Allemagne, c'est écrit. Et je n'ai rien d'un militant, je n'en suis même pas membre. Simplement, je crois en mon pays, en sa résurrection digne d'un phénix sur les cendres de l'infâme traité de Versailles, et je ne crois pas me tromper en prédisant que, une fois nommé chancelier, M. Hitler sera l'homme de la situation. J'aime autant prévenir ceux qui veulent l'abattre : quand vous visez le roi, mieux vaut ne pas le manquer…

— Vous l'avez vraiment écouté et vraiment lu, votre Hitler ? l'interrompit le professeur.

— Mes amis et moi, entendez par là des chefs d'entreprise, des banquiers, des industriels, bref des gens qui exercent un réel pouvoir sur l'économie et la finance de notre pays, on ne nous influence pas comme ça. Ce serait plutôt l'inverse, si vous voyez ce que je veux dire. S'il lui arrivait d'en faire trop, ou de déraper, croyez-moi, nous saurions le remettre dans le droit chemin. Lui c'est lui, nous c'est nous mais aujourd'hui, seuls son parti et sa force permettront d'abattre le système et de reprendre en main notre économie pour atteindre une totale autonomie. Pourquoi souriez-vous ?

— Vous avez dit « système » pour désigner les institutions de la République de Weimar.

— Et alors ?

— C'est un terme typique du lexique de la propagande nazie. Vous l'utilisez sans même vous en rendre compte...

— Pffffft ! fit-il en balayant son argument d'un geste large puis d'un rire tonitruant censés le renvoyer dans ses cordes d'intellectuel.

« Système ! » Il en avait plein la bouche, de ce mot. Les nazis et leurs sympathisants désignaient par là non plus seulement la Constitution de la République de Weimar et les gouvernements successifs, mais d'une manière générale toute culture politique, historique, artistique qui avait prospéré depuis la fin de la guerre en Allemagne. Le système ! Le système ! Le système ! Il englobait tout dans un égal rejet, une répulsion globale qui ne faisait pas le détail et appelait de ses vœux un vigoureux coup de balai. Rainer Reiter n'avait de cesse de nier tout lien avec les gens du NSDAP, alors que la presse avait fait état de l'activisme de certains de ses collaborateurs lors de la tournée prétendument triomphale d'Hitler dans la Ruhr en 1931, à peine quelques mois plus tôt ; ils voulaient encourager l'entourage d'Adolf Hitler à bloquer les salaires, réduire les prélèvements fiscaux sur les profits industriels une fois au pouvoir.

— Six millions de chômeurs, rendez-vous compte ! Avec leur parenté cela représente un cinquième de la population. Une seconde inflation, ce serait le chaos.

La stratégie de Reiter était transparente ; seules demeuraient encore mystérieuses ses véritables motivations ; l'idée même qu'un tel homme puisse être animé de véritables convictions restait encore dans un certain flou ; qu'il fût hostile à la république ne faisait guère de doute, mais je n'arrivais pas à savoir s'il était de ces hommes d'affaires assez naïfs pour croire qu'en se rapprochant du diable il pourrait agir sur lui, le contrôler, voire le manipuler. Rainer Reiter était à l'évidence conservateur et nationaliste. Mais, alors que je l'écoutais, je le sentais progressivement glisser vers une adhésion calculée, prudente, mesurée à la perspective d'un avènement d'Hitler au pouvoir. D'autant que nous nous trouvions précisément à un moment crucial pour l'Allemagne : entre le 13 mars et le 10 avril, les deux tours de l'élection présidentielle à l'issue desquels Paul von Hindenburg, candidat d'un *Volksblock* coalisant étrangement ses anciens opposants derrière lui, serait réélu président du Reich. Une victoire inquiétante eu égard au score spectaculaire du vaincu : 36,8 % des voix pour Adolf Hitler et son parti. Cela sonnait comme un avertissement. Ce triste spectacle, celui d'un pays qui s'abandonne jusqu'à s'avachir, nous le suivions grâce aux nouvelles qui nous parvenaient par câblogramme, poste principal, poste à ondes courtes, appareils de presse, radiogoniomètre et qu'un garçon affichait chaque jour avant midi, avec les communiqués, sur un tableau dans le couloir menant à la salle à manger. Mais elles avaient dû franchir une telle distance qu'elles nous arrivaient parfois allégées de leur poids de tragédie, comme en apesanteur. De quoi leur retirer de leur force de nuisance, de leur pouvoir d'inquiétude.

Nous étions tous au courant mais certains plus que d'autres, grâce aux câbles envoyés par leur bureau ou leurs agences postées le long du parcours. De plus, les passagers disposaient chaque jour des cours de la Bourse de Paris reçus par TSF et imprimés à leur intention par François Mascou, l'opérateur. La Bourse et le reste : la victoire d'Agitato à Auteuil au prix du président de la République, la disparition du bébé Lindbergh, signalé par la suite en Virginie dans un coin inaccessible fait de lagunes, de marécages et d'arbres morts qu'on appelle le Marais Sinistre…

— Tout à l'heure, je ne sais plus si c'est vous, monsieur le professeur, ou vous, monsieur Bauer, peu importe car vous pensez la même chose, qui avez parlé de « nazis ». Voyez-vous, ça me gêne, ce diminutif de *Nationalsozialismus*, car l'utiliser c'est déjà porter un jugement péjoratif. On ne traite pas vos amis communistes de « bolchos » que je sache, on les respecte.

— Je n'ai pas d'amis communistes, Herr Reiter. Mais je continuerai à parler de « nazis », car dire « national-socialisme », ne vous en déplaise, quand on sait que ces nationalistes n'ont rien à voir ni à faire avec le socialisme, ce serait un abus de langage.

J'avais la nostalgie de l'Allemagne, celle d'avant, et pour rien au monde je n'aurais voulu éprouver ce même sentiment avec mon propre pays, la France ; mon interlocuteur, qui voyait en toute morale un relâchement des neurones, se serait aussitôt permis de me faire la leçon avec désinvolture, comme un mauvais maître à son disciple rebelle.

Il n'est pas donné à chacun de savoir renverser la table avec des mots. C'est une pratique, une technique et, partant, tout un art. Spinoza disait que les idées n'ont de force que lorsqu'elles rencontrent les passions. Mais Reiter cherchait le conflit à tout prix car il ne s'épanouissait que dans ce type de situation. Férocité de fauve sous une courtoisie de monarque. À la manière tendue dont il tenait sa pipe, on se disait qu'il fumait le calumet de la guerre.

— Vous, les Français, vous croyez que vous avez fait une révolution parce que vous avez décapité votre roi. Lui et les siens. Mais vous avez juste changé d'aristocrates, preuve qu'il faut toujours une élite pour tenir le peuple, sinon, ça ne marche pas.

Au vrai, il ne fallait pas trop pousser Reiter pour qu'il décrive Hitler comme le seul responsable politique, qui plus est à la tête d'un authentique parti de masse, capable de mettre en place un régime autoritaire à la suite d'une révolution nationale. Il expliqua que sa méfiance envers ses projets économiques et financiers, pour amateurs et ineptes qu'ils aient pu lui paraître, s'était dissipée lorsque le fameux financier Hjalmar Schacht, celui-là même qui avait opéré le redressement monétaire de 1924 au lendemain de l'hyperinflation (les gazettes le qualifiaient même de « magicien », c'est dire), avait démissionné deux ans plus tôt de la présidence de la Reichsbank pour se rapprocher des nazis. En cela, Reiter était juste un peu en avance sur l'ensemble de ses amis du grand patronat, encore inquiets et dubitatifs quant au programme des nazis en matière économique. L'autre Allemand de notre petit groupe se manifesta enfin, moins pour marquer un désaccord que pour apporter une précision :

— Urania.

— Quoi, Urania ? interrogea Rainer Reiter.

— Schacht a été initié à l'Urania zur Unsterblichkeit, qui dépend de la Royal York de l'Amitié, laquelle fut elle-même affiliée à la Grande Loge de Prusse. C'est un frère.

— Ah... Et alors ?

— C'est bon à savoir, voilà tout. L'année

dernière, Goering a organisé un dîner pour lui présenter Hitler. Le courant est passé.

Enhardi par ce qui ressemblait bien à une vague de ferveur pour l'Europe qu'il appelait de ses vœux, Georges Modet-Delacourt se tourna vers les quelques Français de notre groupe ; il s'était manifestement donné pour mission de convaincre réticents et hésitants, nous reléguant, le professeur et moi, dans le camp des irréductibles par ignorance des réalités de la vie.

— Ce que ces messieurs vivent dans leur pays si proche du nôtre par bien des aspects, ce n'est pas seulement une crise des valeurs mais une crise de l'autorité. Oui, n'en déplaise à certains, le système persécute ceux qui, comme eux, veulent la restaurer, au sommet de l'État et à tous les échelons intermédiaires.

— Et les Juifs ? demanda le professeur. Une certaine presse ne cesse de les insulter et de les humilier depuis des années. Comme des chiens ! On ne déshumanise pas une catégorie de la population innocemment.

On entendit l'un des Allemands murmurer un « *Jedem das Seine* » en serrant les dents. Non pas une fois, mais trois de suite. Comme s'il espérait obtenir un effet différent tout en répétant la même chose.

— Exactement ! renchérit Modet-Delacourt. À chacun son dû ! Et puis quoi, la ségrégation, ça les calmera un peu, inutile d'en faire un plat. Vient toujours un moment dans la vie politique d'un pays où la négociation montre ses limites, où elle ne suffit plus, où elle est une caricature de la démocratie, voyez nos débats à la Chambre. Il est temps de remettre l'église au centre du village. L'autorité ou la décadence, ce sera ça le choix, demain. Il n'y en aura pas d'autre.

— Mais enfin, êtes-vous encore, oui ou non, un républicain ?

— À mesure que les jours passent, que l'enthousiasme populaire se manifeste pour le salutaire coup de balai proposé par M. Hitler, je me sens devenir un très mince républicain. Mais je ne vote pas en Allemagne... Et vous savez quoi ? Je monte régulièrement à cheval au bois de Boulogne et j'ai constaté une chose : à peine est-on en selle que, de là-haut, on se sent déjà moins républicain...

Une vingtaine d'années auparavant, un ami m'avait offert l'un des *Cahiers* de Péguy, c'était *Notre jeunesse*. Cette lecture m'avait ému aux larmes. Cela peut étonner de la part d'un marchand, d'un homme d'argent, et pourtant. De ce jour, ma conviction était faite : la France tiendrait tant qu'il y aurait des hommes pour croire en la république comme en une mystique. Quitte à passer pour un personnage de l'arrière-garde, on ne ferait pas de moi un adorateur de nuées. La république est chose solide, claire, puissante, il n'y a pas à en sortir. Je rongeais mon frein car un retour à la guerre, à la bestialité des tranchées, se profilait comme un spectre derrière ce que ce Français et ces deux Allemands annonçaient comme l'avenir radieux de l'Europe. Parfois les morts pèsent tant sur nous, pauvres vivants, que l'on rêverait de se désaffilier de leur legs, malgré toute la gratitude que l'on peut éprouver vis-à-vis d'eux pour la beauté de cet héritage sans testament. Il faut être soit d'un côté soit de l'autre et être capable de pleurer d'un seul œil. Or j'étais de ceux qui ne pardonneraient jamais à la guerre de nous avoir ainsi déshumanisés, animalisés, ensauvagés et, cette fois, je ne me privai pas de le faire savoir, ce qui m'attira aussitôt une réplique allemande :

— C'est pour ça que la France nous a envoyé ses sauvages après ? demanda le moins loquace des deux en saisissant la perche que j'avais imprudemment tendue. Pour se venger ?

Et, comme mon visage exprimait une moue dubitative, il enchaîna :

— Vous avez la mémoire courte : ça s'est pourtant passé il y a moins de dix ans, l'occupation militaire de la Ruhr par vos troupes coloniales. Des nègres, rien que ça ! Des analphabètes pour surveiller la nation la plus civilisée d'Europe. Vous auriez voulu nous humilier que vous ne vous y seriez pas pris autrement. Et ne me dites pas que c'était une maladresse. Et que ça viole et que ça mutile !

— Propagande.

— Ah, on s'en souviendra de la *Schwarze Schande* ! Ne vous étonnez pas après cela que M. Hitler dénonce les bâtards de Rhénanie, il joue sur du velours, alors merci M. Poincaré ! Merci !

— Propagande ! Propagande ! Vous mentez comme une affiche électorale !

Alors Modet-Delacourt, avec un aplomb sidérant, reprit la parole :

— En entendant proférer un mensonge, tout ce qui m'intéresse, c'est de déceler la part de vérité qu'il contient. Et encore ! Qu'importe que ce soit vrai, du moment que c'est juste. Voyez-vous, tout le monde ment, là n'est pas le problème.

— Où est-il alors ?

— C'est de ne pas se faire prendre.

Alors que la joute menaçait de se déplacer sur le terrain glissant du réarmement caché de l'Allemagne, plusieurs diversions furent tentées. Notre conclave, montrant des signes d'épuisement, faisait de moins en moins penser à un bureau d'esprit des Lumières, il n'en émergeait plus qu'une grande clameur de mots. Nous quittâmes enfin le fumoir. Comme le professeur franchissait le seuil en même temps que moi, j'en profitai pour lui tendre une main qu'il serra fraternellement et lui glisser un « Bien creusé, vieille taupe ! » sans être vraiment sûr que mon clin d'œil d'ancien sorbonnard l'atteindrait. Était-ce un geste de consolation, je l'ignore, mais Alvarez de la Mirada fit quelques pas en ma direction, posa doucement sa main sur mon bras et, exprimant sa discrète complicité, murmura : « Vous savez ce qui m'a fait tenir pendant cette éprouvante *tertulia* ? La pensée qu'en voyage, lorsque j'arrive dans une ville au petit jour, la fenêtre éclairée que l'on distingue au loin, c'est celle de Ramón Gómez de la Serna chez lui à Madrid, après une nuit à écrire à la lueur de cette lampe qui brille comme un feu de navire à l'avant de l'Europe... »

Nous poursuivîmes en nous raccompagnant d'une cabine à l'autre, comme on peut le faire en ville après un dîner avec un vieil ami que l'on n'a pas vu depuis longtemps, le flux des émotions n'étant pas épuisé, comme autrefois, à ceci près qu'on n'a plus ses jambes d'étudiant ; sur un paquebot, la distance étant ce qu'elle est, on oublie son âge ; et, même s'il peut y avoir un effet de foule lorsque la cloche appelle au repas, on s'y sent loin de la fourmilière des hommes qui est l'ordinaire de la terre ferme.

Même jour, sur le pont-promenade.

Pendant que nous jouions aux dés le destin de l'Europe entre l'ordre absolu et l'apocalypse relative, la croisière avait poursuivi sa vie hors du temps : dans un coin, Knock prescrivait un traitement à une souffreteuse tandis que le jeune Philippe se plongeait à nouveau dans les aventures de Tintin chez les Africains, que la Verdurin régnait en son dérisoire salon flottant et qu'Oblomov oblomovisait ; alors je ne pus m'empêcher de me pencher au bastingage du pont-promenade pour me gonfler les poumons d'air frais. Je n'y tenais plus tant la discussion avait été dense, nerveuse, oppressante comme jamais auparavant. La lourde actualité du continent que nous pensions avoir laissée derrière nous ne nous avait pas seulement rattrapés : elle avait écrasé l'illusion de légèreté et d'insouciance dans laquelle nous avions baigné depuis le départ de Marseille. Après tout, un paquebot pourrait être l'endroit idéal pour attendre le naufrage du monde, là-bas au loin. On s'y sent protégé.

— Alors comme ça, on ne supporte plus la fumée ?

La voix de Salomé qui venait de surgir dans mon dos me ramena à de plus douces réalités.

— Moins la fumée que ce qu'elle charrie, lui dis-je. Parfois, je me surprends à regretter les banalités que je subis en nageant dans la piscine, c'est dire !

— Alors, comment vois-tu l'avenir après cette *disputatio* ? me demanda-t-elle.

— À vrai dire, depuis quelque temps je l'ai perdu de vue.

— En ton absence, le paquebot a connu une panne de trois minutes. Nul ne s'en est aperçu, je ne l'ai su que par hasard en croisant deux officiers de bord qui s'affairaient. La faute aux rats, paraît-il. Parfaitement, des rats qui ont trompé les collets et qui ont réussi à pénétrer dans les machines.

— Des rats... Ce serait bien si on pouvait sortir de l'Histoire en cours, celle qui s'annonce si mal, et revenir ensuite.

— Ohé, Jacques ! Tu me fais peur avec tes idées noires. Décidément, la mélancolie, le cafard, le désamour de soi, une certaine lassitude, que sais-je encore, c'est un virus sur ce bateau !

— Fais semblant de pleurer, je ferai semblant de mourir.

— Bon ! fit-elle décidée. Un verre s'impose.

Je hélai l'un des serveurs toujours en faction aux endroits stratégiques du pont-promenade.

— Deux pastis, je vous prie !

Même jour, dans la salle à manger.

Contrairement à d'autres qui ne masquaient pas leur impatience, cela ne me gênait pas d'attendre debout à l'entrée de la salle à manger Louis XIII que Gabriel Alix, directeur, assisté de trois maîtres d'hôtel, vînt me chercher pour me placer ; d'autant que le dîner était le grand moment quotidien. L'intendant, comme on l'appelait respectueusement, avait dans le maintien, la gestuelle et le port de tête quelque chose du Maître de l'étiquette, ainsi que l'on désignait le grand ordonnateur des cérémonies à la cour sous l'Ancien Régime.

J'en profitais même pour l'observer dans sa chorégraphie. Les serviteurs des prétendus grands de ce monde ont probablement eux aussi une vie personnelle et privée, mais ils ont un tel devoir de neutralité, un tel impératif d'effacement derrière leur vocation qu'on ne la soupçonne pas. Il ne serait venu à l'esprit de personne de lui demander : « Comment ça va chez vous ? À propos, Gabriel, vous êtes marié ? Et vos enfants, ils ne souffrent pas trop de vos longues absences ?... » Non, ça ne se fait pas avec eux, alors qu'on les appelle par leur prénom, parfois depuis des années, dans notre restaurant favori. Un simple prénom pour tout état civil. Prendre des nouvelles semblerait déplacé et l'intéressé serait peut-être le premier choqué. Le conservatoire de tant de secrets, la discrétion faite homme. Un parfait diplomate doublé d'un chef du protocole, un prince de l'ombre et du silence. Toute une vie à rester debout. Servir à ce point est une névrose. Ceux qui croisent Olivier du Ritz, premier maître d'hôtel à l'entrée du restaurant, ont le tact de ne pas lui demander s'il a connu Marcel Proust car ils savent déjà sa réponse certes polie mais un peu sèche : « Je l'ai servi. » Et au ton avec lequel il prononce le mot, ce mot d'apparence si banal, on sent toute la noblesse qu'il lui confère, lui, le parfait gentilhomme de l'office. L'illustre écrivain est mort depuis dix ans mais son fantôme n'a pas déserté les lieux, à supposer qu'il le fasse jamais ; sa présence a été si prégnante entre ces murs qu'un halo y persiste encore, comme s'il venait de partir.

M. Gabriel connaissait parfaitement son métier. Il m'avait fait sourire une fois en glissant à l'un de ses assistants : quand vous voyez arriver un homme à cheveux blancs, s'il porte une rosette de la Légion d'honneur à la boutonnière, donnez-lui du « monsieur le président », vous êtes sûr de ne pas vous tromper. Ce soir-là, il m'avait intrigué en attrapant le sommelier par le bras pour lui murmurer : « Attention à la 8, il y en a un qui fait son recoulis... » Une expression dont le sens me parut indéchiffrable mais que je me promis de décrypter avant notre retour en France.

La table à laquelle on me mena paraissait des mieux parées, jusqu'à l'arrivée du couple qui devait occuper avec un léger retard les deux dernières places libres : les Modet-Delacourt. Au moins la présence lumineuse de l'épouse nous dédommagerait-elle de celle du mari. Dès l'entrée d'Anaïs dans la pièce, je l'avais suivie du regard en espérant que le maître d'hôtel ne la conduirait à aucune autre table que la nôtre. On lui présenta une chaise ; son discret sourire quand je la saluai me donna l'illusion de sceller une ébauche de complicité.

Les repas, leurs apartés, leurs pauses et leurs lenteurs, étaient le moment le plus propice à l'examen des gens, une mise à nu détail par détail, parfois d'une table à l'autre... Ici une broche XIXe de Tiffany en quartz sculpté sertie de rubis, diamants et émeraudes à l'effigie de la reine Victoria ; plus loin, posé sur la table afin que nul n'en ignore, un étui à cigarettes de Fabergé ; là autour d'un cou ravissant un collier de chien d'aigue-marine et perles typique de l'atelier Cristofol... Parfois, mon œil de cambrioleur me surprenait tant il recherchait l'insolite des petits riens. Georges Modet-Delacourt se doutait-il de mon goût de l'accessoire et de l'ornement, à moins que ma manière d'observer ne fût moins discrète que je ne le croyais, toujours est-il qu'il me lança un regard ironique qui vint interrompre ma silencieuse mise en pièces détachées de nos commensaux ; après tout, qu'importe si l'on est un homme du détail, dès que l'on est capable de penser en grand. Mon indiscrétion était toute relative ; sa femme, assise à ma gauche, pouvait se lire à livre ouvert tant elle était impuissante à réprimer ses émotions ; quiconque l'avait un peu fréquentée était capable de déchiffrer ses intentions... Le genre de personne que l'on sent si embarrassée par sa retenue, qui n'ose pas oser. Elle guettait le jour où elle serait enfin débarrassée de ce qui l'avait jusque-là empêchée de vivre.

À dire vrai, sa montre m'intriguait plus que tout ; je n'osais pas lui demander de la défaire de son poignet afin que je puisse l'examiner, son mari l'aurait interprété comme le signe d'un corsage dégrafé ou que sais-je encore. Une telle aventure m'était déjà arrivée sur le pont ; un homme m'avait demandé si je n'étais pas fétichiste des pieds car j'observais assidûment ceux de sa femme ; il me fallut lui expliquer que j'étais plutôt fasciné par la beauté de ses souliers, une véritable œuvre d'art que ce modèle dit « Les roses », broderies en chenille de soie au point de bouclette, motifs floraux stylisés polychromes recouverts de velours de soie noir, conçu dans l'atelier niçois d'André Perugia pour Paul Poiret. Mais je n'avais pas été jusqu'à demander à cette dame de se déchausser, alors que la montre Reverso… Cadran noir aux chiffres arabes, bracelet noir. Un modèle suisse que ce garde-temps encore assez rare car il avait été lancé depuis un an à peine ; j'en avais entendu parler mais je n'en avais encore jamais vu.

— C'est bien une Reverso, celle qui coulisse à cent quatre-vingts degrés dans son support ? Elle est assortie au paquebot…

— Art déco partout !

— Vous connaissez l'origine du retournement de son boîtier ? Des joueurs de polo de l'armée des Indes qui cherchaient à protéger le cristal délicat de leurs montres de la violence de leur sport.

— J'ignorais, dit-elle dans un sourire avant d'ajouter malicieusement : Mais je sais la signification de *reverso* : je me retourne…

— Comment avez-vous pu vous la procurer ?

— Lors de notre dernier séjour aux Indes pour les affaires de mon mari, le maharadjah de Karputhala, qui en avait commandé cinquante d'un coup aux dos gravés à son effigie, me l'a offerte. Georges, lui, a eu la sienne, en acier, d'un éleveur de chevaux, un Anglais, chacun ses goûts. Avec la même montre au poignet, nous formons un couple assorti, vous ne trouvez pas ?

— Vous avez fait graver un message au dos ?

— Bien sûr, à la place du portrait qui s'y trouvait, mais ça, c'est un secret entre moi et moi-même.

— Il ne semble pas que le fabricant en garantisse l'imperméabilité.

— De toute façon, je n'ai pas l'intention de me baigner avec...

— Vous pourriez avoir à nager contre votre gré, avec tous ces naufrages.

— Voilà qu'il va remettre ça ! s'énerva son mari coupant court à notre messe basse.

Silencieuse avant l'arrivée du melon glacé servi en entrée, la table se mit à l'écoute d'un aparté, qui ne l'était plus, dès lors qu'il monopolisait toutes les attentions.

— Je suis les conseils de Paul Morand, prétendit une femme dont j'ignorais tout et, comme son voisin auquel elle s'adressait marqua une moue de scepticisme, elle renchérit : Comment, vous n'avez pas lu son petit bréviaire à destination des voyageurs ? Exquis et utile. En mer, servez-vous des lettres-radio...

— Ah oui, oui, j'ai vu ça en librairie il y a quelques années. Hummm, l'art de faire une malle, la tendance à choisir les cabines du milieu du paquebot où les oscillations sont moindres, quand l'avant est bousculé par les coups de mer et l'arrière tout tremblant de la vibration des hélices, la préférence accordée avant le départ aux lettres de change et aux *traveller's cheques* plutôt qu'à l'argent. Et la bande ceinturant le livre, une petite chose en effet, vous vous en souvenez ? « Ne prenez jamais d'aller et retour. »

— Au moins, il parle d'expérience, Morand. La malle de fer, c'est une bonne idée lorsqu'on sait qu'elles sont jetées à fond de cale, sans parler de la brutalité des porteurs et des coolies dans les ports.

Je me souvenais aussi que, même dans ce genre d'opuscule à la gloire de l'agence Cook et de l'American Express, il arrivait à placer quelques petits couplets fielleux, faisant des Hébreux les inventeurs de l'hôtel payant (forcément, dès qu'il y a de l'argent en jeu...), et suggérait d'emmener toujours avec soi en voyage un thermomètre, un crayon et un revolver. Du Morand, quoi. Je l'avais lu dans son tirage de tête, l'un des cinquante-cinq exemplaires numérotés sur papier du Japon, aussitôt vendu avec quelques autres, ça part vite, ce genre de curiosité. Quelques belles formules à la fin : *faire l'éloge de son coin de terre, un point de vue de cadavre*, et aussi : *s'en aller, c'est gagner son procès contre l'habitude...* Bof, brillant mais superficiel. Ça ne fait pas un livre. Autant de convictions que je me gardais bien d'exprimer, n'ayant aucune envie de polémiquer à table. Mais, étrangement, l'homme auquel elle s'adressait les partageait et ne se gênait pas pour les exprimer.

— Cela vous empêchera de le lire ? reprit-elle en laissant entendre qu'elle connaissait personnellement l'écrivain.

— Non car son talent est indéniable, mais je n'ai aucune envie de m'attabler avec lui.

— Consolez-vous en apprenant que c'est certainement réciproque.

Le dîner était lancé et pas sous les meilleurs auspices. Vivement qu'une révolution, sèche et dure, nous débarrasse de la race des gens du monde. Assis en face de moi, les parents de Pipo m'interpellèrent ; ils se réjouissaient de ma complicité avec leur fils :

— Et que voulez-vous faire de ce jeune homme ? lançai-je.

— Sûrement pas un ingénieur. Il n'arrête pas de lire, alors…, déplora sa mère.

Une moue de réprobation sur mon visage, que j'aurais souhaitée imperceptible, la fit réagir :

— Que mon mari soit hostile à la naissance d'une vocation littéraire, jusqu'à la contrarier, passe encore, il n'en a que pour les affaires, mais vous, monsieur Bauer ?

— Ne vous méprenez pas, c'est juste qu'un roman m'est revenu en mémoire, eh oui, on ne se refait pas, plus précisément sa page de dédicace sur laquelle Jules Vallès avait écrit : « À tous ceux qui, nourris de grec et de latin, sont morts de faim. » L'avertissement n'est pas à prendre à la légère.

— Soyez sans crainte ! ironisa son père, aucun risque de ce côté-là…

Cette fois, je réprimai toute manifestation à la commissure de mes lèvres car j'aurais créé un incident de table en lui rappelant que, deux ans plus tôt, deux journées noires avaient plongé Wall Street dans la panique ; certains financiers américains, qui devaient dîner quelques tables plus loin, pourraient lui raconter comment ils y avaient perdu quelques dizaines de millions de dollars, de même que les Vanderbilt, les Morgan et les Rockefeller.

Un faisceau de mauvaises sensations se dégageait de la présence de Georges Modet-Delacourt parmi nous. De quoi passer le repas dans les eaux glacées du calcul égoïste. Chacune de ses paroles exprimait la condescendance qu'il voulait bien nous témoigner. Peu de gens pensent que les autres existent ; manifestement, il n'en faisait pas partie. On connaît tous des personnes ivres d'elles-mêmes, mais je n'en avais encore jamais observé une ivrogne d'elle-même. Une dame qui devait rejoindre son mari à Hanoï, placée par hasard à côté de lui, fredonnait doucement comme pour détendre l'atmosphère : *Sur cette terre, ma seule joie, mon seul bonheur, c'est mon homme...* Émue d'elle-même, elle chantait faux mais pleurait juste ; du moins c'est ce qu'elle laissait à peine percevoir car elle n'avait pas confiance en ses larmes ; il est vrai que nous étions à table.

— Mistinguett, nous étions à Rio il y a quelques années lorsqu'elle a chanté au grand bal inaugural du Copacabana Palace, fit Mme Fedora d'un air entendu qui suggérait une certaine complicité avec l'artiste.

— Mistinguett ? Au début du siècle, elle avait

du talent ; aujourd'hui, elle a cinquante-sept ans et manifestement elle n'est pas la seule, dit Modet-Delacourt en haussant les épaules et en s'autorisant un cruel regard circulaire. À partir d'un certain âge, les femmes doivent choisir entre leur corps et leur visage. Pour certaines, le choix s'impose de lui-même : ni l'un ni l'autre.

— Mufle.

— Pardon ?

— Sans importance, dit-elle en balayant sa question d'un léger revers de main.

— Mais encore ?

— Regardez-moi sur un autre ton, je vous prie.

Les traits un peu noyés dans la graisse, son visage se révéla alors dans sa vérité : celui d'un homme qui a des problèmes avec la féminité triomphante. Il fallait impérativement passer à autre chose, mais Mme Fedora voulait avoir le dernier mot :

— Le trait d'union, c'est la particule de la grande bourgeoisie.

— Que dites-vous ? la reprit aussitôt Modet-Delacourt d'un ton véhément, comme s'il répondait à une agression personnelle.

— Rien de grave, vous pouvez rentrer grands chevaux dans petites écuries.

— Mais qu'est-ce qu'elle dit ? Elle marmonne ! s'énerva-t-il.

— Je murmure, nuance, mais c'est sans importance.

— J'ai connu autrefois à Toulouse une famille

de Juge-Montespieu, membre de l'association de la noblesse française, dont le nom comportait un trait d'union entre ses deux morceaux...

— N'empêche, c'est important, le trait d'union. Quand il est placé entre deux dates, naissance et mort, il contient toute la vie, n'est-ce pas ?

La formule, frappée au coin du bon sens, remporta l'adhésion générale, ce qui était le but.

Cette fois, Mme Fedora s'inclina vers moi :

— Comment avez-vous trouvé les filets de sole Murat ? Il leur manque ce goût si particulier du poisson que l'on a soi-même pêché, le goût de l'orgueil, vous ne trouvez pas ?

— Je ne sais pas.

— Vous ne pêchez pas ?

— J'ai pris le poulet poché à l'estragon.

Ce soir-là, la contemplation de Mme Fedora me fit de la peine. Elle était maquillée comme une voiture volée. Ou plutôt comme une actrice du théâtre grec, le visage barbouillé à la céruse ou à la lie de vin puis recouvert par un masque de tragédie largement percé à la bouche et aux yeux, les sourcils exagérément arqués vers le haut, la face blanche afin qu'elle pût être identifiée par les spectateurs les plus éloignés de l'*orchestra* où se tenait le chœur ; sauf que nous, nous l'avions juste devant nous, à portée de souffle et, pour le coup, le spectacle de sa déchéance était vraiment tragique. À se demander si elle tiendrait jusqu'au bout de la croisière.

Il y avait bien quelques râleurs à bord, mais

aussi inoffensifs et folkloriques que cet homme d'affaires belge qui se plaignait régulièrement auprès du chef : « Trop salée, votre cuisine, trop salée ! Dites-le à M. Fabre, ou M. Alfred comme vous l'appelez. Vos cuistots sont si tristes qu'ils doivent saler les plats avec leurs larmes... » Sa formule, devenue fameuse à bord, faisait régulièrement le tour de la salle à manger. Modet-Delacourt, lui, était beaucoup moins drôle. Il n'aimait rien tant qu'étriller le monde avec suffisamment de perversité pour blesser sans tuer, grâce à une emphase cuivrée. Tout tournait autour de lui, dans l'indifférence absolue d'autres vies que la sienne. Je l'avais pourtant remarqué du coin de l'œil une première fois au fumoir lorsqu'il avait réclamé qu'on lui apportât la boîte de cigares ; alors que le barman se plantait à ses côtés, tenant grand ouvert à bout de bras le lourd coffre en acajou, le personnage prit son temps pour tâter des Flor de Márquez, des cubains naturellement, en porter un aux narines puis un autre à l'oreille tout en le faisant rouler entre ses doigts, avant de finalement décréter que ces cigares trop frais avaient un problème de fermentation, qu'ils sentaient encore l'ammoniac et il alla même jusqu'à mettre en cause l'humidification de la boîte. J'aurais dû me méfier d'un tel homme quand le sommelier, qui venait d'arriver à notre table, plaida en faveur de la romanée-conti, flacon qu'il tenait délicatement entre les mains, l'étiquette tournée vers nous mais sans ostentation ; il insistait à raison sur l'alliage idéal avec certains de nos mets, ce qui avait dicté son choix, mais notre commensal n'en démordait pas, typique de ces clients qui se permettent de faire subir un cours d'œnologie appliquée à l'homme de l'art au motif que leur grand-père a été vigneron ; il réclamait, au nom de notre table, comme si nous l'avions élu pour cette mission, un certain cru du Médoc ; l'homme à la grappe en bronze à la boutonnière demeura stoïque malgré l'assaut final du client, formulé avec un mépris si épais qu'il serait venu à bout de la patience de tout autre : « Non vraiment, n'insistez pas, vous comprenez, les bourgognes, les vins de la Loire, tout ce que vous nous proposez, ça ne vaut même pas d'être pissé », ce qui contrasta brutalement avec l'arôme de violette qui mûrit puis s'épanouit en un goût de pétale de rose à peine fanée que le sommelier venait d'évoquer. Il aurait pu réussir à être blessant sans se montrer grossier, mais non, pas son genre. C'est aussi à cela que l'on juge une éducation : cette faculté d'humilier publiquement le personnel, lequel n'en peut mais, par définition. Je ne pus m'empêcher de héler le sommelier lorsqu'il revint de la cave avec une autre bouteille conforme aux exigences :

— Toutes nos excuses pour cet incident, lui murmurai-je à l'oreille. Ce qui ne put échapper à Georges Modet-Delacourt qui en grimaça de dégoût en nous observant. Dès lors son nom figura sur ma liste noire. Il ne buvait pas comme on boit à table en compagnie mais comme s'il était seul accoudé au bar. Boire lui était un moyen de s'alléger de son importance. Dans ces moments-là, on ne savait ce qui l'emportait chez lui, de la goujaterie ou du cynisme : « On le sait bien : des pauvres et des riches, les plus sordides ce sont les pauvres car ils ne pensent qu'à l'argent, ils ne parlent que d'argent, toujours ce mot à la bouche : argent ! Argent ! Argent ! »

Modet-Delacourt n'était pas seulement injurieux, travers banal quoique brillant à l'occasion (le genre a ses artistes), mais ordurier. Nul doute qu'il cesserait d'être heureux si le peuple cessait d'être misérable. Il s'en amusait plus que nous car son rire de phoque asthmatique faisait jaillir de sa gorge un imbroglio de sons proprement inhumains. Soudain, son physique m'apparut dans toute sa dysharmonie, que je n'avais pas remarquée lors de nos conversations au fumoir. Il avait dû être athlétique dans sa jeunesse, comme tout élève de collège huppé ; mais par la suite la situation s'était gâtée avec l'abus de repas d'affaires ; et j'imagine volontiers qu'il possédait un vrai pouvoir de séduction car il était vif d'esprit. Un corps haut et massif jurant avec une voix fluette, une toute petite voix de poche de gilet, il y a comme ça des gens intimement désaccordés. Le chef avait de toute façon prévenu qu'il ne pourrait satisfaire toutes les exigences et lubies hors menu telles que le canard au sang et les bécasses au fumet car, en cédant une fois, il se serait condamné à mettre la barre de plus en plus haut et à mécontenter les autres passagers. Georges Modet-Delacourt se résigna donc au plus simple. Mais aussitôt après avoir attaqué l'ascension de son plat de pâtes par la face nord, il le fit renvoyer d'un geste et d'une grimace : « Le gruyère râpé a une odeur de frigo. » Mes sentiments à son égard devaient être partagés car le repas fut expédié. Seule son épouse parut s'en étonner, elle qui, jusque-là, craignant de se retrouver isolée en exprimant une opinion contraire, sinon hostile, à celle de la majorité, avait préféré se taire et se laisser emporter dans une spirale du silence : « C'est étrange, nous mangeons comme si nous y étions pressés alors que nous n'avons rien à faire et que nul n'a de rendez-vous après. » Et, comme un garçon déposait un rince-doigts à côté de chacune de nos assiettes, elle l'observa avec précaution à l'égal d'un objet hors du commun avant de murmurer en feignant l'admiration : « J'ai l'impression d'avoir une piscine privée. »

Anaïs Modet-Delacourt savait mettre du liant entre tous ces éléments hétérogènes comme une maîtresse de maison le ferait avec ses propres invités. Pour un peu, on se serait cru à la maison, la sienne. Elle possédait cette secrète vertu d'apaisement qui a le pouvoir de tempérer les conversations ; son esprit avait l'art d'en donner aux autres. Elle avait compris que c'est en renonçant à briller que l'on arrive à scintiller. Quelques mots bien choisis murmurés avec assez de fermeté pour être perçus, un geste de la main, l'esquisse d'un sourire, la bienveillance d'un regard, la serviette portée à ses lèvres afin de les tapoter en s'abstenant de les y frotter, il n'en fallait pas davantage pour imposer un cessez-le-feu et ramener des belligérants à la raison. Sa délicatesse contrastait si puissamment avec la morgue de son mari qu'elle suscitait aussitôt l'empathie. Et si la douceur des apparences masquait l'amertume des dissonances ? Depuis le début, plus je l'observais, plus sa situation m'apparaissait pathétique. Ses motivations devaient être bien impérieuses pour lui faire supporter « ça », cette coexistence avec tant de vulgarité satisfaite et ruisselante, pour elle qui n'était que finesse, raffinement, distinction. L'élégance faite femme en toutes choses et toutes circonstances. Sa robe en crêpe de Chine faisait oublier le nom du couturier et le prix : sur elle, le vêtement n'était plus qu'une idée qui flotte autour d'un corps. Le seul bijou qu'elle portait ce soir-là, un fin collier doré retenant en son centre un minuscule diamant, la fit remarquer entre toutes les femmes. Fallait-il être sûre de soi et de son empire sur les regards pour oser cette sobriété et ne pas douter de l'éclat discret qu'elle lui donnerait. Il est vrai qu'un rien la parait. Comment tant de tact pouvait-il survivre auprès de tant d'arrogance ? Peut-être que le sens de l'humour de son mari m'était inaccessible, qu'il avait été autrefois d'une drôlerie irrésistible et le premier à la faire rire à gorge déployée dans toute sa jeune vie sacrificielle, qui sait… Je ne parvenais même pas à imaginer leur accouplement tant cet homme paraissait incapable d'habiter son corps. Il ne savait même pas quoi faire de ses mains.

On apprend à tout âge, et le mystère de ce couple me paraissait insondable. Mais je dois reconnaître que j'étais de parti pris. Lorsqu'elle s'adressait à moi, son regard évitait le mien, pour ne pas dire qu'il le fuyait. Était-ce un effet de sa timidité ? Toujours est-il qu'elle fixait si souvent le lointain que je dus me retourner à deux ou trois reprises au cours du repas en faisant mine de chercher son improbable interlocuteur dans la salle à manger, un léger sourire au coin des lèvres, pour lui rappeler que sa gêne manifeste m'embarrassait. Elle me paraissait incarner la femme telle que Beaumarchais la définissait : une âme active dans un corps inoccupé. Elle avait souvent une larme en embuscade derrière le sourire ; son arrière-pays devait être plein d'ombres à débusquer sous le tissu diapré d'émotions fragiles ; elle avait toujours la réponse qu'il fallait avec le ton qu'il fallait mais ses yeux, eux, ne cessaient de poser des questions. Ce n'est pas parce qu'on est en mer qu'on oublie nos névroses familiales. En larguant les amarres, on a tout laissé à quai sauf ça, ce fardeau qui s'alourdit au fil des générations et qu'on trimballe malgré soi dès lors qu'on a un peu de mémoire, le sens de l'héritage, le souci de la transmission.

Après avoir rapidement cherché un cendrier sur la table, en vain, son mari se contenta d'écraser sa cigarette dans ce qui restait de la motte de beurre. Cette fois, je n'y tins plus et me retirai.

J'ignore si son âme pourrira emprisonnée dans le cachot du temps ou si elle parcourra triomphalement les profondeurs du ciel et de la terre ; je veux juste le rayer de ma vue et ne plus avoir à l'entendre.

— Gabriel, faites en sorte que je ne sois plus assis à la même table que lui. Je préfère encore dîner seul à la cuisine, glissai-je discrètement à l'oreille du maître d'hôtel qui guettait mon départ et m'attendait à la porte.

— N'ayez crainte, monsieur Bauer, cela ne se reproduira plus.

— À propos, lui demandai-je en revenant sur mes pas. Notre table portait quel numéro ?

— Le 8, monsieur Bauer.

Le sens exact de l'expression « faire son recoulis » m'échappait plus que jamais ; mais au moins je savais que, contrairement à ce que j'avais pu imaginer, cela n'avait rien à voir avec le roucoulement. Georges Modet-Delacourt et moi étions désormais liés par une antipathie réciproque. Quelque chose de plus qu'une simple inimitié. J'avais rencontré des êtres de toutes sortes ; quelques-uns m'avaient manifesté des sentiments peu amènes, une aversion difficilement refoulée, une haine à peine rentrée, une répulsion dont je ne cherchais même pas à connaître les ressorts tant elle me laissait au fond indifférent ; mais l'énergumène à notre table était bien le premier, et certainement le seul, à exprimer ainsi publiquement le *mépris* que je lui inspirais, le mot était bien celui qu'il avait choisi pour en user calmement, le poser pour une fois de manière réfléchie. Une fois passé le mitan de sa vie, on croit que l'on a fait le tour de l'humanité dans tous ses registres, on s'imagine en posséder l'universelle palette jusqu'à ce que surgisse un échantillon inconnu, prototype d'un genre nouveau qui nous prend au débotté, échauffe notre curiosité, et finalement nous rassure sur l'infinie créativité de l'esprit humain. On n'épuise jamais le sort et on ne touche jamais le fond.

*Même jour, sur le pont-promenade
et au salon de musique.*

Une promenade en solitaire s'imposait pour digérer cette journée tendue, après le coucher du soleil ou plutôt, comme il est dit dans la Bible, à l'heure de la « nuit close ». Dans la contemplation du paysage sous la lune, on oublie que la mer est une forêt avec tout ce que cela charrie d'oppressant. Il règne alors le silence religieux qui fait l'orgueil des grands hôtels. C'est bête mais il m'émeut, quand d'autres se disent écrasés par son épaisseur, glacés, pétrifiés dans l'infracassable noyau de nuit. Elle est effrayante. L'empire des angoisses, le terreau où elles prospèrent. La nuit, sur l'entrepont, est l'instant privilégié pour se mettre à l'écoute de ses ancêtres et de leurs confidences murmurées.

Peu fréquenté, le pont s'offrait à moi. Il y avait

bien un homme accoudé au bastingage mais pour rien au monde je n'aurais voulu engager la conversation avec lui. Je n'avais même pas essayé de savoir son nom. Je l'avais repéré depuis le début de la traversée, l'air si perclus d'ennui, le regard perdu dans l'horizon vers ces longues barres lisses qui se dessinent en une houle interminable, que pourrait-il bien faire à part se tuer ? Et encore, même ça, rien ne dit qu'il y réussirait, il serait capable de nager à temps pour être repêché. Rater son suicide, voilà qui l'angoisserait à mort jusqu'à la fin de sa vie. Au moins, ça l'occuperait. Je le reconnais, mon sentiment n'était pas très charitable, mais il y a des moments, lorsqu'on a l'humeur en berne, où l'on retient toute manifestation d'empathie. Pourtant, petits bobos et grandes douleurs, ces fléaux très personnels dont nous faisons trop grand cas, ne m'avaient jamais tourmenté ; je les considérais comme des *memento*, d'invisibles cartes de visite que la Faucheuse nous adresse de temps à autre pour prévenir de son prochain passage, au moment où l'on s'y attendra le moins.

Je voulais croire que la diversité des opinions exprimées au fumoir serait moins source de conflit que source de richesse ; n'empêche que nos échanges m'avaient légèrement assombri, au point de me rendre mélancolique. Dans ces moments-là, la présence des morts, les miens surtout, revenait m'envahir et me voiler le regard d'un halo de tristesse. Personne ne m'avait appris à laisser partir les morts qu'on a en soi.

C'est pourtant la première chose que l'on devrait enseigner à tout être qui se lance dans le métier de vivre. Mais qui connaît la formule, le truc ?

Le futur radieux de notre vieille Europe, celui-là même que l'on s'était plu à imaginer, appartenait déjà au passé sans que l'on s'en aperçût. On l'évoquait comme un pays éloigné. Étions-nous à la fin d'une longue période de glaciation des esprits ou à l'aube d'une grande époque d'excitation politique, je n'en aurais pas juré. Soudain me revint en mémoire un article que j'avais lu, par le hasard d'une attente dans l'antichambre d'un grand collectionneur, dans *L'Action française*, vraiment pas mon journal de chevet. Il était consacré au *Feu follet*, le roman de Pierre Drieu la Rochelle qui venait de paraître. Dans sa critique, Robert Brasillach écrivait cette sentence qui m'avait marqué : « C'est la fin de l'après-guerre. » Déjà, alors que les années 1930 commençaient à peine… Sur le coup, cela me parut trop pessimiste ; mais à la réflexion sa clairvoyance me frappait.

Comme un groupe de dîneurs s'ébrouait vers les cabines, une silhouette s'en détacha que je reconnus aussitôt, et pour cause. Georges Modet-Delacourt se dirigea vers moi et, parvenu à ma hauteur, tenta de justifier son comportement à table. Mais la faille entre nous me paraissait irréductible. Le genre d'homme qui, à force de tout réifier et marchandiser, disait de son chien qu'il était de marque étrangère.

— Ma femme prétend que je bois trop et

que, dans ces moments-là, je ne m'appartiens plus. J'espère ne pas vous avoir choqué. Mais dites-moi, que faites-vous au juste parmi nous ? dit-il en insistant sur ce « nous » qui m'excluait implicitement de sa communauté.

— Comme vous, je me promène sur les mers...

— Je vous ai observé lors de l'embarquement à Marseille. Vous aviez plusieurs bagages dont la fameuse malle-bibliothèque de Louis Vuitton, pleine de vos trésors je suppose. Vous êtes là pour affaires ou... Tout le monde sait que des marchands comme Joseph Duveen courent les transatlantiques pour y chasser les gros clients. Et vous, le client ou autre chose ? Une femme ou le gros gibier, Morgan pour ne pas le citer ? Allez...

Et comme je secouais silencieusement la tête de gauche à droite, ignorant même à qui il faisait allusion, il n'insista pas et alla rejoindre les autres.

Que savait-il au juste ?

Quelques notes de piano, lointain écho de l'andantino de la sonate en *la* majeur de Schubert, s'échappaient du salon de musique situé sur le premier pont. Elles venaient à point me réconcilier avec le genre humain. L'assistance était clairsemée mais captivée. La situation d'une mère séparée de son fils et de sa fille me troubla : un triangle dont les angles se tournent le dos. Soko, ainsi que tout le monde l'appelait familièrement, le sympathique Russe aux allures d'aventurier, devait se produire dans une grande soirée privée lors de la longue escale de Saïgon, ce qui ajoutait à son mystère car on ne le savait pas aussi concertiste ; la musique n'était pas à l'origine de la fortune qu'on lui prêtait, mais était-il si riche que cela, après tout… Ce soir-là, sous la pression, il avait enfin accepté de jouer sur un piano qui n'était probablement pas accordé à son goût ni à sa mesure, assis sur un tabouret qui ne lui convenait pas, face à une partition dont les pages ne cessaient d'être contrariées par le vent du large qui s'engouffrait à travers la porte grande ouverte. Mais il maîtrisait si bien la technique, elle s'était si naturellement intégrée à ses réflexes qu'il pouvait se permettre de l'oublier, de se libérer de ce carcan pour avancer et laisser son intuition et son instinct prendre le dessus. Il possédait le caractère et cette faculté d'attention exceptionnelle qui distinguent les grands interprètes. De quoi balayer les aléas de ce récital pour quelques-uns. Une tempête se fût déclenchée qu'il aurait continué à jouer avec une égale concentration. Un couple assis devant moi se chuchota que cette musique caressait les cieux.

Tout en l'écoutant, je me disais que ce moment unique serait tant mythifié dans mes souvenirs qu'un jour j'en viendrais certainement à douter de l'avoir vraiment vécu ; le travail de la mémoire est tel qu'à force de revivre un événement temporel, précaire mais ressenti comme étant hors du commun, on finit par l'user ; il rejoint alors un légendaire personnel. Dans l'esprit de l'interprète, ce récital impromptu était certainement fautif et imparfait sur le plan technique mais, pour nous, ce n'en étaient pas moins des moments de grâce. Une berceuse de la douleur. J'en étais déjà nostalgique, à peine fut-elle achevée, car je savais qu'elle laisserait une longue traîne scintillante. En cas d'élans mystiques en mer ne jamais oublier que la voûte, c'est le ciel – même si un entrepont n'est pas un endroit où l'on s'attend à croiser Dieu, encore que certains, à force de se nourrir de récits catholiques, se croient proches des anges. Rarement comme ce soir-là m'était apparu le contraste entre le sérieux, la rigueur, la concentration du musicien à l'œuvre et l'émotion de l'auditeur. D'autant que, sitôt qu'il se fut levé pour nous saluer, le cher Soko retrouva son sourire, son humour et son élégance naturelle en revêtant ce magnifique châle en cachemire bleu saphir qui ne le quittait pas, la nuit tombée. À une dame qui lui avouait que son interprétation lui avait mis les larmes aux yeux, il avait répondu : « Pourquoi, c'était si mauvais que ça ? »

Je restai plusieurs minutes sur ma chaise alors que le salon se vidait. Soko vint s'asseoir à mes côtés mais sa présence se fit peu sentir. Un esprit tellement tordu mais si séduisant qu'il vous aurait convaincu de son idée fixe : dans sa folie autodestructrice, l'humanité se dirigeait droit vers une nouvelle préhistoire. Je l'imaginais bien lâcher un instant son *Berliner Tagelblatt* du jour à l'heure du petit déjeuner au café Luitpold pour développer sa thèse face à des consommateurs intrigués. Encore tout enveloppé par la sonate, à croire que ce qu'il y a après la musique est encore de la musique, je m'étais figé, les coudes plantés sur les genoux, la tête basse, observant fixement mes mains : « Qui voit ses veines voit ses peines », dit-il, et il s'en alla, non sans éteindre la lumière.

Le pont-promenade, enfin désert, était plein des passagers qui étaient allés se coucher. Des voyants lumineux s'allumaient au-dessus de certaines portes : vert pour appeler le cabinier, orange pour la femme de chambre. Moi qui aime tant marcher dans Paris à la tombée de la nuit pour observer les façades, guetter la vie derrière les rideaux, les couples qui se font et se défont à la table du dîner, les enfants qu'on envoie se coucher, la solitude du lecteur sous la lampe, à bord j'étais plutôt frustré ; je devais me contenter d'un regard furtif à travers un hublot et d'une main tirant le rideau. Alors, plutôt que de demeurer dans ma cabine, allongé sur le lit éveillé mais tous feux éteints, je ralentissais le pas devant chaque balcon et tout hublot éclairés pour deviner les conversations des couples, les complicités et les solitudes, des histoires exceptionnelles à force de banalité que je reconstituais avec une imagination aussi gourmande et débridée que dans le discret espionnage des face-à-face muets aux tables de deux du restaurant ; même si cela a quelque chose de ridicule, rien ne me fera renoncer à chercher l'ombre portée de la beauté dans les infimes manifestations du quotidien, de celles qui vous réconcilient avec la vie en société et vous la font aimer les jours où elle est moins aimable ; je glanais des miettes d'une constellation d'existences inexorablement vouées à la répétition.

La nuit, on se laisse enserrer par un silence cristallin comme si c'était naturel. Une brume insensée où s'agitent des ombres recouvrait le pont. Je m'y serais bien allongé pour dormir tant l'air de ma cabine était devenu irrespirable, et le sentiment de claustration insupportable ; à la belle étoile, ce ne sont que bouffées de liberté et bise légère. D'autant qu'une douce mélodie s'échappait d'un salon, une voix de femme chantant a cappella, mais j'étais si enivré par la grâce de l'instant présent que je ne cherchai même pas à l'identifier. De ces voix chaudes qui incitent à se pencher vers elles tant elles racontent d'histoires même lorsqu'elles ne disent rien. Une nouvelle chanson américaine sur ce qui demeure au fil du temps des baisers, des soupirs et de l'amour entre les amants...

... And when two lovers woo
They still say « I love you »
On that you can rely
No matter what the future brings
As time goes by...

Toujours la même histoire qui revient, et moi je me trouvais là parmi des êtres comblés de biens sans nombre, si peu habitués à s'entendre répondre « non » qu'il n'était jamais inutile de leur rappeler ce qu'est l'existence dans la vie normale. Dans leur détachement insolent, le souci de l'argent qui vient à manquer, le spectre de la maladie, l'angoisse de la mort, tous ces maux du commun semblaient glisser sur eux. Un petit groupe s'éloigna en riant vers les cabines, suivi d'un garçon qui transportait tant bien que mal des flûtes et des bouteilles de champagne sur un plateau. Une phrase revint alors me poursuivre, que l'ex-commandant Pressagny avait prononcée devant moi à plusieurs reprises : « D'où vient l'argent ? » ; comme je m'en étais étonné, il m'avait expliqué que, lors d'un dîner chez ses amis Cartier dans la plaine Monceau, il avait remarqué dans la chambre d'Henri, leur fils, ce gros titre découpé dans *L'Écho de Paris* et collé sur le miroir, afin de ne jamais oublier de se poser la question face au spectacle de la richesse, lui avait expliqué le jeune homme. Pressagny avait si bien intégré cela que c'en était devenu un réflexe naturel, et je crois qu'il m'avait contaminé. Non que la provenance d'une fortune soit nécessairement illicite ou immorale, juste qu'elle ne doit pas se soustraire au doute légitime. Suspicion très française, à la réflexion. Des nantis, ces heureux du monde, mais cela ne répondait pas à la question. Sans être des leurs, je me trouvais parmi eux, parfois avec eux mais, plutôt que de chercher à répondre, c'est avec les paroles de cette chanson sur l'irrésistible attraction entre deux personnes qui se moquent bien de ce que l'avenir leur réserve que j'allais m'endormir cette nuit-là.

En regagnant tardivement ma cabine, après que le mousse de sonnerie eut remis la clé des issues à M. Profizi, le veilleur de nuit, je me doutais que j'aurais du mal à trouver le sommeil. Le sentiment océanique a quelque chose d'inexplicable et pourtant, je sais parfaitement ce que c'est, pour l'avoir toujours eu en moi. Entre rêve éveillé et cauchemar endormi, une idée me rassurait autant qu'elle m'inquiétait : dans une Europe totalitaire placée sous le joug des nouveaux barbares, les gens d'esprit chassés de leurs pays se réfugieraient tous en Suisse, dernier asile de nuit du Vieux Continent, à l'abri derrière sa légendaire neutralité et l'épaisseur de ses coffres-forts, qui leur accorderait l'asile poétique sur une terre où il fait si bon mourir... Même s'il ne faut pas en abuser, la perspective du suicide existe, heureusement ; elle nous conforte dans l'illusion du libre arbitre. Sans cette chimère selon laquelle chacun peut disposer de sa vie comme il l'entend, on sombrerait dans la folie.

Jour 22, de la piscine au pont-promenade.

Le réveil fut moins sombre que je ne le craignais. Cela peut arriver, même après une nuit qui craque de partout. Dès l'aube un mousse ramassait les souliers laissés la veille au soir devant leur porte par des passagers de ma coursive pour les envoyer au cirage ; accroupi, il notait à la craie le numéro de la cabine sur la semelle. Lui et ses camarades, on les entendait astiquer les cuivres et nettoyer le pont à grande eau. Dès que je pris pied sur le pont trempé et encore désert, une faible musique m'attira vers une cabine dont la porte et le hublot étaient demeurés ouverts. Une nounou écossaise y réveillait en douceur deux enfants en leur caressant le front. D'une voix parfaitement timbrée, elle fredonnait une berceuse extraite d'un recueil de prières, que je n'avais jamais entendue auparavant :

> *Morning has broken like the first morning*
> *Blackbird has spoken like the first bird*
> *Praise for the singing*
> *Praise for the morning*
> *Praise for them springing fresh from the word*

Un moment de grâce d'autant plus précieux qu'il était inattendu.

Fidèle à mes rituels, je me précipitai à la piscine, déjà fréquentée, mais peu. Deux membres du gang des papoteuses étaient en action entre deux lignes d'eau. De ces femmes-sirènes dont la fin n'est pas à la hauteur du début, une poitrine aimable s'achevant en queue de poisson, le bas décevant les promesses du haut : « ... Bientôt, vous verrez, n'importe qui voyagera. Prochaine étape : le tour du monde à quatre-vingts francs !... Gardons-nous de trop faire parler les matelas mais tout de même, il ne fait pas bon être leurs voisins de cabine... Il faut fuir un homme à la main moite... » Une demi-heure après, alors que je me séchais énergiquement, elles vinrent m'entreprendre devant la porte même de ma cabine de bain :

— Ah, monsieur Bauer, justement, nous voulions vous demander : quelle est la principale qualité d'un collectionneur ?

— Vous avez de ces inquiétudes de bon matin ! Disons : marcher et aimer cela.

— C'est tout ? firent-elles déçues.

— Un collectionneur, c'est d'abord un grand marcheur, un piéton de Paris. Il doit courir les bouquinistes, les antiquaires, les brocanteurs, ou leurs équivalents s'il collectionne les papillons ou les pierres précieuses. Qu'est-ce qu'on ne collectionne pas ! Mais le nec plus ultra, c'est le collectionneur de collections. Encore qu'il peut être un homme de qualité, comme le comte Czapski, fameux pour ses monnaies, armures et textiles anciens : il était le seul lien entre ces passions disjointes. Mais vous savez, ils sont si nombreux à s'imaginer amasser des cailloux précieux, quand ils ne collectionnent que des ruines.

Je n'allais tout de même pas les entretenir de cette chimère propre à tant de collectionneurs, cette conscience aiguë des regards qui se sont posés au fil des siècles sur un objet, dont la mémoire est le méticuleux conservatoire. Une chimère en laquelle je voulais croire car je la ressentais intimement pour les livres, le toucher du grain de leur précieux papier suffisant à déclencher en moi une émeute de sensations nostalgiques. Parfois, ce n'est plus la caresse mais le son qu'émet le dos de la reliure lorsqu'on ouvre une édition rare ; alors se déploient sous nos yeux le défilé issu de sa légende, la riche théorie des anciens propriétaires qui se sont succédé au fil des siècles pour chercher, acquérir, humer, tenir et lire enfin tel exemplaire des *Essais* en songeant chaque fois que chaque page porte l'invisible empreinte des doigts de Montaigne. Un vrai pouvoir de résurrection. Mon activité était le seul moyen à ma disposition pour continuer à vivre dans la littérature tout en gagnant ma vie.

— Sur ce, mesdames, si vous le permettez, j'ai l'intention de faire sécher mon maillot de bain...

— À propos, si je puis dire, vous avez pu lire hier soir dans votre cabine ? Parce que mon amie et moi, non. Une fois de plus, l'ampoule de la liseuse a brûlé !

Salomé m'attendait pour le petit déjeuner. À son regard on devinait qu'elle ruisselait encore de ses rêves. Elle avait eu la délicatesse de me réserver une place à table en face d'elle, une bataille de tous les instants tant sa compagnie était sollicitée.

— Ah, enfin, tout de même ! Il va mieux, le grand expert ? m'accueillit-elle.

— Juste un coup de mou. Une vingtaine de longueurs à une cadence raisonnable et c'est déjà oublié. Euh... elle a fonctionné hier soir, ta liseuse ?

— Je ne sais pas, je ne l'allume plus, marre de voir l'ampoule sauter. Surtout depuis que j'ai fait venir un électricien de bord ; j'avais remarqué un grésillement dans un commutateur ; le type a dévissé la plaque nickelée qui le protégeait et tu sais ce qu'il a trouvé à l'intérieur ? Un bout de papier d'emballage à moitié brûlé...

— Ça va, ton grand-père ? On le voit moins...

— Ça va.

— Tu lui dis parfois que tu l'aimes ?

— Ça m'arrive, parfois, fit-elle, surprise.

— Dis-le-lui tous les jours. Comme ça, quand il partira, tu ne seras pas rongée par le remords de ne pas le lui avoir dit assez.

— Tu crois ?

— Classique. Il me donne l'impression de quelqu'un qui éprouve une grande lassitude face à la vie dans ce qu'elle a d'interminable, qui estime avoir fait son temps. Il doit se dire que par moments la vie ne mérite pas de...

— Le suicide, ce n'est pas le genre de la famille.

— Tout de suite, les grands mots ! Mais il s'alimente peu, boit peu, c'est un signe. C'est si facile de mourir. Regarde, cette femme, qui parle avec une amie accoudée au bastingage, si fraîche dans sa robe à fleurs, si pleine de projets à venir, il suffirait que quelqu'un la bouscule un peu vivement en courant sur le pont pour qu'elle bascule dans la mer.
— Tu es bien fataliste...
— Je suis prêt à rencontrer mon créateur, mais est-ce réciproque, j'en doute un peu ; à mon avis, il n'est pas encore assez préparé à cette épreuve. Et puis, ton grand-père...
— Quoi ? s'inquiéta-t-elle soudain.
— Ce voyage, cette croisière, ce paquebot, on dirait...
— Mais quoi ?
— Rien, Salomé, rien.
— On y va ?

Après le café et les croissants vite avalés, car elle n'était pas du genre à s'attarder à table, nous prîmes place dans deux transats sur le pont-promenade, côte à côte comme un couple de petits vieux, nous ouvrîmes chacun notre livre et nous nous y plongeâmes sans un mot.

Quel jour étions-nous, je ne sais plus, je me souviens seulement que nous étions bien. Une impression de présent perpétuel nous enveloppait, tout calendrier aboli et toutes dates estompées. La croisière est un excellent antidote à l'angoisse qui assaille en fin de semaine ceux qui haïssent les dimanches. Ici il n'y en a pas. Ici on ne sent pas ces dimanches qui à terre ouvrent une brèche dans le temps. Balayés, avec leur tendance à se jouer de notre disposition au malheur ! Les terriens qui vivent en fonction des travaux et des jours y découvriraient qu'on ignore les premiers et qu'on ne compte pas les seconds. Rien de tel pour se sortir du moelleux des habitudes. Il y a bien une routine à bord mais elle éloigne de tout ce que la vie a de quotidien. Conjurer avant tout le spectre de la monotonie et l'ennui qui lui fait cortège. Pour y parvenir, il faudrait savoir conserver l'effet de surprise, aborder la vie comme elle va avec la même insouciance qu'à terre. On n'imagine pas qu'un événement puisse arriver jusqu'à nous, surgir et s'imposer pour bousculer l'ordre des choses, l'ordinaire des jours et la moiteur des nuits.

En revanche, nul besoin de regarder sa montre pour savoir l'heure : le corps a sa propre mémoire. La cloche du quartier-maître appelant aux repas, ou celle du mousse de sonnerie prévenant chaque jour à seize heures pile de l'exercice de fermeture des portes étanches, remplaçait difficilement celles du clocher de mon quartier. Il y manque un supplément d'âme, celui des ancêtres qui les ont entendues au même endroit que moi. C'est bête mais c'est l'une des choses qui me manquent le plus de la terre ferme ; même à Paris, constitué de mille villages, les cloches de mon église marquent le temps, elles sont mon horloge intérieure, un doux rappel de l'enfance.

Rien de tel que de s'anéantir sur une chaise longue face à l'océan. Que ceux qui craignent un accès de neurasthénie aillent s'allonger au bord du Léman pour observer la « molle du lac », cette masse d'eau censée apaiser mais qui m'a toujours déprimé et rendu apathique.

Curieusement, alors que la vie que l'on a laissée sur terre obéissait à un rythme international, à bord, où il n'y a que des étrangers, il est absent. La mer dicte son propre rythme. Une autre nationalité s'impose : nous sommes tous des passagers. On passe de la frénésie à la nonchalance. Le tempo idéal pour la lecture. Mais Dieu que la lenteur est mal vue depuis que les machines font la loi ! Tous ses synonymes sont péjoratifs : paresse, mollesse, torpeur, engourdissement... Elle est tenue pour un obstacle à la bonne marche de la société. On n'en a plus que pour la vitesse et on cherche encore celui qui osera louer la volupté de la lambination contre les injonctions à la rapidité. Aux Parisiens qui vont tous quelque part dans les artères de la capitale, la croisière impose le régime délicieusement enivrant de la lenteur. Il arrive que les hystériques en meurent. Ici, ceux qui déambulent sur l'entrepont ne vont nulle part. Ils ne font que suivre leurs pas, aller puis retour, aller puis retour, et ils tournent... Au moins c'est bon pour la circulation du sang. Nos déambulations giratoires relevaient au sens propre d'une révolution. Qu'était-ce d'autre que la rotation complète de nos corps mobiles autour de leur axe, les cheminées en l'espèce ? Lorsque j'en pris conscience, je décidai de conférer à la petite troupe des passagers de première le titre de révolutionnaires, dénomination qui leur passait largement au-dessus du panama.

L'ex-commandant Pressagny semblait taillé dans l'écorce des choses. Un personnage gothique. Son masque endurci reflétait cette forme d'hébétude que l'on prête aux vieux marins. Ayant épuisé le champ des possibles, il n'aspirait plus à la vie éternelle – qui nierait que c'est l'acmé de la sagesse ? Il devenait plus lent que la lenteur, et refusait de se plier à une ambiance qu'il jugeait frénétique. Lentement, il mangeait, parlait, lisait, marchait. Son grand luxe, invisible à l'œil nu. Quand il racontait sa vie de haute volée, il prenait son temps au motif que, le passé, il faut y aller à pied, fût-ce pour évoquer « ses » paquebots et leurs lignes, comme un général de la Grande Armée ses campagnes. Question de tempo. Rien d'égoïste dans son attitude, rien d'indifférent aux autres vies que la sienne. Il ne prenait son temps que pour mieux le donner aux autres. Ne jamais se faire violence pour complaire. Aux autres de s'accorder à son rythme, ou pas, car on ne voyait pas ce qui aurait pu perturber le sien, sinon une catastrophe en mer, et encore… Parfois, un voile de mélancolie masquait son regard qui se perdait alors fixement au loin. Dans ces moments-là, il paraissait déjà tellement mort à l'intérieur que je me retenais de prendre son cœur dans mes mains pour le faire revenir à la vie.

La chaleur nous attaquait tôt le matin. Elle écrasait tout sur son passage et s'éternisait. Pas un fil d'air. Par instants, on eût dit que les sons même, les bruits familiers de la mer, en étaient également étouffés, broyés, pulvérisés. De quoi regretter la géophonie du *Titanic*, le craquement de la banquise, le vêlage des icebergs, cette douce mélodie mêlée des vocalises des baleines. Une musique céleste.

Contrairement à tant de femmes, Salomé n'était pas effrayée par le silence, au contraire. Elle qui aimait tant parler pour affronter, argumenter et convaincre pouvait s'enfermer dans le mutisme des heures durant, tout en étant en compagnie, sans en être embarrassée. Il en fallait beaucoup pour la déconcentrer ; moi, une présence me suffisait, celle d'Anaïs Modet-Delacourt ; en son absence, les effluves de jasmin laissés sur son passage par le Joy de Patou, dont elle faisait un usage discret, me troublaient. Un rempart invisible me retenait de franchir le cercle de feu qui me séparait d'elle. Comme un mur édifié par ma seule imagination. Ne dit-on pas que parfois notre intérieur nous environne ? Son déhanché si féminin passait pour une manifestation de chiennerie, si l'on en jugeait par les regards et les commentaires de quelques hommes, mais je n'y voyais que l'expression de sa tendresse. Elle se tenait debout appuyée au bastingage, seule à rêver face à la mer, l'une de ses attitudes favorites. En compagnie d'elle-même, elle paraissait hypnotisée par la contemplation de l'eau, à croire que celle-ci exerçait sur elle un pouvoir lustral et qu'elle ressortirait purifiée de ces heures passées à la fixer. Il y a comme ça des femmes dont la présence laisse une si forte empreinte sur leur passage que, bien que mariées, elles ne laissent aucun souvenir de couple. La vue de sa silhouette me suffisait, les signes fugaces de sa présence, sa voix de houle qui semblait dotée de timbres et d'inflexions que nul n'avait jusqu'alors entendus. Chacune de ses paroles participait au ressac de la mer agitée. Il me suffisait de me trouver non loin d'elle, le dos tourné, et de l'écouter parler pour faire ma joie ; je l'écoutais même ne rien dire, les yeux fermés...

— Pardon Bauer, mais vous dormez ? s'inquiéta Armin de Beaufort qui passait par là.

— On ferme souvent les yeux lorsqu'on écoute de la musique, n'est-ce pas ?

— Quelle musique ?

— Quand elle parle sa voix est si chantante, si mélodieuse, si harmonieuse, que sa langue est musique. Même si ce n'est pas toujours intéressant, cela n'a pas d'importance car c'est de la musique, alors laissez-moi écouter je vous prie, ne troublez pas mon petit concert privé...

Il se retourna et s'avisa de la présence d'Anaïs Modet-Delacourt.

— J'écoute comme vous et pourtant je ne perçois rien de tel.

— Vous n'écoutez pas : vous entendez seulement. Prêtez l'oreille, offrez-lui une ouïe amicale et vous capterez sa tessiture, ses modulations, vous serez mené comme moi au ravissement. Elle-même l'ignore mais, tout en parlant de son nouveau chapeau, elle dévoile quelque chose de son âme. Et si vous l'écoutiez plus attentivement, vous sauriez ce qui gît au plus profond de ce chant : un cri de détresse ou de désespoir.

— Vous m'inquiétez, cher Bauer, l'apoplexie vous guette...

— Allons, les marins n'auront pas à me lier, contrairement à Ulysse, au mât, ou plutôt à la grosse cheminée, il ne sera même pas nécessaire de me boucher les oreilles avec de la cire, pour m'empêcher de succomber au chant de cette sirène ; et puis quoi, je sais me tenir.

Se serait-elle soudain retournée pour me regarder de ses yeux de biche surprise dans un faisceau de phares que cette joie aurait tourné à la souffrance. Était-ce l'effet de sa robe aux motifs fleuris dans des tons harmonieusement dégradés, de son insouciance affichée, de l'évanescence qui se dégageait de sa personne, de sa légèreté ? Tout en elle contrastait avec la lourde force invisible qui faisait se mouvoir le paquebot, comme si son existence n'était qu'un long frémissement. Plus je la regardais flâner sur l'entrepont, plus un halo semblait l'enserrer, comme un effet de fusion, de flou ou de sfumato, à l'égal de ce procédé dont usaient Léonard ou Vermeer pour dissiper la frontière entre le rêve et la réalité, un moelleux qui plonge dans l'incertitude ; elle en devenait floue à mesure qu'elle se rapprochait. Plus elle semblait marcher sur des coussins d'air, plus des sabots pesaient sur mes pieds.

Nous sommes tous de l'étoffe dont sont faits nos rêves. Une ardeur secrète l'animait, mais qui saurait la déchiffrer ?

— C'est elle qui hante tes nuits ? me demanda Salomé, le regard par en dessous, sans espérer de réponse.

Il n'y avait rien à répondre. Mon mutisme valait approbation. Anaïs me regardait en affectant de ne pas me voir. Mais comment une jeune femme, fût-elle aussi fine que Salomé, aurait pu comprendre les tourments d'un homme qui, avec le temps, se rend compte que l'essentiel n'est pas ce que l'on possède mais ce à quoi l'on renonce ?

— Tu sais que tu ne lui es pas indifférent, tu le sais, non ? Ongles d'ivoire et bouche de corail. Le genre de femme à être à tes pieds.

— Si c'est vrai ce n'est pas bon signe. J'avais un ami dont on disait que sa compagne lui mangeait dans la main. Il l'a quittée le jour où il a remarqué que son bras avait disparu.

— Mais comment tu expliques ça, ton amour pour cette femme ?

— Ne cherche pas à l'expliquer, tu l'anéantirais. Si tu peux l'expliquer, alors ce n'est pas de l'amour, juste autre chose.

Le vent à présent donnait de la voix, suffisamment enveloppant pour nous procurer l'illusion de l'isolement. La mer clapotait. Lorsqu'il noie tout au loin, le brouillard témoigne de ce qu'un abîme peut être horizontal, alors l'horizon n'en est que plus effrayant. Même si l'on sait à quel point, au-dessous, ça grouille, l'océan dans ses moments de platitude a quelque chose d'un territoire du vide. Ce qu'on avait lu des nouvelles était sombre. Pourtant, la seule présence de cette femme dissipait toutes ces menaces à mes yeux. Ailleurs, au lointain, l'époque pouvait tourner sur ses gonds, on n'en saurait rien. Pas d'écho ni de résonance. Tout pouvait se désagréger à terre, le chaos régner sur les États et le centre ne plus tenir : à bord, on ferait taire le radiotélégraphiste afin de ne pas troubler la fragile quiétude de notre hors-sol.

Salomé avait raison, fallait-il que je sois atteint...

Étourdie dans son rêve éveillé, le regard perdu vers les lointains, l'esprit débordant de sensations éphémères, Anaïs Modet-Delacourt remarqua à peine ma présence.

— À quoi vous pensez ?

— Je me demande..., répondit-elle, pas même surprise.

— Vous vous demandez quoi ?

— Ce que je fais là, sur ce paquebot, qu'est-ce que je fuis en me cantonnant des semaines avec ces gens que je ne connais même pas alors que ma destination m'est au fond assez indifférente.

Que scrutait-elle ainsi en dardant son regard fixement sur les vagues ? Une présence en creux, comme un territoire immergé, un pays sous les flots. C'est ce que reflétaient ses yeux émerveillés lorsqu'elle les détournait pour revenir vers nous. Puis, se retournant à peine, un doux sourire à peine esquissé, elle murmura :

— Vous savez à *qui* je pensais ?

Comme elle m'avait confié à table avoir le goût pour les secrets qui font l'épaisseur de la vie, je le pris naïvement pour un appel. De crainte que sa phrase ne s'éparpille sous le coup de l'émotion, elle en retenait les mots au bord des lèvres en un ultime sursaut de prudence. Du moins c'est ce que je ressentais.

— À la baleine bleue. On dit que, lorsqu'elle fait l'amour, sa jouissance est telle qu'elle éjacule vingt litres par orgasme. Ce doit être quelque chose ! Ça ouvre des perspectives, non ?

— Je n'y avais jamais réfléchi.

— Ça relativise nos petits émois intimes.

Puis elle partit d'un grand éclat de rire, les mains bien agrippées à la longue barre blanche, le corps à la renverse, l'œil encore tout émerillonné, manifestement ravie du hiatus que sa remarque provoquait avec la poésie de l'instant.

— Si votre baleine se montre, on l'appellera Ismaël.

— Pourquoi ?

— Comme ça...

— Et vous, à quoi pensiez-vous ? me demanda-t-elle.

— À une expression : pas de vagues.

Le commissaire de bord, escorté d'un steward armé d'un carnet et d'un crayon, passa lentement entre nous, nous gratifiant chacun d'un sourire complice à peine esquissé, afin de ne pas paraître trop familier. Comme chaque jour avant midi, il veillait à la correction des horloges, nous adaptant au décalage horaire à mesure de notre progression.

— Vous avez la bonne heure ?

— En cas de doute, j'ai pour habitude de me régler sur l'horloge la plus fiable de Paris, celle de la cour de Rome à la gare Saint-Lazare...

L'important, c'est de trouver le lieu pour devenir soi-même. Ce peut être dans un coin ignoré au fond de l'Amazonie ou au sommet du phare de l'île de Sein. Moi, c'est à bord d'un paquebot au milieu de nulle part. Anaïs fixa à nouveau l'horizon et, fermant les yeux, elle se mit à réciter ces vers :

L'Océan est désert. Pas une voile au loin.
Ce n'est plus que du flot que le flot est témoin.
Pas un esquif vivant sur l'onde où la mouette
Voit du Léviathan rôder la silhouette.
Est-ce que l'homme, ainsi qu'un feuillage jauni,
S'en est allé dans l'ombre ? Est-ce que c'est fini ?
Seul le flux et reflux va, vient, passe et repasse.

> Et l'œil, pour retrouver l'homme absent de
> l'espace,
> Regarde en vain là-bas. Rien.
> Regardez là-haut.

Et de m'avouer aussitôt qu'elle n'avait aucun mérite à se souvenir de cette page de *La Légende des siècles,* qu'elle avait ainsi « photographié » à son insu bien d'autres poèmes, d'Hugo mais pas seulement, des centaines peut-être, qui remontaient en elles selon la circonstance, et qu'il ne fallait pas l'envier pour cette qualité qui ne relevait pas de la culture mais de l'hypermnésie, un fardeau, bien souvent. Je l'avais surprise un jour sur le pont plongée dans la lecture d'un recueil d'œuvres de Baudelaire dans une toute nouvelle édition, pratique et facile à mettre dans la poche mais imprimée sur papier bible, publiée par les Éditions de la Pléiade. Ce qu'elle ne disait pas, c'est qu'elle était aussi hypersensible : ce qui en effleurait d'autres la déchirait. Ça la rendait encore plus inaccessible, mais ne dit-on pas que la passion s'accroît à raison des obstacles qu'on lui oppose ? Tout en elle m'émouvait jusqu'à susciter étrangement une certaine inquiétude ; son regard la laissait pénétrée jusque dans ses failles intimes et ce que cela laissait entrevoir de son désarroi annonçait un destin si sombre qu'elle en devenait poignante. On se demande souvent quelle part de son enfance demeure chez un adulte. Chez elle, tout. Jamais je n'aurais cru qu'une femme rencontrée de si fraîche date pût provoquer une telle émotion en moi. Je ne sais ce qui m'accrochait le plus, peut-être un rien de désolation sur le visage ou l'ombre bleue de l'inquiétude. Je m'attachais à mesure que son grain de folie s'affirmait. Bien que tout la séparât de Félicité, l'héroïne de Flaubert éprouvée par un demi-siècle de servitude, je l'imaginais bien finir ses jours elle aussi dans l'idolâtrie d'un perroquet empaillé qu'elle confondrait avec le Saint-Esprit. Elle sortit un petit sachet de son sac et le porta à son nez pour le humer délicatement :

— Mal de mer ?

— Non, mal du pays…, fit-elle en souriant. Du piment d'Espelette.

— Vous ressemblez à ma jeunesse, c'est ce qui vous rend si émouvante à mes yeux.

À l'instant même où je prononçai ces mots, je les regrettai mais il était trop tard pour les refouler. J'avais conscience qu'ils étaient certainement déplacés et qu'ils m'exposaient au-delà de ce que j'aurais voulu. On ne se livre pas ainsi auprès d'une femme que l'on connaît à peine, à moins de jouer son va-tout sans crainte des conséquences, sans calcul, spontanément, pour le meilleur ou pour le pire. Le *kairos* ne se prémédite pas. Si la raison l'avait emporté, je me serais dit : voilà ce que je veux, voilà ce que je peux, à moi de préciser la marge entre les deux et tant pis si cela doit me prendre le reste de ma vie, car une telle rencontre ne se reproduira pas. Je devais paraître très pressant car, alors que Charles, un garçon, se rapprochait de nous pour nous proposer une citronnade, elle me fixa du regard en murmurant, persuadée qu'il ne comprendrait pas : « *Noli me tangere* », mais elle accompagna ces paroles d'un sourire si désarmant, si proche de l'appel, que l'expression finissait par exprimer l'inverse même de ce qu'elle disait.

— Ne le prenez pas en mauvaise part mais parfois, lorsque je vous écoute parler, même si je n'étais qu'une enfant à l'époque, cela me rappelle le XIXᵉ siècle, dit-elle à voix basse.

*Jour 23, salon de correspondance
et cabine 45 A.*

Toute la journée, j'eus le loisir de retourner dans tous les sens les dernières paroles d'Anaïs. Ma lecture en était interrompue car cela me taraudait. Je ne pouvais imaginer que notre différence d'âge, une douzaine d'années tout au plus, pût poser problème. En fin d'après-midi, je m'étais attablé pour jeter quelques notes sur le papier. Comme elle-même cherchait une enveloppe et un bristol, elle m'effleura d'une main familièrement posée sur mon épaule en pénétrant dans le salon de correspondance. Par prudence, plus que par goût, nous n'échangeâmes que des banalités. Jusqu'à ce qu'elle décide de se retirer, la silhouette de son mari se profilant au bout à l'entrée :

— Maintenant, veuillez m'excuser, je dois aller me préparer pour le dîner, dit-elle en désignant du doigt sa marinière de taffetas et soie de chez Jeanne Lanvin qui s'accordait si bien avec sa ligne parfaite.

— Mais vous êtes belle...

— Vous savez bien que cela ne suffit pas, encore faut-il se faire jolie.

De toute façon, ces mots, qui étaient sortis de ma bouche malgré moi et avaient mis mon cœur à nu, gouverné par mon seul instinct en liberté, je n'étais plus en mesure de les prolonger, ni de les retirer, car une ombre étale se dessina derrière moi, tandis qu'une main m'attrapait par le bras, celle d'un homme au fort accent américain qui ne s'en exprimait pas moins dans un excellent français.

— Bawoueur ? Jack Bawoueur ?

— En quelque sorte, lui dis-je un peu surpris. Jacques-Marie Bauer.

— Morgan, enchanté. On me dit que vous avez dans votre malle-bibliothèque des trésors qui pourraient m'intéresser.

— Cela dépend. Vous êtes collectionneur, je suppose, mais j'ignore vos goûts.

Il partit dans un grand éclat de rire et me proposa de m'accompagner à ma cabine. Cet homme, je l'avais déjà aperçu à plusieurs reprises, une fois disputant une partie de tennis sur le court du pont supérieur, une autre fois dans le fumoir : il ne lisait pas le journal comme tout un chacun, mais prenait la température du globe comme personne. Son attitude reflétait une certaine altitude. C'est bête mais je m'attendais à tout instant à ce qu'il émerge de la lecture des nouvelles pour dire quelque chose comme : « Je ne sais pas si vous avez remarqué mais il y a de plus en plus d'étrangers dans le monde. » Mon procès d'intention se retournait contre moi car il s'avéra beaucoup plus abordable que je ne le croyais. N'empêche que le *Georges Philippar* n'échappait pas à la réputation attachée à tout grand paquebot bien né en croisière inaugurale : à la fois réunion mondaine, démonstration de force, villégiature intéressée, chambre d'écho, boulevard à ragots, outil de promotion culturelle pour l'armateur (la compagnie avait profité de la tenue d'un congrès international de géographie au Caire pour mettre en avant sa ligne d'Égypte, et du carnaval de Nice pour valoriser ses lignes méditerranéennes).

Sa proposition était si inattendue que je ne pouvais la décliner. Des livres à lire, et non à conserver précieusement, étaient éparpillés un peu partout dans ma cabine, des cartes, des papiers et des vêtements aussi ; j'avais le chic pour y recréer le chaleureux désordre de ma chambre d'étudiant ; j'en étais par avance gêné pour mon visiteur mais, après tout, à la mer comme à la mer ! Et puis il ne s'était pas annoncé. À peine avais-je ouvert la malle qu'il s'assit à même le sol pour être à la hauteur des livres, dédaignant le fauteuil que je lui proposais :

— Vous permettez ? demanda-t-il, impatient comme un enfant face à ses jouets de Noël.

Il caressa quelques reliures, feuilleta plusieurs livres avec précaution en ménageant la tranche, notamment les plus délicats eu égard à leur ancienneté et à la nature du papier. J'avais de toute évidence affaire à un connaisseur.

— J'en connais la valeur, vous m'en direz le prix, déclara-t-il en posant trois ouvrages sur le haut de la malle. Et puis j'aurais plaisir à bavarder avec vous de vos découvertes, Jack, si vous permettez.

— Avec joie, monsieur...

— Morgan. Ou Jack, comme tout le monde m'appelle. Évitez le Junius ! Mais ne vous emballez pas : je ne suis que le deuxième du nom. Junius Spencer Morgan II. Le grand J.P. Morgan c'est mon oncle, l'un des propriétaires du *Titanic*, mais il paraît que prononcer ce nom sur un paquebot, ça porte malheur, alors chuuuut ! Il m'a transmis sa collectionnite aiguë. Des tableaux et des livres, c'est tout, mais c'est déjà bien, non ?

Il défrayait régulièrement la chronique par la générosité de ses dons au Metropolitan Museum of Art de New York, notamment des gravures sur bois et des estampes de Dürer dont un confrère m'avait parlé avec des étincelles dans les yeux. Mais il me toucha bien plus en me racontant qu'il collectionnait les premières éditions de Virgile depuis sa jeunesse étudiante à Princeton, en un temps où il se cherchait encore un directeur de conscience qui fût aussi un professeur d'énergie, qu'il avait fait don de nombreux volumes très recherchés des *Bucoliques* et des *Géorgiques* à la bibliothèque de son université, et qu'il ne cessait d'enrichir ce cadeau chaque fois qu'il dénichait de nouveaux volumes :

— Virgile ! Pensez-y, Jack Bawoueur, *L'Énéide*, sait-on jamais...

J'avais bien en mémoire une édition des œuvres complètes bilingue français-latin de l'abbé Desfontaines de 1743 en quatre volumes, ainsi qu'une autre entièrement en latin de 1796 tout aussi richement illustrée, mais elles me paraissaient trop ordinaires pour un collectionneur de ce calibre. Il quitta ma cabine, en soulevant son chapeau, aussi naturellement qu'il y était entré. Si j'avais été aussi « chasseur » que Modet-Delacourt le prétendait, si j'étais à l'affût des personnalités de cette croisière susceptibles d'augmenter sensiblement ma clientèle dans le registre élevé des *rich & famous*, j'aurais au moins sollicité quelques indiscrétions du commissaire de bord ; mais je l'étais si peu par nature, plus enclin à ce que les choses adviennent par elles-mêmes, non par orgueil mais par un tempérament assez fataliste, que je n'avais même pas pris la peine de me renseigner. José-Manuel Alvarez de la Mirada était venu à moi de lui-même pour me demander de lui procurer à notre retour une édition rare du *Quijote* pour la bibliothèque de sa propriété de Santander. Sans taches sur les pages mais « avec suffisamment de patine sur la reliure pour que cela donne de l'*auténtico* à la chose ! ». Je connaissais une belle édition espagnole de 1780 en quatre volumes, à peine gâtée par de petites épidermures heureusement restaurées, et réputée pour ses illustrations, on en avait discuté un soir à Paris lors d'une réunion de la Société des bibliophiles français – encore me fallait-il convaincre Maurice Pereire de l'arracher à sa prestigieuse collection.

Un homme comme Morgan, de la banque du même nom, fût-il Junius Morgan II, emblématique de cette *high society* qui ajoute des chiffres romains à son patronyme pour lui donner de l'éclat, était ici un passager comme un autre, bien qu'il bénéficiât certainement d'une des huit suites de luxe, véritables appartements, de toutes les attentions et d'un service privilégié. Cette situation relativement commune le délestait du poids de sa puissance sur la terre ferme. Le fait est que nous étions des égaux, du moins en première classe, et ce sentiment devait être partagé dans les autres classes.

À bord, seul le commandant était au-dessus des autres.

Dans le salon de correspondance où je ne comptais faire qu'une brève halte pour y écrire un billet, un singulier spectacle me poussa à m'attarder pour observer Soko. Non que sa présence m'y surprît. Il y passait des heures chaque jour, n'arrêtant pas de rédiger des lettres d'une écriture âpre, fouettée, charnue. Rien ne pouvait le distraire de cet épistolat vécu comme un devoir, une mission, un sacerdoce. Et pour rien au monde il n'aurait eu recours aux services d'Hervé Froment, le secrétaire dactylo au service du commandant et des passagers de première classe. Des lettres, il semblait en recevoir tout autant, sans que jamais je ne devine quel genre d'*epistolero* pouvait bien lui écrire avec une semblable constance. On le trouvait trop discret sur son passé, ce qui ne manquait de stimuler les curiosités. Il est vrai que, lorsqu'on le pressait d'en dire davantage, il se contentait de répondre d'un ton à la nonchalance étudiée, à la manière dont Luc l'évangéliste résumait la biographie de Jésus : il a grandi, puis s'est fortifié avant de se remplir de sagesse. Délaissant un instant son album de Tintin posé sur un bureau, le petit Philippe apprenait de la bouche experte de Soko l'art et la manière de mettre un bateau, et même un paquebot, en bouteille. Ou plutôt à l'y déplier. Mais ce qui me fascinait le plus, c'était la qualité de leur conversation, sa tenue. C'est si rare, un adulte qui ne s'adresse pas à un enfant comme à un demeuré.

M'apercevant, celui-ci vint vers moi me raconter sa découverte. Puis il s'interrompit :

— Vous savez ce que disent les gens à table ?
— J'ai hâte de le savoir.
— Ils disent que vous, personne ne sait ce que vous faites là. Un libraire-bibliophile !

Alors je le pris à part dans un coin de la pièce

et je lui confiai à l'oreille une partie de ma mission :

— Je suis venu chercher Platon. C'est tout ce que je peux en dire. Personne ne le sait. Mais chut ! Cela restera notre secret, compris ?

Et dans l'instant, alors qu'il hochait la tête en me serrant la main avec une virilité inattendue, je sus qu'il ne le trahirait pas. Parfois, quand on serre la main d'un homme, c'est tellement mou, flasque, une poignée d'eau, qu'on se demande s'il y a quelqu'un au bout. Puis, à l'épreuve de la fréquentation, la première impression se vérifie : il n'y a personne. Juste un squelette vibrionnant et bien habillé, mais pas la moindre trace d'une âme. Dans les yeux du petit garçon, je voyais déjà danser le reflet de ses doutes émerveillés sur la nature de l'animal exotique que j'allais bien pouvoir ramener en Europe.

À une autre table de ce petit salon à l'abri des mouvements de foule, deux dames commentaient la dernière chronique de la comtesse de Verissey dans *Paris Élégant*, notamment ce qu'elle y disait des robes du soir en crêpe satin blanc, un volant en forme entourant le décolleté et s'achevant par un nœud dans le dos, la jupe s'élargissant par des coquillés, toutes choses que, en dehors des effets de découpes, j'avais du mal à visualiser dans le registre du chic et de la haute séduction, notamment la qualité de certaines couleurs telles que le vert Nil ou le rouge marocain, simple manque d'habitude probablement. L'une des deux dardait son regard sur moi avec insistance ; à force, on finit par désirer une femme dont on n'a même pas envie.

Jour 24, sur le pont-promenade

Le roulis, le tangage, les vagues, les hélices, la rumeur des conversations mêlée au vent, tout cela constituait une pâte sonore qui finissait par habiter chacun d'entre nous à son insu. Alors que je cherchais une place tranquille sur le pont-promenade pour y lire à l'abri du brouhaha, une image me frappa qui m'avait jusqu'alors échappé : une dizaine de passagers allongés sur leur transat mais regroupés en fonction non d'affinités électives mais de leur état, de leur situation de convalescents. Que des têtes de curistes. Et d'un bavard ! Les plus volubiles étaient certainement passés par des sanatoriums où l'astreinte au repos était assortie d'une obligation de silence ; en liberté surveillée, ils se rattrapaient, hélas : bien ou mal portants, les gens se ressemblent par leurs paroles mais se distinguent par leurs silences. Pas deux pareils. Une croisière au long cours, c'est tout de même plus attrayant, car plus imprévisible, qu'un séjour à la Villa Helvétia du côté de Montmorency, ou au domaine du Dr Manouvrier à Mont-du-Cens-lez-Nantes pour une villégiature neuropsychiatrique.

Sur un paquebot, les convalescents sont les seuls à ne jamais connaître l'ennui tant leur maladie les occupe. Nul ne les avait parqués là, ils l'avaient fait naturellement, mus par une communauté de destin. C'était si surprenant que je m'arrêtai face à eux pour les observer avec une curiosité d'entomologiste avant de faire un pas de côté. Un simple changement d'axe. On voit mieux les choses et les personnes de biais. Tout ce qui est frontal est brutal. Un peu de souplesse dans le regard permet d'envisager le monde autrement. Notre Dr Knock qui passait par là me prit par le bras :

— Je vous l'avais dit, l'instinct grégaire des malades en voie de rémission... Étrange phénomène que cette solidarité, non ?

— Le plus étrange, c'est cette impression de voir les personnages de *La Montagne magique* sortir des pages de mon livre et s'installer devant moi. Des échappés du Berghof-Schatzalp à Davos.

— Pas très optimiste, votre histoire, comme tant de romans d'ailleurs.

— Il y a des malheurs qui remontent le moral.

— Ah, Bauer... À force de faire des citations, vous mourrez un jour d'une rupture d'aphorisme !

Il l'avait dit sans malice, sans même la conscience d'un merveilleux jeu de mots, en toute candeur et n'attendant rien en retour, ignorant de l'effet produit. Il avait visé juste car on me faisait parfois le reproche de trop citer, mais comment faire autrement : comme tout lecteur compulsif, je suis couturé de mots, de phrases, de formules qui deviennent autant de citations, avec tout ce que cela peut avoir de pédant, dès lors que je les sors du livre qui en est l'écrin pour les détourner à mon profit ; si je n'en cite pas l'auteur, on m'accuse de vol, d'appropriation, de plagiat ; si je le cite, je passe pour un cuistre, ce qui est d'autant plus absurde qu'il a certainement emprunté à un autre avant lui sans payer sa dette, et ainsi de suite en remontant jusqu'aux Sumériens car on n'invente jamais rien ; le dilemme est insoluble, à moins de renoncer à lire à jamais ; le pire, c'est qu'à force ce processus avait fini par relever tant de l'inconscient que d'un réflexe naturel.

Je ne me sentais pas d'entreprendre Hercule Martin pour le convaincre du génie de Thomas Mann ni de la puissance de cette danse macabre et ironique. Et pour lui dire quoi ? Vous connaissez, vous, Hercule Martin, soit dit sans mépris aucun, un romancier qui ne rêve pas d'imaginer sa propre montagne magique, son roman total, qui serait de tous les temps sans oublier d'être aussi de son temps, écrit dans la fulgurante intensité de ces actes créateurs gouvernés par des forces accumulées depuis longtemps, où l'on verrait la vie palpiter comme une truite à peine sortie de l'eau et aussitôt jetée frétillante sur la page, quelque chose qui frapperait un grand coup sur les âmes ? Ce livre pouvait bien susciter de savantes exégèses et d'interminables commentaires critiques, ce n'était rien en regard de l'adhésion spontanée qu'il suscitait auprès d'innombrables lecteurs ; le phénomène frappait par son caractère immédiat et passionné ; Thomas Mann pouvait se flatter de faire rayonner les livres dans leur vie et de les maintenir en état d'inquiétude. Il était aimé non comme on aime un homme, une personnalité, une vedette mais comme on aime un écrivain : on le suit de loin mais on entre dans son nouveau livre comme on retrouverait un ami perdu de vue. Il avait craqué une allumette dans la forêt obscure de ses lecteurs. Son roman est de ceux qui m'ont appris le poids du temps. *La Montagne magique* n'est peut-être pas le roman idéal à lire en croisière ; d'un confinement à l'autre, ce ton sur ton est oppressant ; la raison aurait dû me pousser à chercher du côté d'écrivains de plein air et de marche, ou de l'un de ces romanciers à particule mis en bouteille au château, mais la raison, dans ces moments-là, disparaît sous l'empire de la sensibilité et de l'intuition. Ce n'était pas cet écrivain, ni ce livre, qui libérerait Hercule Martin de sa forêt primitive. Autant forer la boue à pleines mains dans la folle ambition d'y trouver l'eau vive.

— Vous savez quoi, Bauer ? Vous devriez écrire, franchement, vous qui êtes toujours dans les livres.

Ma force, c'est de ne pas me prendre pour ce que je ne suis pas : un artiste, ou l'égal d'un créateur. Même si mon commerce concerne intimement les choses de l'esprit, et qu'il s'exerce dans la sphère de la rareté et d'un certain luxe, le pacte que les libraires experts passent avec l'esprit ne les dispense pas d'être des commerçants. Un jour, le plus répandu d'entre nous, assurément le plus puissant, qui s'était laissé aller à publier quelques livres signés de son « nom à consonance », fut élu à l'Académie française, honneur qui n'était pas sans rapport avec sa situation mondaine. Le jour de sa réception sous la coupole, je dus aux aléas du placement de me retrouver assis parmi des invités du « parti des ducs ». Lorsque mon ami et confrère pénétra dans le bâtiment au son des roulements de tambour de la garde républicaine, j'entendis mes voisins se gausser à la remarque pleine de morgue de l'un d'eux : « Tiens, c'est bien la première fois à l'Académie qu'un fournisseur n'entre pas par la porte de service ! » Dans ce pays, si d'aventure vous oubliez qui vous êtes et d'où vous venez, ne vous inquiétez pas : il y aura toujours quelqu'un pour vous le rappeler.

Et, comme notre conversation déviait sur la signification des drapeaux, Hercule Martin me relança :

— Je ne vous savais pas versé en vexillologie.

— En quoi ? renchérit une dame à ses côtés.

— La science des drapeaux ou l'art d'en décrypter les signes et symboles.

— C'est beau, l'instruction. Moi, quand je vois un drapeau, je ne vois qu'un drapeau.

Là où d'autres auraient loué l'érudition, elle tenait à son mot. De l'instruction, comme le ministère du même nom ; encore heureux qu'elle n'ait pas parlé à mon sujet d'instruction publique... Cela m'amusait toujours lorsqu'il s'en trouvait pour louer ma culture. Celle d'un autodidacte. Le problème avec les gens comme moi, c'est qu'ils savent d'innombrables détails que personne ne connaît mais qu'ils ignorent le socle des connaissances des têtes bien faites ; leur curiosité est inversement proportionnelle à leurs lacunes. Non, je n'écrirais pas, étant bien incapable d'ordonner mes névroses sur une feuille, de donner un sens aux accidents incongrus de ma vie. Tenir un journal ne me ressemblerait pas. Une discipline de flic ou d'indicateur que cette manière de noter dans le dos du monde.

Peut-être suis-je parvenu à ce mi-chemin de l'existence, où l'on se sent basculer : après avoir agi sa vie, on la regarde. Désormais, je ne cherche pas que le mot juste : je cherche aussi le silence juste, là où tout se tait. Sa qualité, la nuit surtout, n'a pas de prix. On se sent débarrassé, comme lavé, des bruits des cités, les automobiles et leurs avertisseurs, les autobus et les tramways, la voix de crécelle du téléphone, sans oublier les cris, un concert assourdissant à la longue, toute une palette qu'on entend mais qu'on n'aurait pas l'idée d'écouter ; alors qu'à bord l'ouïe recherche la musique des vagues comme à la campagne le pépiement des oiseaux, le craquement des branches, le froissement des feuilles. Le vent, comme la houle, est le grand métronome. La nuit, sur le pont, le silence ne peut faire abstraction du ronflement des moteurs mais celui-ci constitue un tapis sonore d'une telle douceur qu'on s'en accommode sans mal. Les voitures ne me manquent pas tant je demeure insensible au chant des soupapes. Mais combien de temps tiendrais-je loin de la rumeur du monde, moi qui ai toujours été plus rat des villes que rat des champs ?

Tant de fois j'ai souhaité changer de contemporains ; seuls les romans l'autorisent ; je ne m'en suis pas privé ; sans la littérature, je passerais mon temps à maudire mon époque.

— Irez-vous un jour à Davos ? me demanda Hercule Martin, redevenant Knock.

— Je ne crois pas. Et encore moins au sanatorium Valbella ! À pèleriner ainsi sur les traces des fantômes on court le risque d'être déçu. L'expérience m'a appris que les lieux sont toujours plus mesquins que leur réinvention par la littérature.

— Regardez-les ! m'enjoignit-il en s'aidant d'un grand geste circulaire vers le groupe des convalescents. Non mais regardez-les donc à la recherche de la « grande santé » ! Quelle illusion ! Tous également convaincus que la maladie n'est que le préjugé de ceux qui se croient en pleine forme. Ils ne supportent pas qu'on les culpabilise de ce dont ils souffrent, et pourtant... Croyez-moi, parmi eux, j'en connais qui ont une mauvaise santé de fer. Ils ont la nostalgie de leurs journées de fièvre, le regret de cette foule de sensations inédites. On dit que le convalescent a des émotions érotiques car il passe son temps à se consacrer à ses fantasmes. Mais je connais bien cette population. Ce ne sont pas tous des tuberculeux qui se branlent ; certains ne guérissent pas parce qu'ils ne sont pas convaincus des avantages de la bonne santé ; il y a des convalescences qui durent toute une vie...

Voyant mes hésitations, l'un des convalescents me fit signe de m'approcher ; son teint annonçait le bilieux. Je l'avais reconnu, ce haut fonctionnaire de Sa Majesté, collectionneur jusqu'au fétichisme de tout ce qui touchait à Disraeli, si admiratif de l'homme d'État britannique que, chaque fois qu'il commandait du champagne, il se justifiait par l'une de ses devises : « La vie est trop courte pour être petite ! » avant d'exiger un grand cru.

— Prenez une chaise et mêlez-vous à nous...
— Je n'y tiens pas. Et puis quoi, un proverbe ne dit-il pas que l'Anglais pense assis, et le Français debout ?
— Ce doit être un proverbe irlandais.

Le fait que l'asile psychiatrique St Andrew's de Northampton se trouvât très exactement au centre de l'Angleterre historique suffisait à m'affranchir sur la santé mentale des Anglais. Je prêtais une oreille distraite à la conversation des convalescents. Qui sait si notre cher assureur ne les y avait pas aidés, toujours est-il qu'elle avait glissé sur la récurrence des risques d'incendies à bord des grands navires transocéaniques. L'une des femmes de ce club des allongés prit soudain la parole avec gravité et, pour montrer sa détermination, s'assit sur le rebord de son transat :

— Mesdames, je vous le dis, ne comptez que sur vous. Rien à attendre des hommes, du moins de vos hommes. Rien des messieurs de notre monde. Rien… Ils vous marcheront dessus, vous assommeront et vous escaladeront si nécessaire pour se sauver.

Et elle s'en alla, la gorge nouée, laissant un grand vide, la gêne et l'effroi.

— Il faut lui pardonner, confia son amie à la petite assemblée qui tendait l'oreille. C'est une rescapée de l'incendie du Bazar de la Charité. Ça laisse des traces.

Fort heureusement, mon Anglais n'insista pas. D'autant que, comme d'autres passagers, il voulait me parler de livres et, qui sait, de littérature. Comme si je portais étiquetée au front l'enseigne de ma librairie. Or la fiction entretient moins la nostalgie qu'elle ne la soigne : après tout, ceux qui ont du cidre dans les veines et regrettent le suintement vert des cathédrales normandes n'ont qu'à se replonger dans Flaubert, le reste suivra. Pour ma part, lorsque j'observe la nuit tomber à travers le hublot de ma cabine, je me laisse envahir par l'inoubliable incipit des *Provinciales* de Giraudoux : « Le soir, vers cinq heures, quand l'odeur des sureaux et le vent d'est sont montés dans ma chambre, nous fermons les fenêtres pour les y garder toute la nuit. » Qui dira jamais la nostalgie de la terre chez tout passager bien né ? J'éprouvais même le regret des mots d'autrefois. Des mots d'un monde enfui. Ceux des grands navires d'avant : misaine d'artimon et brigantine, gui et rouffles, gabier... Enfant, on pouvait lire sous la plume de Jules Verne que les rameurs étaient munis d'une « ceinture natatoire en liège » en lieu et place de ceinture de sauvetage... Oh, ces mots n'étaient pas morts depuis longtemps puisqu'on les trouvait encore chez Jules Verne, mais la patine des temps les faisait sonner ancien.

Même dans les moments de forte houle, ce genre de houle inquiétante qui annonce une tempête et vient contrarier la houle légère et prenante des voix, je ne souffrais plus tant du mal de mer, que j'avais vaincu en faisant neuf fois le tour du pont en cas de menace, que du mal du pays, étant entendu que celui-ci ne désignait pas seulement la France mais la vieille Europe ; en perdant de vue ses côtes, je craignais de mettre mon propre passé à distance. Mais j'avais beau dire, je demeurais l'esclave soumis, ravi, comblé de mes livres, même si j'espérais qu'on me parle de toute autre chose. À peine voyais-je deux hommes accoudés au bastingage tout en devisant sur l'état du monde que l'image de Bouvard et Pécuchet se superposait à la leur. Si je ne me méfiais pas de l'empreinte mnésique provoquée par mes innombrables lectures, j'aurais juré avoir entendu l'un dire à l'autre que Jésus n'était pas seulement le fils de Dieu mais aussi d'une excellente famille du côté de sa mère ; c'était d'autant plus étrange que les Bovary ne manquaient pas en première classe, ni les Félicité du côté de la troisième. Dans ces moments de réminiscences littéraires, je me faisais violence pour les mettre à distance, car elles pouvaient m'emporter loin dans mes divagations, assez loin pour porter des jugements définitifs sur des personnes qui ne le méritaient certainement pas. N'empêche qu'Anaïs Modet-Delacourt bovarysait vraiment, ma conviction était faite.

Jour 25, sur le pont-promenade

L'inconnu auprès de qui j'avais trouvé une place de libre, qui avait eu le bon goût de ne pas me parler, était depuis quelques minutes secoué par un rire de plus en plus envahissant. Il posa son journal, s'en empara à nouveau pour le lire et le reposa, son rire l'empêchant de poursuivre sa lecture, ce qui était assez rare pour que je me permette de lui en demander la raison. Il s'agissait d'un dossier recueillant des témoignages en hommage à Marcel Proust pour le dixième anniversaire de sa mort avec quelques mois d'avance :

— C'est idiot, je sais, mais ce bout de phrase en bas de la page, là...

Il voulait me le lire mais n'y parvenait pas tant son rire l'étranglait ; il le désigna du doigt pour me le montrer et finit par l'articuler à haute voix entre deux secousses :

— « Marcel Proust, homosexuel sans que je le susse… », pardonnez-moi mais c'est irrésistible…

Manifestement tout le monde ne l'entendait pas de la même oreille, ce qui eut pour effet d'augmenter l'embarras de certains et d'en combler d'autres d'aise.

Le temps était redevenu neuf. Le ciel claquait d'un bleu irréel. La mer se renflait tout autour de l'horizon. On aurait dit qu'elle allait déborder vers le ciel et que notre navire avançait dans une cuve d'outremer pur. J'avais lu quelque chose comme ça dans un volume de poèmes de Cendrars qui m'était passé entre les mains. Ce qu'il ne disait pas, c'est que sur un paquebot où tout est fait, en première classe, pour que l'on ne manque de rien, ce qui manque le plus, c'est la présence d'arbres. Des arbres agitant désespérément leurs bras. Les voir tous les jours, les toucher, les respirer. Je n'aurais pas cru. L'arbre, c'est le territoire de l'enfance et de la liberté, lorsqu'une promenade matinale dans la campagne fleure bon un fumet de houblon mêlé à la rosée. Resterait-on des mois à bord d'un paquebot pour une longue traversée que l'on ne sentirait pas le passage des saisons, faute d'arbres, leurs sentinelles. Le fait est que parfois, en plein milieu de l'océan, il me prend une folle envie de balade dans le bocage et d'errances entre les rivières ombragées et les chemins touffus. En mer il manque quelque chose de cette douceur végétale, de cette vibration de la pierre et des feuilles, de cette densité minérale qui font le bel ordinaire de la vie sur terre. À bord, la terrasse aux murs de briques blanches et rouges, qui produisait un charmant effet campagnard, n'y suffisait pas. Au fond, les voyages m'ennuient mais le mouvement me ravit. Si j'osais, j'éprouverais même la nostalgie du bruit des talons sur le macadam à l'heure de la sortie des théâtres, au moment où les spectateurs s'égaillent lentement dans la nuit parisienne. Pourtant la ville m'épuise ; son bruit, ses fumées, sa frénésie et sa circulation aussi vaine qu'intense me portent sur les nerfs. Sauf la nuit, où elle s'impose naturellement mais en discrète majesté.

Un groupe s'était formé autour de l'incroyable Knock. Eux assis, lui debout, il professait. Un mystère que son emprise. « Pour le traitement physiologique de la constipation, pas mieux que le taxol, croyez-moi. Ça contient de l'agar-agar, idéal pour réhydrater le contenu intestinal ! » Une fois, à table, alors qu'une dame avait discrètement sorti un flacon de son sac pour le poser près de son verre, il s'en saisit d'autorité, en avisa l'étiquette en connaisseur : « Hum hum, du sirop Britannia », commenta à grand renfort de bromoforme phénolé, se permettant même d'interroger la dame sur la nature de son mal, grippe cathartique chronique, bacillose pulmonaire ou bronchite fétide, avant de reposer le flacon, ce qu'elle accueillit d'un mot de soulagement : « Du sirop, quoi… » dont il ne releva pas l'ironie. En fait, le jour où il vanta la Rethragine, ces bougies urétrales solubles censées vaincre la blennorragie, je finis par me rendre compte que non seulement il accordait foi aux réclames, mais il les récitait, croyant se donner ainsi une légitimité médicale. On s'attendait à tout moment à ce qu'il fasse des diagnostics. Cette fois, comme la toux sèche du jeune Pipo devenait répétitive et durable, il se rapprocha de lui, se pencha en sa direction comme pour prêter l'oreille à son dos, esquissa une moue complice puis s'adressa à sa mère : « Rassurez-vous, ce n'est pas nécessairement une tuberculose pulmonaire. Plutôt une pharyngite chronique, ou une hypertrophie des amygdales voire une ulcération du pharynx. Voyez-vous, la toux chez l'enfant n'a pas nécessairement valeur de symptôme. Une succession de secousses expiratoires... » On craignait qu'il ne demande au petit s'il ressentait une sensation douloureuse rétro-sternale... Heureusement, ses parents interloqués s'éloignèrent en silence. Ils savaient qu'il n'était pas de la Faculté mais se demandaient s'il ne relevait pas d'une espèce de représentant en pharmacie qui ne s'autorisait que de lui-même, toujours prêt à leur proposer une poudre de perlimpinpin en la présentant comme une médication iodo-marine arsénio-phosphatée calcique. Son sourire en forme de caducée annonçait sa vraie nature, parfois contrariée par l'annonce de saignements qui le faisaient précipiter un mouchoir sous son nez. À mesure que je le découvrais, le personnage m'apparaissait de plus en plus émouvant,

surtout depuis que je m'étais risqué sur le terrain de la vie privée :
— Veuf ?
— À demi. Elle n'a plus sa tête, juste son corps.

Soudain, annoncé par le tintement de sa cloche qui arrivait de loin, un mousse de sonnerie tout essoufflé par sa course interrompit Hercule Martin dans sa conférence pour lui transmettre un billet urgent. Avec la gravité requise par la circonstance, il nous en livra la teneur : le petit Arthur Maldonaldo Sequeira, un enfant portugais âgé de deux ans et voyageant en troisième classe, était décédé et venait d'être immergé selon le vœu de sa famille, des militaires ou des fonctionnaires, assez nombreux dans ce compartiment du paquebot. Le mot ne fut pas prononcé mais il courut vite sur toutes les lèvres : tuberculose. Il avait suffi à faire s'éloigner Elsa Ahl, la nurse danoise des enfants Picot qu'elle s'empressa de ramener à leur cabine. Au-delà de la consternation provoquée par cette annonce, j'étais assez stupéfait par son déroulement. Le véritable médecin de bord, le Dr Guibier, un homme dévoué et agréable qui passait pour un original, avait soigné ce malade, et Georges Auger, l'infirmier des Messageries maritimes, pouvait l'assister à toute heure, sans parler du Dr Arnheim, un médecin hollandais qui voyageait avec sa femme, mais le fait même que notre Knock soit ainsi prévenu de sa mort témoignait de l'incroyable statut qu'il avait acquis, du moins auprès de certains. Le risque d'une épidémie à bord, spectre de tous les armateurs, étant à craindre, une personne dans le public de Knock lança une proposition, si l'on peut dire (« Faudrait peut-être faire des croisières que de première !... »), qui me poussa à aller prendre l'air.

Ma marche en solitaire me mena vers le pont supérieur, au centre du navire, jusqu'aux deux imposantes cheminées carrées en forme de champignon. Outre leurs deux moteurs Sulzer Diesel de dix cylindres deux temps, ce sont elles qui distinguaient les récents paquebots de luxe des Messageries maritimes, le *Félix Roussel* et l'*Aramis*, que M. Philippar appelait ses « nautonaphtes », mot créé à partir du grec *naus* (navire) et *naphta* (pétrole). Il l'avait inventé pour des raisons publicitaires, craignant que le public ne rejette l'invention de Rudolf Diesel en raison de sa consonance allemande. Or l'une de ces fameuses cheminées, celle de l'avant, ne fumait pas ; il avait fallu que je me trouve pour une fois à leur base pour m'en rendre compte. J'interpellai un marin pour en connaître la raison :

— Ah, les jardinières de fleurs...

Comme il avait répondu dans un sourire ironique sans plus de détail, je dus insister.

— En fait, la première est postiche, factice, une fausse cheminée si vous préférez.

— Purement décorative, alors ?

— Pas uniquement, répondit-il embarrassé par mon indiscrétion qui n'en était pas vraiment une car, en tant que passager, je m'estimais en droit de savoir.

— En fait, elle est censée abriter des batteries d'alfite qui contiennent du gaz carbonique au cas où un incendie se déclencherait dans l'une des quatre cales.

— Mais pourquoi dites-vous qu'elle est « censée » ?

— Parce que là, elle est vide, dit-il en baissant les yeux. Les ingénieurs disent que c'est normal car l'acide carbonique liquide se dilate sous l'effet de la chaleur. Mais soyez rassuré, au retour, les batteries seront pleines !

— La route sera la même et la chaleur aussi...

— Pour éviter l'explosion à une certaine température, on règle une soupape de sûreté qui libère les bouteilles...

Ma curiosité le gênait manifestement. De toute façon, ce n'était pas de son ressort. Il le prenait avec un certain flegme. Inouïe, cette capacité des équipages à évoquer les catastrophes en mer. Comme s'ils les avaient intégrées à la traversée au titre d'une perspective *naturellement* envisageable. Henri Paoli, le sympathique second capitaine âgé d'une trentaine d'années, n'avait pas eu l'air traumatisé en évoquant devant moi le quatre-mâts bateau école *Richelieu*, à bord duquel il avait enseigné et qui avait disparu lors d'un incendie dans le port de Baltimore. L'une des rares personnes auprès de qui je pouvais m'ouvrir de mes inquiétudes, c'était le coiffeur du bord. Et pour cause : il n'était pas un employé de la compagnie, sa présence à bord résultait d'une convention entre elle et la parfumerie Lamothe, rue de Vacon, à Marseille. Accompagné de son assistant, il louait un local dans le paquebot et travaillait donc en toute indépendance ; seuls les musiciens, que leur syndicat rémunérait, et le contrôleur des Postes, payé par l'État, partageaient ce statut un peu particulier.

— Franchement, vous vous sentez en sécurité ? lui demandai-je, aussitôt assis dans son fauteuil.

— Il y a des choses bizarres, c'est incontestable, mais si on les répand, la rumeur enfle et déforme, on crée la panique et le voyage s'achève là, vous imaginez, tout ce monde rapatrié à l'escale... Tout est contagieux, et pas seulement les maladies. Rien n'est toxique comme une passagère que l'on sent assiégée par la mort... Je ne vous donne pas tort, monsieur Bauer, mais je crois préférable de garder tout cela pour nous. Et puis, vous savez, je ne crois pas avoir travaillé sur un paquebot qui n'ait pas eu ses dysfonctionnements...

— Vous connaissez bien le *Georges Philippar* ?

— Mieux que quiconque. Je l'ai visité de fond en comble bien avant l'embarquement. Le décor, ça m'intéresse, j'ai un frère ébéniste, mais attention, un artiste. Et je dois dire que..., hésita-t-il.

— Quoi ?

— Le bureau du commandant est entièrement

lambrissé, et celui du commissaire de bord en acajou verni au tampon.

— Et les offices ?

— Acajou. Et pour les cabines des maîtres d'hôtel : okoumé verni au tampon.

— Les cabines de première ?

— Chêne clair ciré. Quant au carré des officiers, c'est tout en platane verni au tampon avec moulure en teck.

— En plus, des boiseries en teck iroko, il y en a partout...

— Sans parler du grand escalier verni à la cellulose et de toutes ces canalisations électriques camouflées sous les boiseries, c'est fou quand on y pense. On se croirait au Bon Marché ! Tout ça, je l'ai dit à voix haute à mon assistant qui visitait avec moi. Pas de bol, M. Delbos de Calvignac marchait derrière nous, il a tout entendu, alors il m'a pris à part et il m'a dit en serrant les dents : « Vous coupez les cheveux ou vous travaillez pour le Bureau Veritas ? »

Jour 26, sur le pont-promenade.

Pour la première fois depuis que nous avions rejoint l'océan, le temps se gâtait et la brume s'installait à l'approche des côtes de la Chine et du Japon. Étrangement, lorsque la météo fronce les sourcils, l'ambiance se prête plus naturellement aux jeux. Les mordus n'avaient pas de mal à recruter des adversaires. Les cartes m'inspiraient une répulsion quasi physique que je ne cherchais pas à m'expliquer. Plus d'une fois on m'avait invité à jouer au *shuffleboard*, pour ne pas dire tout simplement aux palets ; on m'avait même proposé des parties mixtes mais l'enjeu me laissait indifférent, et son intérêt sportif me paraissait nul. Le jeune Pipo à qui je voulais céder ma place déclina poliment, pour les mêmes raisons, ce qui me rassura sur son esprit critique. Il est vrai que lui-même tenait table ouverte, si je puis dire, au *Landlord's Game*[1], un jeu de société dont il avait la parfaite maîtrise et qui attirait de plus en plus d'amateurs. Plus je l'observais dirigeant son petit monde tel un croupier ses joueurs, plus je me persuadais qu'un enfant aimé par ses parents, c'est de la graine de conquistador.

The Landlord's Game, qui ne connaissait pas encore de version française, était fondé sur les biens immobiliers, la spéculation foncière et les impôts. La femme qui l'avait inventé au début du siècle, une Américaine du nom d'Elizabeth Magie Phillips, entendait dénoncer de manière ludique l'injustice de l'accaparement des terres par de grands propriétaires, système qui ne pouvait qu'accentuer les inégalités. Dans le salon de correspondance qu'il avait réquisitionné à cet effet pour sa grande table ovale, Pipo était parfaitement à son affaire, d'autant que l'équipage avait pu se procurer juste avant le départ la

---

1. Ancêtre du Monopoly.

nouvelle version du jeu dans laquelle figuraient les noms de rues, de commerces et de lieux : Fels Avenue, Johnson Road, The Fifth Avenue, Swell Hotel, The Bowery, etc. sans oublier Personal Property Taxes et Real Estate… C'était plaisant à observer, car divertissant, mais bien insuffisant pour me détourner du seul jeu qui m'ait jamais passionné, jusqu'à le pratiquer dans ma jeunesse au sein d'un club durant quelques années avant d'y renoncer par crainte d'en être possédé.

Heureusement pour moi, les échecs avaient leurs mordus à bord et leur nombre grossissait en raison de ce que la rumeur rapportait de sensationnel sur la violence des affrontements. À la seule vue de l'attroupement autour des belligérants, la curiosité publique augmentait, attisée par l'odeur du sang. J'ai toujours pensé sans en avoir la preuve qu'un passager avait discrètement organisé des paris, mais cela n'était pas étranger au succès des parties. Loin de moi tout projet de relever le défi, je manquais d'entraînement, n'ayant pas sérieusement poussé le bois depuis mes années de jeunesse, lorsque mon père m'emmenait avec lui le dimanche après-midi du côté du faubourg Saint-Honoré pour défier des joueurs au café de la Régence ; là, j'avais compris qu'il ne s'agissait pas de jouer mais de faire la guerre. Plus tard, en lisant les revues spécialisées telle que *La Stratégie*, dont je conservais précieusement les numéros, je saurais qu'il ne s'agissait que de cela. La guerre, à la folie. Et si j'ai cessé de fréquenter les clubs et de lire les traités, c'est pour ne pas basculer de l'autre côté du miroir. Assister sans participer suffit à mon bonheur, étant entendu que les parties sont parfois tellement intenses qu'on ne peut s'empêcher de participer intérieurement. Sur le paquebot, le niveau était de bonne tenue. L'ambiance était respectueuse, du moins au début. Après, ça se gâtait. La faute aux *kibitzers*, ces inévitables parasites que sont ces spectateurs qui ne peuvent s'empêcher de faire des commentaires, le plus souvent négatifs ou désobligeants, sur la partie en cours sans jamais eux-mêmes montrer ce dont ils seraient capables. Impossible de faire régner le silence dans cette assemblée, alors que les échecs sont la plus éloquente façon de se parler sans se parler. Mon propre refus de m'engager pouvait passer pour du mépris ou de la hauteur ; mais quand j'eus expliqué que je me contentais depuis des années de faire des problèmes seul dans mon coin, on me félicita pour ma sagesse et on me nomma juge de paix – et Dieu sait que les conflits avaient besoin d'être arbitrés. Ma position n'était pas pour me déplaire car je défendais la conception du jeu comme un art, donc du point de vue de la beauté et non de l'efficacité.

Les petits groupes d'amateurs s'agglutinaient ainsi à un endroit du pont-promenade dans l'après-midi autour de « la » partie du jour et de deux joueurs. Nos conversations ne déviaient guère de cette passion partagée et je n'imaginais pas que sur le pont supérieur, des lanceurs puissent s'entretenir de la dialectique de la canne et du palet. La pensée des échecs, elle, ouvrait des perspectives infinies, depuis les analyses et théories du légendaire Philidor qui avait ébloui les joueurs du café de la Régence au XVIIIe siècle. Un passager, qui connaissait bien la langue russe sans être russe lui-même, nous avait mis l'eau à la bouche en nous rapportant ses émotions à la lecture de *La Défense Loujine*, roman diffusé à Berlin et Paris dans les milieux de l'émigration sur l'histoire tragique d'un grand maître écrasé par son génie et qui sombrait dans la folie.

À observer les mouvements des joueurs d'un certain niveau, on devinait quels étaient leurs modèles. Ainsi le plus âgé des deux, qui se servait de son roi comme d'une pièce maîtresse dans l'offensive lorsqu'il se trouvait assez démuni, en tenait manifestement pour Steinitz (sans pour autant espérer finir comme lui dans la misère et le dérangement mental, jusqu'à se dire capable de battre Dieu aux échecs tout en lui donnant l'avantage d'un pion !). Parmi les spectateurs, Luigi Caetani, le gigolo lettré que je n'imaginais pas versé dans les soixante-quatre cases (la force du préjugé...) nous passionna en nous révélant la tradition de la partie d'échecs vivante qui se déroule tous les deux ans avec de vraies personnes de chair et de sang en lieu et place des pièces en bois, vêtues en costumes du XVe siècle, sur la place du château à Marostica, une commune de Vénétie, depuis... 1454 !

« Avec accessoires et chevaux ! » s'émerveillait-il, avant de préciser que c'est bien au paradis et nulle part ailleurs, dans le troisième et dernier règne de l'au-delà, que Dante avait fait allusion aux échecs, et il l'avait dit avec toute l'autorité que lui autorisait sa lecture de la *Divine comédie* « dans le texte ! », si bien que nul n'aurait osé le mettre en doute – ni même ajouter que, sans être une si ancienne tradition, les parties d'échecs vivants se disputent aussi à Brissac, Troyes, Compiègne.

Les échecs restent un jeu, sauf en compétition où c'est la guerre. De ludiques, ils deviennent mortels. À bord, nous étions dans l'entre-deux. La partie gagnait en intensité à mesure que des curieux affluaient. Des clans formés au début de la partie se déformaient sous nos yeux jusqu'à exploser, selon le principe qu'expliquait mon vieux professeur d'histoire, à propos des guerres intestines auxquelles se livraient les sept royaumes combattants : chacun contre tous et tous contre chacun. Lui qui avait accueilli le grand Znosko-Borovsky au cercle d'échecs de Quimper du temps qu'il en était l'animateur aurait été comblé par la transposition inattendue des affrontements de l'ancienne Chine dans cette joute.

L'important, ce ne sont ni les coups, ni les stratégies, ni les tactiques, ni la combinatoire. Non, c'est le sens du *kairos*, le sentiment inné du bon moment et de l'instant décisif, de quoi nourrir l'instinct et sa réalisation : l'autorisation que chacun se donne d'obéir à sa folie. C'est cela qui fait la différence autour de l'échiquier mais nul ne le voit car il est invisible, irréductible à des chiffres, des positions, des manœuvres. « C'est... pffffft ! » siffla Alvarez de la Mirada en effectuant un grand geste éclair autour de lui avant de citer l'art et la manière dont Goya avait selon lui dessiné ses duellistes au gourdin avant de les peindre.

Il y avait de tout parmi nous, y compris des spécimens assez particuliers d'une race que j'avais déjà fréquentée avec mes clients collectionneurs de collections : ceux que je considérais comme des joueurs absolus. Les échecs les passionnaient moins que le jeu en soi. Un jeu parmi d'autres, mais un jeu. Ceux-là jouaient à tout. Après les échecs, ils filaient au-dessus jouer au palet ; après le palet, le poker ou la belote, et après cela pourquoi pas *The Landlord's Game*... Le jeu les mettait en feu. Je l'ai compris en trébuchant un soir sur eux, littéralement, accroupis sous la faible lueur de la lune, occupés à lancer des noyaux de pêche contre la paroi de la coursive comme des gamins sous le préau de l'école – mais je ne jurerais pas que l'enjeu financier fût absent.

La tension était à son comble. La partie ayant débuté par le refus du gambit de la dame, on se demandait si les deux adversaires n'allaient pas tenter de reproduire l'ouverture de l'une des parties qui opposèrent Capablanca à Alekhine en 1927 au championnat du monde à Buenos

Aires. L'un de nos deux passagers était un Russe dont on pouvait se demander s'il n'avait pas, à une époque, gagné sa vie avec les échecs, de démonstrations en tournois. Le fait est que, depuis le début de la traversée, ce Jonas Milk, connu pour être l'un des plus grands philatélistes que comptait cette internationale, avait rarement perdu ; on comptait sur les doigts d'une main ceux qui l'avaient mis en difficulté. Les gants en daim de chèvre dans lesquels il glissait ses mains avant de jouer, avec force regards pleins de sous-entendus, augmentaient son mystère et, partant, la curiosité qu'il suscitait. Hormis son indéniable talent aux échecs, je ne le connaissais pas. Nous n'avions guère eu d'échanges car, quel que fût le sujet, il les fuyait systématiquement et coupait court en fermant toute possibilité de débat par un « C'est plus compliqué que ça… » sans appel et plein de sous-entendus qui vous expédiait de facto dans le camp surpeuplé des ignorants. On dit que le secret donne de la profondeur aux gens, sauf que ça ne marche pas à tous les coups. Chez certains, on a beau gratter, il n'y a rien sous le voile de mystère, une telle mise en scène de soi ne dissimulant que le néant. Qui sait s'ils n'ont pas déjà tout dit du peu qu'ils avaient à dire. Ce serait faire preuve d'une empathie excessive à l'espèce humaine que de voir en chacun de nous une ombre impénétrable.

— C'est dommage, maugréa Soko debout derrière lui alors que la partie s'achevait par abandon de son adversaire, cette domination enlève du piquant aux rencontres. Si ça continue, on va l'interdire d'échiquier. Allez, qui relève le gant, qui veut s'y frotter ? Mais, désormais, ce seront des parties à l'aveugle pour corser les choses.

Tandis que l'on bandait les yeux de Milk, un homme s'assit face à lui sans un mot ; comme il avait les blancs, il proposa une défense nimzo-indienne, un classique des ouvertures semi-fermées depuis que le grand maître Aaron Nimzowitsch en avait fait l'un des piliers de son fameux système. Jonas Milk esquissa un sourire, signe qu'il avait conscience d'avoir fort à faire. Me doutant qu'ils allaient user du prochain quart d'heure pour se tester, je rejoignis Salomé accoudée à une barre qui avait vue sur les coursives des secondes et le pont des troisièmes classes. Du côté de ces trotte-menu de la vie ordinaire, qui avaient pris la mer pour tenter « le contrat à la grosse aventure », ou plus simplement « à la grosse » comme disait l'assureur pour désigner le prêt pour financer un voyage. Les trois dimensions d'un paquebot : en haut un monde ouaté, suspendu, hors du temps ; dessous un milieu contraint, tendu, cogné au réel ; encore dessous, l'univers des machines, de l'effort, de la sueur. Salomé ne regardait pas, elle scrutait, sans que ce fût le regard jeté du haut d'un pic montagneux sur de misérables fourmis. Une clientèle assez aisée voyageait en seconde. J'aurais dû en être mais après tout, comme disait mon père qui ne rechignait jamais à rendre le quotidien plus agréable : « Le voyage est si bref, autant le faire en première classe », même si c'est bien de la vie qu'il parlait.

— Qu'est-ce que tu cherches, Salomé ?
— Une solution.
— Ah... À quoi ?
— À votre problème. Vous n'allez tout de même pas regarder ce type dominer jour après jour. Il a raison, Soko...
— Ne me dis pas que tu vas nous ramener le petit que j'ai vu l'autre jour très sérieusement jouer aux échecs dans la salle de jeu des enfants, sous le regard de Gargantua !
— J'ai entendu parler de quelqu'un, là-bas, dit-elle en désignant d'un coup de menton les ponts des autres classes en contrebas.
— Quelle fourmilière ! Vue d'ici, elle fait masse. Et pourtant, à nos yeux, elle est peuplée d'invisibles. Sais-tu au moins comment il s'appelle ?
— Non, mais je sais comment *on* l'appelle... Et si j'allais le chercher ?
— Tu peux car les passagers des premières peuvent se rendre partout sur le paquebot, contrairement aux autres qui doivent se limiter au strict territoire de leur catégorie. Comment feras-tu pour le ramener, à supposer que tu le trouves ?
— On n'est pas obligés de le faire savoir...
Et elle s'éclipsa.

Jour 27, sur le pont-promenade.

La quête de Salomé ne dut pas être facile car je ne la revis que le lendemain, à la même heure et au même endroit, au moment où des serveurs du bar installaient la table d'échecs. Son obstination avait payé : quelques minutes après que Jonas Milk se fut assis face à une chaise vide, attendant avec flegme sa prochaine victime, elle arriva, accompagnée d'un jeune homme qui claudiquait légèrement. Nos regards dardaient vers lui. Il s'avança parmi nous, emprunté comme un paysan ardéchois pénétrant dans la salle à manger du Jockey Club. À la manière mystérieuse dont il nous observait en silence derrière ses lunettes de soleil, on aurait cru qu'il allait nous révéler le secret des *Joueurs de cartes*, et que nous repartirions en sachant enfin pourquoi, sur l'une des cinq versions du fameux tableau de Cézanne, le joueur de gauche tient en mains des cartes blanches par définition injouables. Mais non...

Ses yeux cernés trahissaient Salomé ; elle avait passé une bonne partie de la nuit en bas à parler avec lui, et avait probablement pris son petit déjeuner en sa compagnie. Milk n'en fit même pas cas, tout occupé à discuter des vertus de l'odontomètre pour mesurer la dentelure des timbres ou à plaider, une fois de plus, la cause de l'adoption du néologisme « timbrologie » en lieu et place de « philatélie » au motif que, si l'on avait vraiment voulu s'en tenir à l'étymologie grecque, c'est de « philotélie » qu'on devrait parler. Salomé attendit patiemment qu'il eût terminé son colloque pour prendre la parole :

— Monsieur est d'accord pour jouer avec vous, dit-elle en désignant d'un geste le passager surgi des entrailles du navire.

Étrange personnage, à une ou deux années près de la même génération que Salomé. Grand et si mince qu'il aurait pu se faufiler entre le mur et l'affiche, il semblait moins porter son costume qu'être porté par lui ; des vêtements de bric et de broc mais, comme dans les pièces de Racine au lexique si limité, le génie résidait dans l'art de combiner les éléments entre eux ; l'accessoire rehaussait le tout, en l'espèce sa pochette couleur fumée-de-Londres. Il avait l'air si emprunté, vacillant, désorienté qu'on l'aurait cru capable de se casser le nez en tombant sur le dos. Les traits fins, la peau diaphane, l'air absent, il ne semblait pas décidé à ôter ses lunettes de soleil pour affronter son adversaire. Une tactique de joueur de poker, mais après tout pourquoi pas. Salomé et le garçon demeuraient debout, attendant une autorisation, quand l'un des membres de l'informelle confrérie des passionnés d'échecs s'en mêla assez vivement.

On l'eût volontiers qualifié de « bel argenté », pour ses cheveux blancs plus lustrés que gominés, si ses traits n'avaient manifesté tant de dureté. Le regard froid et impénétrable de celui qui a toujours l'air de regarder quelque chose de terrible bien au-delà de vous lorsqu'il vous parle. Un homme fermé de l'intérieur dont tout dans le langage corporel, tout dans la physionomie, les gestes, les mimiques, les soupirs, les regards, donnait l'impression d'un homme qui, à la suite d'un événement personnel irracontable car inaudible, avait posé les scellés sur lui-même. Un personnage aux contours tranchants, au visage comme taillé à la serpe, à la silhouette anguleuse, dont on aurait craint en l'imaginant faire l'amour avec son analogue que le frottement des os entre eux n'allumât un feu. Ce genre d'homme que l'on imagine gratter le fond de ses poches à l'église pour déposer une piécette plutôt qu'un billet à l'Offertoire. Ce passager du nom d'Henry Balestier, un homme d'affaires français, je l'avais déjà remarqué à plusieurs reprises à la salle à manger : avec sa femme, ils n'arrêtaient pas de se chamailler tout en conservant leurs bonnes manières ; de loin, on aurait dit un couple d'*Odocoileus virginianus*, parfaitement, des cerfs de Virginie qui s'emmêlent inextricablement les bois pendant la saison du rut, si fort que nul ne peut les démêler, ce dont certains peuvent mourir à l'issue d'une longue agonie, mais pas les Balestier. Rarement un éclat de voix parvenait jusqu'à notre table : l'expression de leurs visages et leurs gestes trahissaient l'exaspération et le ressentiment, une colère sincère et spontanée, mais qui n'en traversait pas moins dans les clous. À bout d'arguments déjà mille fois ressassés, généralement entre le plat et le fromage, ils se muraient dans le silence jusqu'à la fin de la soirée ; d'avoir cru circonscrire l'univers de sa femme lui donnait l'illusion d'en avoir fait le tour ; il la contemplait alors comme on regarde sa veuve, en s'attardant sur ses mains, avec l'air de se dire qu'un jour elles lui fermeraient les yeux avant d'ouvrir ses tiroirs. D'après Knock, jamais en retard d'un bruit de coursive, on avait entendu Mme Balestier dire à ses voisins un soir, après que son mari eut brusquement quitté la table : « Ma fille, Dieu ait son âme, n'a cessé de nous dire pendant son adolescence : "Divorcez, je vous en supplie, divorcez, que ça finisse !" » Or ils l'avaient perdue dans un accident et ne s'accordaient pas sur le destin de leur petit-fils déjà orphelin de père : elle voulait le garder avec eux et lui donner une famille, qui n'était autre que la sienne, après tout ; lui ne voulait pas en entendre parler et l'avait confiné dans une classe inférieure, estimant que la première était trop bien pour lui et qu'à son âge il ne méritait pas que l'on dépensât une telle somme pour son confort.

— Ce garçon n'a rien à faire ici. Il ne voyage pas en première. Si nécessaire, faites appeler le commissaire de bord pour l'expulser, dit Balestier d'un ton agressif, manifestement pas prêt à s'en laisser conter.

Cela arracha un sourire à l'intéressé, qui secoua la tête comme s'il s'attendait à une telle réaction. L'assistance était partagée. Un débat s'ouvrit autour de ce cas. Jonas Milk, qui refusait de s'en mêler, étala son journal sur l'échiquier et se mit à le feuilleter. Ses gestes étaient courts et économes comme s'il était encombré du sentiment de sa propre grandeur. S'il est vrai que le rituel propre à toute partie d'échecs entre joueurs aguerris relève de la célébration d'un culte, celui-ci se trouvait bousculé de manière inédite. Le conflit menaçait de s'éterniser et de plomber l'atmosphère de ces rencontres. Mais si les missionnaires voyagent en seconde et les militaires en troisième, où faut-il mettre les joueurs d'échecs pour que la société soit bien rangée ?

Salomé, plus déterminée que jamais, tira la chaise, aida le jeune homme à s'y asseoir, se saisit du bandeau noir qui traînait sur la table et le lança sur le plateau d'un serveur qui venait de déposer des boissons. Milk leva un œil de son journal, puis deux, avant de le replier tranquillement. Le jeune homme tendit la main à son adversaire, qui hésita avant de s'en saisir.

— Vous venez de si loin pour me tendre la main qu'il faudrait être bien sauvage pour ne pas la serrer. Mais vos lunettes sombres me gênent. Sont-elles vraiment nécessaires dans ce coin assez abrité du soleil ?

Le jeune homme se fit enfin entendre, dans un mélange de douceur de fermeté.

— Indispensables. Même si je les enlevais, vous ne verriez pas mon regard.

Il était inutile d'être plus explicite, tout le monde avait compris. Ce qu'une voix dans l'assistance confirma de la manière la plus grossière qui soit :

— Ce n'est pas parce qu'on joue à l'aveugle qu'il faut aller chercher des joueurs qui le sont vraiment !

Il y a vraiment chez les heureux du monde une ignorance désarmante de ce que les hommes peuvent faire aux hommes. Un mouvement général accompagné de murmures refléta bien la réprobation de plusieurs d'entre nous. Numa, ainsi qu'il se présenta à son adversaire, prit ses marques. À l'issue d'un petit conciliabule avec lui, Salomé exposa le processus :

— J'indiquerai à Numa chaque coup joué par M. Milk.

— Ainsi, cette fois ce sera moi l'aveugle, moi qui vous donne l'avantage, une fois n'est pas coutume, n'est-ce pas ? dit le jeune homme à son vis-à-vis qui devait avoir un demi-siècle de plus que lui.

— On y va ?

— Une chose encore : l'échiquier, quel modèle : Régence, Staunton, autre ? C'est surtout pour la forme des pièces.

Milk savait parfaitement comment son adversaire allait s'y prendre : en touchant les pièces et en se fiant à sa mémoire de position et à sa mémoire de récapitulation. Il ignorait juste son rapport au temps et craignait que son rythme, ses cadences ne fussent trop lents. Leur confrontation lui apprendrait ce que Numa mémoriserait en priorité des positions, de la combinatoire, ou des rapports de forces. « *Cosa mentale !... Cosa mentale !* s'enthousiasmait Luigi Caetani. Extraordinaire ! c'est ça la vérité des échecs, plus que jamais. »

Numa, qui se servait finalement peu de ses mains, possédait un sens inné des positions. Il devait avoir d'innombrables diagonales en tête et autant de protocoles, de dispositifs, de schémas d'organisation des pièces. Sa visualisation de l'échiquier, si je puis dire, comptait autant que la verbalisation du déplacement des pièces que Salomé assurait pour lui. Il usait Milk et le poussait à la faute, ce que celui-ci était trop orgueilleux pour accepter, même si l'erreur d'un grand joueur est comme la fausse note d'un grand musicien : elle vaut largement mille notes justes de n'importe qui. De temps à autre, Jonas Milk levait les yeux de l'échiquier pour fixer Numa ; il baissait la tête et le regardait par en dessous, on eût dit qu'il voulait s'insinuer derrière ses lunettes de soleil pour tenter d'y débusquer la trace d'une imposture ; le soupçon, toujours, augmenté par certains commentaires, « Avez-vous remarqué, il n'a renversé aucun objet » ; mais non, il fallait s'y résoudre, le garçon était bien aveugle. Il avançait en fonction d'une représentation mentale de l'échiquier par portions successives.

— Ton nouvel ami a des tiroirs dans le cerveau. Mais attention à ne pas en faire une bête de cirque..., dis-je à l'oreille de Salomé.

— Cette habitude qu'ont les gens de

s'imaginer qu'un aveugle est sourd, comme si ça ne suffisait pas d'être dans le noir, murmura Numa.

— Pardon.

Comme la partie allait probablement durer, j'entraînai Salomé un instant dans un coin pour parler plus tranquillement. Il me fallait la mettre en garde car, du phénomène à l'énergumène, il n'y a qu'un pas. On n'allait pas le balader comme un singe savant. Ma curiosité n'était pas satisfaite. Je voulais en savoir plus sur cet étranger venu de nulle part, bien que français par sa diction. Elle avait pris le temps de faire sa connaissance, de l'écouter se raconter, de le pousser à se dévoiler, jusqu'au drame qui l'avait plongé dans le noir : sa mère avait l'habitude de fumer au lit et une nuit, alors qu'il bavardait avec elle à son chevet, « Maman a pris feu » ; il avait tenté de l'éteindre avec les draps mais n'avait fait qu'aggraver la situation. Miraculeusement, il avait été peu atteint par les flammes mais, en reculant, il avait chuté la tête la première et, après avoir vu sa mère transformée en torche vivante, ses hurlements encore dans le creux de l'oreille, le choc psychique avait été tel qu'il en avait conservé des séquelles à jamais. Combien de galeries avait-il dû creuser pour aménager son terrier au plus profond de sa nuit...

— Et ce type qui s'est opposé tout à l'heure à sa présence, c'est son grand-père, imagine-toi ! Comme ce n'est pas chic de voyager avec un handicapé, il l'a relégué en bas. Avant l'accident, déjà, il ne l'aimait pas. Numa m'a raconté que, de toute son enfance, il ne lui avait pris la main qu'une seule fois, et encore, avec un gant.

Knock, qui s'était rapproché de nous et avait écouté le récit de Salomé, y alla de son diagnostic, non sans une certaine prudence, pour une fois.

— On ne dispose pas de données sur sa vision résiduelle avant et après l'accident. Mais je pencherais pour la cécité psychique. Une lésion à la suite de son traumatisme crânien. Un choc sur le segment intra-orbitaire du nerf optique... À moins qu'il ne s'agisse de cécité hystérique : dans le conscient il ne voit pas, mais dans l'inconscient il voit, si vous voyez ce que je veux dire ?

— La psychanalyse, ce n'est pas un peu de la pensée magique, non ? Quelque chose comme un reliquat de la pensée primitive, j'ai lu ça je ne sais où, sous une plume autorisée.

— Tant de grands esprits autoproclamés ne s'autorisent que d'eux-mêmes...

— Si ça permet d'échapper à l'angoisse, pourquoi pas. J'aime mieux être dans l'erreur que dans le doute.

La partie gagnait en intensité. Milk n'avait jamais eu autant de fil à retordre depuis le début de la croisière. Sa concentration était telle que, ayant fait tomber son journal et son chapeau de paille de la table, il ne pensa même pas à les ramasser. Il s'énervait quand Numa hésitait trop longtemps ou manipulait un cavalier, le caressant longuement avant d'opter pour une autre pièce :

— Pièce touchée, pièce jouée !
— Je vous en prie ! lui dis-je en désignant du doigt les lunettes noires de son adversaire.
— C'est la règle.
— Je sais bien, mais tout de même...

Chaque clan soutenait son champion, usant parfois de procédés peu élégants. Un inconnu se rapprocha de Salomé et lui dit à voix basse, mais suffisamment distinctement pour que Numa l'entende :

— Aveugle comme Isaac, boiteux comme Jacob, vous êtes sûre qu'il n'est pas bègue comme Moïse ? Pas gâté, votre ami.

Les conversations allaient bon train dans l'assistance de plus en plus nombreuse. Il y eut même une prise de bec inattendue qui menaça de dégénérer. Pour l'avoir suivie de bout en bout, après qu'ils eurent vivement disputé du sacrifice d'une tour par les blancs, je n'en croyais pas mes oreilles :

— Quelle faute !
— Les milieux de jeu obéiraient-ils à des règles uniques, intangibles et incontestées ?
— Pas que je sache.
— Dans ce cas ce n'était pas une faute mais une erreur, monsieur... Mosche, n'est-ce pas ?
— Mock.
— Pardon, monsieur Mock, et avant ? insista Tanneguy de Quinemont.
— Avant quoi ?

— Comment vous appeliez-vous avant ?
— Mock.
— Ou Mockinski ? Ou Mocovici ? Ou...
— Désolé de ne pouvoir satisfaire votre délire onomastique mais non, ça a toujours été Mock, tout simplement.

Étrangement, des deux, c'était lui, M. Mock, qui ressemblait le plus à ce que disait Proust du prince de Polignac : un donjon désaffecté qu'on aurait aménagé en bibliothèque. D'ordinaire, il était l'homme des résolutions différées tant elles semblaient confuses lorsqu'il les énonçait, un trait de caractère que seule la météorologie pouvait définir : brumeux avec quelques éclaircies. Sauf que là, pour une fois, sa détermination ne faisait pas un pli. Quant à l'autre, dont je savais l'essentiel par la chronique parisienne qu'il défrayait régulièrement, il ne manquait à son expérience de la vie que d'avoir un jour senti le souffle des huissiers sur sa nuque ; il y a comme cela des gens qui peuvent traverser toute leur existence sans s'être jamais posé la question de l'argent, de son origine, de son manque, de sa nature même.

— Un titre vous protège d'une bourrade ou de toute familiarité dans la foule, assura M. de Quinemont, qui n'était pas un grand caractère, malgré ses grandes apparences, comme si l'hypothèse d'un geste si populaire le ferait assister au spectacle de son propre déclassement.

— Vous êtes français, il n'y a pas de doute, mais vous demandez-vous parfois si vous êtes à la hauteur de la France ?

— Nous, les aristocrates, on n'a rien à prouver, notre nom parle pour nous, notre illustration dans l'histoire de France suffit à nous justifier, cela fait mille ans que je vous le dis !

— Et moi, ce type d'argument ne m'impressionne guère, cela fait cinq mille ans que je vous l'explique.

L'un comme l'autre menaçait d'avoir l'esprit aussi embrouillé qu'une forêt obscure plantée d'arbres généalogiques. Pas la moindre pellicule d'ironie dans leur échange. Leur accrochage avait l'âpreté des affrontements entre partisans de la Banque industrielle de Chine et ceux de la Banque de l'Indochine, sauf que ce qui se profilait derrière, c'était bien autre chose qu'une lutte sourde entre le Quai d'Orsay et le ministère des Finances. Alors pour faire cesser la querelle, on les rappela à l'élémentaire esprit sportif. Pour ma part, il m'avait suffi d'observer Armin de Beaufort dans toute sa dignité face à cet échange qui l'horrifiait pour être dédommagé de l'attitude de Tanneguy de Quinemont. Leurs regards se croisèrent, lourds de ce narcissisme des petites différences qui exacerbe l'imperceptible hostilité entre deux personnes que l'on croirait proches tant elles paraissent semblables. Beaufort ne put réprimer une légère moue de suspicion : un authentique aristocrate n'a pas le mauvais goût d'exciper de sa qualité, ni de dérouler l'illustration supposée de sa famille. Et pourquoi pas la production de ses lettres patentes dûment enregistrées et

transmises en ligne agnatique, tant qu'à faire !
Il est, voilà tout. Ah, ce cher Beaufort, d'une si
parfaite éducation, d'une si délicate attention
aux autres que, lorsqu'il était convié à dîner avec
son épouse à une table, il ne manquait pas d'en
remercier l'hôtesse le lendemain par un bristol.
Une lettre de château, même sur un paquebot.

Au bout d'une bonne heure, comme Numa
gagnait du terrain et que Milk apparaissait
proche de l'effondrement, le doute s'emparait de l'assistance. La fin de partie s'annonçait
cruelle. Certains se délectaient déjà de la mise
à mort du taureau, bien que la bête eût assez
d'énergie vitale pour reculer l'instant fatal. La
situation de Jonas Milk semblait intenable tant
son adversaire l'acculait sans relâche. Le pat, ou
partie déclarée nulle, issue qu'il recherchait de
toute évidence, pouvait seul le sauver de l'humiliation annoncée ; mais son jeune adversaire
s'y refusait, préparant l'estocade avec la dite
« position de Lucena », un classique des fins de
parties lorsqu'une tour et un pion s'opposent
à une tour. Alors Jonas Milk s'effondra littéralement sur son fauteuil et ne se redressa que
pour tendre la main au jeune homme ; celui-ci
ne la serra qu'après un murmure de Salomé à
son oreille.

C'était fini, au grand soulagement de tous,
car l'affrontement nous avait épuisés. Le silence
s'abattit sur nous, brisé par un passager qui osa
applaudir, ce qui n'était jamais arrivé, comme
si cela eût été inconvenant ou vulgaire, suivi

par d'autres et d'autres encore. Anéanti, sans que l'on sût si l'extrême tension nerveuse l'avait emporté sur la blessure d'orgueil, Jonas Milk m'émut pour la première fois, et plus encore après que Knock m'eut confié qu'il souffrait secrètement de la douleur du membre fantôme : non la perte d'un organe mais la disparition de sa femme, par lui vécue comme une amputation. Tout son corps rayonnait de vitalité à l'exception remarquable de ses lèvres qui semblaient n'être plus présentes à la vie, comme une partie morte de lui-même. On ne l'avait jamais vu sourire.

Henry Balestier quitta brutalement les lieux en manquant renverser sa chaise rattrapée au vol, avec toute l'arrogance que lui autorisait sa fortune ; son départ ne créa pas un vide considérable dans notre cercle, juste le halo d'une hargne noire ; nul n'avait dû deviner chez lui une humanité à fleur de peau ; sa compagnie était tellement glaciale qu'on se sentait grelotter en sa présence ; et aussitôt Salomé, plus complice que jamais, me murmura un « D'où vient l'argent ? » qui me fit chaud au cœur et supposait sans plus d'explications que tout héritage comporte sa part obscure. Un petit groupe se forma autour de Numa. Il se prêta au jeu et, après les compliments d'usage, commenta les commentaires en toute humilité.

— Vous revenez demain ?... Vous nous le ramenez, n'est-ce pas mademoiselle Pressagny, ne serait-ce que pour la revanche ?

Salomé se rapprocha aussitôt d'eux :

— Numa ne le souhaite pas, en fait, répondit-elle avec une assurance d'imprésario.

— Ne le prenez pas mal, dit-il dans un sourire bienveillant, mais j'éprouve plus de plaisir à apprendre à des enfants les rudiments du jeu, en bas...

Légèrement en retrait dans son transat, Oblomov, qui passait ses journées à tenir tête au soleil, se délectait du spectacle, dont il n'avait rien raté depuis le début. Je pris Salomé à part :

— On se retrouve tout à l'heure à la piscine ?

Pour toute réponse elle se renfrogna. Comme si mon insistance tournait à l'indélicatesse. Les gens qui ne savent pas nager peuvent en nourrir un complexe, mais je n'imaginais pas qu'ils y mettaient tant d'orgueil. De ce jour, je me promis de ne plus récidiver. Avant qu'elle ne me quitte pour le prendre par le bras et le guider jusqu'en bas, je lui demandais le nom de Numa :

— Aucune idée. Ça n'a pas d'importance, non ?

— Simple curiosité. Mais alors comment l'as-tu retrouvé dans la foule ?

— Par son surnom : « Michel Strogoff ».

Et ils s'éloignèrent. Salomé se retourna et me lança un regard indéchiffrable.

Passé le pont, ses fantômes vinrent à sa rencontre.

Les garçons revinrent afin de ranger les pièces dans leur boîte, ainsi que l'échiquier, disposer les chaises et remettre les tables en place. Tout rentra dans l'ordre. Soko se remit à parler dans une langue slave qu'il semblait le seul à comprendre tandis que, dans son coin, Bianca de Cheverny verdurinisait face à sa petite cour, Mock et Quinemont détournaient le regard lorsqu'ils se croisaient, Jonas Milk reprenait goût à humilier ses adversaires aux échecs chaque jour à la même heure, le commandant Vicq arpentait le pont-promenade en distribuant sourires et poignées de main tandis que, seul dans son coin, Oblomov oblomovisait – et peut-être était-il le seul d'entre nous à ne jamais sortir du cercle de la raison.

Même jour, dans la salle à manger.

Le ciel était pur, et la mer d'huile. Il était comme décidé par elle : ils se reflétaient jusqu'à se rejoindre. Une de ces soirées où l'on se serait volontiers laissé aller à suivre le mouvement de l'azur accablé par une torpeur cotonneuse. C'était un temps hélicoïdal, comme si les jours s'écoulaient en spirale.

Au dîner, Gabriel, le premier maître d'hôtel, crut m'être agréable en me plaçant à une table de personnes de qualités dont aucune n'était française ; désormais, je ne rechignais plus à servir de bouche-trou ; mais quelle ne fut pas ma surprise en m'apercevant qu'elles étaient toutes allemandes. Mon vieil ami, si je puis dire, Rainer Reiter était du nombre. Depuis notre premier échange un peu vif sur la situation dans son pays, nous nous étions retrouvés plusieurs fois lors des *disputationes* qu'Alvarez de la Mirada persistait à appeler « nos *tertulias* internationales » ; le ton était devenu plus calme, plus posé, tous s'étaient convaincus qu'on ne s'envoyait pas des noms d'oiseaux à la figure entre gens de bonne compagnie. Plusieurs d'entre eux étaient des cercleux éprouvés ; ils connaissaient les rites et les mœurs des clubs de gentlemen et pratiquaient l'art de la conversation avec un sens intime de la limite. L'expérience de la vie leur avait appris qu'on n'a jamais raison tout seul.

Dès que je fus assis, j'expliquai que mon allemand était défaillant (un mensonge qui me permettrait de comprendre les apartés, messes basses et murmures), que le français devait demeurer la langue d'usage des voyageurs bien nés et que de toute façon, tout paquebot des Messageries maritimes se considérant comme l'ambassadeur des traditions et du goût français, nous étions en France. À quoi chacun se plia sans broncher comme à une vérité d'évidence, la tablée étant naturellement francophone et francophile, à sa façon : mondaine, bien éduquée, internationale et partout à son aise du moment que c'était en première classe.

Ma profession ne leur était pas inconnue et je ne crois pas qu'elle le fût à aucun passager des premières ; forcément, au bout de tant de jours de traversée en commun, tout finit par se savoir, à commencer par l'inessentiel. Mais nul ne se doutait des vraies raisons de ma présence à bord.

Reiter et moi eûmes un bref moment de complicité muette lorsqu'à la table située juste derrière la nôtre un homme à la voix de bronze vitupéra contre « ce type » qui prétendait qu'à force de sauter, les ampoules des liseuses finiraient par provoquer un court-circuit, ignorant que j'étais le type en question :

— De la folie de semer ainsi la panique sur une croisière !

— Comme vous y allez, disons qu'il exagère…

— Il délire, ce type.

— En tout cas s'il délire, sa folie ne manque pas de méthode.

Cela nous arracha un sourire, à Reiter et à moi, ce qui n'était pas si fréquent lors de nos échanges, parfois musclés ; mais cela nous avait suffi pour être de mèche. Ma voisine de droite ne tarda pas à m'entreprendre sur les nouveautés :

— Vous avez lu le dernier Goncourt ?

— Euh…

— *Mal d'amour*, de Jean Fayard.

— En fait, non, pas personnellement.

À sa manière d'en parler, elle devait croire qu'on peut se rassasier en lisant des livres de cuisine. Ma voisine de gauche se piquait tout autant de littérature, enfin, à sa façon. Elle trouvait tout « amusant ». Cet adjectif est le couteau suisse de la conversation dans ce milieu. Plutôt un repoussoir à mes yeux. Elle ne creusa pas cette piste, heureusement pour moi, car je n'avais lu aucun des prix littéraires de la dernière cuvée. Je n'osais avouer que je préférais lire ce que l'on disait des livres dans de vieux numéros, à défaut de récents, du *Querschnitt* et du *Literarische Welt*. Ce qu'il y a de bien avec la littérature, c'est que le plus souvent, elle reste dans l'intemporel, de sorte que les journaux qui ne parlent que d'écrivains et de livres se démodent beaucoup moins que ceux qui sont liés à l'actualité.

En habitués des croisières françaises, ils se lancèrent dans une étude comparée des paquebots sur lesquels ils avaient voyagé. L'un vantait le balcon du salon de musique de l'*Armand Behic* qui a tout d'une loge d'opéra italien ; l'autre moquait le mélange Art déco et couleur locale de la décoration intérieure de certains navires, khmer pour le *Félix Roussel* qui empruntait aux fresques d'Angkor ou pharaonique pour le *Champollion* et le *Mariette Pacha* avec leur lot de statuaires égyptiennes, colonnades aux chapiteaux en forme de palmier, représentations de divinités, évocations du temple d'Hatchepsout ; je retins aussi que sur le *Savoie*, lors d'une croisière entre Le Havre et New York, les hublots de la salle à manger étaient opacifiés afin de dissimuler aux passagers tout ce que l'océan peut avoir de menaçant, voire de monstrueux, nonobstant le fait que, l'endroit étant décoré en faux Louis XIV, la monstruosité était à l'intérieur. Il est vrai que les armateurs rivalisaient aussi sur la touche artistique lorsqu'ils lançaient un chantier de cette importance ; ce n'était pas seulement une question d'image ; il en allait d'après eux du confort des passagers que les ornements intérieurs fussent sophistiqués. Ce tourisme culturel mâtiné de francolâtrie constituait une bonne part de leur snobisme. Le suivi de la vie littéraire parisienne allait de pair avec le N° 5, l'eau de parfum de Chanel, les macarons de Bourbonneux, les petits fours de Rebattet, le chocolat de Latinville sans oublier la meilleure poire Bourdaloue de Paris, chez Larue, bien sûr. Elles avaient leurs adresses qui étaient aussi les miennes.

— Mais, outre la décoration, votre cabine vous convient ? risquai-je auprès de l'une d'elles.

Un passager assis de l'autre côté de la table répondit à sa place :

— À condition de mettre de côté les questions de sécurité : chaque cabine est une vraie boîte d'allumettes.

— Ne l'écoutez pas ! Ces ingénieurs, tous les mêmes ! le rabroua sa femme, soucieuse de chasser toute inquiétude de la soirée.

L'une des dames s'enfonçait dans son raisonnement, fondé sur un malentendu pathétique. Le genre de personne persuadée de dire la vérité parce qu'elle dit ce qu'elle pense. La chose eût été anodine si elle ne relevait pas aussi de la funeste catégorie de ces gens convaincus d'avoir toujours raison ; on a beau leur expliquer qu'à la longue une telle attitude mène au cabinet de l'aliéniste, rien n'y fait. Sur tous sujets relevant de leur incompétence, ils ont raison. Même quand ils mentent effrontément, ils disent la vérité – du moins le prétendent-ils et l'argument coupe court à tout débat tant il désarme la raison et l'esprit critique. Gardons-nous de croire celui qui se présente comme un menteur. Le problème avec l'ignorance, c'est qu'elle soit parfois si bruyante. Ainsi cette femme que toute la tablée appelait Clotilda et qui, sous le drapé d'une apparence plus que respectable annoncée par la présence de « von » ou de « zu » dans son nom (je l'avais mal perçu lors des présentations), laissait deviner une vertu approximative. Le genre de femmes que les marins expérimentés disent navigable par tous les temps. Je l'avais déjà remarquée sur le pont-promenade : sa démarche était si chaloupée que son bassin tanguait plus encore que le navire. Parfois titubante, elle semblait à peine émerger du néant blanc de ses addictions nocturnes, opium en tête, et son corrélat, l'impression de sortir de son corps. Soutenue cette fois par son mari, elle revint à la charge bardée de ses certitudes à propos du personnel.

— Beaucoup de Marseillais parmi eux.

— C'est vrai, mais plutôt chez les marins, ce qui n'a rien d'extraordinaire étant donné que la compagnie est installée à Marseille, nuançai-je. On ne va pas le leur reprocher : nul n'est dépositaire de l'endroit où il est né.

— Vous avez raison, les autres, des Corses, partout. Ici, à la salle à manger, c'est la mafia qui a recruté.

Certains tentèrent de la corriger sur l'emploi du mot « mafia », légèrement désobligeant, tout de même, mais non, elle n'en démordait pas, comme si elle avait un dossier tout prêt dans son sac. À quoi bon : d'une dureté d'airain, elle ne semblait pas étouffée par ses convictions. Souvent on fait fausse route à attribuer à la malveillance ce que la bêtise suffit à expliquer. À mesure qu'elle parlait, elle pensait avec sa bouche. Dans ces moments-là, on scrute autour de soi à la recherche d'un visage amical, mais je ne voyais que les figures en médaillon de Ronsard, Du Bellay, Joselle, Nicot, Rabelais incrustées sur les murs. Et comme les regards, mi-interrogatifs mi-embarrassés, se tournaient vers moi, pour toute réponse je hélai un garçon-steward :

— Comment vous appelez-vous, Joseph ?
— Euh... Joseph.
— Certes mais encore ?
— Wolker.
— J'en déduis que vous n'êtes pas spécialement corse, n'est-ce pas ?
— En effet, monsieur.
— Comment êtes-vous entré au service de ce paquebot ?
— Par l'hôtel-restaurant qui m'emploie, la Genevoise à Brünn...
— Et votre collègue là-bas ?
— Vischniak.
— Et celui-ci juste derrière vous ?
— Alfred ? C'est Stietka, je crois.
— Merci Joseph, vous pouvez desservir...
Vous voyez, dis-je en me tournant vers mes commensaux, inutile d'affoler les passagers avec une

prétendue mafia corse… Il n'y aura pas de violents règlements de compte ce soir.

En apprenant la nouvelle, son fauteuil avait dû s'asseoir. Pour tout commentaire, il n'y eut qu'un large sourire sur le visage d'une autre dame, qui ne devait pas la porter dans son cœur ; il exprimait ce que les Allemands, justement, appellent la *Schadenfreude*, cette joie mauvaise qui se manifeste à l'idée du malheur d'autrui. Dépitée, la Clotilda ne trouva rien de mieux à répondre que, après avoir mouillé le bout de ses doigts, de les glisser lentement autour du col de son verre afin de produire les exaspérantes vibrations d'un *glass harmonica* qui nous mirent tous mal à l'aise. Avec ou sans ses mots, elle avait le don d'offusquer les tympans. La provocation faite femme, capable de jouer *L'Internationale*, mais sur un piano à queue, s'il vous plaît. Quelque chose d'une capricieuse, le plus souvent soumise à sa passion du moment. Manifestement, après avoir longtemps tenté de dialoguer avec le réel, elle avait renoncé : cela devenait un dialogue de sourds.

Concernant une partie de notre table, ma religion était faite : certaines personnes, plus on les écoute parler, plus on doute que la langue soit vraiment un système de sons porteurs de sens. Sans oublier le détail qui tue. Elle ne se contentait pas de prendre des feuilles de salade à même le saladier une à une avec ses doigts, fins, racés, délicats il est vrai mais tout de même, manière de dire que l'éducation bourgeoise lui était aussi étrangère que le mérite républicain, deux qualités jugées médiocres, nul ne réagissant parce que c'était elle : au lieu d'utiliser un morceau de pain comme tout un chacun, ladite Clotilda sauçait son plat avec ses doigts qu'elle léchait puis suçait bruyamment, comme une aristocrate qui se permet tout car elle a tous les droits, façon de dire merde aux bourgeois, leur éducation, leur savoir vivre. Ce qui fait la force de ces gens, c'est qu'ils s'en fichent. D'où le sentiment de supériorité. Qui ne leur envierait une telle insouciance ? Quel pied de nez adressé à tous ceux qui sont persuadés que, justement, une telle ancienneté dans la noblesse, cela l'oblige – alors que pour elle, manifestement, cela l'autorise. Du genre à abandonner un pourboire à un mousse de sonnerie comme on octroie des grâces. Ils étaient ainsi quelques-uns comme elle, à bord de ce paquebot, à se vivre comme des privilégiés par leur naissance, mais qui avaient fini par l'oublier tant cela leur paraissait à la longue un sort naturel. Cette amnésie les dispensait de toute obligation envers quiconque. Soudain, lorsque j'en pris conscience, sa laideur me sauta aux yeux, l'âme l'ayant emporté sur l'apparence. Pour avoir été invité à mes débuts dans les salons du faubourg Saint-Germain, notamment pour des bals ou des « grandes lessives » où quelques fournisseurs sont parfois conviés, j'avais déjà pu me rendre compte à quel point le mariage entre cousins ne favorise pas la beauté de la race, comme me l'avait fait observer le jeune fils du prince de

Lampedusa lors d'un dîner à Palerme. La folie suit les familles. Le plus récent échantillon nous honorait de sa présence assez envahissante.

Nous étions quand même entre gens d'en haut, pris dans une ivresse exclusivement préoccupée d'elle-même.

Puis les convives échangèrent leurs points de vue sur *L'Ange bleu*, le film de Sternberg que j'avais vu dès sa sortie au Studio des Ursulines, après avoir dîné dans l'appartement mitoyen du cinéma chez mes amis Samuelson ; je m'abstenais de prendre parti mais, pour marquer ma distance, ce qui ne pouvait échapper à l'ouïe vigilante et acérée de Rainer Reiter, quand tous évoquaient « le professeur Unrat », surnom donné par ses élèves pour le ridiculiser[1], je mettais un point d'honneur à restituer son vrai nom à Immanuel Rath. Quand la conversation s'emballait, l'allemand reprenait le dessus, ce qui est compréhensible car on s'énerve plus naturellement dans sa propre langue. Je suivais sans mal, même lorsque s'y glissaient des acronymes comme « *K und K*[2] », mais plus difficilement si ceux-ci relevaient de la novlangue nazie, à laquelle je n'étais pas habitué faute de vivre là-bas, tel « *AEG*[3] ».

Comment la conversation glissa sur Stefan

---

1. *Unrat* signifie « déchet ».
2. *Kaiserlich und königlich*, pour « impérial et royal ».
3. *Alles echte Germanen*, pour « rien que d'authentiques Germains ».

Zweig, je l'ignore. Des allusions à mon métier probablement, une occupation si originale et si singulière, n'est-ce pas, des livres rares en plus, vous avez dû en voir des spécimens, non pas les objets mais les gens, cette drôle de race jamais rassasiée des fétichistes et des obsédés, les collectionneurs.

— Tiens, à l'occasion, vous devriez lire *Die unsichtbare Sammlung*, une petite chose de Stefan Zweig, me conseilla-t-on, l'une de ses meilleures nouvelles à mon sens, c'est paru en recueil il y a deux ou trois ans. « La collection invisible ». Vous la trouverez certainement en français un jour ou l'autre. C'est l'histoire d'un de vos collègues, ça aurait pu être vous, qui se rend à Dresde chez l'un des plus grands collectionneurs du pays, pour profiter des effets de l'hyperinflation qui poussait beaucoup de gens à vendre à prix cassés ; mais quand il constate que l'homme, devenu aveugle, caresse tous les jours ce qu'il croit être ses trésors de papier et de peinture alors que sa famille a dû en vendre secrètement une grande partie pour ne pas crever de faim, il est bouleversé et repart les mains vides…

Inutile de tenter de les convaincre que la bibliophilie n'était pas une monomanie rétrograde, leur opinion était faite. Quant à Zweig, l'enjeu était autre. Bien plus politique, car sur le plan littéraire il n'avait pas le génie de Thomas Mann, d'Alfred Döblin, pour ne citer qu'eux, l'affaire était entendue. Je leur exposai le fond de ma pensée, sans forcer le trait, afin de ne pas leur donner de grain à moudre contre un homme entièrement tourné vers le passé, nostalgique de ce qu'il n'avait pas connu et qu'il idéalisait. Tout romancier vit par procuration dans des mondes parallèles ; il est hors du temps ; mais dès qu'il redescend sur terre, la lucidité l'empoigne. Or Zweig ne se battrait jamais ; il avait déjà baissé les bras ; il subissait la situation. Humaniste sans aucun doute mais d'un humanisme tellement stérile. Sa pusillanimité était telle qu'il semblait terrifié à l'idée de sortir de l'ambiguïté, car ce serait à ses dépens.

Zweig me fait l'impression d'un homme qui a peur. Il lui manque d'avoir vécu l'horreur de la guerre : il se sent à l'abri des surprises de la bestialité collective. Car on n'ira jamais aussi loin que l'horreur des tranchées avec ses orages d'acier, ce déluge de gaz, ces hommes troglodytes. Je sais bien que, dans le domaine du mal absolu, l'homme peut faire reculer les limites de l'imagination, de l'autodestruction, mais tout de même. Il se trouve que j'ai l'âge de Stefan Zweig. Pas seulement de la même génération : de la même année. 1881, un bon cru. Il est trop prudent, il ne cesse de louvoyer. Il tergiverse toujours. Cela exaspère, car il défend ses intérêts : sa présence dans les librairies en Autriche et en Allemagne. Comment dit-il déjà ? « Je me retire dans ma peau de travail »... Tout en lui exprime un éloge de la fuite et de la neutralité. La politique lui répugne, ce qui ne l'empêche pas d'être péremptoire, et même dogmatique.

Or il faut se méfier de ceux qu'elle dégoûte car cela annonce un dégoût de la vie et on sait comment cela finit. Lisez-le, écoutez-le, il donne un tour universel à ses petites opinions sans douter de rien. Or vient toujours un moment où un intellectuel digne de ce nom ne peut plus se tenir au-dessus de la mêlée : les événements décident pour lui. Son caractère me gêne. Non pas son intranquillité mais son irrésolution et son indécision permanentes face au danger. Il attend que ça passe. Un mou du genou, alors qu'on espère plus de fermeté, plus de courage d'une personnalité qui jouit d'une telle aura sur son vaste public, les femmes surtout. S'il continue sur cette voie, je lui prédis de mal finir. Il a beau jeu de dénoncer la puissance radieuse de la renommée alors qu'il est le premier à y avoir succombé. Quelle misère d'avoir été célèbre pour son œuvre et de finir connu pour sa notoriété...

— Un auteur pour dames, au fond ! trancha quelqu'un, allant plus loin que je ne l'aurais voulu.

— Je vous trouve bien sévère avec lui. Il fait ce qu'il peut, voilà tout, dit ma voisine de droite.

— Un grand écrivain, ajouta celle de gauche

— N'en faites pas une conscience, par pitié ! Et puis, grand écrivain, non. Un auteur habile, sans aucun doute, partout fêté, célébré, sollicité, loué et tant mieux. Mais enfin, quel grand roman ? Aucun puisqu'il n'a pas écrit de romans. Que des nouvelles à la psychologie aiguë, des portraits qu'il faudrait hisser sur leurs ergots pour les présenter comme des biographies, des essais. Et si vous, Herr Bauer, vous vous retrouviez en face de lui, que lui diriez-vous ?

— Imaginez-vous que cela m'est arrivé il y a un peu plus d'un an, à la Bibliothèque nationale à Paris. Il travaillait à une biographie de Marie-Antoinette, et moi je faisais mes propres recherches à une table tout près de la sienne. C'est peu dire qu'il m'a déçu : j'aurais aimé le rencontrer à une autre hauteur.

— Et de quoi avez-vous parlé ?
— De sa collection.

Je l'avoue, sa qualité de grand collectionneur de manuscrits et autographes littéraires rachetait l'homme à mes yeux. Qu'espérait-il trouver en caressant leurs originaux, du regard et du doigt, dans la solitude de sa bibliothèque ? Peut-être quelque chose comme la transmission d'un philtre magique, le déchiffrement des mystères de la création artistique ou quelque élixir de ce type, qui sait. Quelle illusion ! L'écrivain qui s'enveloppe dans le cercle magique d'aînés admirés, rassemblement unique de ses figures vénérables, se perd dans une ivresse stérile ; rien ne peut en sortir d'autre qu'un sourd désir d'imitation. De sa collection, Zweig voulait faire une œuvre d'art à part entière. Il est vrai que le manuscrit complet des épreuves corrigées d'*Une ténébreuse affaire* de Balzac y côtoyait un fragment original du sermon de Bossuet ou des commentaires bibliques de Jean Racine, pour ne rien dire des manuscrits de Hölderlin et de Tolstoï ou de ceux que Freud lui avait donnés, du *Chant de mai* de Goethe, du manuscrit des paroles de l'hymne national allemand avec la partition de Haydn et de quatorze feuillets du jeune Flaubert. Je l'avoue, ce Zweig-là m'intéressait, d'autant plus qu'il était des rares à engager une véritable réflexion sur la nature des collections.

Rainer Reiter observait ce petit cinéma mondain sans un mot, d'un œil réjoui. Au vrai, il le savourait, connaissant parfaitement ses compatriotes, leurs chimères, leurs excès, leurs mensonges, et se réservait pour des choses plus sérieuses à ses yeux. Des sujets qui en valaient la peine. Ceux qui méritent qu'on croise le fer et qu'on prenne des risques. Paradoxalement, c'est ce que j'aimais en cet homme : contrairement à tant d'autres à bord, il parlait pour dire et non juste pour faire du bruit avec la bouche. Tout pour me plaire, à ceci près qu'il annonçait un avenir glaçant et que, par pragmatisme, par résignation ou par conviction, il ferait tout pour le hâter.

Je n'avais encore jamais rencontré un homme au port de cerf. Sa ressemblance avec le grand tableau de Mathurin Méheut fixé au-dessus de la cheminée était frappante. « Un faon avec un cerf et une biche, couchés dans un sous-bois », autrement dit des cerfs paisibles dans une forêt hospitalière. Loin des tueries animales. On comprenait que la direction en ait reproduit les motifs au dos des menus, quitte à ce que cette douceur contredise le contenu de l'assiette. M. Philippar, qui lui avait commandé l'œuvre, en était très fier, d'autant que le même artiste avait réalisé un panneau de décor ainsi que la vaisselle de table pour le restaurant Prunier, près de la place de l'Étoile à Paris. Combien étions-nous dans cette salle à manger à superposer la tête de ce cerf avec celle, au port de cerf, de Rainer Reiter ?

L'un de ses amis avait relancé la conversation sur la récente faillite du Credit Anstalt, la principale banque autrichienne, mais des bâillements ostentatoires de mes voisines mirent fin au bout de quelques minutes à une joute chiffrée qui promettait d'être assommante. Nous n'avions pas sur la table de clochette à agiter pour le rappel à l'ordre en cas de hors-sujet, comme c'était le cas dans la salle de nos *disputationes*. Mais les élections fédérales, qui devaient se tenir trois mois plus tard en Allemagne, étant alors dans toutes les conversations, notre table ne pouvait décemment y échapper.

— On verra bien, soupira un convive. Et vous, Herr Bauer, pour qui voterez-vous si ce n'est pas trop indiscret ?

— Je suis français et je vis en France.

— Bien entendu mais où va votre cœur ? Les sociaux-démocrates ? Le *Zentrum* ? La Ligue agricole ?...

L'ironie de sa dernière allusion fit pouffer. Il prisait un type de manœuvre qui me faisait horreur : la question rhétorique, figure de style qui consiste à poser une question n'attendant pas de réponse, cette dernière étant connue par celui qui la pose. Une chausse-trape de la conversation ; les agiles en abusent. Le procédé ne sert pas uniquement à exprimer ses impressions mais à piéger l'autre jusqu'à le ridiculiser : souvent l'habileté du ton permet de faire accroire à une véritable interrogation, ce qui m'était toujours apparu comme une tactique assez perverse, mais ne m'empêcha pas de lui répondre :

— J'ai un mauvais pressentiment. Nous nous dirigeons droit dans le mur, en roue libre vers la catastrophe.

— Votre tempérament apocalyptique vous perdra. Je crois au contraire que la remise en ordre rétablira l'économie sur ses deux pieds. Nous, les Allemands, nous en sommes persuadés. Il ne suffit pas de prévoir, encore faut-il pouvoir. Et vous, de ce côté-là, vous êtes miné par un sentiment d'impuissance, je me trompe ?

Devais-je le prendre personnellement ou me parlait-il en tant que représentant de mon pays et donc de mon peuple ? Plus je l'écoutais, plus je comprenais qu'au fond, notre conception de la force nous séparait plus que tout. Il louait celle qui était alors en démonstration dans les rues de son pays parce qu'il avait la naïveté, feinte ou pas, de croire que cette brutalisation de la vie politique, qui n'avait pas encore l'allure de son crime, était raisonnée. Or pour moi, la vraie force, c'est celle qui protège.

— Allons, Herr Bauer, vous savez bien que le

pouvoir réel dépend de celui qu'on vous prête. Les Français ont de l'esprit à défaut d'avoir du caractère. Nous, les Allemands...

Je n'écoutai même pas la suite tant m'horripile toute phrase commençant par « Nous, les... ». Mais qui l'avait délégué pour s'exprimer au nom d'un groupe, d'une société, d'un peuple même ? Il est déjà assez extravagant d'avoir à supporter que des prêtres s'expriment au nom de Dieu. C'est alors que Rainer Reiter, mon partenaire habituel de *disputatio*, mon complice de nos désaccords pacifiés, sortit enfin de son retrait prudent pour s'engager. Son aura était telle dans son petit cercle que son entrée dans la discussion fit aussitôt taire tous les autres. Chose à mes yeux extraordinaire, aussitôt attirés, Adrian Mifsud, le Maltais mélomane, et un autre homme se levèrent de leurs tables voisines et transportèrent leurs fauteuils pour se joindre à nous et élargir le cercle, bien que cela ne se fît guère. En une poignée de secondes, notre table ronde se métamorphosa en arène. Il y avait lui, il y avait moi, et l'intensité de notre échange nous rendait sourds aux réactions du public. Mais nul ne savait lequel était le matador et lequel le taureau.

— Je vais peut-être vous étonner, cher Jacques-Marie, mais je crois à l'internationalisme. Celui des élites, pas celui des peuples. Nous sommes des cosmopolites et cela aide. Les nationaux-socialistes sont en train de devenir la couleur de Berlin, comme les Juifs celle de Varsovie.

Vous faites tous fausse route car vous êtes emprisonnés dans des schémas trop naïvement politiques. Cela ne vous est donc pas venu à l'idée que l'émeute puisse n'être rien d'autre qu'un divertissement, un réflexe naturel contre l'ennui qui ronge les sociétés repues de capitalisme ? La situation que nous vivons est historique.

— La naïveté est de votre côté, Rainer, vous, ainsi que les patrons et les chefs des droites nationalistes. Si vous croyez que vous allez vous débarrasser du parvenu hystérique qui vous séduit tant, vous vous mettez le doigt dans l'œil jusqu'au coude. De l'enflure. Ce type n'est rien d'autre qu'un rhéteur compulsif qui fait violence à la langue, maltraite la syntaxe...

Ma remarque suscita un éclat de rire quasi général.

— Voyez-vous ça, il maltraite la syntaxe, le vilain monsieur ! Décidément, vous lui mettez sur le dos tous les péchés d'Israël !

Le doute n'était plus permis : ces gens-là avaient tout de religionnaires. Des adorateurs d'un nouveau culte, ou plutôt d'un culte archaïque voué au nouveau peuple élu germanique, et à cet Hitler, leur rédempteur. Je ne vivais pas en Allemagne mais à Paris ; l'Allemagne ne m'en était pas moins une patrie culturelle. De quoi m'enorgueillir de posséder une Allemagne intérieure. Toute la presse française se posait la même question : les nazis parviendront-ils à prendre légalement le pouvoir ? Un vrai leitmotiv. Les envoyés spéciaux, dans la brutalisation de la vie politique outre-Rhin, voyaient l'héritière de la violence de la guerre. En dehors même des anciens combattants, pour qui celle-ci avait été naturelle et quotidienne durant quatre ans, l'Allemand de la rue s'y habituait. Sa manière de domestiquer la perspective de la mort. Depuis le 23 mars, *Le Matin* faisait chaque jour battre le tambour à la une avec la grande enquête de Joseph Kessel sur les bas-fonds de Berlin. De son propre aveu, il ne voulait pas analyser mais écouter la violence urbaine et rapporter la haine ordinaire, avec son cortège de grossièreté, de vulgarité, de démagogie. Il avait assisté à un discours d'Hitler dans une brasserie de Dortmund et n'arrivait pas à comprendre comment un homme si dénué de charisme, qui ne cessait d'exalter la grandeur allemande immémoriale alors qu'il n'était allemand que depuis cinq minutes, pouvait irradier un tel magnétisme. Pour ma part, tout recours à la mythologie païenne du retour à la nature et à la forêt d'antique effroi me révulsait car s'y profilait un retour à la barbarie. Malgré le retard avec lequel je les lisais, les articles de Kessel me passionnaient. Le monde souterrain qu'ils révélaient renvoyait autant à *M le Maudit* qu'à *Berlin Alexanderplatz*, deux chefs-d'œuvre. Mais à quoi bon chercher à convaincre mes commensaux ? La table n'était pas si large, pourtant nous semblions à des années-lumière les uns des autres. J'aurais aimé citer Hérodote : en temps de paix, les fils ensevelissent leur père ; en temps de guerre, les pères ensevelissent leur fils… Préparez-vous à ça, mesdames ! Mais à quoi bon ? Comme si le résultat des élections était déjà acquis, et les dés jetés. Leur assurance était telle, et leur aplomb si manifeste, qu'ils s'imaginaient déjà peser sur le grand levier du monde.

— Ce n'est pas parce que l'homme peut tout faire qu'il doit tout se permettre. S'il y a une leçon à tirer de l'Histoire, c'est bien celle-là.

— On vous sent travaillé par votre conscience, Herr Bauer…

— On ne se refait pas, vous devinez juste.

— Laissez tomber ce machin, me conseilla Reiter sur le ton d'un ami qui vous veut du bien. Si vous vous persuadez que vous en avez une, elle vous harcèlera jusqu'à votre dernier souffle.

La conversation, qui menaçait de déraper plus brutalement vers l'actualité politique, prit à nouveau un tour littéraire, puis retomba inexorablement dans les mêmes ornières, comme s'il était écrit qu'au printemps 1932, bien que nous fussions hors d'atteinte au bout du monde, dans un décor de rêve où les fêtes succédaient aux jeux, et les voluptés de la bonne chère aux divertissements à portée de la main, il nous serait impossible de nous soustraire à l'emprise de la politique. Une certaine prudence m'aurait incliné à éviter le sujet, d'autant que l'ombre de Delbos de Calvignac, l'homme du conseil d'administration des Messageries maritimes, celui-là même qui me reprochait d'alarmer les passagers, me frôlait régulièrement à table ou dans les coursives, traînant l'oreille afin de capter des échos de conversation, sa manière de prendre la température. Avait-il seulement conscience de se tenir au bord d'un gouffre ? Moi, oui, mais il mettait cela sur le compte de mon tempérament et, après tout, c'était à se demander parfois s'il ne voyait pas juste.

Je sentis sa main sur mon épaule :

— Cessez de craindre le pire, vous vous gâchez la vie.

— Mais le pire, justement, c'est de ne pas savoir. L'incertitude est un virus qui corrode et qui ronge petit à petit.

Puis il passa son chemin. Si je devais refouler mes convictions, qu'il s'agisse de la sécurité sur le bateau ou de la montée des périls en Europe, je ne serais plus moi-même et je verserais dans la paranoïa. Pas mon cas, pas ici. Certains lieux sentent la mort sous les tentures en soie. Un parfum entêtant et sinistre. Ce bateau, avec tout le goût, le luxe, le confort qui y étaient déployés, me donnait plutôt une furieuse envie de vivre, d'être dans l'élan de la vie et d'en profiter. Même si, je le confesse, il me manque parfois cette pointe d'ironie qui permet de mettre la tragédie à distance afin de ne pas se laisser avaler par elle.

— Vous avancez dans la lecture de votre *Montagne magique*, Herr Bauer ? On ose à peine vous déranger sur le pont-promenade tant vous paraissez, comment dire, envoûté !

— Il y a de quoi.

— Dommage que vous ne le lisiez pas en

allemand, interrompit Adrian Mifsud qui ne s'était pas seulement invité à la table mais dans la conversation. Vous auriez accès à son rythme, sa sonorité, sa musicalité. Ses emprunts répétés à Wagner vous auraient sauté aux yeux et... aux oreilles !

Tout en évitant de le désobliger par un geste ou une moue méprisants, je ne tins pas compte de sa remarque. Une faille dans ses raisonnements m'avait suffi : sa passion de la musique était si exclusive qu'il était incapable de concevoir que la notion d'harmonie déborde non seulement sur les autres arts mais qu'elle soit un principe de vie, quelque chose de cosmologique.

Je revins à notre conversation.

— J'ai eu l'occasion de croiser Thomas Mann à Paris à deux reprises ces derniers mois. La première fois lors d'un dîner en son honneur à l'ambassade d'Allemagne, la moindre des choses, un Prix Nobel tout frais qui passe par la capitale pour lancer l'édition française de son grand roman, ça se fête, ça se célèbre ! Et puis quelques jours après, loin des mondanités, je l'ai écouté parler en me joignant au petit comité qui s'était formé autour de lui à l'issue de sa conférence sur la place de Freud dans la pensée moderne, c'était à la Sorbonne...

— Et qu'en avez-vous retenu ? me demanda Rainer Reiter.

— On ne devient un homme qu'en acceptant sa fragilité.

— Mais encore ? insista-t-il.

— Si votre M. Hitler prend le pouvoir, une telle personnalité ne restera pas en Allemagne.
— Le Dr Freud ?
— Mais non, Mann ! Je ne le vois pas composer avec ces gens-là, vraiment pas. Il prendra la fuite.
— Il a intérêt avec un tel casier : épouse juive, frère socialiste, enfants drogués et homosexuels... Il se fera oublier. D'ailleurs son œuvre est déjà datée.
— Cela m'étonnerait. Un romancier est assuré de ne pas vieillir s'il se débarrasse de ses rides sur ses personnages. Thomas Mann m'apparaît comme le seul capable d'édifier une œuvre qui soit un rempart contre l'époque.

Le mari de ma voisine de droite, un important industriel des houillères de la Ruhr du nom d'Heinrich Hollenberg, enfoncé dans son fauteuil, quitta sa position confortable pour s'avancer vers moi, les deux coudes posés sur la table, la bouche pleine de mots prêts à en découdre. Tout dans le personnage annonçait sa dangerosité. Gestuelle, paroles, initiatives : un vrai aimant à embrouilles. Ses manières dissimulaient si mal sa brutalité que l'on devinait, tapi derrière l'homme civilisé, un petit homme de l'âge de pierre :

— Votre *Montagne magique,* c'est de la littérature de sanatorium.
— À chacun la sienne ! Nietzsche, c'est l'Olympe.
— Tous ces pèlerins de Davos qui mangent

sans sel et avalent de l'huile de foie de morue en grimaçant, ça me fiche le cafard. Un interminable colloque de chaises longues, votre fameux roman. Il faut être malade pour s'intéresser à ça, ces tubards confinés qui passent leur temps à se reposer, ces personnages qui restent allongés pendant des dizaines, que dis-je, des centaines de pages !

— Mais ils en tirent une telle énergie intérieure qu'il en sort quelque chose de positif, encore faut-il se pencher sur la dilatation du temps plus que sur l'analyse des glaires. Et puis vous n'imaginez pas tout ce qu'on peut lire quand on est au sanatorium.

— Au fond, votre *Montagne magique*, c'est un livre sur des gens qui lisent en même temps qu'ils toussent.

— C'est une lecture qui empoigne.

Il se croyait classique alors qu'il n'était qu'académique. À ses yeux, Mann était de ces écrivains qui font parfois entendre une parole inouïe car ils éprouvent l'impérieuse nécessité de se distinguer de la masse, de se singulariser, de marquer leur territoire ; il n'avait pas été plus loin et n'avait pas creusé la profondeur de ce roman, sa méditation unique sur le Temps, et la dilution de celui-ci jusqu'à ce que chaque instant renferme une éternité. L'idée que le grand hôtel de Davos puisse être en miniature une représentation de l'Europe au bord du gouffre ne l'effleurait même pas. Quels sont ce monde qui meurt et cet autre qui point ? Bien malin celui qui saurait les identifier. Ce n'était certainement pas à Hollenberg que je poserais la question. Si ce type n'était pas allemand mais français, nul doute qu'il tenterait non seulement d'entrer à l'Académie mais encore de s'y faire élire au son des harpes et sous les hosannas. Un tel homme ne devait avoir avec le monde que des rapports de seconde main, des connaissances mais par ouï-dire. Ses propos à courte vue avaient quelque chose d'irresponsable. Qu'en diraient les successeurs et les héritiers ? Aucune importance. Seul l'instant présent lui importait, pas l'histoire à venir. Or nul ne devrait être en mesure de faire un pas sans être capable de le justifier devant le tribunal de sa conscience. En les écoutant parler, lui et ses amis, comme lors des *disputationes*, on devinait que le jour de l'échéance ils pactiseraient avec le diable. Surtout Hollenberg, affligé d'un rire faustien, ce qui lui avait valu d'être surnommé « le fantôme de l'Opéra » par Salomé.

— Nous sommes le pays des accommodements raisonnables, reprit-il. On s'agite, on fait du bruit et puis finalement on s'y fait. Regardez l'Italie depuis un an ou deux ! Dans quelques mois on célébrera le dixième anniversaire de la marche sur Rome…

— Célébrer, vraiment ?

Luigi Caetani venait de se joindre discrètement à notre table mais préférait rester debout, derrière une dame. Son intervention, une simple question, annonçait déjà une présence *cum grano salis.* Il ne s'était pas rapproché pour faire de la figuration.

— Il n'y a pas d'autre opposition que celle des communistes, et encore ils agissent dans la clandestinité.

— Et pour cause ! souligna Caetani.

— Sinon, c'est un pays qui marche, qui va de l'avant, qui fait respecter l'ordre, grâce au Duce.

— À quel prix ! Truquage des élections, assassinat du député Matteotti qui l'avait dénoncé, lois fascistissimes, censure de la presse, embrigadement de la jeunesse, bref la dictature.

— Appelez ça comme vous voulez, le peuple l'a voulu, le contra aussitôt Hollenberg. Il a voté en masse pour le parti national fasciste, le roi a nommé M. Mussolini Premier ministre, et de toute façon c'était ça ou le bolchevisme. Et puis quoi, la nouvelle politique agricole est un succès. Grâce au rendement de blé, l'Italie atteint désormais l'autosuffisance alimentaire. Il y a peu, quand nous avons quitté l'Italie pour rejoindre Marseille, le Duce annonçait l'occupation militaire de toute la Libye. Non, vraiment, la dictature, c'est un mot, juste un mot…

— Une réalité.

— Je la souhaite à l'Allemagne. Elle la mérite et vous verrez qu'ils la plébisciteront bientôt.

— Le Duce… Vous avez tort de sous-estimer un démagogue. Ça revient à sous-estimer le danger que lui et les siens représentent.

— Et vous, vous avez tort de prendre chacune de leurs paroles au pied de la lettre. Ce sont de grands orateurs, vous ne pouvez le nier, et ils se laissent parfois griser par l'ambiance, leur ivresse de la situation les porte parfois au-delà de leurs intentions. C'est humain.

— Ces gens-là doivent être pris au sérieux.

Luigi Caetani ne se trompait pas de colère. Plus il défendait pied à pied son point de vue sur un pays qui était après tout le sien, son existence fût-elle apparemment celle d'un dilettante qui n'avait d'autre patrie que le cosmopolitisme, plus je révisais mon jugement sur lui. Sa dépendance financière vis-à-vis de sa vieille maîtresse m'avait trop facilement laissé imaginer que quelque chose d'obscur en lui aspirait à la servitude. Au fond, c'était un homme de convictions. Ne manquait que l'étincelle qui le révélerait. Cet Allemand la lui avait fournie, le mordant, certes, mais avec de fausses dents. Tant par ses paroles que par son attitude, il passait jusque là pour un bâtisseur de cathédrales ; soudain, il m'apparut comme un hercule de foire.

Preuve de l'importance de mes commensaux, le pâtissier se déplaça pour s'enquérir de leurs préférences pour les jours à venir.

— De la Conversation, l'implora l'une des dames présentes comme si sa vie en dépendait. Stohrer est ma première halte lorsque nous passons à Paris. Leur tarte Conversation, une merveille...

— Nous tâcherons demain de faire aussi bien que cette grande maison.

— Une base de pâte brisée, de la crème à la

noisette, un confit de citron et la fameuse glace royale, c'est bien cela ?
— Exactement.
L'extrême bienveillance du pâtissier était pourtant peu de chose par rapport au service tel qu'il se pratiquait autrefois pour satisfaire les passagers. Sur le SS *Great Britain*, on embarquait une vache de manière à leur servir du lait frais. Pour être plus fraîche, une partie de la nourriture était embarquée sur pied, comme en témoignaient, jusque dans les années 1880, les étables des bœufs et des moutons, ainsi que les poulaillers à l'avant. *O tempora, o mores !*
Nous étions pratiquement les derniers encore attablés, la salle à manger s'étant vidée à notre insu. Comme nous nous levions, et que nos commensaux allemands se parlaient à nouveau dans leur langue, Hercule Martin alias Knock, dont je n'avais pas remarqué la présence debout derrière moi jusqu'à ce qu'une petite goutte de sang tombât de son nez sur ma serviette immaculée, se révéla sous un jour inédit. L'un des convives l'ayant reconnu et s'étant rapproché de lui pour le saluer, il recula à mesure que l'autre s'avançait en une étrange chorégraphie, réfugiant ses mains au fond de ses poches, le laissant le bras tendu.
— C'est par germanophobie que vous refusez de me serrer la main ?
— Presque ! À deux lettres près… Je suis germaphobe, je fuis les germes, microbes et bactéries.

L'explication laissa l'intéressé sceptique puis amer, la lippe soudainement dédaigneuse. Soudain, après l'avoir doté d'une certaine élégance durant le repas, je lui trouvai la tête d'un type qui joue de l'accordéon à l'étage pour couvrir les cris du cochon qu'on égorge dans la cave.

— Ne vous méprenez pas, me confia Knock en m'entraînant par le bras. Je ne les méprise pas, je les ignore. Ils n'existent pas assez pour mériter mon mépris.

Pis encore que ce que je craignais. Les garçons commençaient à préparer la salle pour le petit déjeuner ; dans un échange entre deux d'entre eux capté par hasard, il était à nouveau question d'un passager qui avait « fait son recoulis » ; l'expression gardait son mystère mais je me promettais bien de le percer avant mon retour à Marseille. À la suite du petit groupe, Hercule Martin m'emmena dehors par l'épaule, à son habitude, en esquissant une mine de comploteur. Pendant un long moment, il adopta l'attitude silencieuse, assurée et prégnante de celui qui se croit, ou que l'on croit, détenteur d'une ancienne sagesse. Jamais il ne m'avait paru aussi sombre. Sa noirceur ne manquait pas d'attrait tant qu'il était noir d'effroi et non de méchanceté. Puis il lâcha, c'est bien le mot car cela semblait lui peser tel un fardeau :

— Je ne veux pas entendre parler de ce pays, de ce peuple, ni de leur langue. D'ailleurs je ne peux simplement pas l'écouter. Quand mes affaires me mènent à Lindau, au bord du lac de

Constance, en Bavière, je vais dormir à Saint-Gall, en Suisse.

Manifestement, il ne les supportait pas. Souvent un trait commun à ceux que la guerre avait meurtris dans leur chair et qui passeraient leur vie à ne pas s'en remettre. Hercule Martin n'ayant rien d'un ancien combattant, ni l'âge, ni la situation, ni l'allure, j'en déduisis qu'il avait dû y perdre un fils ou un jeune frère. Il n'en avait pas moins suivi une grande partie de nos échanges politiques. Peu d'entre nous avouent éprouver des affinités avec ce qui leur répugne. Le fait est que la guerre et ses réminiscences avaient épuisé, exténué, usé les gens. Ils en ressentaient, plus que de la fatigue, une certaine lassitude. Ce qui n'empêchait pas que partout, tout le temps, on ne parlait que de la prochaine guerre. On l'attendait pour la fin de la semaine

— Je dois vous faire un aveu, Kn... monsieur Martin, pardon, mais j'ai un peu de mal à vous appeler Hercule...

— Ma femme aussi.

— Comment fait-elle alors ?

— Martin, c'est pratique, un prénom en guise de patronyme. Mais entre nous, je sais bien que grâce à vous, sur cette croisière, tout le monde m'appelle Knock, si si, ne vous récriez pas. Eh bien sachez que cela me plaît ; c'est bien vu, comme pour l'insupportable Cheverny, cette Bianca à qui vous donnez paraît-il, en privé bien entendu, du « Verdurin ». Excellent ! On dirait un nom de laxatif. En ce qui me concerne, tant pis si c'est moqueur. Ça le sera moins le jour où mes persifleurs apprendront qu'avec mes conseils, il m'est arrivé de sauver des vies. Mais que vouliez-vous me dire ?

— J'ignore si c'était mieux avant. Je sais juste que je regrette le monde d'avant 1914. Il fallait que je le confie à quelqu'un et ce ne pouvait être que vous, Knock.

Je devais avoir l'air particulièrement songeur, le regard perdu dans le vague, puisqu'il s'amusa à passer sa main sous mes yeux comme l'on fait dans ces cas-là afin de s'assurer que l'autre est encore là.

— Avril est le mois le plus cruel, murmurai-je sans m'extraire de ma douce léthargie.

— Qu'est-ce que vous racontez ?

Je ne racontais rien, je me laissais juste envahir à nouveau par *The Waste Land*, le grand poème de T.S. Eliot, né de la guerre, avec tout ce qu'il charrie d'angoisse. Depuis sa révélation dix ans auparavant, il me hantait, tant et si bien que l'un de ses vers jaillissait parfois de mes lèvres sans même que je m'en aperçoive ; mais après coup, lorsque j'analysais cette irruption, elle me semblait toujours lumineuse, moins intempestive qu'il n'y paraissait. À quoi bon expliquer tout cela à Knock qui aurait aussitôt cherché à le rationaliser alors que, mieux que toute preuve, le poète avait su trouver des traces de l'agonie de la culture européenne dans la barbarie de la guerre. Celle-ci l'avait dévastée, rendue inculte, stérile, vaine. Son constat était sombre, désespérant même, mais il me revenait comme un éclairage tant d'un passé honni que d'un avenir redouté. Et après tout, nous étions bien en avril...

Je crois que nous abritons tous en nous une certaine nostalgie de l'ancienne France, comme c'était le cas de nos aînés et de leurs aînés avant eux. Quelque chose comme le regret d'un monde disparu, que nous n'avons pas connu mais qui nous manque. Les aristocrates en sont les dépositaires naturels, encore qu'il faille faire parmi eux le tri entre les perpétueurs, les passeurs, les héritiers, les résidus, les fins de race... Si Knock m'avait poussé un peu dans mes retranchements, je lui aurais avoué que mon intime nostalgie remontait en fait au monde d'avant 1881. Dans *Notre jeunesse*, lecture qui m'avait bouleversé tant elle sonnait juste, Péguy avait daté de là le temps où la culture ne passait pas pour une science, n'étant pas martelée par les professeurs. C'est de ce moment qu'il fixe la domination du parti intellectuel par lui accusé d'avoir trahi l'idéal républicain, tout autant que les héros et les saints. Après, on a cessé de croire à quelque chose ; alors le monde a été envahi par des intelligents sans mystique qui ne croient en rien.

Plusieurs hommes de notre table fumaient le cigare, un verre à la main qu'ils choquaient à grand renfort de « Dieu nous soit témoin ! ». Heinrich Hollenberg pérorait de plus belle, le cognac aidant. Un fort en gueule déjà bien formaté. Le genre de type qui joue à la roulette russe mais avec des balles à blanc.

— L'éducation, ce doit être d'abord l'éducation physique, je veux dire, l'endurcissement physique, endurer comme à l'armée. Le sport vient avant les nourritures spirituelles.

— Le football, par exemple ?

— Mais non, la boxe !

Son héros n'en était pas moins Bernd Rosemeyer, pilote de motos de course. Il racontait l'avoir vu à plusieurs reprises gagner des courses avec sa Zündapp 250 cm^3 à Oldenbourg. Au ton vibrant avec lequel il l'évoquait, on le sentait prêt à mettre le paquet pour acquérir un jour son casque, ses lunettes, ses gants et autres reliques. Lorsqu'ils se mirent à chanter *Ein Freund, ein guter Freund*, leur version d'*Avoir un bon copain*, je pris discrètement le large car cela m'était insupportable après la conversation que nous venions d'avoir. Ce n'était pourtant qu'une chanson, une ode à l'amitié, mais nettement plus emballante lorsqu'elle était chantée en sextuor par les Comedian Harmonists. N'empêche qu'à ce moment précis de la soirée, après les paroles qui avaient été prononcées à table, je ne doutais plus que le jour viendrait où l'*on* ferait expier à la France le crime d'être ce qu'elle est ; et ce *on* ne pourrait s'incarner que dans une Allemagne à nouveau puissante, organisée, conquérante, belliciste et ultra dans son nationalisme revanchard.

Clotilda, mêlée à ce petit groupe, se détourna

de leur chorale pour me regarder. Nous venions de partager la même table sans pour autant échanger la moindre parole en raison du placement. Elle croyait donner de l'acuité à chacun de ses gestes en fermant les yeux chaque fois, comme si elle mûrissait une pensée profonde. À croire qu'elle essayait d'enrober son propos d'une nuée avantageuse. Cela pouvait faire illusion lorsqu'elle aspirait la fumée de sa cigarette mais pas lorsqu'elle salait ses radis. « J'ai besoin de prendre un peu de distance, c'est pour ça que je suis là », lança-t-elle à ses amis en s'éloignant vers le bastingage pour finir par se rapprocher de moi jusqu'à me parler à même la peau.

— Vous avez du feu ?

Je craquai une allumette mais dans le vide car elle ne tenait rien entre les doigts. Elle prit doucement ma main et la dirigea vers mon visage.

— Juste pour voir plus clair en vous...

— La flamme vous aidera à voir la noirceur de la nuit dans toute son épaisseur, rien d'autre.

Le petit jeu cessa lorsque je manquai de me brûler. Un je-ne-sais-quoi dans son sourire laissait craindre l'un de ces jugements où la caresse ne fait qu'annoncer la morsure. Notre échange de regards avait été bref mais intense, suffisamment pour laisser son empreinte. D'elle, j'ignorais tout ou presque, hormis l'apparat, la surface, l'éclat. Mais avais-je envie d'aller au-delà ? Tant de jardins secrets déçoivent lorsqu'on parvient à les violer : le plus souvent, des terrains vagues. Or, plus que de l'envie, un puissant désir doit s'imposer pour explorer la faille en chaque être, puisque c'est par là que pénètre la lumière.

— Nous avons eu de vraies, de belles conversations dont on ressort grandi. Grâce à vous, monsieur Bauer, je me suis entendue dire des choses que j'ignorais encore, dit-elle en s'exprimant sur la pointe des mots.

Elle s'éloigna de moi dans un discret sourire lorsque son mari lui fit signe de loin. Comme je cherchais du feu dans mes poches, un officier de quart qui inspectait le pont se rapprocha pour allumer ma cigarette :

— Le feu, c'est la terreur des marins. En mer nulle part où s'échapper. Grillé ou noyé, au choix. Alors attention avec les allumettes.

— Vous patrouillez, une inquiétude ? risquai-je.

— Pas de quoi s'alarmer, juste des vérifications. De toute façon, ce navire respecte les dernières réglementations de la convention de Londres : huit cloisons étanches, seize embarcations de sauvetage, et puis compas, radio, réseau téléphonique aux dernières normes techniques…

— Et les extincteurs ? J'en ai bien vu de gros montés sur roues, mais les petits ?

— Il y en a pourtant quatre-vingts avec leur recharge ! Et autant de Mandet-Vanginot, ces masques respiratoires en laiton qui ont été mis au point par les pompiers pour le sauvetage minier. Non, vraiment, croyez-moi, cher monsieur…

Nous engageâmes la conversation, histoire d'apaiser mes craintes. Comme il s'exprimait avec un léger accent que j'avais du mal à identifier, je craquai une allumette qui me permit de lire son nom sur la barrette à sa poitrine :

— Marzorati, vous êtes corse ?

— Au contraire ! La Napoule ! D'origine italienne, bien sûr. Mais si vous saviez les noms des matelots, des cuisiniers et des garçons... Demandez donc au commissaire de bord, il m'a montré la liste : Tramoni, Casini, Verdoni, Mariani, Muratore, Agostini, Giaccardi, Cecchi... Et chez les timoniers aussi, des Orsini, des Paolini, des Lambruschini ! Il y en a même un en cuisine qui s'appelle Napoléon Pasqualini ! Toute la Corse est là ! Ah, ils se tiennent... C'est à se demander si on n'a pas recruté tout un village.

Je me rendis à l'arrière du navire pour en observer la houache laissée dans l'eau et mieux écouter le pouls de la mer battre contre la coque du bateau. Des traces de pas m'intriguèrent. Une pointure qui ne devait pas excéder le trente-huit, des empreintes de pieds nus sur le parquet mouillé de rosée d'advection. Ils me menèrent à la piscine, éteinte et fermée la nuit, en principe. Comme la porte était entrouverte, j'y pénétrais et y découvris une femme nageant le crawl avec élégance sans entraîner le moindre bouillon. Seule et nue. Son bonnet, tout autant que la faiblesse de la lumière, la rendait inidentifiable. Il n'est pas de plus grande volupté que la caresse de l'eau sur le corps dans sa totalité.

La vue de cette femme et sa présence inattendue me firent croire à un monde enfin débarrassé de ses passions tristes.

Parvenue au bout de la ligne d'eau, elle souffla un instant et découvrit ma présence, ombre éclairée par la lune dans l'embrasure de la porte. Elle poursuivit sa nage à la brasse cette fois, offrant à ma vue des fesses de bronze à peine immergées. Puis, après une longueur dans cette position, l'inconnue poursuivit en nageant sur le dos, présentant sa toison d'un noir de jais et ses seins généreux sans me quitter du regard, comme si elle guettait ma réaction à ces défis. À un tout autre moment de la journée, j'aurais décliné l'invitation au motif que je n'étais pas en tenue. Mais là, déjà suffisamment disponible pour me laisser aller à la légèreté des libres associations, je ne me sentais pas de m'y soustraire. Je retirai mes vêtements et sous-vêtements sans précipitation et plongeai nu pour rejoindre ce corps sans visage, pure présence charnelle, à l'heure où les lignes de partage semblent brouillées comme jamais, et le temps suspendu. Nous avons nagé durant de longues minutes dans deux lignes d'eau parallèles avant qu'elle ne décide de rejoindre la mienne et de se placer d'emblée juste devant moi. Après avoir pris un peu d'avance par quelques rotations de crawl et des battements de pieds appuyés, elle ralentit la cadence et nagea en brasse coulée ; lorsqu'elle ramenait ses talons vers les fesses, dans un angle de cent vingt-cinq degrés comme il convient, et à chaque mouvement de ciseau de ses jambes, elle m'offrait la contemplation de son origine du monde à chacune de ses coulées ; si l'observation des corps des nageurs sous l'eau est déjà en soi excitante, je n'avais jamais vu ni vécu spectacle plus érotique, plus poétique et plus romantique que celui dont je me trouvais inopinément le témoin privilégié. D'autant qu'elle se retourna sur le dos et continua, pliant les jambes et les écartant vers l'extérieur, exposant ainsi à chaque mouvement son bouton de rose, ainsi que le nomme La Mettrie dans son subtil traité *L'Art de jouir*, que j'avais découvert dans l'édition d'Amsterdam de 1764 reliée en plein maroquin bordeaux d'époque, mais je m'égare, je m'égare alors que ces instants partagés avec une inconnue resteraient à jamais dans ma mémoire comme gravés par la grâce.

Jour 29, dans la salle à manger.

Lorsqu'une main se posa sur le livre ouvert devant moi, entre la corbeille de croissants et la cafetière, je compris que mon cher petit déjeuner en solitaire serait compromis. Mais que n'aurais-je pas pardonné à ma petite Salomé, le piment de cette croisière. Après tout, à son âge, il lui manquait de s'opposer, à quelqu'un ou quelque chose, pour mieux se poser.

— Alors, toujours dans ton paquebot magique ? Redescends un peu. Lis ça et dis-moi.

Et d'autorité elle plaça sous mes yeux, sur ma tasse de café, quelques feuillets écrits de sa main. Quelques pages de sa traduction encore toute chaude de la *Nef des fous*. Comme je m'engageais à les lire à tête reposée le soir même dans ma cabine, elle insista pour que je le fasse dans l'instant et que je lui donne un avis direct et sincère, fût-il sévère. Dès les premiers paragraphes, son manque de légèreté offusquait la langue.

— On sent trop l'effort.

— Comment ça ? réagit-elle, incrédule.

— Le dessin sous la peinture, la documentation derrière le roman, la technique derrière l'acte créateur. L'essentiel y est, il lui manque juste le superflu. Tu as la sauce mais pas encore la viande.

— Mais à quoi bon puisque c'est superflu ?

— On l'appelle ainsi pour ne pas vexer mais c'est l'autre nom de la grâce.

— Personne ne m'aime, dit-elle déappointée.

— Cela mérite une enquête !

Le fait est que, malgré l'étendue de mon empathie, et de quelque côté que je l'envisage, sa prose n'était pas un palais de verre. Mon jugement abrupt la poussa à se renfrogner un instant, mais un instant seulement, avant de se relancer :

— Ça ne t'embête pas si grand-père nous rejoint ? Tu sais, la perspective de son amoindrissement lui est insupportable. Il est toujours le même, mais chaque jour un peu moins.

— J'ai remarqué : il se nourrit à peine ; il

effleure les mets de sa fourchette pour donner le change à table, mais en vérité il n'avale presque rien.

Il vivait comme s'il n'avait rien à perdre. Une telle attitude autorise un détachement qui rend au fond l'existence plus légère. Salomé posa sa main sur la mienne pour la première fois, se retourna pour vérifier qu'il n'était pas encore arrivé et, grave et sérieuse, se confia avec des accents testamentaires. Alors cette jeune femme d'ordinaire si forte et si assurée me parut pour la première fois comme ébréchée :

— Nous avions une maison de famille à Saint-Arnoult-en-Yvelines, une commune pas loin de Rambouillet, tu vois ? Pas un château, qui aurait comblé son côté royaliste, plutôt une sorte de grand manoir qui avait de l'allure. On nous a expropriés pour y faire passer une voie de chemin de fer. La ligne de Paris à Chartres par Gallardon. L'indemnisation n'a pas dédommagé la famille des souvenirs, envolés, écrasés, niés par ce violent passage de la modernité.

— Amiral !

En en rajoutant un peu dans la théâtralité afin que Salomé comprenne bien que son grand-père venait d'arriver derrière elle, je me mis au garde-à-vous, ce qui lui arracha un sourire.

— Pitié, pas amiral : ça vient d'« émir », pas mon genre de beauté. Allez, repos, matelot ! Vous m'avez laissé un ou deux croissants, c'est gentil, les morfales...

Et comme il prétendit aussitôt avoir largement

dépassé la date de péremption, j'en conclus qu'il fallait mettre son attitude sur le compte de l'incroyable frivolité des mourants.

— Mais dites, cher Jacques, entre nous, vous croyez vraiment que nous vivons à nouveau un entre-deux-guerres ? Ça ne leur a pas suffi, aux Allemands, ils en veulent encore ? J'ai du mal à l'imaginer. Je veux les croire vaccinés. Quant aux Français, ils ont beau se gausser, rien de noble n'est sorti de cette victoire. Qu'est-ce que c'est laid, un vainqueur. Quel étalage d'orgueil, de certitudes, d'arrogance.

À la vue de ma moue de perplexité muette, il enchaîna :

— Il y a du Cassandre en vous. Une telle attitude relève autant du courage que de l'inconscience car elle est inconfortable, on passe pour trouble-fête.

— Vous auriez votre place à notre joute quotidienne au salon de conversation.

— Oh non, ce que j'ai à dire est inaudible en groupe, ça dégénérerait et je n'ai plus la vigueur nécessaire pour élever la voix. Vous lisez *L'Action française* ? Vous devriez, notamment les éditoriaux de Jacques Bainville sur la politique étrangère. Il partage votre pessimisme sur la question allemande. Comment lui donner tort lorsqu'on sait à quel point l'Allemagne est le poison de l'Europe ? Il la connaît et il l'aime, mais il prévient : ne laissez jamais le champ libre à l'Allemagne, jamais ! Et il annonce, que dis-je, il prophétise ! que bientôt elle absorbera l'Autriche, elle écrasera la Pologne et que, tenez-vous bien, elle ira jusqu'à se rapprocher de la Russie bolchevique, par pur calcul opportuniste, naturellement. On dit qu'il prévoit juste mais quel est son pouvoir ? Nul. Quel gâchis pour une si belle mécanique, une telle intelligence dans l'analyse, cette logique froide, nette, implacable dans la démonstration. Et après ? Prévoir sans pouvoir, quoi de plus vain ?

Pour toute réponse, je ne pus m'empêcher de tourner les pages de mon livre jusqu'à la dernière et de la lui mettre sous le nez. Il la repoussa au motif qu'il n'avait pas emporté ses lunettes.

— C'est à la toute fin de *La Montagne magique*, à propos de la guerre : « cette fête mondiale de la mort… »

Il détourna le regard et se retourna vers la salle pour la scruter.

— Vous cherchez quelqu'un ?
— L'homme aux yeux bleus.
— Mais encore ? tentai-je, dubitatif.
— Mais je n'en sais rien, mon vieux, c'est une image pour désigner l'homme sain, bien dans sa tête car bien dans sa peau, équilibré et harmonieux. Tout à l'écoute de la vie silencieuse des organes, que sait-il de la vraie vie ? Seul le malade la connaît car il en a éprouvé les limites. Il faut avoir affronté dans la souffrance ou la douleur un certain état de décomposition pour accéder à une forme de sensibilité supérieure. Peu nombreux sont ceux qui y parviennent

— On les appelle des artistes, non ? Ils ont accès à un outre-monde auquel nous sommes étrangers mais je ne leur envie pas ce privilège : il a partie liée avec la mort.

Alors il baissa les yeux et murmura comme s'il se trouvait seul : « La mort, la mort, la mort... », me renvoyant ainsi à l'image du sénateur Buddenbrook pleurant doucement, dans la solitude de sa nuit, au soir de sa vie.

Jour 30, escale à Saïgon.

Je hais les escales et les escalateurs. Non que je répugne à descendre du paquebot pour toucher la terre ferme. C'est juste que je n'aime pas me mêler à la race des touristes, encore moins lorsque leur halte est si rapide et superficielle. Il me faut un but pour me faire emprunter la passerelle et descendre. Le paquebot faisant relâche, les passagers se croient tenus d'en faire autant et ils ne comprennent pas que vous n'en fassiez pas de même. Un vrai réflexe conditionné.

— Vous venez à terre ?

— Non merci, j'aime autant garder la mer...

La réponse me venait naturellement, comme s'il s'agissait de mon lit. La vocation d'une escale est de permettre aux passagers de marcher, déambuler, mais aussi de s'autoriser à respirer autrement. Le bon air vicié de la ville, plein de fumées et de bruits, d'odeurs et de rumeurs, si loin de l'air du grand large. Il est vrai, aussi, que depuis la fin de la guerre le tourisme culturel est devenu une véritable mode. La découverte du tombeau de Toutankhamon a lancé l'égyptomanie et multiplié les croisières sur le Nil. De quoi donner aux compagnies l'idée d'en organiser de semblables sur les lignes d'Extrême-Orient sur les traces de l'art khmer. Le luxe et le confort des paquebots augmentent à proportion du développement de ces voyages à thème. Mais à quoi bon errer dans les ruines, à quoi bon ces promenades antiquaires du passé ?

L'invisible frontière que nous franchissions en voguant dans les eaux asiatiques nous faisait pénétrer dans un monde où le blanc habille le deuil et figure le malheur ; il y est la couleur de la mort. Chaque jour, un marin fixait sur la carte des petits drapeaux pour signaler les pays parcourus ; le signalement de ces étapes suffisait à satisfaire mes fantasmes exotiques. Face aux tentatives bienveillantes des Beaufort, Soko, Alvarez de la Mirada, et d'autres encore pour me convaincre de les accompagner à terre, je prétextais des problèmes de genou ; sauf que, à force, il apparut que ceux-ci avaient bon dos, si je puis dire. Dans ces moments-là, je me sentais solidaire des passagers des autres classes : faute d'argent, des pays accostés ils ne voyaient que le port, parfois juste le quai. Si j'aimais rester à bord pendant les escales, c'est aussi pour jouir d'un moment banni durant toute la traversée, qui résonnait en permanence des conversations et des interpellations ; même la nuit demeurait en musique de fond le nuage sonore du ronflement des machines ; je guettais les escales pour enfin goûter en solitaire le moment si rare du silence absolu, à peine troublé par le bruit du clapot lorsque je me réfugiais à la piscine, enfin seul. Je serais volontiers descendu en ville si j'avais eu la promesse d'une soirée ombreuse sur la place d'un village, à la table d'un restaurant de famille aux effluves prometteurs, mais il eût fallu que notre paquebot croisât en Méditerranée ; en dehors de ses pays, cela n'existe pas ou alors autrement, sans ce goût de vieux monde parfumé à l'huile d'olive qui change tout.

Il y eut Colombo, le genre de petite ville torride écrasée par l'odeur du curry. Les touristes rescapés de la course folle des rickshaws déchaînés auront toujours à cœur de nous rapporter du thé de leur équipée. Tant pis pour le jardin des Canneliers, le faubourg si couleur locale de Pettah, le mont Lavinia et les innombrables corbeaux que les Ceylanais tiennent pour des animaux sacrés. Pas le temps. Puis il y eut Singapour. Je donnerais tout Singapour pour le moindre îlot hellène. D'ailleurs, en regardant les deux petites filles Bardoux accompagnées de leur nurse descendre de la passerelle pour y rejoindre leur grand-père, je ne les enviais pas. Le spectacle navrant des miséreux plongeant de leurs pirogues à la recherche des pièces complaisamment lancées par des passagers à grand renfort de « Sous ! Sous à la mer ! » me donnait envie de hâter notre départ sitôt accosté. Qu'on lève l'ancre et qu'on en finisse. Peut-être aussi avais-je secrètement envie de toucher au but de mon voyage.

> J'ai deux amours
> Saïgon et Paris…

— Ah, tu étais là…, fis-je en découvrant la présence de Salomé accoudée tout près de moi au bastingage.
— C'est bien chanté, non ? Tu joues avec le feu, mon Jacquot, mais elle vaut le coup, franchement. Anaïs est la preuve vivante qu'on peut avoir la grâce quand on n'a ni le baptême ni la foi. Vous avez été au paddock ?
— Je ne sais même pas de quoi tu parles.
Pour toute réponse, elle partit en arrière dans un grand éclat de rire puis, se redressant, me laissa une bise sonore sur la joue. Je ne voulais pas en savoir plus. Ni tenter de découvrir ce qu'elle savait ou pas.
Georges Modet-Delacourt se prétendait si peu curieux de l'étranger qu'il ne connaissait que deux rues au Vietnam : le boulevard Gambetta à Hanoï et la rue Richaud à Saïgon. À la première adresse se trouvait la direction pour le Tonkin et le Nord-Annam de la Société française des distilleries de l'Indochine ; à la seconde, sa direction pour la Cochinchine et le Cambodge. En dehors de ces deux lieux où il venait traiter ses affaires, rien ne l'intéressait de ce pays.
L'escale de Saïgon, longue de trois jours, ne

s'imposait pas seulement en raison du rituel transbordement. Nous n'étions pas encore descendus à terre que des ouvriers montaient en urgence de lourdes bonbonnes de gaz afin de recharger les fameuses batteries d'alfite destinées à éteindre les débuts d'incendie dans les cales à marchandises. Delbos de Calvignac qui, lui aussi, attendait pour débarquer avec un petit groupe de ses amis, me gratifia d'une tape dans le dos :

— Allons, monsieur Bauer ! Il fait beau, allez vous promener dans cette belle ville, profitez bien et ne vous faites plus de souci. Nous sommes là pour veiller au grain.

Pour nombre de voyageurs, Saïgon avait perdu son attrait du jour où elle avait cessé d'être une ville pour devenir une destination. On aurait dit que la ville entière s'était donné rendez-vous sur le wharf pour fêter notre arrivée, mais c'était le courrier de France qu'elle attendait. Aussitôt débarqué, je me suis enfui par un lacis de ruelles pour mettre les autres à distance, deux précédents séjours m'ayant familiarisé avec la topographie locale. D'ordinaire, je descendais dans un petit hôtel, confortable et surtout dépourvu de ce luxe aussi vain qu'ostentatoire qui avait le défaut d'être faussement couleur locale. Mais je craignais qu'il ne provoquât une remontée de souvenirs, cet incontrôlable trouble qui s'empare de nous lorsqu'un détail échappé d'un lieu ressuscite tout un passé avec son cortège d'émotions et de nostalgies mal enfouies. Il y a des années de cela, il fut le théâtre de la fin d'une liaison. Ayant connu le bonheur d'un grand amour partagé, je n'imaginais plus de sentiments d'une telle intensité qui ne soient réciproques ; la perspective d'en retrouver l'ombre diaprée dans une chambre en tout point similaire à celle qui avait été la nôtre me faisait fuir. Aussi avais-je choisi d'agir comme tout passager des premières du *Georges Philippar* et de descendre au Continental, poste d'observation idéal pour les diplomates, les envoyés spéciaux et les espions.

Un Corse du nom de Franchini avait récemment racheté au duc de Montpensier l'imposant édifice situé à l'angle de la rue Catinat et de la place Forey. Le temps d'y poser ma valise et de jeter une dizaine de livres dans mon cartable, je filai à un rendez-vous, que j'enchaînai aussitôt avec un autre. Deux clients de longue date, collectionneurs qui m'avaient passé commande depuis des mois et qui attendaient l'un l'édition originale en deux volumes publiée en 1795 à Londres de *La Philosophie dans le boudoir* du marquis de Sade, l'autre un rarissime exemplaire de la première édition 1814 de *De l'esprit de conquête et de l'usurpation dans leurs rapports avec la civilisation européenne* de Benjamin Constant assorti de ses propres corrections manuscrites en regard du texte imprimé. La négociation fut d'autant plus enlevée (la haine de Napoléon pousse certains à de ces extravagances financières ! Mais enfin, j'aurais mauvaise grâce à m'en plaindre) que j'avais quelque raison d'en hâter la conclusion.

Ici, le bonheur ne commence pas dans l'escalier mais dès les quelques marches surélevant la terrasse. Lorsque je retournai essoufflé à l'hôtel, Anaïs Modet-Delacourt m'attendait, enfoncée dans un fauteuil en osier.

Le lieu était le centre géométrique des vraies et fausses informations qui couraient dans la ville, la capitale de toutes les rumeurs. Cette femme était une apparition perpétuelle, une nouveauté de chaque instant à la fraîcheur constamment renouvelée, même lorsqu'elle n'était plus, comme à son habitude, toute de blanc vêtue, couleur du temps qui passe. Son pull-over de dentelle de laine, alors en vogue, surtout dans cette teinte vert émeraude, la distinguait parmi les femmes attablées. Quand d'autres rutilaient déjà dans la perspective de la soirée, elle rayonnait avec naturel. Songeuse, elle paraissait se détendre pour la première fois depuis que nous avions fait connaissance des semaines auparavant. Son visage, peu fardé, m'apparut tel qu'en lui-même, enfin débarrassé de sa poussière. Comme installée dans la royauté éphémère d'une fin d'après-midi de printemps, elle était irrésistible. Je finis par m'approcher d'elle.

— Vous paraissez inquiète.

Aussitôt elle se redressa et retrouva son maintien, le dos bien droit, parfaitement parallèle au dossier de son fauteuil, reflétant l'excellence de son éducation. Elle était quasiment adossée à un grand miroir cendré fixé au mur, et le reflet de son cou si gracieux me captivait au-delà de toute retenue ; cette image réfractée me renvoyait à l'admirable portrait de Mme de Senonnes par Ingres tel que j'avais pu le découvrir de mes yeux, l'original et non une reproduction aux teintes frelatées, aux cimaises du musée des Beaux-Arts, un jour que je rendais visite à un collectionneur à Nantes.

— Oh moi, vous savez, la vue de trois gouttes de sang sur la neige comblerait mon goût du mystère.

— Mais ça va ?

— Je redoutais que vous n'ayez changé d'avis, dit-elle doucement, une lueur dans l'œil reflétant comme un petit astre dépoli.

Elle illustrait merveilleusement une formule que j'avais lue dans *Le Matin* sous la plume de Colette qui y dirigeait alors le bureau des contes : « Quand on est aimé on ne doute de rien. Quand on aime on doute de tout. » Si juste et si vrai. Fallait-il l'avoir vécu pour être capable de ramasser tout un roman en si peu de mots. L'heure de nos retrouvailles avait été calculée en fonction des réunions de travail de son mari. Par prudence, encore qu'il n'y ait rien de répréhensible à prendre le thé avec une simple relation de croisière. Anaïs ne savait pas dire non ; elle en convenait mais s'empressait toujours de préciser que son attitude s'expliquait par sa bienveillance naturelle, trait de caractère qu'elle ne pouvait combattre, sauf lorsqu'il s'agissait de propositions à l'évidente finalité sexuelle ; mais elle le précisait si souvent, avec une telle insistance, que cela en devenait suspect. À mes yeux, une telle femme ne pourrait conquérir sa liberté que du jour où elle saurait enfin dire non, tant aux hommes qu'aux femmes, en toutes circonstances. Si honnête et si peu ingénue qu'elle semblait inconsolable des fautes qu'elle n'avait pas commises.

Enfin seuls ensemble. La situation était si inédite qu'elle nous fit taire. Le silence mais sans la gêne. Au bout de quelques minutes, elle le rompit :

— Vous m'emmènerez la prochaine fois ?
— Où ça ?
— À vos rendez-vous. Je me ferai toute petite, dans un coin de la maison de votre collectionneur, et je vous écouterai. N'ayez crainte, je sais me faire oublier.

Un garçon vint prendre la commande.

— Un thé, celui d'ici, je vous prie, demanda-t-elle après avoir hésité.
— Pour moi, ce sera un Asianis.
— Qu'est-ce que c'est ?
— Une liqueur d'anis à quarante-cinq degrés fabriquée sur place.
— Alors deux !

J'ignore si son débit eût été différent après avoir bu du thé. Toujours est-il qu'après un verre elle me parla comme jamais. Je voulais croire que la circonstance n'y était pas non plus étrangère.

D'avoir été trop longtemps été contenus, refoulés, mis au secret, ses mots se bousculaient hors de sa bouche dans une langue brûlante et chaotique. Pour la première fois, nous n'avions pas le sentiment d'être cernés, bien que la terrasse du Continental fût peuplée de semblables. En tout cas, nous avions chassé toute prudence de notre esprit. Anaïs s'abandonnait enfin, signe qu'elle consentait à des sentiments réciproques. Comme si elle cessait de contredire son destin et de le chercher là où il ne se trouvait pas. Pourtant je n'étais même pas un homme riche qu'elle aurait pu aimer pour d'autres raisons que son argent. En regard des puissants de notre croisière, je n'étais qu'un marginal. Tout en parlant, elle riait aux éclats, sans parvenir à chasser de son regard une sombre lueur persistante, comme un feu mal éteint. À un moment, je crus que des larmes salées coulaient sur ses joues, des larmes empruntées à la mer, l'œil et le cœur enfin connivents. Ses silences faisaient écho avec ce qui les précédait et ce qui leur succédait ; elle savait les rendre pleins. Elle avait cette capacité de faire résonner les mots au-delà de leur sens. De quelle tristesse tirait-elle tant de joie ?...

— Je suis bien avec vous, Jacques, votre présence répand un invisible halo de protection.

Nous étions encore ensemble mais j'avais déjà la nostalgie de ces moments et je brûlais de la revoir. En toutes choses, on passe son temps à courir après l'émotion de la première fois. Le principe même de la croisière, cet entre-soi obligatoire, exclut la brève rencontre, le point de lendemain. Il m'avait suffi d'entrecroiser mes doigts avec les siens pour être soudainement pris par un violent désir de bonheur.

— On pourrait peut-être cesser de se vouvoyer, risquai-je.

Elle voulait répondre mais, de crainte que sa phrase ne s'éparpille sous le coup de l'émotion, elle en retenait les mots au bord des lèvres en un ultime sursaut de prudence. En baissant les yeux puis en me regardant par en dessous, elle murmura deux mots inaudibles dans un sourire. Probable que j'allais trop vite, alors que je brûlais de lui avouer qu'elle éveillait en moi une vocation chevaleresque, que j'aurais voulu la sauver des autres, ce qu'elle était trop fine pour ne pas remarquer :

— Vous me croyez vraiment en péril ? C'est drôle, vous me parlez comme un jeune homme.

— J'aimerais tant vous revoir à Paris.

— Moi aussi, lâcha-t-elle d'instinct avant de se reprendre. Vous êtes gonflé, tout de même, je suis mariée. Pourquoi me revoir ?

— Pour s'aimer.

— Et où irions-nous ?

— Chez moi, c'est délicat, ma fille vit encore sous mon toit.

— Tout de même pas à l'hôtel, ce serait si ordinaire, si bêtement grivois, du mauvais Bernstein... Je ne vois qu'une solution : achetons un appartement pour y faire l'amour !

— J'aurais aimé vous rendre heureuse.

Anaïs parut émue, puis bouleversée avant de pouffer et de finir par éclater de rire.

— Vous l'avez fait exprès ?
— Quoi ?
— Cette phrase, c'est une citation…, insista-t-elle.
— Vous croyez ?
— Flaubert… *L'Éducation sentimentale*… mais à l'envers car, dans le roman, c'est Mme Arnoux qui veut rendre Frédéric heureux.
— Je suis désolé, citer, même à mon insu, c'est plus fort que moi.

Comme chaque fois que l'orchestre de l'hôtel faisait une pause, une chanteuse et un pianiste assuraient l'intérim. À peine les premiers accords se firent-ils entendre que j'en fus saisi.

— Écoutez, Anaïs, tendez l'oreille, cette nouvelle chanson américaine qui a déjà été jouée et interprétée sur le bateau par une passagère, un soir ou peut-être une nuit, *you must remember this… as time goes by…*
— Poème ou chanson, quand on sait un texte par cœur, c'est qu'on l'a logé autant dans sa tête que dans son cœur.

Peut-être pressentait-elle que ce serait l'hymne de notre amour, qu'on ne pourrait plus jamais l'écouter sans cette émotion particulière qui trahit mieux que tout les amants ? Reflet de moments arrachés au flux du temps, une chanson a la même empreinte mnésique qu'une photo de famille ou que la photo mentale, prise mais jamais développée, d'un couple clandestin.

Des éclats de voix nous replongèrent dans la brutalité du réel. La table la plus proche de la nôtre commençait à s'animer sérieusement. Plusieurs hommes, agitant leur journal replié comme s'il s'agissait d'une matraque métaphorique, qui *La Dépêche d'Indochine,* qui *L'Éveil de l'Indochine*, qui même *L'Écho annamite,* s'y envoyaient des noms d'oiseaux. L'échange avait commencé à propos du boycottage « insensé » des produits chinois et japonais imposé à la colonie par la métropole, puis avait dérapé ; quand j'attrapai au vol le chiffre de 30,2 % assorti de l'exclamation admirative « plus de onze millions de voix, rendez-vous compte ! », je compris qu'Hitler et son score au premier tour des élections présidentielles venaient de s'inviter dans leur débat et qu'il était temps de partir avant que cela ne s'envenime.

Anaïs se fit d'autant moins prier que, quelques clients s'étant retournés vers elle, elle s'était crue dévisagée et reconnue. Il fallait quitter la rue Catinat, trop « dangereusement » peuplée à ses yeux. Je l'entraînai par la rue Lagrandière puis jusqu'à la rue Roland-Garros, avant de reprendre la rue d'Espagne menant à la gare. Un cooliepousse qui stationnait devant la rotonde d'un restaurant offrit de nous transporter mais un réflexe, probablement dicté par mon inexpérience des mentalités coloniales, me détourna de cet homme de peine qui courait pieds nus ; je ne nous voyais pas trimballés dans cette chaise à porteur améliorée. Un cyclo-pousse convenait mieux pour partir à la découverte de la fameuse perle de l'Extrême-Orient, assez éloignée tout de même d'une Singapour française telle que ses inventeurs l'avaient imaginée. La cathédrale Notre-Dame, le musée de la Cochinchine, le musée Blanchard de la Brosse, tous les lieux où notre chauffeur nous conduisait nous laissaient indifférents, même la place de la Tortue. La ville européenne était uniformément blanche. Les effluves de *nuoc-mâm*, inévitable saumure de poisson qui colle à la peau comme un parfum cuiré à la note ambrée, rappelaient la latitude avec insistance. On voulait juste rester assis dans la nacelle côte à côte à regarder la vie comme elle va et découvrir la ville telle qu'en elle-même, joviale et lascive. Lorsque le Cercle sportif fut en vue, elle tapota l'épaule de notre chauffeur.

— Ici ce serait bien.
— Vous aimez regarder les matchs de tennis ?
— Je veux nager avec vous.
— Vous, Anaïs, nager ? Mais je ne vous ai vue qu'une fois à la piscine du paquebot, votre mari vous attendait…
— Une autre fois aussi, seule, la nuit, alors qu'elle était fermée.
— C'était vous…

L'effet de surprise de cette révélation n'était pas dissipé qu'elle m'entraînait déjà vers l'accueil pour y louer des tenues de bain. L'instant d'après, elle m'attendait debout au bord du bassin. Venant d'elle, il en fallait peu pour me toucher, mais ce peu-là, elle l'exprimait avec une grâce sans égale ; ainsi cette façon qu'elle avait, lorsqu'elle s'exprimait avec cette adorable manière qu'ont les phrases de se ployer parfois aux sinuosités d'une pensée, de poser nonchalamment la main sur la hanche, le bras en équerre, pose si féminine, affectée chez tant d'autres, à laquelle elle seule conférait un naturel, une élégance, une légèreté proches de l'apesanteur. Elle fanait les femmes qui l'avaient précédée et discréditait celles qui pourraient se présenter. Depuis le début de notre croisière, Anaïs s'était imposée dans ma vie comme son axe de gravitation, sa boussole, comme nulle autre avant elle. Nous avons tous des amis inconnus. Était-elle mon amour inconnu ? Aucune envie qu'il ne s'achève aussi tragiquement que celui de Layla et Majnoun, et tant pis pour ceux qui ne connaissent pas cette histoire. Vivre éternellement était une perspective convenable, à condition qu'elle vive l'éternité plus un jour afin que je n'eusse pas à l'enterrer.

En rentrant à l'hôtel, nous fîmes un crochet par la librairie-papeterie d'Albert Portail au 185 de la rue Catinat. Je voulais qu'Anaïs conserve un souvenir matériel de nos heures volées à Saïgon ; non pas un bijou ou un objet qui fût compromettant mais un livre, l'un de ceux qui n'éveillent pas de soupçons, la seule chose que je fus capable de choisir sans trop me tromper. *The Gentleman in the Parlour,* paru en français sous le titre *Un gentleman en Asie,* contenait les récits de voyage, des essais, des articles divers et même

quelques nouvelles de Somerset Maugham
« entre Rangoon et Haiphong » comme il était
précisé. L'écrivain y croquait finement cette
France miniature du bout du monde, fidèle
reflet d'une petite ville du sud de l'Hexagone,
accent inclus, précis jusque dans l'évocation du
ventilateur sous la tente abritant la terrasse du
Continental à l'heure des ragots et des débats
autour de Quinquina Dubonnet. Au moment
où la vendeuse s'apprêtait à empaqueter le livre,
Anaïs l'interrompit d'un geste de la main.

— Vous me le dédicacez ?
— Je n'en suis pas l'auteur.
— Alors juste quelques mots à n'importe
quelle page, je les lirai à Paris.
— Vous ne craignez pas...
— En dix-huit ans de mariage, il n'a jamais eu
la curiosité de savoir ce que je lisais, pas même
un regard à la couverture, pas une seule fois.

Elle insistait : quelque chose de personnel...
Ce qui ne va jamais de soi, surtout dans une telle
circonstance, sous des regards qui attendent.
Face à ma longue et pesante hésitation, la
libraire compatissante tenta de m'aider, hélas,
en me soufflant ce que je ne voulais surtout pas
entendre : « Plaisir d'offrir, joie de recevoir »...
(Ma haine des clichés me poussera un jour au
meurtre, froid, calculé, sans regret.) J'attendis
que nous soyons dehors pour m'excuser auprès
d'Anaïs et rebrousser chemin.

— Je vois que vous vendez des livres d'Albert Londres... Il ne vous a pas rendu visite ces derniers temps par hasard ? demandai-je à la libraire qui se contenta de secouer la tête en prenant un air sincèrement désolé.

Quelques minutes avant d'arriver à l'hôtel, Anaïs fit mine de s'intéresser à la vitrine d'un antiquaire, me demanda mon avis sur un objet tout en posant légèrement sa tête sur mon épaule, un geste ordinaire que la circonstance rendait miraculeux ; et, alors que je me demandais ce que j'allais pouvoir faire un jour de toute cette tendresse, de la fragilité qui émanait d'elle lorsque je lui prenais la main comme un adolescent irrésolu, peut-être parce qu'elle correspondait au fond à la femme idéale de mes rêves de jeunesse, Anaïs lança un vif regard panoramique derrière elle, m'entraîna énergiquement par le bras sous la porte cochère ombragée de l'immeuble qui la jouxtait, me plaqua contre le mur et m'embrassa longuement et goulûment, à pleine bouche. Ce baiser passionné me troubla au-delà de ce que j'avais ressenti lors d'autres premières fois. Au bout de quelques minutes à se regarder nez à nez sans un mot, ses yeux reflétant cette pudeur qui est un frémissement de l'amour, elle saisit le mouchoir blanc qui dépassait de la pochette de ma veste pour essuyer les traces de son rouge sur mes lèvres, redressa mon col et passa furtivement ses doigts dans mes cheveux afin de les remettre en ordre.

— On peut se tutoyer ?

— C'est trop tôt, dit-elle en baissant les yeux, comme si mon insistance l'embarrassait.

— Pardon. Dites-moi qu'on se reverra après la traversée !

— Ne gâchons pas la magie de ce que nous avons vécu mais… oui, on se retrouvera à Paris, juste vous et moi.

En se quittant, déjà nostalgiques d'heures à peine enfuies, une poignée d'heures dont nous avions fait des moments, on sut l'un et l'autre qu'on avait enfin trouvé quelqu'un avec qui *parler*, dans l'acception la plus totale et la plus complète du verbe. Se parler de tout en toute liberté, sans calcul et sans inhibition, avec les mains, les yeux, les lèvres, les sexes, les silences – et même avec des mots.

Dernier jour, arrivée à Shanghaï.

De Saïgon à Hong-Kong, on nous fit savoir que le duc et la duchesse de Brabant se joignaient à nous. L'escale fut cette fois plus rapide, une journée à peine. Ceux qui voulaient gravir la montagne par le Peak Tram, son fameux funiculaire, en furent pour leurs frais. Puis ce fut Shanghaï, enfin. Une ville selon mon cœur. Un concentré d'Orient et d'Occident. Le charme même. Le cœur vivant de la Chine. Une ville si impatiente qu'elle vient au-devant de nous avant même notre débarquement.

Il fut décidé qu'elle serait l'escale de tête de ligne en lieu et place de Yokohama, comme prévu, son port ayant été endommagé, de même que celui de Kobé. Sans regrets, si c'était pour finir par y dîner au Cercle français en compagnie de coloniaux. Ou pour faire un tour rapide à Tokyo où, c'est bien connu, révéla Mme Fedora, ça sent le poisson. Et puis quoi, on a beau envier leur courtoisie aux Japonais, puisque même Victor Segalen décrète que c'est un pays illisible, ce n'est pas en quarante-huit heures qu'on va le déchiffrer. En tout cas, s'il en était un parmi nous qui ne regrettait pas ce changement de programme, c'était bien notre médecin. Le Dr Guibier officiait déjà à bord de l'*André Lebon*, près de dix ans plus tôt, lors du tremblement de terre de Yokohama. Le spectacle était dantesque car la mer était plate comme un lac alors que la terre ondulait. Le monde à l'envers. La colonie française s'étant réfugiée sur le paquebot pour échapper aux secousses, jusques et y compris l'ambassadeur de France Paul Claudel qui cherchait sa fille disparue, il avait eu fort à faire ; le souvenir lui en était douloureux, des incendies s'étaient déclarés un peu partout et le typhon n'arrangeait rien ; de plus, les mécaniciens ayant démonté la vieille machine et ses moteurs pour révision, les manœuvres se faisaient à la main ; un cauchemar car, outre les centaines de milliers de victimes directes du séisme et du raz-de-marée qui s'ensuivit, nombre de Coréens furent massacrés par la foule ; le Dr Guibier avait opéré continûment pendant des jours et des nuits, des Français bien sûr mais aussi des Chinois et des

Japonais. Vraiment, il ne regrettait pas de ne pas revoir Yokohama.

Notre entrée dans le port de Shanghaï fut agitée en raison d'une panne de la barre électrique. Les marins d'un contre-torpilleur japonais ayant tenté de nous repousser armés de dérisoires perches en bambou (on sait qu'elles constituent les échafaudages des immeubles en Asie, mais un paquebot de vingt et un mille tonneaux, tout de même…), le bateau dériva, cognant et renversant sur son passage deux jonques chinoises ; sous le choc, des pêcheurs tombèrent à l'eau. Finalement, la barre retrouva ses esprits ; on évita la panique mais pas la résurrection des rumeurs sur les défaillances électriques, d'autant que le moteur bâbord avait à nouveau tendance à refuser de partir en arrière en manœuvre. De toute façon, quand c'est la guerre, ça secoue. Parfois, lorsque la mer s'empanache et que le vaisseau se fait de partout conspuer, la houle est telle qu'il faut attacher les meubles pour les empêcher de glisser. Ce que les marins appellent « tendre les violons » dans leur jargon imagé : tirer des cordeaux en serrant verres et assiettes. À ceci près que nous n'étions pas pris dans un roulis ou une tempête, mais dans le tir croisé d'une guéguerre qui n'arrêtait pas de ne pas finir entre Chinois et Japonais. Des obus des contre-torpilleurs japonais lancés sur le quartier de Chapeï nous passèrent au-dessus, ou au-dessous, on ne sait plus. Certains virent des passagers se rendre à quatre pattes dans la salle à manger ; d'autres en virent se signer. *Memento mori.* Il est vrai qu'à Shanghaï, l'empire du Japon et la République de Chine se tiraient dessus depuis le début de l'année. Le premier avait eu le mauvais goût d'envahir et d'annexer la Mandchourie qui faisait partie du second, et même de la rebaptiser aussitôt Mandchoukouo, ce qui ne se fait pas. Après s'être copieusement bombardés pendant des semaines, les belligérants convinrent d'un cessez-le-feu sous l'égide de la Société des Nations. Chacune des puissances occidentales veillait sur sa concession au cœur de la ville. Et nous, la croisière s'amuse, nous arrivions dans cette pétaudière comme un chien dans un jeu de quilles. Au moindre incident, cela pouvait repartir avec la même violence qu'au début du conflit. Shanghaï ne brûlait pas mais elle était brûlante, ce qui ajoutait à sa réputation déjà sulfureuse.

Le commandant Vicq nous ayant recommandé de ne pas nous attarder dans les rues, je limitais mes sorties à la seule, l'unique, qui comptait à mes yeux : M. Du, l'un des plus fameux collectionneurs du continent asiatique. La fortune qui lui avait permis de réunir tant de livres rares, il valait mieux ne pas trop s'interroger sur son origine. On disait qu'il avait appartenu à ses débuts à la « Bande verte », une société secrète de type mafieux ; la rumeur évoquait son contrôle de l'opium, du jeu, de la prostitution, sainte trinité du trafic local. Toujours est-il qu'il avait hâte de me retrouver. Et moi, plus encore. Lui pour vendre, moi pour acheter. Un gros morceau. Peut-être l'un des plus gros de ma carrière. Mais une ancienne tendance à la superstition héritée de mes dimanches chez ma grand-mère m'interdisait d'en parler à quiconque, fût-ce à mon miroir le matin en me rasant.

Au vrai, nous arrivions en ville peu après un méchant scandale qui, par ses éclaboussures, avait provoqué l'éviction du consul Koechlin, du chef de la sécurité Chazal, du patron de la police Fiori et du responsable de l'administration municipale Verdier, rien de moins ! Étrangement, ils avaient trouvé la mort en série l'un après l'autre dans des circonstances inexpliquées. Un sacré coup de balai dans la concession française. Certains d'entre eux, de même qu'Armand du Pac de Marsoulies, célèbre avocat français, familier de longue date de l'Asie, étaient tombés dans le coma en sortant d'un grand banquet offert par les notables de la ville en l'honneur des participants de la Croisière jaune, le fameux raid automobile organisé par André Citroën. Les platanes de l'avenue Joffre, les « arbres français » comme les appelaient les Chinois, en tremblaient encore. Seuls les opiomanes, c'est-à-dire tout le monde, n'en étaient pas troublés outre mesure, trop occupés à inhaler leur fumigation sépulcrale.

Anaïs me retrouva comme convenu à la porte de la maison de M. Du. Au nombre de gardes qui veillaient sur sa sécurité, dans la rue ou à l'intérieur, on pouvait déjà deviner que quelqu'un d'assez recherché habitait là. M. Du, que j'avais connu si sûr de lui, paraissait avoir vieilli de dix ans. L'expression rongée par l'angoisse, la peau du visage grêlée, les rides circonflexes, le regard d'une grande dureté, les lèvres pincées, les ongles rongés de celui qui endure sa vie, il était pathétique, comme tout être parvenu au faîte de sa puissance, vacillant sur son trône, se rattrapant aux branches pour ne pas chuter brutalement. Pour autant, cela ne me faisait pas oublier sa réputation de haut vol ni le sang qu'il devait avoir sur les mains. Mais la fin, parfois, impose de recouvrir les moyens d'un voile pudique. D'où vient l'argent ? C'était le moment ou jamais de se poser la question. Sauf que je préférais ne pas savoir.

Bouche bée, comme tétanisée par l'ampleur du personnage et le magnétisme morbide qu'il dégageait, Anaïs, que j'avais présentée comme ma collaboratrice, se coula dans son personnage de petite souris aussitôt après notre entrée, lovée sur sa chaise dans un coin du grand salon. D'un signe de tête, M. Du fit chercher la chose. Son employé la déballa avec un soin cérémonieux.

— Approchez-vous, cher monsieur Bauer. Enfilez ces gants de percaline, touchez le livre, respirez-en les pages, humez les siècles. Ça a déjà été expertisé lorsque je l'ai acheté, vous vous en doutez, mais c'est bien votre droit…

J'enfilai les gants de cardinal et je me pénétrai du livre, une loupe à la main, à la recherche d'imperfections qui auraient trahi un anachronisme dans le grain du papier ou dans la typographie. Mais non, tout était en ordre. J'avais entre les mains l'objet dont je rêvais depuis que j'en savais l'existence, et que je brûlais d'acquérir, fût-ce pour le posséder brièvement car j'avais déjà un acheteur en Suisse. Cette fois, la négociation fut âpre, tendue, pied à pied. Mais je savais mon vendeur dans le besoin, même si je me gardais bien de le lui faire sentir afin de ne pas l'humilier. Finalement, on se serra la main. L'affaire était conclue. Un secrétaire m'apporta les papiers nécessaires et les posa près des documents de la Banque de l'Indochine que j'avais apportés ; il m'indiqua le blanc où je devais inscrire la somme et celui où il me fallait apposer ma signature à côté de celle de M. Du. Soudain, à l'instant même de se quitter, celui-ci me demanda :

— Vous connaissez un Français du nom d'Albert Londres ?

— Comme presque tout le monde en France, mais sans plus. Pas personnellement. Pourquoi, monsieur Du ?

— Bon voyage, monsieur Bauer.

Qu'il n'eût pas répondu à ma question ajoutait au mystère de la sienne. Comment savait-il que je cherchais à me renseigner sur les contacts du reporter dans la ville chinoise ? À moins qu'il n'ait prêché le faux pour savoir le vrai. Le fait est que je n'avais pas trouvé la moindre trace de son passage, fût-ce par le biais de l'hôtel Continental dont le portier à l'entrée était au moins aussi bien renseigné que les clefs d'or à la conciergerie. Rien, pas le moindre indice, à croire qu'il organisait minutieusement leur dissipation sur son passage.

Une fois dehors, la chose soigneusement enveloppée dans une sacoche que je pressais sous mon bras en l'immobilisant fermement avec ma main droite, tandis que la gauche tenait plus tendrement la sienne, Anaïs voulut commenter notre visite au collectionneur. Je l'interrompis d'un froncement de sourcils. Une rumeur m'avait bien appris qu'on avait aperçu Albert Londres dans un hôpital au chevet de son amie Andrée Viollis du *Petit Parisien* qui était malade ; mais il ne m'avait pas été possible de la vérifier. Malgré la présence d'Anaïs à mes côtés, mais sans l'en informer afin de ne pas paraître trop mobilisé par la quête du journaliste, je décidai de mettre nos pas dans les siens, du côté de l'hôpital de la Croix-Rouge, avenue Haig, au temple du Bouddha de jade où des civils blessés venaient d'être soignés, et dans d'autres lieux encore dont il avait fait état dans ses articles, en vain. D'une allure complice, on marcha ainsi silencieusement durant une bonne heure à travers la ville, écarquillant les yeux devant les affiches verticales en caractères chinois qui font tant penser aux pages d'un grand livre ouvert, de la rue du Consulat au quai de France, près de l'American College, avenue Pétain, au marché aux oiseaux avec ses sauterelles, ses cigales et ses grillons chanteurs dont la stridulation peut atteindre une centaine de décibels, et jusqu'à l'université des jésuites sans oublier bien entendu la cathédrale Saint-Ignace.

— C'est là que vous vouliez m'amener ? osa-t-elle enfin demander, manifestement déçue.

— Mais non ! C'est au Grand Monde ! Un autre genre de cathédrale, vous verrez.

Il fallait en passer par ce cirque-là pour comprendre comment l'argent rend folle cette population. Elle n'en crut pas ses yeux ni ses oreilles : une sorte de casino sur cinq étages où tout le monde joue à tout ce qui est jouable, le temple du divertissement, de la luxure et de la consommation, un Luna Park aux yeux bridés où tout est spectacle, des filles à gogo et même des animaux sauvages. Si, dans le reste de la ville, on cohabite en évitant soigneusement de se mélanger, ici c'est l'inverse.

— Ça vient d'être racheté par l'un des parrains des triades ! hurlai-je. Et dire qu'ils y donnent des opéras chinois alors que le vacarme est assourdissant… Alors, le Grand Monde ?

— Quel bordel…, fit-elle, émerveillée et ravie.

Notre virée dans cette ville qui semblait animée par un mouvement perpétuel s'acheva à l'interminable bar du Shanghaï Club, plein d'Anglais et d'Américains (le plus grand bar du monde, dit-on, titre que lui dispute le Jockey Club de Buenos Aires), plutôt qu'à la pergola du Cercle sportif français ou à la terrasse de l'hôtel Shanghaï, le grand établissement de la concession française. Anaïs avait encore les yeux et les oreilles pleins de la folie du Grand Monde. Il est vrai que je l'avais affranchie en lui apprenant que cette ville comptait plus de bordels que de boulangeries, plus de fumeries que d'épiceries et que toutes les puissances, banques, personnalités, institutions, trempaient dans le trafic de l'opium. Mais elle brûlait surtout de découvrir le trésor que je rapportais. Après avoir demandé au garçon de débarrasser totalement notre table (jamais je ne me serais pardonné un verre renversé), je sortis la chose de ma sacoche, un grand et gros livre, retirai la peau de chamois qui l'enveloppait et racontai :

— Je vous présente la huitième merveille du monde : *Opera* de Platon, tout simplement. Non un opéra inconnu, bien évidemment, mais rien de moins que son œuvre complète en un seul volume de cinq cent soixante-deux pages, les dialogues, les définitions et les lettres, *Alcibiade, Protagoras, Gorgias, Ménon, Cratyle, Phédon, Le Politique, Le Banquet, La République* et le reste.

— Tout Platon, quoi !

— Oui, mais attention ! L'édition de 1484 imprimée à Florence par Lorenzo de Alopa, et en partie par les religieuses du couvent San Jacopo di Ripoli, deux colonnes par page. La première jamais publiée de son œuvre complète, dans la traduction de Marsilio Ficino, sous l'égide de Cosme de Médicis. Ce travail d'interprétation fut une date historique dans la diffusion de la pensée platonicienne en Occident. Et vous voyez, là dans les marges, ces commentaires manuscrits, ils sont de la main même de Ficino ! Cet exemplaire est passé entre les mains de grands collectionneurs tels que le Milanais Michele Cavaleri et le Parisien Enrico Cernuschi. Puis il a disparu... Si Junius Morgan en avait eu vent, nul doute qu'il aurait bondi chez M. Du ! Pourquoi riez-vous ?

— Vos yeux brillent comme ceux d'un enfant, Jacques. C'est merveilleux de vous voir dans cet état.

On dira peut-être que je reconstruis l'histoire en connaissant son issue mais qu'importe, après tout. Le fait est qu'en posant mes lèvres sur les siennes, cette fois de ma propre initiative, j'eus le sombre pressentiment que ce serait un baiser d'adieu. Il était temps de rentrer, d'affronter la grande bousculade piétonnière et de se laisser emporter par la fluidité d'une marée humaine sans égale, avec Platon et Anaïs.

Shanghaï, le 23 avril 1932.

Une pluie fine, de celles qui finissent par vous percer jusqu'aux os, s'était abattue sur le port au moment du réembarquement. Nombre de passagers étaient plus chargés que lors du débarquement ; ils se croyaient originaux, s'imaginaient être de singuliers voyageurs, mais tous rapportaient les mêmes choses des mêmes endroits, leurs paquets l'attestaient. L'orchestre sur le quai tentait de couvrir la musique de l'orchestre de bord, cacophonie qui fit monter la joie collective de quelques degrés. Ayant regagné le paquebot parmi les premiers, je me postai à une place de choix, à l'entrée de la passerelle, près du commissaire de bord, pour observer le spectacle. Le meilleur endroit pour enregistrer la présence de nouveaux venus, ceux qui ne faisaient que le voyage de retour, fonctionnaires de l'administration coloniale, instituteurs en vacances, riches planteurs indochinois, mandarins en mission, jeunesse locale s'élançant pour étudier en métropole... Les fonctionnaires coloniaux rentraient au pays pour les vacances, certains s'établissant pour la durée de leur séjour parisien à l'hôtel Lutetia, connu d'eux pour l'accueil qu'il réservait de longue date aux banquets des amicales d'anciens combattants et à ceux des mariages, mais aussi pour le voisinage immédiat du Bon Marché où ils achetaient vaisselle et draps à expédier dans leur villégiature de Cochinchine ou du protectorat du Tonkin.

Mon cher Knock remonta courroucé sur le paquebot, fronçant les sourcils, se plaignant d'avoir été piqué par quelque bestiole. Manifestement, la lueur de malice dans mes yeux devait être imperceptible lorsque je tentai de l'aider :

— Ça vous chatouille ou ça vous gratouille ?
— Pourquoi me demandez-vous ça ?
— Pour rien, oublions.

Ce n'était pas le moment. En revanche, pour Salomé, il n'y avait pas de moment. Son esprit était ouvert jour et nuit, en alerte aussi bien pendant la semaine que les dimanches et jours fériés. J'évitai de l'interroger sur son emploi du temps des derniers jours mais je la soupçonnais de l'avoir passé en grande partie avec Numa, et pas pour jouer aux échecs, ou pas seulement. En m'immisçant dans leur intimité, fût-ce par des questions nécessairement indiscrètes, j'aurais gâché quelque chose de leur histoire.

— Alors mon vieux, tu me le dis, à moi, ce que tu es venu chercher ici ?

— Un livre, qu'allais-tu imaginer !

Comme elle savait que je n'en dirais pas davantage, elle compléta :

— La première édition chinoise de la *Chèvre de Monsieur Seguin* ?...

— Si tu savais...

— Ha ha, le mystère toujours ! Tu ne veux pas la cracher, ta Valda ?

— Tu as vu, là-bas ? lui demandai-je en tendant le doigt vers une silhouette qui rejoignait la file d'attente sur le quai. C'est bien elle, non ?

— C'est donc vrai, ce qu'on dit...

Mlle Edelmira, une jeune femme que l'on ne connaissait que par son prénom, était descendue au bras d'un homme trois jours avant ; mais elle se trouvait là au bras d'un autre. D'elle, on savait peu de chose, tant elle se tenait en retrait de toute société : écrivaine new-yorkaise d'origine cubaine, elle consacrait l'essentiel de son temps à l'écriture de son journal très intime, ainsi qu'elle l'avait confié à une amie. En prêtant l'oreille aux papotages des nageuses, j'avais appris à ma grande surprise qu'elle était bigame ; manifestement bien organisée, elle avait un mari sur la côte est et un autre sur la côte ouest des États-Unis et passait six mois avec l'un puis six mois avec l'autre, prétextant dans les deux sens un impératif de solitude pour écrire ; cette fois, elle s'était surpassée en faisant l'aller avec l'un et le retour avec l'autre, qui plus est à leur insu, ce qui me laissait pantois. Impossible d'en savoir davantage : lorsqu'elle était seule attablée sur le pont-promenade, qu'elle reposait sa plume et que quelqu'un tentait de l'approcher, elle disparaissait derrière *Belle de jour*, le roman de Joseph Kessel, dont elle se faisait un rempart, ce qui augmentait son mystère.

Je regardais avec tant d'insistance par-dessus l'épaule du commissaire de bord qu'il se retourna vers moi :

— Toujours aussi curieux, monsieur Bauer. Il suffit de demander, cela vous évitera de vous tordre le cou. C'est qu'il y a du monde pour rentrer au pays ! dit-il en cochant les noms de ceux qui étaient déjà montés à bord. Notre voyage de retour sera familial. Voyons voir : Édouard Faure, exportateur à Kobé... Charles Renner, attaché de chancellerie à Hong-Kong avec sa femme Gabrielle et leur bébé... M. Venturini, administrateur des services civils... M. Jean Vayssières, le maire de Chikan dans le territoire de Kouang-Tchéou... le Dr Bablet, directeur de l'institut Pasteur d'Hanoï, sa femme Madeleine, leurs filles Jeannine, huit ans, et Anne, trois ans... M. Monséran, directeur de la Compagnie française des tramways de Shanghaï... M. Spilmann, le financier, M. Le Bourrhis, médecin colonial... M. Louis Alfred, chef de la magistrature en Indochine... M. Perroud, président de la Chambre de commerce d'Hanoï... M. Vitalis, ingénieur électricien à Hanoï... MM. Favier et Mespero, tous deux inspecteurs de la justice en Indochine... le couple Lang-Willar... M. Joyeux, avocat général à Hong-Kong... sans oublier Sœur Simplicité avec tout plein d'enfants... et Mme Valentin, dont le mari dirige une exploitation minière près de Tien-Tsin... Voilà voilà... Et puis encore des médecins, un général, la femme d'un président étranger... Ah, et puis M. Thaï Van Toan, ministre d'Annam, en charge des Finances à Hué, il va chercher le jeune Bao Daï à Paris pour le ramener au Vietnam afin qu'il règne et gouverne puisque ce Fils du Ciel est le treizième empereur de la grande dynastie des Nguyen, si j'ai bien compris... et aussi, j'allais l'oublier celui-là, un passager clandestin en quatrième classe, un Polonais du nom de Maxime Olewsky, il était mécanicien à bord d'un vapeur suédois mais il avait raté le départ tant il était bourré, on l'a découvert après l'escale de Saïgon, il est consigné jusqu'à Marseille... Et maintenant, cher monsieur Bauer, vous savez tout !

Puis il appela quelques mousses de sonnerie et leur distribua les bagages à porter à destination :

— Mme Rivoal, cabine 42 pont D... M. Laval, cabine 201... Famille Wolff, cabine 206...

Mme Mimsek Van Pelt, cabine 20 pont D... Hé toi, c'est maintenant que tu te présentes ? dit-il en interpellant un jeune arrivé en courant tout essoufflé.

— Pardon... c'est que... on m'envoie vous dire qu'une passagère vient de... de... comment dire... de s'écrouler sur le pont-promenade !

Un attroupement signalait l'incident de loin. Une fois rendu, j'avisai la présence du Dr Guibier et de Knock, le corps médical et le corps paramédical entourant celui effectivement effondré de Clotilda, qui se révéla être la sœur de cet Heinrich Hollenberg qui m'avait tant exaspéré un soir à la table du dîner. Le nombre de spectateurs diluant la responsabilité, nul ne se précipitait pour risquer un diagnostic. À l'exception d'un inconnu, passager monté à l'escale de Shanghaï, qui avait tout d'un jeune professeur en Sorbonne tel que les caricaturistes le présentent dans les gazettes : long, mince, vêtu sans ostentation, le regard cerclé de lunettes à fine monture, le teint assez pâle de celui qui passe trop de temps en bibliothèque, une diction précise sans être précieuse, une haleine de naphtaline, un livre sous le bras... Bref, un universitaire plein d'avenir.

— Tout est dans *Narracio de mirabilibus urbis Romae,* asséna-t-il sur un ton sans appel.

— Quelqu'un parmi vous a lu ça ? demanda le Dr Guibier un peu surpris.

— Qui l'a écrit ?

— Ne cherchez pas, prévint l'inconnu.

Magister Gregorius, un érudit du XIIe siècle. Il a été pris de vertige devant le spectacle de la beauté, sur la rive droite du Tibre au Monte Mario, la plus haute colline de Rome, celle qui offre le plus saisissant panorama. Il a ressenti comme une vibration inexplicable, pleine d'émotions et d'émerveillements. Je crois tout de même que la quantité de vestiges antiques dans le tissu même de la ville n'y est pas étrangère. On retrouve ça chez Sterne, chez Proust. Si vous voulez comprendre…

— Oui, justement, on aimerait comprendre…
— Alors dites-vous simplement que ce phénomène relève de la *cosa mentale*…
— J'allais le dire ! l'interrompit Luigi Caetani.
— … Stendhal l'explique bien dans les comptes rendus de ses voyages en Italie. En quittant l'église Santa Croce à Florence, il a manqué s'évanouir sur le parvis. Un trop-plein de sensations, une densité d'émotions provoquée par cette concentration de beauté artistique, d'histoire et de mémoire gravées dans les pierres séculaires. Il a été obligé de s'asseoir sur un banc pour reprendre des forces tout en lisant des vers de Foscolo, qui lui parlait à l'oreille comme seul un ami le ferait.

— Ça marche même à Colombo, je veux dire, même loin de l'Italie ?
— Même à Colombo.
— Ça m'étonnerait que cela produise le même effet…

Puis, faute de pharmacologie idoine, le débat

glissa sur les eaux-de-vie de riz, les liqueurs indigènes parfumées, le rhum de mélasse de canne à sucre. Pas sûr qu'il y eût tant de touristes sentimentaux sur ce pont. Le génie des lieux ne les troublait pas plus que cela. Alors va pour la *cosa mentale*! Soudain un frisson m'envahit à la pensée qu'il n'y aurait peut-être personne à bord avec qui deviser du petit pan de mur jaune avec auvent de la *Vue de Delft*. Mais n'étions-nous pas tous condamnés, d'une manière ou d'une autre, à affronter un jour ou l'autre cette vérité d'évidence : nous avancions dans un monde où de moins en moins de gens se souviendraient de ce genre de détail, apparemment anodin, pour ne pas dire frivole, jusqu'au moment où plus personne ne comprendrait l'intérêt de ce mur jaune pour Vermeer et pour Proust.

— Hallucinations d'altitude, trancha Knock.

— Pardon ?

— Stimulation de la respiration, hyperventilation, baisse du taux de CO_2 dans le sang, contraction des vaisseaux sanguins cérébraux, perturbations neurologiques, déraillement du cortex… Cette dame est atteinte du mal des alpinistes. L'émotion a été telle que l'oxygène lui a manqué. Je me demande ce qui lui a fait cet effet. Un homme peut-être, un Français sûrement. Ou alors un monument.

— Je parierais sur le Grand Monde, tentai-je, le sourire en coin face aux réactions mi-surprises, mi-choquées de l'assistance.

Pour me rattraper, je demandai discrètement

au barman de préparer un placebo, cocktail d'Asianis, de fleur d'oranger et de sucre, bien secoué, que je portai aux lèvres de la Clotilda, ce qui eut pour effet immédiat de la remettre sur pied et de susciter un commentaire avisé de mon ami Knock qui, pour une fois, surmonta sa répulsion vis-à-vis de tout ce qui avait trait aux Allemands :

— Le cis-jasmone et le cis-jasmonate de méthyle, les deux principaux composés odorants du jasmin, augmentent l'activité des récepteurs. Vous y avez bien mis du jasmin, n'est-ce pas ?

— Absolument.

Chacun reprit ses esprits. Aussitôt remise, Clotilda réintégra sa place parmi les vivants comme si de rien n'était ; il y a comme ça des gens qui n'essaient même pas de donner sens aux événements inouïs qu'ils ont vécus ; est-ce blâmable ou admirable, je n'en sais rien, mais cela m'étonnera toujours. Comme le commissaire de bord retournait à son poste, je lui emboîtai le pas. Le quai se dépeuplait, signe que le départ était proche. Alors que des employés du port s'affairaient déjà, de concert avec des marins du paquebot, pour remonter la passerelle, un passager se précipita vers le commissaire de bord :

— Pardon, mais vous êtes sûr qu'il ne manque pas quelqu'un ?

— Sûr, l'est-on jamais... Mais voyez vous-même ma liste, tous les noms sont cochés.

— L'un de nos amis devait nous rejoindre. Nous avons fait le voyage aller ensemble sur l'*Athos II*. Je l'ai accompagné dans ses rendez-vous à Moukden et Shanghaï. Puis il a disparu pendant quelques semaines. Pouvez-vous vérifier s'il n'a pas été oublié ? Son nom est Londres.

— Comme la ville ?

— Exactement. Londres, Albert.

— Comme le journaliste ?

— Précisément. Il a tenté de réserver un billet in extremis hier soir ou ce matin.

— Dans ce cas, il est possible qu'il ait été rajouté au dernier moment et que je n'en aie pas été prévenu... Ah, mais regardez !

La silhouette d'un homme de taille moyenne, plutôt rondouillard, se détachait du fond du quai. Il courait à toutes jambes vers nous, suivi par un porteur embarrassé de ses sacs. Comme ils s'interpellaient pour accélérer leur course, on n'entendait qu'eux. D'un signe de la main, le commissaire de bord fit revenir la passerelle qui avait commencé à se détacher de la levée de pierres.

— C'est lui, c'est bien lui avec sa valise en peau de porc !

— Pas très pratique. Luxueux, coûteux, lourd, même les Américains y ont renoncé, c'est dire...

— Même les Américains ! sifflai-je avec un brin d'ironie.

— Bienvenue, monsieur Londres !

— Merci merci, haleta-t-il en reprenant son souffle... Ah, Lang-Willar, mes chers amis, j'ai bien cru que je n'y arriverais pas. J'ai hésité, je pars, je ne pars pas, j'ai même failli rentrer avec le Transsibérien. Et puis finalement, hier soir, sur le coup de vingt-deux heures, j'ai réussi à me procurer un billet pour le *Georges Philippar*, ne me demandez pas comment. Et des collègues et néanmoins amis ont organisé une soirée très arrosée jusqu'à l'aube pour fêter mon départ, en réalité pour me faire rater le bateau, bref me voilà !

— Alors, Londres : la Chine ? lui demanda instamment Lang-Willar.

Et ils repartirent bras dessus, bras dessous en déambulant sur le pont :

— Ah, la Chine, mon ami...

II

RETOUR

Premier soir, dans la salle à manger.

Les orchestres s'étaient tus. Le paquebot quitta le quai avec la grâce d'un pachyderme. Notre arrivée à Marseille était prévue pour le 28 mai.

Ce soir-là, lors du placement de table, d'aucuns parmi les passagers jouaient des coudes pour se trouver à celle du grand reporter ; sa célébrité était désormais bien établie ; son nomadisme, gouverné par l'orgueil et le tempérament d'un quotidien à l'autre, entre *Le Matin, Excelsior, Le Petit Parisien*, et désormais *Le Journal*, avait élargi son public au-delà des milieux sociaux et des sensibilités politiques. Il n'était pas encore accaparé par le couple Lang-Willar et leurs amis. Gabriel, le directeur de la salle, m'adressa un clin d'œil en me plaçant à la seule chaise vide d'une grande table à laquelle le reporter était déjà assis. S'il avait des doutes sur l'ambiance qui régnait à bord, il fut tôt affranchi par l'incident qui se produisit entre la poire et le fromage. Un spectacle aussi inattendu qu'extraordinaire qui ne devait rien à l'orchestre du bord : un groupe d'enfants pénétra bruyamment dans la salle à manger et défila au pas et en colonne avec tambours et trompettes ; leur marche à l'allure martiale était fermée par Luigi Caetani qui scandait d'une voix forte : « ... Et marquez le pas et droite et gauche et droite et gauche, marche, marche, nous partons à la guerre, cent musiciens partent avec nous, fifres et tambours, roum badaboum boum, roum badaboum boum, pour les uns ce sera droit, pour les autres de guingois, les uns restent debout, les autres se rompent le cou, les uns courent encore, les autres tombent raides morts, roum badaboum boum, roum badaboum boum !... »

Le déploiement avait tout d'une parade antifasciste par les rituels qu'il singeait, caricaturait et tournait en dérision. Cela n'avait certainement pas échappé à tout passager à peu près informé des soubresauts de l'Europe, et notamment de l'animation des rues allemandes depuis quelque temps. En revanche, il n'est pas sûr que tous aient identifié dans l'exhortation les dernières lignes du formidable roman d'Alfred Döblin *Berlin Alexanderplatz.* Rainer Reiter, attablé non loin de moi, avait parfaitement compris, lui, et il n'appréciait pas ; il glissa un mot à l'oreille de son ami Hollenberg puis ils se levèrent d'un même élan, jetant négligemment leurs serviettes sur la table et prétextant qu'ils allaient fumer une cigarette sur le pont. Leur manière d'exprimer une colère rentrée. Les conversations reprirent leur cours avec ce qu'il faut de futile dans la réflexion, afin que chacun y trouve son bonheur. Chacune, en fait :

— Et vous trouvez normal, vous, que la femme française ne vote pas ? Mais de quoi ont-ils peur, mon Dieu, quelle crainte sacrée leur inspire-t-on pour qu'ils nous tiennent ainsi à l'écart !

— N'exagérons rien..., tempéra aussitôt M. Mock égaré ce jour-là parmi nous.

— Toute Française est inférieure à la dernière femme d'un pays où la femme vote. Tant de pays modernes et civilisés, mais aussi, tenez-vous bien, l'Albanie, la Mongolie, l'Azerbaïdjan, que sais-je encore, l'Arménie et aussi le Manitoba !

— Ce n'est pas un pays, juste une province du Canada...

— Encore mieux ! Ils nous font honte et ils ont bien raison. Il y a quelques mois, encouragée par mon ami Edmée, très ardente sur la question...

— Edmée ?

— Oh, la duchesse de la Rochefoucauld, précisa Mme Balestra, l'épouse du professeur de lettres, je me suis donc rendue à l'invitation du banquet du Congrès féministe. Paul Valéry a prononcé une allocution éblouissante et nous avons été quelques-unes à avoir eu le privilège de bavarder avec lui dans les travées. Enfin, bavarder, ce serait prétentieux, nous l'avons écouté plutôt car nulle n'était de taille. Il a évoqué le saint concile d'Agde ou de Mâcon, je ne suis pas sûre, en l'an 835 de notre ère, autant dire hier, à moins que ce ne soit en l'an 506...

— Plutôt avant-hier alors..., se risqua Mock en réajustant ses lunettes sur le bout de son nez.

— Peu importe, toujours est-il qu'à ce concile, les pères de l'Église considéraient que les femmes n'avaient pas d'âme.

— Cela ressemble à une légende...

— En un sens, c'était pratique puisque cela autorisait le péché, poursuivait-elle sans se démonter. Mais d'un autre côté, cela signifiait que jusque-là ils nous considéraient comme des animaux ; de charmants animaux, certes, mais des animaux...

Bianca de Cheverny, dont la table jouxtait la nôtre, était tout excitée par la présence d'Albert Londres, à qui elle tournait le dos. Manifestement, elle l'avait lu et n'en revenait pas de voyager avec « le grand écrivain ». Aux titres qui me parvenaient dans le brouhaha, la catastrophe s'annonçait imminente :

— *Croc-Blanc*, ah oui, celui-là a enchanté ma jeunesse... et puis *L'Appel de la forêt*, j'ai un peu oublié les autres mais il y a aussi toutes vos nouvelles, lui lança-t-elle.

L'un de nos commensaux, un petit sourire déjà pervers à la commissure des lèvres, la poussait à s'engager plus avant dans sa voie sans issue :

— Et *Martin Eden*, son chef-d'œuvre, non ?

Ce qu'elle approuva bruyamment. N'y tenant

plus, fortement encouragée par les hommes de sa tablée, elle se leva enfin et, face à la nôtre, déclara son admiration avec un brin de naïveté. Les éclats de rire qu'elle provoqua, la compassion du reporter qui lui prit affectueusement les deux mains et la gratifia d'un bon sourire, la rassurant en lui disant probablement qu'elle n'était ni la première ni la dernière à confondre Albert Londres avec Jack London, tout cela la fit rebrousser chemin et se rasseoir à sa table la tête basse, le rouge au front, étalant sa serviette sur ses genoux sans un mot, ne pouvant réprimer l'inexorable écoulement d'une larme sur sa joue.

Comme le hasard du placement avait assis un enfant près de moi, je lui demandai s'il comprenait la situation :

— Pas tout, monsieur.

— Alors pose tes questions : tu peux tout dire car on peut tout entendre.

Il réfléchit un instant, se gratta ostensiblement le cuir chevelu puis demanda à son père :

— Est-ce que les noyés vont au ciel, eux aussi ?

— Des noyés, quelle idée, pourquoi des noyés ?

— Un rêve que j'ai fait.

— Un cauchemar, oui.

— Non, c'était comme dans un rêve, insista-t-il, jetant un froid qui nous poussa tous à déserter la table prématurément.

Ainsi, le spectre de l'accident était lancinant, récurrent et également répandu parmi les passagers les plus divers. Mais Delbos de Calvignac, le commandant Vicq et son commissaire de bord veillaient au grain. Ils ne pouvaient envisager que se propageât la moindre rumeur susceptible de provoquer un soupçon de panique. Une omerta implicite éteignait tout propos alarmiste relatif à la sécurité à bord. Les fils ayant chauffé et les électriciens étant intervenus en permanence dans la soute à soies, plusieurs fausses alertes avaient agité les marins. J'en étais là de mes réflexions intérieures quand l'orchestre se mit à jouer des morceaux populaires de Joséphine Baker ; derrière moi, deux mains féminines se posèrent sur mes épaules et la douce voix de Salomé me fredonna à l'oreille :

> J'ai deux amouuuuurs
> Anaïs et Platon,
> Par eux toujours
> Mon cœur est ravi…

Quand la tablée s'ébroua, nous restâmes assis, Bianca de Cheverny et moi, elle la tête encore baissée et le regard perdu dans le vague, moi la fixant sans la clouer.

— Ils m'ont ridiculisée, et ils y ont trouvé du plaisir, n'est-ce pas ?

— Ne faites pas attention, des goujats doublés de cuistres. Ce serait si facile de les prendre en défaut et de les coincer.

— Ne vous gênez pas pour moi, dit-elle,

esquissant enfin un sourire, la perspective d'une vengeance dissipant sa honte.

Peut-être venait-elle d'entrevoir enfin une vérité première : on se croit quelqu'un à Paris, et puis on s'absente pour naviguer au loin et le plus terrible est de découvrir au retour que là-bas la vie a très bien continué sans vous. On entendait des vagues en soupirer.

Jour 16, sur le pont-promenade.

Dehors il faisait nuit. Le pont était faiblement éclairé. N'eussent été les échos assourdis de l'actualité qui nous rattrapaient en plein océan depuis la métropole chaque fois qu'un passager harcelait le radiotélégraphiste pour être *au courant* avant les autres, le passage du temps se faisait insensiblement. Les travaux et les jours se ressemblaient tant. Un groupe de Français parlaient de ce dont tous parlaient partout : la victoire du Cartel des gauches aux élections législatives, bien sûr, mais également le plus beau et le plus grand paquebot du monde, le *Normandie*, encore aux chantiers de Penhoët. Que de superlatifs pour évoquer sa puissance, son luxe, son confort, son raffinement ! Plus de trois cents mètres de long, trente-six de large, deux mille deux cents passagers, mille trois cents hommes d'équipage. Un monstre, par sa force et ses performances, mais aussi monstrueux de beauté. Les constructeurs accumulaient des retards justifiés par la crise économique. Quatre ans qu'on en parlait et nul ne l'avait encore vu flotter. Une autre conversation, en allemand celle-ci, me parvenait de plus en plus distinctement, comme si elle se rapprochait sans que des pas se fissent entendre, mais il était impossible d'en identifier les locuteurs. La scène avait quelque chose d'irréel et de fantomatique car on eût dit des voix sans bouche. M'ayant aperçu, Clotilda se rapprocha de moi. Bien qu'elle eût l'âge de la tour Eiffel, elle se tenait moins droite.

— Vous avez l'air effrayée...

— C'est juste que je viens de croiser un drôle de type, il a surgi à l'angle alors que je ne m'y attendais pas, il devait être tapi dans la pénombre et, ne vous moquez pas de moi, j'ai cru être soudainement projetée au coin d'une rue de Berlin dans *Eine Stadt sucht einen Mörder*...

— Qui ça ?

— Pardon : *M le Maudit* comme vous dites paraît-il en France, vous savez, le film de Fritz Lang ; je l'ai encore bien en mémoire car je l'ai vu dès sa sortie l'année dernière, eh bien c'est le tueur en série à s'y méprendre, vous savez ce bonhomme au physique louche, cet acteur au regard glauque, Peter Lorre, je me suis même retournée pour vérifier s'il n'avait pas écrit « M » à la craie sur la porte d'une cabine...

Une fois de plus, elle me demanda du feu.

— N'allez pas croire que je vous cours après, monsieur Bauer. Je ne me permettrais pas avec un homme qui est déjà en mains.

— Ah, bon, mais qu'en savez-vous ?
— Je vous ai vu, à l'escale de Saïgon, rejoindre discrètement Mme Modet-Delacourt à la terrasse du Continental.
— Et alors ? Juste...
— Un beau couple, vraiment. Dommage. Les regards que vous avez échangés, vos gestes, l'un et l'autre, votre attitude n'éveillaient pas de soupçons, mais pour moi cela ne faisait aucun doute, d'autant que vos paroles étaient aussi romantiques qu'érotiques, forcément...
— Qu'en savez-vous ! Vous n'étiez certainement pas près de nous, je vous aurais remarquée...
— Ma petite sœur est sourde.
— J'en suis désolé mais je ne vois pas le rapport.
— Elle m'a appris très tôt à lire sur les lèvres. Je ne connais pas de femme qui ne vacillerait en entendant de tels mots. D'ailleurs, lorsque nous sommes remontées à bord ensemble, elle et moi, nos regards se sont croisés et elle a su dans l'instant que j'avais compris. Entre femmes...

Un attroupement se formait à l'endroit où le mousse de sonnerie affichait les nouvelles du jour. Il s'exécutait précipitamment, et à une heure inhabituelle, ce qui nous détourna opportunément de cette conversation pesante. Une rumeur flottante faisait manifestement état d'un décès ; je n'en savais pas plus jusqu'à ce que Georges Modet-Delacourt m'interpelle :

— C'est le président ! Assassiné... Vous vous rendez compte ?

— Quel président ?

— Comment : quel président ? Mais Paul Doumer, pardi ! Il inaugurait le salon du livre des écrivains combattants à l'hôtel Salomon de Rothschild et un immigré lui a tiré dessus. Il bavardait avec Claude Farrère quand le salaud a sorti son Browning...

— Un semi-automatique !

— ... Une balle dans la tête, une autre dans l'épaule. Blessé à mort. Avant de s'effondrer, il s'est écrié : « Tout de même ! » Pas mal, non, comme derniers mots ?

Tanneguy de Quinemont, à qui l'on devait ces détails que lui-même tenait des câbles de son bureau, paraissait plus intéressé que bouleversé par la nouvelle. La république lui inspirait une telle aversion qu'il était moins ému par l'agonie du chef de l'État que par la légère blessure de l'écrivain qui s'était interposé pour le protéger et s'en était relevé la chemise tachée de sang.

Jour 17, sur le pont-promenade.

Le lendemain, juste après le petit déjeuner, Knock donnait sa consultation permanente, Jonas Milk tenait toujours la dragée haute à ses adversaires à la table d'échecs même si, depuis sa défaite face à Numa, il avait perdu de sa superbe ; dans le salon-bibliothèque le petit Pipo, tout à son affaire dans l'organisation de parties de *Landlord's Game* qui lui avaient permis d'en plumer quelques-uns, maîtrisait enfin l'art de faire tenir un paquebot dans une bouteille ; Mme Valentin se plaignait que les ampoules successives de la liseuse de sa cabine grésillent en permanence avant de sauter immanquablement, tandis que dans son coin, toujours le même, Oblomov oblomovisait. Mais M. Brocke, chef de famille et président du puissant conglomérat Brocke, semblait effondré après avoir mis « les mains dans le cambouis », comme il me l'avait annoncé : ayant découvert lors de l'escale de Saïgon que des livres de comptes falsifiés annonçaient la débandade de sa principale affaire au Tonkin, il avait la mine sombre. Quant à la masse des autres, elle s'installait dans son exquise routine en sachant que, après notre arrêt d'une nuit dans le port franc de Penang pour ravitaillement, quelque temps plus tôt, il n'y aurait plus guère d'escale pour lui donner l'illusion d'une respiration. Sur le chemin du retour, les passagers d'un paquebot sur une ligne coloniale n'ont qu'une hâte : rentrer.

En attendant, ceux qui ne jouaient pas, ne nageaient pas, ne lisaient pas, ne dormaient pas se consacraient à la plus pendulaire des activités humaines : marcher. Et quand ils s'arrêtaient, c'était pour s'accouder au bastingage et tutoyer qui les vagues, qui les oiseaux, qui notre Père qui êtes aux cieux quand ils ne contemplaient pas leur âme dans le miroir que formait la mer.

Armin et Tessa de Beaufort paraissaient fascinés par le vol des rapaces. Avant cette traversée, ils doutaient même que l'on pût apercevoir des faucons à distance des falaises et plus encore des montagnes. Des gerfauts, peut-être. Il leur suffisait de les évoquer pour qu'aussitôt une voix, sinon plusieurs, complète : « ... hors du charnier natal, fatigués de porter leurs misères hautaines... », et tout le reste y passait, parfois dans un ordre relatif, l'azur phosphorescent de la mer des Tropiques, les mines lointaines et les vents alizés, en essayant de n'oublier personne, ni les routiers ni les capitaines ni les blanches caravelles. C'est bête mais ces éclats de mémoire et ces fusées de réminiscences, pour scolaires qu'ils fussent, créaient une certaine solidarité entre nous, comme s'il suffisait d'avoir partagé les mêmes rêves d'enfant à travers les mêmes vers appris par cœur pour créer une communauté de destin. Mais qui eût dit que même avec le plus célèbre poème de José-Maria de Heredia, il s'en trouverait pour se disputer, *Le Temps* ayant lancé une polémique sur la position exacte des conquistadors à bord de leurs navires et leur perception du ciel étoilé. Quant à moi, outre l'écume qui me subjuguait, la vision d'un albatros suffisait à me transporter. En mer, ils étaient à leur meilleur car on ne les voyait pas s'empêtrer dans un décollage rendu laborieux par l'extraordinaire envergure de leurs ailes, tels que Baudelaire les avait évoqués dans un poème ; ils planaient et planaient encore sans effort apparent car ils s'en remettaient à l'énergie des vents marins et le spectacle était d'une beauté saisissante. Puis le paquebot s'élança pour tracer sa longue route dans l'océan Indien.

*Jour 19, sur le pont-promenade
puis dans la salle à manger.*

Malgré les efforts de l'équipage et ceux des passagers, tout n'était peut-être pas qu'ordre et beauté mais, à tout le moins, luxe, calme et volupté. Pourtant, une simple rumeur suffisait à bousculer ce bel ordonnancement. Celle qui nous parvint ce jour-là était des plus sombres. Rien de moins qu'un suicide. Quelques-uns s'émurent, d'autres haussèrent les épaules, persuadés que cela n'avait pu arriver qu'en bas, au-dessous, dans les classes populaires. Mais non, il s'agissait bien des premières ; et, vérification faite, s'il s'agissait bien d'une mort volontaire, ce n'était pas pour autant un suicide. J'en eus le cœur net lorsque je vis ma petite Salomé débouler sur le pont-promenade, hors d'haleine, les yeux rougis, et se précipiter sur moi en m'enjoignant de l'enlacer et de la serrer fort dans mes bras.

Son grand-père, l'ex-commandant Pressagny, s'était laissé mourir.

Ses forces l'avaient déserté, et plus encore le désir de vivre. Je découvris alors que depuis une semaine, mon nouvel ami ne se nourrissait plus, ne buvait rien et s'abandonnait à la mélancolie qui le gagnait secrètement depuis le début de la traversée. Les pays où il avait accosté, il ne les évoquait plus que comme les merveilleuses provinces de son rêve ; et soudain, le regard aimanté par la ligne d'horizon, au milieu de l'océan, on le sentait pris par une nostalgie d'enfance, une odeur froide de chemin creux le soir à la campagne, réminiscence qui pouvait lui arracher une larme ou un sourire. Une fois, dans l'un de ces moments-là, il m'avait confié qu'il aurait voulu offrir à ses petits-enfants les moyens de l'aimer et de surmonter sa disparition. Il avait l'état d'esprit d'un homme à la veille de se dépouiller de tout ce qui l'encombre, à vider l'étang pour garder les poissons. C'était à se demander s'il n'avait pas mûri exprès le projet de mourir en mer, afin qu'elle lui serve de linceul. Une authentique fin de vrai marin. Quelque chose de shakespearien : pris d'une immense lassitude, il sentait que ses minutes se hâtaient vers leur terme et que chaque instant prenait la place du précédent. Orgueilleux, Pressagny. Il était mon professeur d'énergie. Si j'en avais eu le temps, je lui aurais volontiers demandé s'il acceptait de devenir mon meilleur ami d'enfance.

— Tu sais ce qu'il m'a confié cette nuit avant d'expirer ? articula-t-elle dans un hoquet qu'elle ne parvenait à réprimer. « Quand je serai parti, prends soin de mon ombre, je te la laisse, c'est tout ce qui me reste… » Tu le sais bien, le vrai moment de l'amour, c'est quand on est là pour fermer les yeux de l'autre. Je crois qu'il en avait assez de fermer ceux des siens. Alors j'ai abaissé les paupières de quelqu'un pour la première fois de ma vie.

La nouvelle de sa mort nous accabla plus encore que celle de l'assassinat du président. La proximité, probablement. La popularité, aussi. À bord tout le monde l'aimait. Chacun y allait de son anecdote. On aurait pu en collecter suffisamment pour écrire sa biographie, tant les souvenirs des uns et des autres formaient déjà la mosaïque de son portrait. Jusqu'au bout fidèle à lui-même. Salomé exécuta à la lettre ses dernières volontés. En finir au plus vite. Se débarrasser de sa charpente dans la journée même. Et surtout éviter de stationner inutilement dans la chambre froide. Une immersion dans les règles de l'art, ou presque. Autrefois, les marins occidentaux avaient pour tradition d'enrouler le cadavre dans une toile à voile lestée de boulets de canon ou de fers, ce qui n'est pas très pratique surtout pour balancer le tout par-dessus bord ; il n'en était pas moins impératif de le charger pour l'envoyer par le fond et non vers un rivage, sur les côtes ou dans un filet de pêche. Le règlement relatif à la sépulture en mer impose juste de se trouver à plus de cinq kilomètres des côtes, et que la profondeur soit de deux à six cents mètres, selon les mers.

On se regardait en silence. Cette complicité dans le mutisme scellait notre dette commune à l'égard de cet homme avec lequel nombre d'entre nous s'étaient entretenus depuis le début de la traversée, le plus souvent en tête à tête, chacun le tenant implicitement pour un sage, le conservateur des regrets et des peines, quelqu'un de rare à qui on pouvait confier un secret en étant sûr que jamais il ne l'éventerait ; ce sentiment était peut-être accentué par la proximité de sa mort ; nul mal enfoui et guère plus de maladie ne l'annonçaient, mais il n'hésitait pas lui-même à évoquer sa fin prochaine en arborant un sourire paisible et soulagé qui lui donnait un air séraphique ; sa petite-fille m'avait dit y avoir déchiffré sa dernière volonté : se laisser glisser en cessant de boire, se laisser mourir en arrêtant de s'alimenter et, à bout de forces, laisser les vagues l'emporter car il n'envisageait pas un seul instant de partir autrement qu'un marin. Au moins nous évitait-il les plus communs des lieux communs qui fleurissent sur les registres de condoléances à l'issue des enterrements, « Que la terre lui soit légère » et autres… Pour la seule fois de notre croisière, à l'étage des heureux du monde, nous vivions ensemble l'un de ces rares moments de recueillement où plus rien ne reste du fracas des vanités.

Il aurait eu une mort bien à lui, celle qu'il avait choisie parce qu'elle lui ressemblait. Son plus ardent souhait était de rester vivant jusqu'à sa mort, mais ce qui s'appelle vivant : fidèle à l'homme qu'il avait toujours été, dans sa pleine carcasse d'homme et non dans son ombre diminuée, effondrée, anéantie.

L'orchestre de bord se joignit à nous car ses musiciens avaient, eux aussi, pris le commandant Pressagny en affection. Converti de fraîche date, il avait retrouvé la foi de son enfance, mais pas trop. Lui que Salomé disait avoir toujours connu agnostique s'était mis à fréquenter la chapelle quasi clandestinement, comme pour mieux s'habituer à fréquenter le Ciel. Lorsqu'il se sentait très affaibli, il disait : « Je m'en vais visiter l'Étranger qui m'a visité. » Après des prières que le prêtre expédia à la demande de Salomé (« Juste le minimum syndical, c'était son souhait », lui avait-elle enjoint à voix basse), l'assemblée se recueillit. Tous les habitués du pont-promenade se trouvaient là, toutes nationalités confondues.

— La vie est passée si vite, si vite... C'est bien simple : c'est comme si on n'avait pas vécu..., observa Mme Fedora, sincèrement chagrinée.

— Que Dieu ait son âme, s'il en a une et s'il y en a un ! lâcha Knock qui nous avait épargné son constat de médecin légiste outre celui du médecin de bord.

Les marins du *Georges Philippar*, qui avaient fait passer sa dépouille entre leur haie d'honneur, s'alignèrent sur deux rangs pour chanter une chanson de marin dont le défunt avait pris soin de noter le titre sur un bout de papier. On se regarda et, de toute évidence, nous étions quelques-uns à craindre le pire. Des paroles de carabiniers propres à émoustiller les jeunes filles et à faire rougir les dames. Il m'avait un jour fredonné puis chanté l'une d'elles intitulée, je crois, *Allons à Messine*; il y était question d'un vit se plantant dans un con comme un grand mât, avec des poils du cul pour haubans et la peau des couilles faisant voile au vent, et je priai intérieurement pour qu'il n'ait pas poussé la provocation jusque-là, le pire n'étant jamais sûr.

> Il était un petit navire
> Qui n'avait ja, ja, jamais navigué
> Ohé ! Ohé ! Matelot, matelot navigue sur les flots
>
> Au bout de cinq à six semaines
> Les vivres vin, vin, vinrent à manquer
> Ohé ! Ohé ! Matelot, matelot navigue sur les flots
>
> On tira z'à la courte paille
> Pour savoir qui, qui, qui serait mangé…
> Ohé ! Ohé ! Matelot, matelot navigue sur les flots

Sacré Pressagny qui nous faisait encore entendre son rire par cette farce d'outre-tombe ! Quelque chose de doux et dénué de tristesse se dégageait du regard des marins. Il n'était pas de ces morts qui désolent les vivants. Ce que son départ avait d'apaisé et de volontaire n'y était pas étranger. D'ailleurs, Salomé éprouvait du chagrin mais ne paraissait pas en deuil, même si la peine venait après la peine. Il me sembla bien que, au moment où la dépouille fut embarquée sur une chaloupe avant d'être glissée insensiblement vers les flots, des passagers, mus par un réflexe de prudence, avaient esquissé un geste pour la retenir parmi nous. Alors j'aurais juré que Vénus, la poésie faite femme, me murmurait à l'oreille qu'il faut être très mort pour ne pas revenir.

Il en est d'une immersion comme d'un enterrement : y assistant, nul ne peut se défendre d'y réfléchir au sort de l'humaine condition et d'y méditer sur sa propre destinée. On s'imagine partir, être le prochain sur la liste. Pourtant en regardant le corps de cadavre de ce cher Pressagny s'enfoncer dans les flots, malgré la grâce de son linceul immaculé et le romantisme de la situation, je ne me sentais pas prêt à quitter la compagnie des vivants. Le commandant Vicq pouvait bien rappeler dans son discours que l'important est de mourir jeune mais le plus tard possible, rien n'y fit. Ces funérailles marines résonnaient comme un adieu au monde d'avant. Encore fallait-il être convaincu, comme je l'étais, que notre chère Europe était à la veille de basculer dans une barbarie sans nom ; trop de signaux s'amoncelaient dans son ciel, il fallait être aveugle pour ne pas les voir, sourd aux roulements de tambour, ou être doté d'une mauvaise foi d'airain pour les traiter par le déni – sauf à s'en réjouir.

On s'observait en silence. Tous veufs de sa généreuse amitié, à l'exception de Salomé qui avait une tête d'orpheline. Et pour cause : outre ce lien universel que l'on retrouve souvent entre un grand-père et sa petite-fille, Pressagny avait remplacé le père et la mère auprès d'elle, du moins l'avais-je déduit du fluide de tendresse qui circulait entre eux même lorsqu'ils s'opposaient.

Il n'avait pas encore *fait son trou dans l'eau*, comme disent les marins, que les commentaires allaient déjà bon train, mélange habituel de clichés si prévisibles et d'accents désarmants de sincérité : « … Vous croyez qu'il est mort à jamais ?… Pas vraiment car tant qu'on parlera de lui, il sera vivant… Quel âge, déjà ?… quatre-vingt-six, je crois… Ma grand-mère dirait qu'il n'est pas parti plus haut que son tour… Alors ne pleurez pas : à cet âge, c'est l'heure… Puisse son âme être tissée aux fils de nos vies… Vous savez ce que Villiers de L'Isle-Adam a fait inscrire sur sa pierre tombale ? "On s'en souviendra, de cette planète"… Désormais, les soirées paraîtront plus froides… Les morts sont tout de même des humains, il faut les traiter avec humanité… Les morts sont sans défense… Ça y est, il est passé de l'autre côté des nuages… Il est passé de l'autre côté de la vie ou, mieux encore, comme disent les Anglais, il est passé au loin, ce qui est une jolie façon de traduire *to pass away*… » Au moins aurais-je appris que Clemenceau était arrivé en retard à son enterrement : la voiture ramenant son cercueil en Vendée étant tombée en panne d'essence à Langeais, avant de s'embourber, on avait dû faire appel à un char à bœufs. Le coup de grâce me fut porté par un passager se tenant juste derrière moi qui ne put s'empêcher de murmurer d'un ton grave et solennel : « Que la mer lui soit légère. »

De toutes ces paroles, il ne me restera rien. Une scène suffira à les dissiper pour s'imposer dans mon souvenir : Salomé se précipitant soudainement dans leur cabine et en revenant essoufflée avec la casquette bleue du vieux marin pour la jeter par-dessus bord sur sa dépouille à l'instant même où les vagues la recouvraient. Alors, malgré la chaleur, un froid de sépulcre s'abattit soudain sur nous.

Bien que l'idée me parût risquée, et même si la circonstance s'y prêtait, Salomé tint à convier le ministre du culte à notre table déjà bien garnie au déjeuner qui s'ensuivit. Sa personnalité n'était pourtant pas pour me déplaire. Un prêtre de choc, un centurion de Dieu. Je le savais de réputation car je ne m'étais guère senti le cœur d'aller plier le genou devant la majesté de Dieu un dimanche matin. Jamais à notre table la conversation générale ne fut ainsi placée sous l'autorité intimidante de l'Éternel. De quoi ouvrir des perspectives. Mais un tel homme était-il capable d'entendre qu'un catholique pût rejeter l'Église, sa pompe et ses institutions sans jamais renoncer à sa propre foi ni à sa transcendance ? Je tâtais le terrain en évoquant ce capitaine qui, à la fin de l'autre siècle, immobilisait les Diesel et refusait de hisser les voiles à l'heure de la messe car c'eût été manquer de respect à Dieu : si la vapeur est dans la main des hommes, le vent est dans la Sienne – mais nul ne mordit à l'hameçon. Son délégué sur terre était abondamment questionné, comme une vedette, sauf par moi car la seule question que je voulais lui poser aurait choqué : comment un homme peut-il s'arroger le pouvoir de parler au nom de Dieu ? Un péché contre l'esprit ! Mais cela l'aurait moins ébranlé qu'une colère de prophète. En l'écoutant, je pris conscience, non grâce à lui mais à cause de lui, qu'un paquebot a ceci de commun avec une cathédrale qu'il échappe à l'emprise du terrestre.

— Nous œuvrons tous sous les yeux de Dieu, expliqua-t-il.

— Pardonnez-moi, mon père, sous le regard de Dieu, passe encore, c'est une licence poétique, mais comment peut-on sérieusement parler des yeux de Dieu ! Alors comme ça, il a deux yeux, comme tout le monde !

— Calmez-vous mon ami, m'intima Delbos de Calvignac, toujours si soucieux du respect de l'autorité quelle qu'elle fût. Nous comprenons tous bien ce que le père a voulu dire : dans les Écritures, il est souvent dit que l'Éternel voit tout ce qui se passe ici-bas.

Comme nous guettions sa réaction, l'ecclésiastique prit soin de mâcher son morceau d'agneau, de reposer ses couverts, de finir son verre d'eau tout en me lançant un regard peu amène :

— Les yeux de l'Éternel regardent vers les justes, et ses oreilles sont ouvertes à leur cri, énonça-t-il sur le ton solennel de la citation avant de préciser que cela se trouvait surtout dans les *Psaumes*, mais aussi dans la *Genèse* et dans le *Livre de Job*...

La réprobation reflétée par les regards m'intima dès lors de me taire. N'eût été la présence de Salomé, je me serais senti comme un lapin à un dîner de chasseurs.

Jour 20, au fumoir.

Nos *disputationes* avaient repris leur rythme de croisière. Après tout, contrairement à tant d'autres parties communes du paquebot, le fumoir réquisitionné l'après-midi pour nos réunions était l'endroit où l'on avait le moins à redouter les assauts inépuisables de la bêtise savante. Quelques nouvelles têtes s'y firent remarquer, notamment celles de jeunes fonctionnaires du Quai qui ne pensaient qu'à « faire du cabinet » pour n'avoir pas à nomadiser au gré des affectations. Autant de présences bienvenues pour renouveler le débat, de plus en plus irrigué par les nouvelles des événements qui nous parvenaient de l'Occident lointain.

Il y eut bien une mise en jambes autour d'un mot de Thucydide selon lequel le naufrage permet au moins, c'est sa vertu, de fonder une cité sur un sol vierge et prometteur. Après quoi le Dr Bablet, pionnier de la lutte antituberculeuse en Cochinchine et directeur de l'institut Pasteur d'Hanoï, qui rentrait en France après trois années de dur labeur, nous entretint de la question des virus des rues dans la propagation de la rage au Tonkin. Puis une voix proposa d'élire le meilleur surnom. Une fois liquidés les inévitables Aigle de Meaux, Cygne de Cambrai et Stagirite, sobriquets dont furent affublés Bossuet, Fénelon et Aristote, on raffina en versant dans les petites cruautés de la mondanité parisienne. Luigi Caetani, qui semblait en tenir répertoire, nous apprit que son sens des reparties acides avait valu à Winnaretta Singer, princesse de Polignac et des machines à coudre, le diminutif de « Vinaigretta ». Mais celui qui remporta la palme révéla le surnom dont le faubourg Saint-Honoré avait gratifié un couple d'antiquaires homosexuels qui y tenait boutique : « Sodome et commode ».

— On s'égare, on s'égare ! fit Knock en tapant dans ses mains, s'improvisant de la sorte grand ordonnateur de nos cérémonies.

Ce qu'il faut taire, on doit le dire, plus que jamais. Les esprits étaient encore préoccupés par le second tour des élections présidentielles qui avait consacré tant la réélection du vieil Hindenburg que la montée en puissance d'Adolf Hitler. L'Allemagne, encore et encore, et comment pouvait-il en être autrement ?

— Vous vous faites avoir par les nazis, attaqua bille en tête Caetani. Leur propagande vous a tellement entortillés qu'ils vous font croire que Goethe et Schiller étaient déjà des nationaux-socialistes avant même l'invention du nazisme, quasiment à leur insu, des précurseurs du grand soir. Vous me faites penser à ces musulmans convaincus que Moïse et Abraham étaient des prophètes de l'islam des siècles avant son irruption dans l'histoire. Quelle fumisterie, dans un cas comme dans l'autre !

— Oh, vous savez, renchérit Soko, ça fait dix ans que j'ai droit aux sarcasmes des nationalistes pour mon soutien à la République de Weimar, j'ai de l'entraînement...

— Hitler ? Bof, un perturbateur. Un intérimaire certes agité, mais il ne fera que passer. Ne vous inquiétez pas de ça.

Alors la discussion s'emballa de toutes parts sans même que l'on sût toujours qui s'exprimait, les uns et les autres s'interrompant à mesure qu'elle gagnait en virulence.

— Quand ils seront au pouvoir, leurs attaques seront d'une autre intensité.

— Ces jeunes excités ne me font pas peur, dit M. Mock en entrant dans le débat. Quant à la génération au-dessus, ce sont d'anciens camarades de tranchées. Ils comprendront vite leur erreur. Cela dit, des deux, ceux nés au début de ce siècle sont les plus dangereux : ils étaient enfants ou adolescents pendant la guerre, pour eux ce n'était qu'un jeu, un grand jeu même ; ça ne les a pas troublés outre mesure alors que nous, ça nous a traumatisés. Mais vous, vous sous-estimez la force de la démocratie allemande, sa capacité de résistance et surtout notre goût de la liberté. Vous verrez...

— Pour moi, c'est tout vu. J'ignore si l'on se retrouvera après ce voyage mais je crains que vous ne soyez en exil.

— Dans ce cas-là, vous le serez aussi comme tous les Européens car les nouveaux maîtres feront tout pour vous réduire en esclavage.

— Allons mon cher, ne noircissez pas le tableau.

— Vous ne me croyez pas ? Lisez *Mein Kampf* !

— Vous n'y pensez pas ! C'est trop mal écrit. Illisible tellement c'est lourd et confus, et d'un ennui, mais d'un ennui !

— Ce livre, c'est comme un repaire clandestin mais à ciel ouvert. Son auteur est un homme qui veut la guerre, c'est écrit. Mais lisez-le en allemand, de toute façon il n'existe pas dans votre langue. Il y manifeste une haine si obsessionnelle des Français que les nazis ne vont pas se presser pour le leur faire découvrir…

— Vous l'avez *vraiment* lu ?

— Je l'ai acheté en un volume il y a deux ans pour 7,20 marks lors d'un séjour à Munich. J'ai du mérite car c'est pénible : syntaxe approximative, confusion mentale, style illisible. Quant au fond, tout ce délire racial, c'est…

À ce point de la réunion, les habituels duellistes ne s'étaient pas encore exprimés. Avec quelques autres, je me tenais en retrait de la dispute annoncée. On se regardait en chiens de faïence, chacun fourbissant ses armes ; nous ruminions nos arguments non comme des adversaires, encore moins comme des ennemis mais comme des connivents, mes deux Allemands se tenant, eux, en embuscade, cimentés par ces valeurs bédouines que sont les solidarités au combat. La croisière avait installé cette étrange complicité entre nous. Alors je me laissai aller à leur raconter sur le ton de la confidence un incident dont j'avais été le témoin.

Un an ou deux auparavant, me trouvant à Berlin, j'avais assisté à la conférence de Thomas Mann à la Beethovensaal dont le compte rendu avait paru le lendemain dans le *Berliner Tageblatt*. C'était plein, comme on peut l'imaginer. Un « Appel à la raison » lancé par le grand auteur des *Buddenbrook* et de la *Montagne magique*, le Prix Nobel de littérature 1929 ! Le public était courtois, attentif, sauf dans les galeries du haut soigneusement remplies par les amis de M. Hitler et sa bande. Ils avaient tendu l'atmosphère et organisé le chahut. Parfois Mann, sans se départir de son flegme, était obligé d'arrêter de parler tant ils couvraient sa voix, jusqu'à ce que les gens du bas se lèvent et se retournent comme un seul homme vers ceux du haut pour leur intimer de la fermer. À la fin, le chef d'orchestre Bruno Walter, qui assistait à la conférence au titre d'ami de l'orateur, mais qui se trouvait en quelque sorte là chez lui puisqu'il était chef invité de l'orchestre philharmonique de Berlin, craignait qu'une bousculade ne culmine en lynchage. Alors, d'autorité, il avait fait passer Thomas et Katia Mann par l'escalier dérobé. Voilà pour l'ambiance. Le lendemain, une revue favorable aux chahuteurs publia la photo du public tournant le dos à l'écrivain avec pour légende : « Thomas Mann fait une conférence »...

— Voilà leur conception de la vérité au cas où vous auriez un doute, dis-je à tous ceux qui, pour une fois, m'avaient écouté dans un silence total.

— N'en faites pas trop, mon cher, vous sous-estimez le danger communiste, me reprit Rainer Reiter.

— Mais la rue est dominée par la violence des SA !

— Tout de suite les grands mots ! Disons qu'ils ont des méthodes de sportifs éméchés. Quant à votre Thomas Mann, il a la naïveté d'un social-démocrate, pour ne pas dire pire.

— Vous n'y comprenez rien : c'est d'abord et avant tout un humaniste, mais peut-être que la notion vous échappe car ce n'est pas un parti ni un programme.

— Quoi alors ? insista Reiter.

— Une disposition de l'esprit, un état d'âme. Mais que faire lorsque la classe moyenne est enthousiasmée par un Hitler !

— Je vous sens nostalgique de Walther Rathenau...

— Un grand homme, lui. Un vrai patriote, lui. Idéaliste, peut-être, mais les foules le plébiscitaient. Vous vous souvenez de ce que disaient ses adversaires un peu partout ? « Il faut saigner le cochon. » Et ils l'ont fait. Non, vraiment, si la classe moyenne devait emboîter le pas aux hitlériens, alors elle dévoilerait le fond de son âme dans ce qu'elle a de plus crapuleux.

— Il n'a pas tort sur tout, observa M. Mock. Vous vous rendez compte que dans l'Allemagne de 1932, la nôtre, on est soit pronazi soit antinazi, et croyez-moi je m'efforce de ne pas être partie prenante.

— Vous l'êtes dès lors que vous dites « nazi » et non « national-socialiste » comme il convient. C'est une abréviation péjorative et militante.

— Ah, Reiter, vous n'allez pas recommencer avec ça ? Des sophismes ! Vous finassez inutilement.

Luigi Caetani rapprocha bruyamment son fauteuil, avec l'ostentation déterminée de celui qui retrousse ses manches pendant un débat, et se jeta dans l'arène en redoublant de véhémence.

— Mais enfin, Bauer ! À quoi bon lutter avec des gens qui accordent crédit et foi à ce qu'éructe ce clown ! s'exaspéra-t-il en s'adressant à moi comme si nous étions seuls. Des gens qui se laissent séduire par la démagogie de fêtes mystiques de pacotille, par toute cette puérilité triomphante ? Comment ne voient-ils pas l'imposture à l'œuvre derrière chaque discours de cet hystérique, ce dégénéré que ses propagandistes comparent aux grands de leur histoire, Otton 1er du Saint-Empire, Frédéric II de Prusse, excusez du peu !

Il est vrai que son détestable charisme balayait tout, son magnétisme emportait tout sur son passage, rien ne semblait résister à cette haine conquérante. Alors l'humanisme, en effet, avec son sens de la nuance et son goût de la complexité, n'était pas de saison. L'humanisme contenait son propre poison dans le catalogue de ses vertus : la tolérance, le doute, le mépris du fanatisme. Comment pouvait-on sérieusement croire aux forces de l'humanisme dans une société qui tenait la gentillesse et la bonté pour des marques de faiblesse ? Les gouvernements du vieux monde craignaient de pousser à bout les Allemands en s'ingérant dans leurs affaires, ce qui ne manquerait pas de cimenter l'alliance de ce peuple avec ceux qui flattaient ses instincts les plus vils. Le spectre du bolchevisme et celui du socialisme unis étaient si puissamment ancrés dans les esprits que, pour les conjurer, les démocraties occidentales semblaient prêtes à abdiquer leurs principes moraux et leurs valeurs spirituelles. La terreur que les nazis exerçaient sur les bourgeois était un phénomène qui relevait du paranormal. *Vade retro, Satanas !* Pendant que nous étions encore une poignée à chercher cette région obscure de l'âme où le mal absolu s'oppose à la fraternité, les totalitaires gagnaient tous les jours du terrain dans les consciences et j'aurais voulu croire qu'ils mettraient des dizaines d'années à s'imposer en Europe.

C'est désespérant mais c'est ainsi : les Allemands sont dépourvus de sens politique. Ils n'ont pas le souci du social, c'est pour cela que l'appel aux grands mythes primaires agit si efficacement sur eux. Comment des grands patrons aussi éclairés, éduqués, cultivés, sensés même que Rainer Reiter et Heinrich Hollenberg, pour ne rien dire de Français tels que Tanneguy de Quinemont, Henry Balestier, Georges Modet-Delacourt ou Delbos de Calvignac qui n'étaient pas en reste dans leurs haussements d'épaules face à nos messages d'alerte, ne voyaient-ils pas qu'Hitler, un ignorant dans toute sa prétentieuse splendeur, était ce genre d'imbécile qui inspire non la compassion mais le dégoût tant son audace est grande et sa démagogie dangereuse ? L'avaient-ils seulement écouté parler ? Ce qui s'appelle *écouter* ? Ils auraient au moins été frappés par la pauvreté de son lexique et ses limites intellectuelles.

— Votre Hitler ne parle pas : il hurle ! renchérit Adrian Mifsud, un rien théâtral, en s'aidant de grands gestes. Tout ce qu'il dit est convulsif, on craint chaque fois qu'il tombe en syncope tellement il est dans l'hyperbole, sa rhétorique est tellement grossière et pourtant, ça marche, sur les esprits faibles. Messieurs, vous me décevez !

— Ne vous fatiguez pas, lui conseilla Soko. Vous ne comprendrez rien aux Allemands tant que vous vous focaliserez sur leur sens de l'organisation ou leur aspiration à l'ordre alors que le plus important est ailleurs : dans la question de la responsabilité. Même leurs militaires sont dépourvus de courage civique, alors leurs civils, vous pensez ! Bismarck a très bien expliqué cela : dès qu'un Allemand endosse un uniforme, quel qu'il soit, il se dégage de toute responsabilité sur son supérieur et ainsi de suite jusqu'au plus haut de l'échelle. Ça les rend inaptes à s'opposer à toute autorité.

— Où voulez-vous en venir ?

— Si Hitler et les siens devaient un jour proche l'emporter dans une élection, comme il semble que ce soit le cas, ce sera à cause de ce travers si allemand : l'obéissance. Sur ce plan-là, ils sont les meilleurs.

Nul ne tenta de le démentir. Reiter et Hollenberg, vers qui les regards se tournèrent, se contentaient de secouer la tête de gauche à droite en prenant un air accablé.

— Vous vous rappelez le jeune Numa, l'autre jour, à la partie d'échecs ? reprit Soko, certain que cette allusion ferait tousser son grand-père, Henry Balestier. Eh bien, tout aveugle qu'il soit, son champ de vision est moins réduit que celui de ce fanatique d'Adolf Hitler. Avec un tel furieux au pouvoir, vous verrez, ce sera partout un autodafé de l'esprit.

— Ah les grands mots, les formules, tout de suite... C'est peut-être du délire, je dis bien : « peut-être », mais enfin, il a écrit ça en prison, il en voulait au monde entier. Depuis il s'est beaucoup calmé... Non, franchement, je ne vois rien venir.

— Vous ne risquez rien à garder les yeux grands fermés.

On aurait pu s'emparer d'autres thèmes récurrents : l'adultère, la franc-maçonnerie, le *Titanic*, l'insécurité à bord, la baisse de qualité des desserts, mais non, on y revenait toujours, impossible d'en sortir. Il est vrai que la presse européenne en parlait tous les jours. Moi-même, chaque fois que je tombais sur un exemplaire du *Matin,* je suivais, lisais et relisais les reportages de Joseph Kessel dans l'Allemagne profonde. J'aimais sa démarche, cette façon de s'intéresser moins à la politique qu'aux gens, aux humeurs, aux mouvements de foule, aux conversations dans les cafés et les transports en commun. Il observait les nervis SA dans la banlieue de Berlin, du côté de Reinickendorf, leur violence. Dans les meetings, ce qui l'effrayait le plus, ce n'étaient pas les vociférateurs de tribune et leur torrent de haine mais les petits fonctionnaires, les braves gens, les chômeurs, les retraités, les miséreux et les humiliés. D'avoir regardé, étudié même Hitler à l'œuvre lui avait fait comprendre le phénomène par lequel un personnage aussi banal pouvait exercer un tel magnétisme sur les foules : il leur rendait une dignité perdue depuis 1919. La possibilité d'une nouvelle guerre leur paraissait lointaine et avait tout d'un pis-aller. Quant au reste, la politique avait déjà produit tant d'aventuriers ; celui-là, au moins, accordait ses certitudes à leurs inquiétudes. Mais pour tous, eux et nous, la question n'était plus de savoir si le IIIe Reich allait s'installer pour de bon, mais quand. Une telle attente portait sur les nerfs tant de ceux qui l'espéraient que de ceux qui le redoutaient... Les gens se rassuraient en se disant que ça ne durerait pas.

Notre dispute tournait en boucle. Un cercle infernal dans lequel certains, qui prétendaient savoir, affrontaient les autres, qui ne voulaient pas savoir. Impossible d'en sortir.

— Il a arrêté ses études en primaire, reprit Luigi Caetani qui ne cessait de m'étonner, se révélant infatigable dans la querelle, comme quoi je l'avais vraiment jugé trop vite en me persuadant qu'il avait de l'esprit à défaut d'avoir du caractère. Comment pouvez-vous croire encore en lui ? Un excité de brasserie à la tête de quelques bandes de brutes.

— Vous semblez ignorer qu'il a le soutien des patrons, des industriels, des chefs d'entreprise, tenta Hollenberg.

— Ils, pardon : *vous* le jetterez quand *vous* n'en aurez plus besoin. Il a fait à tout le monde des promesses qu'il ne tiendra pas. Quand il sera élu...

— Pas élu, nommé, vous allez voir...

— Ça revient au même. Disons plutôt parvenu au pouvoir, c'est le mot juste : *parvenu*, il n'aura de cesse de piétiner l'État de droit.

— C'est tout vu, il a commencé, les rues de Berlin et Munich, Dortmund livrées à l'ordre SA ! reprit Mock.

— Ça suffit !

Tranchant, le ton d'Alvarez de la Mirada était sans appel. Il ne pouvait plus contenir sa colère. Notre petit conclave devenait irrespirable. Il avança à raison que nous n'étions pas là pour nous battre, d'autant que cela ne se fait pas entre gens de bonne compagnie.

— Allez, donnez-vous le baiser de paix, comme à l'issue de l'office.

— Certainement pas ! maugréa Caetani, le plus enragé d'entre nous, en serrant les dents.

— Et si on parlait plutôt de musique, tiens, il paraît que cela adoucit les mœurs. Qui va à Bayrouth cette année ?

— Bayreuth..., corrigea Reiter à voix basse, plus atterré que jamais.

La mainmise idéologique des nationaux-conservateurs sur la grand-messe wagnérienne était déjà manifeste au lendemain de la guerre ; mais elle montait en puissance depuis l'apparition du phénomène nazi. Ce qui n'empêchait pas même des mélomanes français de se rendre sur la colline verte, métamorphosée en colline sacrée, où ils s'adonnaient avec d'autres au culte de leur dieu compositeur. Cette mystique douteuse ne connut plus de limite à partir de 1930 lorsque Winifred, désormais veuve de Siegfried, lui succéda à la tête du festival. Son accointance avec Hitler était déjà ancienne et notoire. Ainsi la proposition de « changer de sujet » tourna-t-elle court.

Même jour, sur le pont-promenade.

Plus encore que d'habitude, je retrouvai l'atmosphère du pont-promenade avec soulagement. Une silhouette inhabituelle se détachait de la foule des voyageurs immobiles piétinant autour du monde sans quitter le plancher. Notre grand reporter semblait si affairé qu'il était probablement le seul à ne pas marcher, comme tout un chacun, en déambulant, mais à se rendre quelque part, des papiers sous le bras. Ce qui ne m'empêcha pas de le héler, les notoriétés ne m'ayant jamais impressionné.

— Monsieur Londres, nous feriez-vous l'honneur de vous joindre un jour à notre salon de conversation ? La guerre sino-japonaise n'a pas de secrets pour vous et nous profiterions de vos lumières.

— C'est que voyez-vous, j'écris et...

— Mais vous ne sortez guère de votre cabinet de travail, si ce n'est pour les repas dont seuls les Lang-Willar ont le privilège...

— Désolé mais je suis en pleine écriture et, voyez-vous, c'est assez explosif, de la dynamite ! Je ne puis vous en dire davantage.

J'insistai tant, curieux que j'étais de sa méthode, de ses habitudes, de sa façon d'être à part dans le milieu des grands reporters internationaux, que cela en devint embarrassant pour lui. Au vrai, je brûlais aussi d'en savoir plus sur ses rencontres clandestines à Shanghaï mais je craignais que mon ardeur à lui soutirer des informations ne fût contre-productive.

— Dans ce cas... Mais si toutefois vous consentiez à nous éclairer, vous connaissez l'endroit...

Et tout en s'éloignant à reculons, comme on se déprend en douceur afin de ne pas paraître indélicat, il me répondit par un sourire.

L'homme m'intriguait et m'attirait à proportion de son effacement, de sa discrétion, de son culte du secret. Non que je soupçonnasse le moindre calcul dans son attitude ; je l'imaginais autrement. La déception nous guette souvent lorsque nous faisons connaissance de ceux que leur légende précède. Albert Londres ne se laissait pas approcher, au risque de passer pour sauvage ou méprisant. Tout l'inverse de son couple d'amis.

— Ne le jugez pas, m'avait conseillé Alfred Lang-Willar alors que nous regardions une partie de palets. Londres est tout sauf un rustre. C'est juste qu'il est sur un coup fumant et qu'il a hâte d'achever l'écriture de sa série. À Shanghaï déjà, il s'enfermait dans sa chambre du Palace Hotel sur le Bund avec Mme Grivaud, l'épouse du chef des cuisines, qui dactylographiait ses dépêches et câblogrammes expédiés au *Journal* à Paris. Pourquoi haussez-vous les épaules ?

— Hier, vous bavardiez avec lui sur le pont et, lorsque vous lui avez présenté Mme Brocke qui vous saluait, il a eu une moue dédaigneuse, une sale grimace...

— Ah, ça... C'est à cause de son collier de perles. Ça le met toujours mal à l'aise. Vous qui l'avez lu régulièrement, vous vous souvenez de son récent reportage dans *Le Petit Parisien* sur les pêcheurs à Bahreïn, ces garçons qui plongent en apnée à huit mètres de fond à la recherche des précieuses perles et qui, à force, en deviennent sourds et aveugles. Il les voit remonter à la surface chaque fois qu'il voit un collier, c'est un réflexe, il ne faut pas lui en vouloir.

C'est à peine si je pus lui soutirer un mince secret sur la véritable raison pour laquelle Londres avait quitté *Le Petit Parisien* pour *Le Journal* : ses notes de frais étaient désormais jugées déraisonnables...

Voilà un homme que l'on aimerait avoir pour ami. De plus, Lang-Willar était le charme même. De ceux qui conçoivent l'énergie comme l'une des formes de l'élégance. Natif de Bâle, il avait une grosse situation. Longtemps installé à Buenos Aires, il y dirigeait la filiale argentine de la compagnie de ses cousins Louis-Dreyfus, numéro un mondial de la distribution céréalière, et y présidait la Chambre de commerce française. Dès son retour en France, il était devenu administrateur de Gaumont, tout en poursuivant ses activités traditionnelles et en s'employant à développer le marché du soja à Kharbine, en Mandchourie. Il partageait la passion des arts en général et du cinéma en particulier avec son épouse, Suzanne, d'une famille également israélite, des industriels de l'horlogerie à La Chaux-de-Fonds, les Picard. C'est elle, cette femme moderne, élancée, coiffée à la garçonne, qui m'avait raconté leur vie car, depuis leur arrivée, nous nagions dans deux lignes parallèles et nous nous retrouvions juste après au bar de la piscine, ou sur les gradins du club de tennis, car elle pratiquait les deux sports avec une égale aisance. À mes yeux, ils constituaient vraiment un couple de rêve, harmonieux en toutes choses.

Peu après, alors que je me préparais pour le dîner, un mousse major frappa à ma porte. Dans l'enveloppe qu'il me remit, un bristol disait tout de la délicatesse des Lang-Willar : ils me conviaient le soir même sur le balcon de leur cabine de grand luxe 77 AB.

Même jour, sur le balcon de la cabine 77 AB.

La soirée s'annonçait exquise et le fond de l'air, baignant dans un clos-de-vougeot 1928, n'y était pas étranger. Outre nos hôtes, je retrouvai naturellement Albert Londres et fis la connaissance de M. de Fages de Latour qui occupait la cabine contiguë à la leur. Comme tous étaient manifestement de bonnes fourchettes, la conversation roula sur les aléas gastronomiques à bord. On s'accorda sur la bonne tenue générale des cuisines tout en en déplorant le manque d'originalité :

— Ce n'est pas ici qu'il faut espérer des langues de rennes de Laponie en sauce...

— Ah, non, pas vous ! N'allez tout de même pas faire votre recoulis ! lança Londres à Lang-Willar.

L'allusion les fit tous partir dans un grand éclat de rire complice qui me laissa sur le bord de la route, et pour cause :

— Pardonnez-moi, mais j'entends cette

expression depuis des semaines et elle m'est toujours aussi opaque.

— C'est tout bête, dit Lang-Willar en posant sa main sur mon avant-bras comme pour me confier leur secret. À l'aller, comme nous voyagions sur l'*Athos II*, le service de bouche laissait à désirer. Les œufs, le thon et les sardines n'étaient franchement pas bons. Je l'ai confié à M. Monge, le directeur de la compagnie qui voyageait avec nous, et cela s'est vite arrangé. Pas très élégant, j'en conviens, mais ce n'était rien par rapport au comportement de ce parvenu de Raymond Recouly...

Soudain, tout s'éclaira, comment n'y avais-je pas pensé ! Dans mon esprit, je l'avais orthographié comme un nom commun et non comme un nom propre : le fameux journaliste, le correspondant de guerre du *Temps*, l'homme de lettres, le fondateur de la *Revue de France*, bref quelqu'un qui comptait sur la scène parisienne.

— Il avait été très accaparant, poursuivit Lang-Willar. Il avait exigé, ordonné et obtenu, tenez-vous bien, chateaubriand avec pommes soufflées, poularde cocotte grand-mère, gigot d'agneau boulangère... Aidez-moi Albert et Suzanne ! Ah oui, carré de veau Orloff, petite marmite Henri IV... Que des plats hors menu ! Ça n'arrêtait pas. Quelles plaies, lui et ses trois convives ! Le chef a jeté l'éponge pour la bécasse au fumet et le canard au sang. Il paraît que le commandant Le Flahec ne l'a pas raté dans son rapport de mer, le Recouly.

— Pas un repas sans rouspétance, vitupérations, plaintes, chicaneries, on en était gênés pour le personnel, c'est dire ! renchérissait Londres. D'autant plus déplacé qu'il était invité par la compagnie et qu'il y avait là des personnalités autrement puissantes et autrement éduquées. Philippe de Rothschild, qui savait mieux se tenir, et pas comme un nouveau riche ou une reine d'un jour, et pour cause, Son Excellence Phya Vijitavong, ministre plénipotentiaire du Siam en France, le général Millot... Mon confrère était d'un prétentieux, du genre à se croire le centre du monde au motif qu'il avait couvert la guerre de Mandchourie en 1909 pour le *Temps*, ce qu'il ne laissait personne ignorer.

Albert Londres n'arrêtait pas de parler ; ou plutôt, il *racontait*, étant incapable de s'exprimer, fût-ce sur la situation politique, autrement que sur le mode du récit. Et il faut bien avouer qu'il le maîtrisait ; on l'entendait écrire, du moins ceux qui comme moi étaient de ses fidèles lecteurs ; il nous enchantait de ses souvenirs. Surtout lorsqu'il décrivait Shanghaï comme un veau d'or adipeux : si Lénine avait vu cette ville, il était excusable. Sa personnalité faisait irrésistiblement penser à celle de son double, baptisé Jean-Pierre d'Aigues-Mortes dans *La Chine en folie*, paru dix ans avant. Un intoxiqué des sleepings et des paquebots. Un envoyé spécial de journaux qui, à force d'arpenter la terre, s'était convaincu qu'il y avait bien plus que quatre points cardinaux. Donc un homme sans profession. Le voyage était son vice. De la Chine, il disait qu'elle avait des perles au fond de la mer et des étoiles au fond des cieux, mais rien entre les deux. L'art de se faire des amis, Albert Londres. De la Chine, il disait aussi qu'elle n'était que chaos, éclats de rire devant les droits de l'homme, mises à sac, rançons, viols, avec un mobile : l'argent, un but : l'or, une adoration : la richesse. Il la décrivait non comme un pays mais comme un coffre. On comprenait qu'il l'ait quittée en courant. Et comme je lui demandais de m'éclairer encore davantage sur cet endroit à mes yeux si opaque, il posa sa main sur mon bras et, de sa voix faible et surélevée, d'une musicalité toute féminine, me confia : « Ah, la Chine, mon ami... »

Et ce fut tout.

Souvent il citait des poètes. Sa passion, sa vraie vocation de jeunesse avant même le journalisme. Cela se sentait encore lorsqu'il évoquait un golfe Persique capitonné de nacre et couronné d'Orient. Reporter faute de mieux, grand reporter parce que bon qu'à ça. Après avoir vu l'un de ses recueils de poèmes édité, il avait eu la sagesse de ne pas insister et de se résoudre à une évidence : celui qui se pique d'aimer la poésie doit se contenter de la lire, rien ne l'oblige à en écrire, ce serait même l'offusquer que lui offrir des vers médiocres et si peu inspirés quand on prétend l'aimer. De Musset il n'avait que la barbe. Son tropisme mélancolique expliquait le dialogue avec l'invisible auquel il semblait parfois se vouer durant de longs moments de solitude, accoudé au bastingage. Non qu'il fût distant ou hautain, juste en retrait. Nul n'aurait alors osé le déranger, à l'exception d'une dame d'un certain âge dont j'ignorais tout. Elle n'hésita pas à troubler son isolement :

— J'ai l'impression monsieur que vous êtes en proie à une grande solitude, vous êtes assez unique dans votre genre, je me trompe ?

— Non, c'est d'ailleurs mon point commun avec Dieu, mais rassurez-vous c'est le seul.

— Vous avez de la chance car, en général, j'évite les inconnus.

— Vous avez peur ?

— Je ne les aime pas.

— C'est embêtant car ils sont majoritaires dans le monde, conclut Albert Londres.

Qu'elle jugeât sa réponse trop sarcastique, ou son ton trop sec, toujours est-il qu'elle l'abandonna aussitôt à ce qu'elle devait tenir pour de la misanthropie, impression qu'il ne chercha pas à démentir, tant pis pour sa réputation. Le prix à payer pour avoir la paix. C'est si facile de demeurer seul au sein d'une foule affairée. Il suffit de se faire intérieurement un rempart de sa solitude pour que cette position s'affiche naturellement et repousse tout envahisseur. Plus encore que le silence, surtout si c'est un silence moite ou poisseux, un importun ne supporte pas l'indifférence, autrement plus moite et poisseuse. On aurait dit que Londres ruminait les phrases qu'il s'apprêtait à jeter sur le papier en le griffant nerveusement de sa plume Sergent-Major. Lorsqu'il semblait en avoir fini, il y en avait toujours pour lui demander de poser pour une photo. Alors il bombait le torse et posait les mains sur les hanches dans une attitude d'autodérision bien dans sa manière.

Un parfait aventurier, du moins en apparence. Et, derrière, une sourde inquiétude, une lassitude, une gravité adroitement masquée par les mots d'esprit, la bonne humeur, les coups de pied dans la fourmilière et la dérision à l'égard des puissants et des notables, avec ce qu'il faut d'ironie et de sarcasme pour se défendre. Il y avait du Quichotte en lui, quand bien même le héros de Cervantès était un perdant, un perdant magnifique puisqu'il y a une victoire dans toute défaite. Son épopée malheureuse lui révélait sa vérité intérieure, et un homme libre ne peut rien rêver de mieux. Aucun d'entre nous ne laisserait son empreinte dans les sables du temps, sauf M. Londres peut-être, dès maintenant, à quelques mois de son quarante-huitième anniversaire. Si un jour le bagne fermait ses portes au large de Cayenne, si le Tour de France cessait d'être un tour de souffrance, si l'on mettait un terme à la traite des Blanches et à l'esclavage, si les Juifs obtenaient leur morceau de Palestine, si les Chinois cessaient d'être humiliés par les Japonais, si les asiles d'aliénés s'humanisaient, alors les Français trouveraient autant d'occasions de célébrer sa mémoire. Mais, de crainte que mon admiration ne l'embarrasse, je la tus.

Rien ne pouvait le gêner comme l'évocation

de sa fameuse enquête, mais il savait faire diversion avec doigté :

— On dit à bord que votre pessimisme a la puissance d'une alarme, cher Bauer. Vous croyez que nous allons finir en vaisseau fantôme ? Après le *Titanic*, le *Lusitania* et le *Britannic*, la série noire ?

— Et le *Fontainebleau* il y a six ans ! Ce sera difficile de ne pas y penser lorsqu'on passera par Djibouti. L'incendie a pris en mer, tout de même. Et s'il n'y a pas eu de victimes, c'est qu'il a eu le temps de gagner la rade. Vous avez peut-être tous oublié mais les Messageries maritimes s'en souviennent certainement.

— Ravages du déterminisme lorsqu'il se fait l'allié du fatalisme.

— Ni l'un ni l'autre. Je sais juste que notre bateau a connu quelques problèmes et je doute qu'on les ait réglés.

— Mais quel paquebot n'en a pas ? soupira Lang-Willar.

— Ici c'est leur accumulation qui interroge.

— Méfiez-vous car à nouer d'infimes événements entre eux pour en tirer des conclusions, on passe pour un trafiquant de coïncidences. Plutôt couler en beauté que flotter sans grâce, non ?

— Jolie devise, soulignai-je.

— Et la vôtre, quelle est-elle ?

— « Sauve qui peut ! » Si une lampe de projectionniste de cinématographe a pu être à l'origine de l'incendie du Bazar de la Charité, un simple court-circuit peut tout aussi bien couler un paquebot. Ou pas. Incroyable de penser que l'on peut devoir sa survie au *kairos*, comme disaient les Grecs, la saisie de l'instant fugitif.

— Ne nous dites pas que vous comprenez quelque chose au système à acide carbonique et aux appareils à mousse inerte ! s'étonna-t-il.

— Je l'avoue, je ne connais rien aux aspects techniques. Cela n'empêche pas de se faire une opinion et d'en tirer une inquiétude. Comme sur, disons, le trafic d'opium, la vente d'armes aux communistes chinois, l'activisme des indépendantistes indochinois, l'immixtion bolchevique ou même le rôle de certains ministres fr...

— Un peu de blanc ? m'interrompit Londres dans un sourire.

— Non merci.

— Dommage. Montrachet 1929. Vous n'aimez pas ?

— C'est lui qui ne m'aime pas, dis-je avant de saisir mon verre plein d'eau. Après tout, c'est du blanc...

— Vous restez en forme, prêt à tout et vous avez bien raison. Moi, je sais qu'à force de naviguer j'irai dormir à quelques brasses de fond. À moins que...

Un grand silence s'installa pour ne pas le déranger dans sa songerie, le regard perdu dans le vague. Je ne pus me retenir de le briser :

— À moins que ?

— À Pékin, j'ai séjourné chez un secrétaire à l'ambassade de France. Un M. Chayet ou quelque chose comme ça. La veille de mon départ pour

Shanghaï, il m'a emmené par curiosité chez un voyant qui lisait l'avenir dans la fumée d'encens. L'homme lui a parlé en chinois et, après une hésitation, mon diplomate m'a traduit : « Dis à ton ami de ne pas partir parce que sinon il périra par le feu. » Voilà où j'en suis : l'eau ou les flammes, au choix !

Il s'enveloppait de mystère mais je ne lui en voulais pas. Je le comprenais, même. Ma curiosité n'en était que plus fouettée. Alfred Lang-Willar m'avait confié lors d'une promenade que le journaliste avait longuement interviewé Tchang Kaï-check à Nankin, et que le nouveau maître de la Mandchourie, le maréchal Tchang Sue-liang, avait offert à Pékin un banquet en son honneur. Difficile d'en savoir plus. Mais comme Londres m'avait demandé si j'étais marié, j'en profitai pour lui retourner la question.

— J'ai deux femmes dans ma vie : Miquette, une veuve de mon âge que j'ai connue à Varsovie où elle m'a servi d'interprète, et que je compte épouser à mon retour. Et puis Florise bien sûr, ma fille adorée à qui je ramène, tenez-vous bien mes amis, un ki-mo-no de toute beauté ! Une fois en France, je vous le promets et je ne suis pas homme à revenir sur une décision, après la publication de mon reportage, je baisse le rideau sur les tours du monde, fini ! Je me retire chez moi à Vichy pour y écrire des livres. Pour écrire, qu'il s'agisse de poésie ou de littérature, écrire vraiment, il faut s'arrêter de courir le monde et se poser. Et apprendre enfin l'anglais puis l'espagnol, idéal pour un grand reporter qui décide de poser ses valises dans l'Allier. Jusqu'à présent, l'idée d'une maison de famille relevait du conte de fées. Sauf que cette fois je m'y suis fait et je la désire ardemment. Avec ma compagne, ma fille, mon futur gendre l'enseigne de vaisseau Martinet et, qui sait, mes petits-enfants, ce sera le lieu d'où cesser de s'en aller, voilà le programme !

— Et si vous le permettez, cher Albert, demain nous le compléterons à ma façon. À la piscine !

— Ho ho, Suzanne, comme vous y allez. Vous n'ignorez pas que...

— Justement, c'est le moment ou jamais !

— Mon Dieu, il y a vraiment des moments où la vie n'est pas une existence...

— Vous pouvez lui faire confiance, appuya Lang-Willar, elle a gagné des championnats.

— Mais comment feriez-vous en cas de naufrage ?

— Je nagerais d'un bras en tenant le manuscrit de mon reportage de l'autre main, mais... Cela vous fait sourire, monsieur Bauer ?

— Comme le grand Camões lorsqu'il rentra de son exil forcé à Macao. Son navire s'échoua sur les côtes de la Cochinchine alors qu'il se rendait à Goa, mais il parvint à nager en tenant les *Lusiades* à bout de bras, et il a sauvé son chef-d'œuvre.

— Le problème, c'est que moi, je ne sais pas nager *du tout*, même avec deux bras.

Après avoir pris congé de nos hôtes, alors que la nuit était déjà bien avancée, j'eus le plus grand mal à trouver le sommeil. La culpabilité me tenait éveillé. Un sale goût de trahison m'envahit et nul ne pouvait en accueillir la confession. Et pour cause... En embarquant sur le *Georges Philippar*, j'étais investi d'une double mission : l'une, qui pouvait être dévoilée une fois accomplie, consistait à ramener « le » Platon en France ; l'autre, parfaitement secrète, consistait à « faire cracher le morceau » à Albert Londres – c'était exactement en ces termes que Maurice Bunau-Varilla m'avait demandé ce service. L'influent propriétaire du *Matin* tenait absolument à couper l'herbe sous le pied de son concurrent ; il comptait sur moi pour tirer les vers du nez au journaliste, lui faire avouer le sujet de son reportage explosif et le lui révéler ensuite dans une série de télégrammes, afin que *Le Matin* anticipe et sorte l'affaire avant tout le monde, même mal fagotée et imprécise : seul comptait le fait d'être le premier titre parisien à hurler l'information sur les Grands Boulevards. « Juste un petit service ! » m'avait-il dit, en sachant pertinemment que je ne pouvais lui refuser d'espionner pour son compte. Pas pour l'argent, du moins pas directement. Ni par amitié, nous n'étions pas si proches. Encore moins par affinité politique, son journal se révélant de plus en plus conservateur. Grand collectionneur, Bunau-Varilla était également l'un de mes plus vieux clients. Il me tenait, à ma courte honte.

Cette nuit-là, à l'issue d'une soirée vraiment amicale et chaleureuse avec Londres, je pris conscience de ma félonie. Je me dégoûtais.

*Jour 22, sur le pont-promenade
et à la piscine.*

La chaleur était écrasante, et le soleil plombant. Que n'aurais-je donné pour une escale à Vienne du côté du palais Ferstel, au Central, mon *Kaffeehaus* préféré pour y lire pendant des heures les journaux montés sur leurs portants de bois, puisque dans cette ville les journaux se lisent au café, et disputer quelques parties d'échecs. Juste une poignée d'heures là-bas, avec elle bien sûr. Depuis le début de notre voyage retour, Anaïs me battait froid. Du moins m'évitait-elle, sauf à mettre mon interprétation sur le compte de la paranoïa amoureuse. Avais-je dit un mot de trop ? J'avais beau fouiller ma mémoire, en vain. Cette femme rachetait toutes les femmes. La bannir de ma vie me serait aussi violent que de supprimer toute trace de notre histoire. Pour en finir, il faudrait vraiment qu'elle me signifie non son impossibilité de m'aimer, mais son refus de vivre le bonheur d'un amour partagé. Ce jour-là, si elle me faisait comprendre que je n'étais plus pour elle qu'un simple détail dans le paysage, alors je trouverais la force de m'effacer.

Au vrai, ce que je prenais pour une froide mise à distance, ainsi que je le compris bientôt, n'était qu'une réserve due à la circonstance. Son mari lui collant aux basques depuis leur retour de la dernière escale, elle se tenait prudemment en retrait chaque fois que nous nous croisions. Jusqu'à ce qu'une fois, me voyant accoudé au bar du fumoir, elle s'approche tout près de moi pour demander un verre d'eau au serveur et en profite pour m'effleurer de l'épaule puis pour poser sa main sur la mienne ; le sourire et le regard qu'elle m'adressa alors me parurent d'une tendresse aussi discrète qu'inédite.

Albert Londres demeurait invisible mais, ayant appris à le connaître, je ne pouvais croire qu'il cherchât à se donner une existence par une stratégie de l'absence. Comme la compagnie l'avait surclassé, il occupait deux cabines communicantes, les 32 et 34 A, l'une des deux faisant office de bureau, auxquelles la compagnie ne tarderait pas à adjoindre la 36 A munie d'une douche. Privilèges de la notoriété. Il daigna en sortir pour l'un des exercices de sauvetage auxquels tous les passagers se pliaient dans une atmosphère bon enfant. Mais lorsqu'il apparut sur le pont fagoté dans un gilet de sauvetage qu'il n'avait pas réussi à boutonner, le torse ceint des lanières de ses appareils photo, les mains embarrassées par ses sacoches, il provoqua un éclat de rire général, et les railleries de jeunes administrateurs coloniaux qui ne le portaient pas dans leur cœur. Ce qui dissuada Suzanne Lang-Willar de l'entraîner à la piscine.

Si on ne l'a jamais été, on ne devient pas sportif à l'approche de la cinquantaine. Me revint alors qu'en 1924 il avait couvert le Tour de France pour *Le Petit Parisien* dans l'indifférence absolue du vélo et de tout ce qui s'y rapporte, et à seule fin d'emmener une amoureuse du moment. Mais quand il sut que la piscine avait son propre bar, il accepta de m'y accompagner, non sans s'être débarrassé de son attirail. Entre deux verres, notre conversation glissa vite sur la question coloniale, sa sévérité manifestée dans *Terre d'ébène*, sa série africaine qui, comme les autres, avait ensuite paru en librairie. Sa condamnation des administrateurs de la ligne de chemin de fer Congo-Océan était sans appel. Des assassins, ni plus ni moins, qui sacrifiaient la vie de plusieurs centaines de nègres au kilomètre en exigeant qu'ils remplacent la machine, le camion, la grue et pourquoi pas l'explosif.

— Ce n'est pas les hommes que je dénonce, mais la méthode, se justifia-t-il. Nous travaillons dans un tunnel. Ni argent, ni plan général, ni idée claire. Nous faisons de la civilisation à tâtons. Que pouvait-on jeter sur un tel tableau ? Un voile ou un peu de lumière. À d'autres le voile.

Nous étions convaincus. D'autant que, d'après lui, le mal ne venait pas d'une institution mais de plus profond : de l'éternelle méchanceté de l'âme humaine. Parfois il s'emportait pour une pure question de principe. Ainsi lorsque M. de Fages de Latour évoqua la déportation des bagnards aux îles du Salut. Londres tempêtait déjà contre leur nom de baptême : « Le salut, pfffft. Les îles du châtiment, oui. La loi nous permet de couper la tête des assassins, non de nous la payer ! » Chacun des reportages qui l'avaient rendu célèbre illustrait sa profession de foi : un journaliste n'est pas un enfant de chœur ; son rôle ne consiste pas à précéder les processions, la main plongée dans une corbeille de pétales de rose, il ne doit pas se soucier de plaire ou de déplaire, mais de juger la chose jugée, quitte à porter le fer dans la plaie. Toute son œuvre en témoignait.

Même jour, à la bibliothèque.

Plus je l'écoutais, plus je regrettais qu'il ait toujours refusé de participer à nos *disputationes*. De toute façon, ce n'était plus de saison : je m'étais moi-même lassé de ces réunions de plus en plus tendues et polémiques. Je doutais désormais qu'on pût en sortir grandi et lavé de la bêtise des jours. Or je m'étais juré de faire mentir le lieu commun selon lequel tout paquebot en croisière est un réservoir d'ennui. Comme je ne pouvais prendre le risque d'être gagné par la léthargie ambiante, je résolus donc de monter une pièce de théâtre.

À peine m'étais-je ouvert de mon projet au petit déjeuner que peu après, sur le pont-promenade, Luigi Caetani m'interpellait sans même me laisser le temps de lui répondre :

— Dites-moi que ce n'est pas vrai ! Pas vous, Bauer, pas Pirandello tout de même ! *Buffone !* Il a rencontré Mussolini, et plus d'une fois à ce qu'on dit. Il a même été nommé par décret à la Reale Accademia d'Italia.

— Vous avez été mal informé. Il a effectivement été évoqué, et j'aurais considéré comme un honneur de monter *Six personnages en quête d'auteur* après M. Pitoëff. Car, voyez-vous, le fait que Pirandello soit, à ce qu'on dit, un ami du Duce ou son cousin ou je ne sais quoi m'est tout à fait équilatéral. Ce n'est pas à cette aune que l'on juge du génie d'un dramaturge.

— Mais il n'a pas rompu avec le parti fasciste !

— Plus vous insistez, plus vous me donnez envie de reprendre sa pièce et de...

— *Bu-ffone ! Bu-ffone !* éructait-il en tournant les talons.

Le théâtre, je l'aime, je le lis, j'y vais mais je n'en ai aucune expérience. Jamais joué, jamais dirigé, jamais écrit. Sauf à deux ou trois reprises quand j'étais étudiant ; dans ma promotion à la Sorbonne, personne ne voulait se dévouer pour organiser tout ça, à commencer par diriger les comédiens amateurs, alors je m'y étais collé. J'avais pris pour modèle la manière dont André Antoine avait adapté puis monté *Poil de Carotte*, son coup de génie, lorsque, constatant qu'il ne pouvait demander à des comédiens de faire semblant d'avoir seize ans, il avait cherché une femme pour le rôle principal. Une comédienne de talent, qui n'ait pas de hanches et accepte de se travestir. Je m'étais débrouillé un billet pour la première le 2 mars 1900 au théâtre Antoine, naturellement, et Suzanne Desprès était inoubliable. Mais peu avant ce triomphe, grâce à un ami de mes parents, on m'avait admis à l'une des répétitions. Un vieux critique également présent, à qui je faisais remarquer que les larmes des trois comédiennes étaient émouvantes, s'était penché vers moi et m'avait murmuré à l'oreille : « Ne vous y trompez pas, ce n'est pas l'émotion qui les fait pleurer mais la dureté d'Antoine lorsqu'il les dirige. »

À bord du *Georges Philippar*, nous étions déjà en permanence sur une scène.

Qu'est-ce qu'une croisière inaugurale si ce n'est une comédie que des passagers jouent à leur insu, chacun au rôle assigné par sa situation ? Son décor et son atmosphère avaient donné naissance aux personnages qui la peuplaient. Qui sait s'ils n'allaient pas tous disparaître à l'issue de la représentation et se dissiper sitôt franchi le seuil de l'entrée des artistes, une fois à quai à Marseille. Le théâtre, on ne sait jamais comment ça va se passer. Les trois coups, la salle plongée dans une obscurité wagnérienne, le rideau se lève et tout peut arriver. N'ayant pas la religion du répertoire, j'éliminai les classiques et même les nouveautés. Sûr de mon effet, j'imaginai une nouveauté à venir. Au moins, avec une pièce inconnue, j'étais assuré que nul spectateur ne reconnaîtrait ce qu'il savait déjà ; rien ne vaut la découverte, suprême récompense du metteur en scène. Étrange expérience que d'interpréter ce que l'on n'a jamais vu interpréter, sinon dans le secret, de mettre en scène ce qui ne l'a pas encore été, surtout lorsqu'on n'est pas du bâtiment. On avance sur une terre vierge. Là où rien n'est précédé par sa légende. Là où l'on voudrait être ramené au lent ruissellement de nos vies.

Mes malles étaient probablement les seules à contenir autant de livres que de vêtements. Des ouvrages rares, naturellement, des beaux papiers et des tirages de luxe que quelques collectionneurs français résidant aux colonies m'avaient demandés. L'un d'eux ayant lié amitié avec Paul Claudel du temps qu'il était consul de France à Fou-Tchéou, je lui avais réservé une curiosité dont il ne savait rien. Et pour cause : nul n'en savait rien, même dans le milieu littéraire ou le petit monde du théâtre à Paris. Mais comme cet homme était étrangement demeuré introuvable à Shanghaï lors de notre longue escale, j'avais conservé le livre. Une édition on ne peut plus originale puisqu'elle n'était même pas dans le commerce. Un grand in-8, cent cinquante-deux pages imprimées sur vergé de Hollande tiré à cent cinquante exemplaires sous chemise à dos à nerfs de maroquin lie-de-vin et étui de même maroquin. Dédié à ses amis Philippe et Hélène Berthelot. Une rareté en son temps déjà, éditée à compte d'auteur à l'enseigne de la Bibliothèque de l'Occident en 1906 pour les amis et les proches de l'auteur. Il s'agissait de l'exemplaire nominatif de Raoul Narsy, pseudonyme de l'ancien bibliothécaire de l'Institut catholique de Paris lorsqu'il signait des critiques.

On comprend que Claudel ait tenu sa pièce dans la confidentialité, lui, l'inflexible catholique ; car il s'agissait tout de même de la transposition poétique de sa passion pour une femme mariée, une liaison adultère qu'il avait vécue comme un enfer. Un drame en trois actes écrit en vers libres pour quatre personnages. Ysé, la femme, pleine de vie et d'insouciance mais insatisfaite de son mariage, de Ciz, son époux, Amalric, son amant et Mesa, un homme qui a d'abord été refusé par Dieu lorsqu'il a voulu entrer dans les ordres, avant d'être refusé par cette femme déjà engagée par les liens du mariage. Au silence de Dieu succède celui de l'aimée. Ça finit mal mais, à ce stade, je voulais surtout parler à ma troupe du premier acte ; de toute façon, comme je n'avais qu'un exemplaire unique et précieux qu'il n'était pas question de faire circuler, je me contentai de commander à l'écrivain de bord quatre copies du premier acte. Quelques personnes se présentèrent dans la bibliothèque, après qu'un mousse de sonnerie avait affiché l'annonce sur le mur aux nouvelles, à hauteur de l'entrepont. Un certain Lazlo, homme fort élégant et particulièrement à l'aise en plusieurs langues dont j'avais du mal à imaginer qu'il était vraiment l'industriel en métaux qu'il prétendait être, un Russe du nom de Markowicz dont je ne savais rien si ce n'est sa qualité de Russe, mon cher Armin de Beaufort, et Anaïs qui s'était bien

gardée de préciser à son mari le détail de cette
« expérience théâtrale ». Les quatre semblaient
également résolus, bien qu'ignorant tout de la
pièce. Ils paraissaient excités à l'idée de s'y jeter
comme on se lance un défi. Eux assis en demi-
cercle, moi debout face à eux.

— La pièce s'ouvre sur le pont-promenade
d'un paquebot, au milieu de l'océan Indien, en
route pour la Chine... Oh, vous pouvez sourire
mais je puis vous assurer que je ne suis pas l'auteur de cette mise en abyme. Donc ! Ça débute
en comédie de mœurs, ça s'achève en drame.
Un huis clos. Il s'intitule *Partage de midi* et Paul
Claudel en est l'auteur. On n'est pas chez Mari-
vaux, vous ne mangerez pas de la poudre de riz
pendant deux heures. C'est actuel, contempo-
rain, inutile de vous en dire plus pour l'instant.
Le deuxième acte se déroule dans le cimetière
d'Happy Valley à Hong-Kong. De toute façon,
vous en saurez davantage au fur et à mesure,
mais, lorsque vous saurez tout, je vous deman-
derai de tout oublier au moment de l'exécution
du geste. Ne cherchez pas à jouer vrai, ça son-
nera faux. Vous êtes un quatuor de voix mais
n'oubliez pas que la clé, c'est le silence. Parler
sans silence revient à ne faire que du bruit, on
n'entend pas la source. Essayez de faire le bruit
de la parole tout en faisant entendre le silence.

À la manière dont ils se regardaient, légèrement désemparés, j'eus l'impression d'en avoir
fait un peu trop. D'avoir été trop loin. Un certain silence en témoignait.

— Des questions ?

Pour une pièce de théâtre amateur, la distribution des rôles relève de la répartition des tâches dans un camp : chacun se dirige naturellement vers ce pour quoi il se sent fait.

— Tous les rôles se valent-ils ? demanda Armin de Beaufort en levant la main, un soupçon d'ironie à la commissure des lèvres.

— Estimez-vous heureux de ne pas faire vos débuts en tenant une hallebarde sans dire un mot.

Lazlo à son tour leva la main comme à l'école – ou au Conservatoire plutôt car un je-ne-sais-quoi de cette atmosphère s'était insinué parmi nous et rendait l'épreuve plus légère. Car il s'agissait tout de même de répéter une pièce afin de la jouer en public.

— Et le trac ? Comment fait-on avec le trac ? Le trou de mémoire m'angoisse...

— Laissez-la travailler, comme on le dit du bois qui parfois grince.

— Puis-je me permettre de répondre ? intervint Markowicz tout en se tournant vers lui. Cinq minutes avant le lever de rideau, allez sur le plateau et dissimulez votre nervosité à vos camarades. Les mains froides, c'est bon signe ; mais prenez un mouchoir en cas de mains moites. Accordez-vous deux heures de liberté avant. Et dites-vous que vous ferez au public des confidences que vous ne ferez à personne d'autre dans la vie. Et tout le reste c'est... *poustiki*.

— Pardon ?

— Rien du tout.

— Comment ça « rien du tout », monsieur Markowicz ?

— Des bêtises, des petites choses, du vent ! *Poustiki*, quoi ! On trouve ça partout dans *La Mouette*. Vous voulez jouer du Tchekhov ?

— Ce serait pratique pour les décors : on passe du salon au jardin et du jardin au salon. Mais vous croyez vraiment pouvoir chasser l'ennui distillé sur un paquebot par l'ennui disséqué dans une *datcha* ? Pardon cher monsieur mais, votre métier, je veux dire…

— Ce que je fais importe moins que ce que j'ai fait, soupira-t-il, le regard embué de nostalgie. J'étais comédien dans une autre vie, au sein de la troupe du théâtre Alexandrinski où fut créée *La Mouette*, justement, autrefois à Saint-Pétersbourg, quand la ville s'appelait encore ainsi…

— Et cela ne vous gêne pas de jouer avec nous, des amateurs ? lui demanda Anaïs.

— Plus l'écrin est noir, plus la perle brille… Je plaisante, bien sûr ! Je suis heureux d'être parmi vous. Et puis ce Claudel n'a pas l'air commode avec toute cette lutte entre la vocation religieuse et l'appel de la chair.

J'observais leurs mains à tous. Dans les conservatoires d'art dramatique, il y a deux choses dont les futurs comédiens sont incapables : écouter sans y penser et laisser leurs mains tranquilles. Avec les miens, ce n'était pas gagné.

— Allez, en place. De Ciz entre et se fait interpeller par Amalric.

AMALRIC, *l'interpellant* – De Ciz, nous deviendrons tous riches !

DE CIZ – Ainsi soit-il !

AMALRIC – Aucun doute à ce sujet ! Et d'abord est-ce qu'il ne nous faut pas de l'argent à tous ?

Demandez à cette dame que voilà. Et ce Mesa qui est comme un homme sans poches ! Pour ne pas parler de vous et de moi.

Je vous dis que je sens la fortune dans l'air ! Et allez donc, je m'y connais !...

— Non, non, la diction, que diable, la diction !

— Mais qu'est-ce qu'elle a, ma diction ? s'étonna Armin.

— Ne savonnez pas les consonnes, veillez à la distinction des voyelles, ce n'est pourtant pas sorcier. Cette pièce, faites-en une nourriture vivante !

— Bon. Et à la fin de ce passage, je m'en vais...

— Non, vous gagnez la sortie, ça se remporte comme une victoire, une sortie de scène. Allez, on reprend.

La séance dura une bonne heure. Ils ne s'en tiraient pas trop mal compte tenu de l'absence de mise en bouche du texte en solitaire. À la fin, ils paraissaient épuisés, sauf Markowicz, naturellement. Peut-être avait-il noté un signe de découragement sur mon visage, toujours est-il qu'il prit la parole au nom de tous et cela me mit du baume au cœur :

— Vous savez, cher monsieur, puisque vous êtes familier des théâtres parisiens, que lorsqu'on se rend à l'Athénée, on dit « on va chez Jouvet », quand on va à l'Atelier on dit qu'on va « chez Dullin », et bien sûr « chez Lugné-Poe » plutôt que dire qu'on va à l'Œuvre. Eh bien le soir de notre première, les passagers qui se presseront vers la grande salle diront « On va chez Bauer » et ce sera déjà votre consécration. C'est tout le mal que nous vous souhaitons.

Ce qui déclencha des applaudissements de ma petite troupe et laissait augurer la promesse d'un modeste succès, sans pour autant dissiper mon inquiétude. Je le retins par le bras et l'entraînai dans un coin de la pièce :

— Entre nous, vous pensez qu'on va y arriver ?

— Vous croyez tellement en nous que nous aurions mauvaise grâce à vous décevoir. Même si la représentation était ratée sur un plan purement théâtral, l'expérience me comblera car notre petite troupe, c'est la vraie vie. De cela, je suis sûr.

A-t-on vraiment envie d'éclairer tous les angles morts ? C'était à se demander si, au fond, une certaine part de mystère ne seyait pas mieux aux personnages que nous étions tous devenus. Soudain les hublots de la bibliothèque où nous répétions eurent l'air d'oculi comme ceux qui trouent les portes des théâtres.

Nuit du 15 au 16 mai 1932.

Le temps passait et allait vers son accomplissement. Sauf que dans l'alanguissement général qui nous frappait, il semblait étrangement en retard sur lui-même. Avec sa tête des mauvais jours, Alfred Lang-Willar faisait les cent pas sur le pont-promenade. Il voulait envoyer un télégramme mais à condition que, contrairement à l'usage et à la règle, on lui rende l'original afin que nul n'en connaisse la teneur. Comme cette dérogation lui avait été refusée, il préféra renoncer. D'autant plus intrigant qu'Albert Londres, qui avait mis la dernière main à son reportage, l'avait lu aux Lang-Willar, les seuls en qui il avait toute confiance. Mais impossible, malgré mes efforts, de leur arracher le moindre indice sur le sujet. L'atmosphère était à la fête. Champagne Le Mesnil 1921, Château Margaux 1878, cognac Godard 1811.

Le 15 mai 1932, comment oublier cette date dans toute sa précision, tombait un dimanche. Le dîner avait été l'occasion d'une soirée de bienfaisance organisée pour la Pentecôte à l'intention des marins de la compagnie morts en mer. Il régnait une atmosphère si inspirée qu'on l'eût dite propice à une nuit de feu sans imaginer qu'un malin génie prendrait cette intuition au pied de la lettre. La piscine avait été le théâtre d'un concours. Au dîner de gala, Mlle de Rouger et son amie Mlle Ogen-Papin s'employaient activement au placement des billets de loterie et y réussissaient notamment auprès des familles françaises qui rentraient « pour toujours » au pays, du moins s'en persuadaient-elles, après un trop long exil colonial. Le jeune Pipo émerveillait ses camarades en exhibant son bateau dans une bouteille sans rien révéler du mystère de sa fabrication. M. Brocke, patron suprême des entreprises Brocke et patriarche de la famille Brocke, le front de plus en plus soucieux et le regard sombre comme jamais, s'enlisait insensiblement dans un destin à la Buddenbrook, sans que l'on sût encore si sa tribu moisirait de l'intérieur à proportion du délitement de ses affaires. Mme Valentin, quant à elle, étant souvent surprise assez tard à lire un livre sur le pont quasi désert, elle m'en avoua la raison en incriminant une fois de plus la maudite liseuse à son chevet, et l'ampoule qui sautait une fois sur deux lorsqu'elle l'allumait ou branchait la prise. Sur un paquebot, tout arrive mais rien ne se passe, jusqu'à l'étincelle fatale.

À la fin de la soirée, le cap Guardafui était en vue à six miles au nord-ouest. Accroché à la Somalie, il était situé à la pointe de la Corne de l'Afrique. Une avancée redoutée depuis l'Antiquité. Son surnom si doux et poétique de « promontoire des aromates » n'annonçait pas sa dangerosité. Le paquebot le doubla et pénétra dans le golfe d'Aden. Avant que le bar ne ferme, Émile, son officiant, raconta l'histoire du *Mékong*, un paquebot des Messageries maritimes qui avait fait naufrage à cet endroit précisément en 1876 en un temps où son phare n'avait pas encore été édifié. Comme le drame n'avait eu lieu qu'à cinq miles des côtes, on avait déploré peu de pertes, principalement quelques personnes mortes d'épuisement après une longue marche de nuit à travers les dunes. Le barman avait semé le doute parmi nous : le cap Guardafui était-il maudit ? Il n'arrangea rien en nous révélant son étymologie supposée : la contraction de *guardare* (regarder) et de *fuggere* (fuir). Regarde et fuis. Il paraît qu'autrefois, en prononçant ces deux mots en cette circonstance, les navigateurs se signaient, précision rapportée par la chronique qui ne nous rassura pas davantage.

Soudain, un beau chant mélancolique sembla monter d'en bas. Aussitôt, le petit groupe dont j'étais se dirigea à l'oreille avant de se pencher à la rampe d'une coursive en direction du pont des troisièmes classes. Des marins portugais, qui n'étaient pas des élégiaques de garnison, formaient un chœur poignant, le regard tourné vers le cap.

> *… E agora Guardafú, dos moradores,*
> *Onde começa a boca do afamado*
> *Mar Roxo, que do fundo toma as cores…*

C'était l'un des chants les plus mélancoliques des *Lusiades,* le chef-d'œuvre de Camões. Nul d'entre nous n'en comprenait les paroles, mais tous vibraient à l'émotion que leur musique dégageait.

La mer était d'un calme troublant. On se serait crus sur le lac Léman, encore que j'aie souvenir d'y avoir vécu des tempêtes qui m'ont bien plus impressionné que cette quiétude. J'ignore si c'est normal ou si cela annonce un déchaînement des éléments naturels ; dans ces moments-là, je me demande toujours ce qui se trame au-dessous, non dans la salle des machines mais sous l'eau. La mer était étrangement bleue, comme souvent vue du haut d'un paquebot, mais ne dit-on pas qu'elle a l'air toujours grise vue d'un navire de guerre ?

Après une dernière coupe de champagne et une partie de bridge en compagnie d'Albert Londres, de M. de Fages de Latour et de Mmes Goderch et Mazet sur la terrasse privée des Lang-Willar, j'allais les abandonner pour retrouver mon lit. Notre bavardage au-dessus des cartes menaçait de s'enliser, l'industriel, qui passait pourtant pour bien connaître la mentalité communiste, nous assurant que Trotski lui avait proposé le poste de ministre des Finances après qu'ils eussent sympathisé au cours d'un voyage d'affaires en Union soviétique en 1923, ce qui arracha un discret sourire à Londres qui l'y avait également rencontré à la même époque. C'est alors que notre hôtesse évoqua la conversation qu'elle avait captée la veille. Contre toute attente, elle n'avait trait ni à l'élection d'Albert Lebrun à la présidence de la République ni à l'assassinat du Premier ministre japonais. Une passagère était persuadée d'avoir assisté à une éclipse partielle du Soleil, phénomène censé annoncer un avenir très sombre.

Pour la première fois depuis que nous faisions route vers la France, un étrange parfum montait en nous. Rien d'une fragrance bien parisienne, fameuse et hors de prix. Quelque chose comme la sale odeur de la peur. Comme si une ombre nous tenait dans l'obscurité.

Une fois dans ma cabine, j'eus à peine le temps de ranger quelques affaires qui traînaient que soudain tintinnabula la clochette annonçant les repas ; non seulement le groom l'agitait à une heure vraiment inhabituelle, mais à une cadence qui surprenait. Le paquebot ayant été mis à l'arrêt, on pouvait croire à une avarie des moteurs. Sauf que ce tintamarre fut suivi aussitôt par une sirène et par un cri : « Au feu ! Au feu ! »

Je sortis d'autant plus vite de ma cabine que j'étais encore habillé. Une fausse alerte, encore la soute à soies, c'est du moins ce qu'on entendait dans les coursives. N'empêche qu'une odeur de caoutchouc brûlé montait aux narines. Gabriel, notre maître d'hôtel, interpella vivement un veilleur de nuit : « Prenez un extincteur et allez tout de suite chez Mme Valentin, oui, cabine 5 à bâbord avant sur le pont D ! Allez ! »

Par curiosité, je le suivis car il n'y avait guère de flammes. Sur place, outre la passagère assez affolée qui ne comprenait pas pourquoi on ne la prenait jamais au sérieux, pourquoi on haussait toujours les épaules devant de simples baisses d'intensité de sa lampe de chevet, se trouvaient un veilleur de nuit, un maître d'hôtel, un officier mécanicien, un électricien, chacun voulant calmer la situation, à peine quelques étincelles et un peu de fumée, mais sans pour autant provoquer de panique parmi les passagers. À croire que nul ne voulait prendre la responsabilité d'un inutile sauve-qui-peut. Pendant ce temps, des flammes commençaient à filtrer de la cabine 5. La cloison la séparant de la salle de bains était en feu.

— J'ai actionné l'interrupteur et il m'est resté dans la main, se justifiait Mme Valentin, l'air désolé. L'extrémité du fil était brûlante. Le temps de sortir pour alerter l'officier de quart et de revenir, les fils crépitaient, il y avait déjà de la fumée et... Croyez-vous que je peux essayer d'y rentrer pour prendre mes bijoux ?

Des flammes qui commençaient à filtrer sous la porte l'en dissuadèrent. On envoya le mousse major réveiller le commandant Vicq. J'interpellai un second mécanicien qui passait armé d'une lampe torche :

— Avez-vous été voir du côté du tableau électrique ?

— J'en viens. J'ai changé deux fusibles qui avaient sauté mais...

— Mais quoi ?

— Ça n'a pas tenu.

C'est alors que M. Habert, qui occupait la

cabine mitoyenne à celle de Mme Valentin, bondit en pyjama sur la coursive en hurlant :

— Ma femme brûle ! Aidez-moi à la sauver !

Un médecin chinois accourut et réussit à l'extraire par le balcon extérieur mais le revêtement du pont-promenade était déjà si chaud qu'elle s'y brûla la plante des pieds. De bâbord et de tribord, de l'avant comme de l'arrière, chaque subordonné du commandant était en place pour lancer des ordres puis des contre-ordres, mais en son absence nul ne paraissait en mesure de les coordonner.

Trente minutes s'étaient écoulées entre l'alerte donnée par Mme Valentin et la réaction. Une trentaine de minutes, cela paraît peu, mais une demi-heure, c'est considérable en situation d'urgence.

Le commandant Vicq se précipita enfin à la passerelle. Il ordonna de stopper les machines. Son second l'avait précédé. Le paquebot fut repositionné afin d'éviter que le vent n'attise les flammes, phénomène inévitable sur un bateau ouvert de partout pour favoriser les courants d'air. Ordre fut donné de mettre toute la barre à droite et d'actionner les sonneries d'alarme sur le son continu. Mais qui pouvait les entendre tant elles étaient faibles ? Une puissance de réveille-matin. Et qui pouvait les interpréter alors que leur timbre était si peu caractéristique ? Ce furent la fumée et l'odeur qui tirèrent les passagers de leur sommeil. Les flammes, qui s'élevaient sur les flancs de coursive à la vitesse d'un homme marchant d'un pas décidé, atteignaient déjà un mètre cinquante.

Le feu se propageait sur le pont des premières à une vitesse hallucinante. Un rideau infranchissable. Il roulait plus vite que les passagers ne couraient. Forcément : acajou, chêne, platane. Quand ce n'était de l'acier, du bois partout. Une forêt merveilleuse qui eut vite fait de se métamorphoser en enfer. Partout des flammèches léchaient le sol. Le pont était brûlant. Des hommes d'équipage armés de haches couraient en tous sens. Toutes les prises d'incendie ouvertes donnaient à plein jet mais des foyers se déclaraient encore en différents endroits. Les passagers se cognaient aux marins sur les coursives et les ponts, trébuchant sur les tuyaux des lances à incendie et s'affalant parfois.

Il était 1 h 50 du matin. Albert Londres se trouvait juste au-dessous, chez les Lang-Willar. Il courut aussitôt de l'autre côté, à tribord, pour rejoindre sa cabine et rassembler ses affaires.

Quelqu'un s'écria : « C'est le Bazar de la Charité ! » Le spectacle était dantesque, surtout à bâbord. Des silhouettes dans la fumée fuyaient vers leur mort, certaines au pas de course. Ceux qui eurent le réflexe de s'échapper par les escaliers intérieurs avant qu'ils ne prennent feu, ou de gagner le château avant en progressant le long du bordage, réussirent à s'en sortir, certains avec toute leur famille. Ce fut le cas du Dr Bablet de l'institut Pasteur d'Hanoï, ou de M. Faure, exportateur à Kobé. Encore ceux-là étaient-ils identifiables, contrairement à ceux que le feu avait déjà défigurés. J'allais et venais ici et là, non pour m'abriter mais pour aider. Les enfants surtout. Les plus vifs au réveil étaient passés par les hublots avant de chuter sur la coursive ; l'une des deux fillettes du diplomate Georges Picot était piétinée dans la panique ; d'autres, tels les petits du Dr Arnheim, étaient pris dans la fournaise avec leur nurse impuissante, sous les yeux horrifiés de leurs parents. De toute façon, il était impossible de battre en retraite car l'épaisseur grandissante de la fumée empêchait toute visibilité et les portes étanches avaient été fermées – trop tôt...

Les glaces du jardin d'hiver explosèrent en un fracas assourdissant. Les marins, qui s'employaient à vider un coffre rempli de ceintures de sauvetages sur la dunette à tribord, accélérèrent la cadence. La consigne tenait en un mot, un seul : évacuer. Par tous les moyens.

— Serrez-vous dans les chaloupes, il n'y en aura pas assez ! hurlait un marin aux femmes qu'on y précipitait avec leurs enfants.

Sur les vingt embarcations prévues à cet effet, dix avaient brûlé, quatre étaient menacées, il n'en restait plus que six disponibles. Chacune pouvait contenir soixante personnes et nous étions des centaines. Sans compter deux vastes radeaux. Les passagers les plus menacés l'avaient-ils deviné ? Toujours est-il qu'ils se jetaient à l'eau, bravant la hauteur de huit mètres, pour fuir tant les flammes que la fumée.

Comme si, gouvernés par leur instinct de survie, ils avaient compris en l'espace de quelques secondes que seule l'eau leur offrait une ultime et très mince chance de s'en sortir.

L'une des premières chaloupes descendues, pleine à ras bord, était commandée par un élève officier mécanicien, un second maître étant à la barre. Un certain Alexis. Il prit l'initiative de mettre le cap sur le phare de Guardafui. Les rameurs cessèrent leurs efforts lorsqu'un pétrolier apparut au loin. Dès lors, l'embarcation essaya de rester stable, debout à la lame. Ils attendirent leur tour pendant des heures jusqu'à ce que la situation rende possible le transbordement des passagers bien que le navire se tînt contre le vent. Une passagère tombée à l'eau en ratant une marche de l'échelle de corde fut sauvée par le barman de la piscine et un garçon du *Georges Philippar* qui plongèrent aussitôt pour la maintenir à flot jusqu'à l'arrivée d'une chaloupe envoyée par le pétrolier.

Le commandant ordonna de garder les canots groupés. Des marins eurent l'heureux réflexe de balancer à la mer tout ce qui pouvait aider les passagers, des planches surtout. Puis on en vit plonger pour installer des enfants sur une bouée, des petits de trois ou quatre ans, et même un bébé, qui s'en tira sans une égratignure.

— Sautez ! Mais sautez donc ! Vous voulez griller tous ?

Les matelots s'époumonaient. Pour convaincre les hésitants, ils leur faisaient valoir qu'une fois dans l'eau, ils seraient aussitôt recueillis et installés par d'autres en attendant les secours.

Il faut croire que leurs arguments portaient puisqu'on vit ainsi toute la famille Bizot, de la belle-mère au nouveau-né, faire le grand saut.

Une série d'explosions secouèrent le bâtiment. Des détonations semblables à celle d'un canon de 37 mm. C'étaient les fameuses batteries d'alfite destinées aux bouteilles de gaz carbonique liquéfié. Un tonnerre à faire décamper les récalcitrants et décider les hésitants à fuir par la coupée arrière. Même l'orchestre avait plié bagage. Il ne se sentait pas du tout de ressusciter l'épisode le plus fameux de la tragédie du *Titanic*, encore dans les mémoires vingt ans plus tard à quelques jours près. Jouer jusqu'à l'engloutissement, et puis quoi encore ? Pour en avoir souvent parlé entre eux, et parfois même avec nous, « nos » musiciens savaient que si la musique va au-devant de la panique des passagers, elle a aussi pour effet de retarder leur départ d'un bateau condamné en les rassurant abusivement. Il est vrai qu'il y eut de l'eau et de l'électricité jusqu'à la fin. Au moins les groupes électrogènes n'avaient pas fait défaut.

Chacun essayait d'emporter ce qui lui était essentiel. Pour tant de femmes, leurs bijoux. Pour tant d'hommes, leur cartable contenant les documents d'affaires, ou leur montre. Pour Albert Londres, ce ne pouvait être que ses articles. Pour moi, mon exemplaire de Platon, que j'avais soigneusement emballé dans plusieurs couches de plastique en espérant lui créer une sorte de bulle étanche, avant de demander à un passager de l'attacher solidement dans mon dos avec une large bande adhésive qui me ceinturait le torse au plus près. Jamais je n'aurais imaginé qu'un jour *Gorgias, Cratyle* et *Phédon* me serviraient de bouée.

Dès que je parvins à me frayer un chemin à travers le rideau de fumée qui menaçait d'intoxiquer quiconque ne se dissimulait pas derrière un foulard mouillé, je me mis en quête de Salomé. Elle n'apparaissait nulle part sur les ponts et les coursives. Et dans l'eau pas davantage. Je résolus de me rapprocher de sa cabine, remontant face à la foule qui refluait vers l'avant. À l'instant même où j'allais enfoncer sa porte, elle l'ouvrit, aussi surprise que moi. Numa, qui l'accompagnait, lui tenait la main. Elle le guidait. Les flammes se rapprochaient. Ça hurlait de partout, ça hurlait si fort ! Persuadé qu'elle ne m'entendait pas, je lui fis signe de me suivre au bout de la coursive en agitant les bras. Au lieu de quoi elle emprunta le chemin inverse, agrippant son ami par le bras. Je n'en croyais pas mes yeux : alors que tous refluaient vers eux, elle emmenait Numa vers un brasier. J'aurais voulu m'interposer mais c'était trop risqué. Le feu se propageait à une vitesse insoupçonnée, les flammes traversaient le bateau perpendiculairement, le vent soufflant de bâbord à tribord.

— Arrête, Salomé ! Recule !

La situation me réduisait à l'impuissance.

Que faire d'autre que crier pour la prévenir du danger ? Comme si elle l'ignorait ! Une phrase qu'elle avait prononcée me revint alors à l'esprit : « Ce qu'une catastrophe a fait, une catastrophe peut le défaire. » Ce ne pouvait être que cela et rien d'autre, l'explication de son attitude insensée. Face aux flammes, elle arracha ses lunettes noires d'un geste brusque et s'égosilla : « Regarde ! De tous tes yeux, regarde ! Numa, regarde ! »

Les flammes allaient lui lécher le visage tant elle l'en rapprochait. Mais le danger ne le faisait pas reculer d'un pas. Elle jeta ses mains sur sa face rougie par la chaleur et des doigts lui écarquilla les yeux, appuyant fortement sur ses paupières. Puis elle empoigna violemment ses cheveux et, secouant sa tête d'une main énergique, le força à fixer les flammes : « Regarde de tous tes yeux ! » hurlait encore Salomé, hors d'elle. Au bout de quelques secondes qui me parurent une éternité, il les entrouvrit difficilement. Le choc fut tel qu'il bondit en arrière, comme si le souffle d'une explosion l'y avait projeté, et s'affala sur le pont. Il devenait urgent de fuir ce côté du navire envahi par une fumée de plus en plus toxique. Nous l'aidâmes tous deux à se relever et nous courûmes vers le château avant.

La cloison de fer isolant l'hôpital tenait bon mais elle rougissait de minute en minute. Le Dr Guibier ne savait plus où donner de la tête. Je le surpris agenouillé et pratiquant un massage cardiaque sur le second capitaine tombé en syncope, exténué par les efforts déployés. Des passagers plongeaient à l'aveuglette dans le noir. La plupart avaient revêtu leur gilet de sauvetage mais certains, pris de panique, avaient oublié le leur dans la cabine. J'ôtai le mien pour le faire enfiler à Mme Fedora qui paraissait complètement perdue. Salomé en fit autant lorsqu'elle constata que Numa n'en portait pas. Un regard muet échangé entre elle et moi dans la folie ambiante nous suffit pour saisir Numa chacun par un bras et l'emmener au bastingage afin de l'obliger à sauter.

— C'est bon, j'y vais, dit-il simplement.

Il l'enjamba mais juste avant de se jeter eut le réflexe de regarder, de relever la tête à plusieurs reprises et d'attendre quelques instants :

— Je ne voudrais pas m'écraser sur une chaloupe, ce serait le comble, non ?

Puis il sauta. C'était le tour de Salomé, à supposer qu'elle puisse vaincre sa phobie de l'eau, cette inexplicable terreur intime qui lui avait tant de fois fait éviter les parages de la piscine. Je m'apprêtais à courir lui procurer un gilet de sauvetage quand j'eus une vision aussi étonnante qu'effrayante, image d'une force et d'une poésie qui resteraient longtemps gravées dans ma mémoire : Salomé, ma petite Salomé, au lieu de sauter debout à la diable ou de se laisser tomber dans l'eau comme les autres, grimpa sur l'arête du bastingage, s'y dressa avec la majesté de la *Victoire de Samothrace*, écarta ses bras de part et d'autre du buste avec une grâce inouïe telle la déesse Niké déployant ses ailes, puis, dans ce décor d'apocalypse, exécuta un saut de l'ange d'une perfection formelle qui laissa quelques passagers dans un état de sidération.

Le nageur en moi reprit aussitôt le dessus. Sans même y réfléchir, j'enlevai mes chaussures et me dépouillai de mes effets pour plonger à mon tour, manquant d'écraser deux personnes qui paraissaient inertes dans leur gilet. Le clair-obscur ne permettait guère de reconnaître des visages familiers. Parfois un objet ou un vêtement envoyait un signal incertain.

Un silence pesant s'installa, ponctué, en bruit de fond, par les râles des blessés à l'agonie. Je m'employai à les secourir en les aidant à se hisser sur les chaloupes, fussent-elles déjà pleines ; il n'y avait pas d'autre moyen d'espérer les sauver. Un souffle de vie animait encore certains visages atrocement brûlés. À croire que l'enfer était vide, et tous ses démons ici. Les plus atteints, à bout de forces, risquaient l'hypothermie. Car on avait froid dans l'eau, de plus en plus froid et, si j'avais l'impression d'y échapper, c'est que je ne cessais de nager d'un corps à un radeau, d'une bouée à une embarcation. Je cherchai Anaïs, en vain.

Soudain, une vision m'horrifia. Une bouteille flottait tout près de moi. Une bouteille contenant un paquebot miniature. Inutile de crier, Salomé ne pouvait m'entendre. Mais lorsqu'elle perçut mes grands gestes et qu'elle me vit brandir la petite bouteille, elle comprit aussitôt et me rassura en désignant du doigt un canot au loin. Pipo, qui avait dû lâcher son seul bien en sautant sur une chaloupe, était sauf. Puis je la vis à nouveau disparaître, plonger sous l'eau et en remonter en traînant parfois un corps, parfois rien, avant de recommencer. L'imminence du péril lui fouettait le sang. Elle tenait bon en chassant la tristesse et en gardant la colère. Des silhouettes apparaissaient encore, penchées au bastingage du paquebot. Difficile de deviner leur nombre car seul le flanc bâbord était visible. Leur équilibre était de plus en plus précaire en raison de la gîte qui s'accentuait. Les flammes s'en rapprochaient. Au moins avaient-elles le mérite d'éclairer les visages. Lorsque je reconnus l'un d'eux, je fis de grands signes à Salomé et sans attendre, des deux points éloignés où nous nous trouvions, nous nageâmes aussi rapidement que possible vers le navire.

« Soko ! Soko ! Plongez, monsieur Sokolowski, allez-y ! On vous attend ! » hurlait-on à l'unisson, les mains en porte-voix. Notre ami paraissait étrangement calme, comme résigné. Alors il dégrafa lentement son gilet de sauvetage et le remit à un marin interloqué ; puis, dans une attitude empreinte d'une grande dignité, et avec une certaine solennité, il ajusta son smoking, remit en place un nœud papillon qui avait subi quelques avanies dans la folie ambiante, se recoiffa soigneusement, les doigts en guise de peigne. Et au lieu de sauter ou même de plonger comme certains, Soko-le-Magnifique choisit de se laisser tomber dans l'eau la tête la première. Sa chute signait sa fin volontaire d'autant que, la gîte s'étant aggravée, notre ami ne put éviter de se cogner lourdement à la coque par deux fois. Son destin lui appartenait. Salomé arriva avant moi au point de chute. Elle disparut sous les flots à plusieurs reprises dans l'espoir de le ramener, avant de renoncer.

Les journaux et leurs reportages avaient beau nous avoir familiarisés avec les naufrages, nous vivions une situation irréelle. La réalité que nous affrontions excédait les pouvoirs de la fiction car elle n'avait pas l'obligation d'être vraisemblable. De plusieurs points de la côte, des sambouks étaient partis à la recherche des naufragés. Ma résistance au froid et à la fatigue commençait à céder. Un morceau de radeau flotta jusqu'à moi. Ou plutôt ce qui en tenait lieu, confectionné par les marins qui avaient scié les balestons des tentes sur le gaillard. Je m'y agrippai dans l'espoir de reprendre des forces.

Soudain le silence se fit. Un silence pathétique, à peine brisé par l'écho de quelques plaintes ici ou là. L'incendie qui faisait rage projetait son reflet sur l'eau. Une immense solitude nous remplit, mêlée à un inexplicable sentiment d'abandon. À croire que nous étions condamnés à attendre d'être avalés un par un dans l'infracassable noyau de nuit. Je me surpris à marmonner, que dis-je, à psalmodier, les yeux mi-clos d'épuisement et les dents serrées par la douleur : « Mon Dieu, pourvu que je tienne jusqu'à l'aube... Mon Dieu... » La prière intérieure de Blanquette, mon *kaddich*. On dit que l'espérance, c'est ce qui reste quand il n'y a plus d'espoir. Ce moment-là fut pour moi le début d'une longue nuit dont je mis des années à sortir. Ma vue commençait à se brouiller. On entendait des dents claquer, signe que les corps inertes autour de moi avaient encore un souffle de vie en eux ; mais non, ces tremblements de mâchoire n'étaient que les miens ; en m'en rendant compte, je m'effrayai.

Soudain, un cri, suivi de plusieurs autres. Derrière l'épaisse fumée que le *Georges Philippar* continuait à vomir, un navire à peine moins important se profila à l'horizon, puis un autre, et un autre encore. Les rayons de leurs projecteurs balayèrent l'eau moirée. Bientôt, des chaloupes conduites par leurs marins se rapprochèrent pour nous secourir. Les noms que je distinguai peints à l'avant de la coque, jamais je ne les oublierais. Des noms désormais magiques : *Sovietskaïa Neft*, *Contractor*, *Hakone Maru*, *Mashud*, *Remo*, *Comorin*, *Général Voyron*, *Céphée*... À tous indistinctement ma mémoire rend hommage, même si j'ai oublié le nom de celui qui a reculé l'instant de ma mort.

Ce matin-là, le soleil se leva à 5 h 30 sur un spectacle de désolation.

16 mai 1932, à bord du Contractor.

Salomé se calfeutrait sous une couverture dans un coin du navire qui faisait route vers Djibouti, sur la Côte française des Somalis à l'entrée sud de la mer Rouge, afin de nous y déposer à peu près sains et saufs. Sans un mot, je me rapprochai d'elle pour la réchauffer dans mes bras. Sans même que j'eusse à formuler mon incompréhension devant son aisance dans l'eau, elle m'expliqua : la natation, c'était sa vie, avant ; mais, du jour où elle avait injustement été écartée d'une compétition nationale par son club, en raison d'un physique jugé en rupture avec les canons officiels de sa fédération, son ressentiment, sa déception avaient été tels qu'elle s'était juré de ne plus jamais nager... Elle interrompit son récit pour me donner un coup de coude puis désigner d'un coup de menton un homme qui titubait sur le pont, hagard et hébété, les bras écartés en signe d'impuissance, un être perdu et désespéré à fendre le cœur qui appelait sa femme en vain. La silhouette défaite d'Henry Balestier se précisa dans l'ombre. Lui, la mort avait fini par l'oublier. Lorsqu'il aperçut Numa allongé à même le sol non loin de nous, et surtout lorsqu'il le vit se redresser d'un coup à son approche comme s'il l'avait reconnu au premier regard, il se jeta aux pieds de son petit-fils, s'agenouilla, lui prit les mains et, les larmes aux yeux, implora son pardon. Le jeune homme, lui, continuait à regarder les étoiles. On croit savoir l'essentiel d'une personne que l'on côtoie tous les jours pendant deux mois, il manque juste l'événement, cette chose apparemment insignifiante, qui nous la révélera autre que nous la savons. À ces grands bourgeois qui ne connaissaient que le drame, les circonstances venaient faire découvrir le tragique de l'existence.

— Et ta traduction, Salomé ? Tu as pu la sauver ?

— Bof ! fit-elle en haussant les épaules. Quelle importance, tout ça, maintenant. Je la recommencerai je ne sais où, mais pas sur un paquebot car je ne repartirai plus en croisière sans mon grand-père.

Soudain elle se redressa.

— Et Platon ? Je veux dire : *ton* Platon ?

— Je crois que j'en ai plein le dos...

Il était temps de m'en détacher, ce à quoi elle s'employa avec une brutalité assez perverse. Je les observais tous, grelottant sous leurs couvertures et je me sentais si seul, bête comme un vivant. Une femme jeta des fleurs en direction du *Georges Philippar* à la dérive en guise d'adieu aux disparus qui avaient la mer pour linceul. Quand on a été avalé par la mer, il n'y a pas de lieu pour déposer un caillou blanc. Une tombe en fumée aussitôt devenue une tombe liquide.

Riches ou miséreux, nous participions tous d'un même monde, et pour un bref instant d'une même société. Les indemnes, les rescapés, les miraculés. La croisière, en comédie comme en tragédie, nous avait tous révélés en nous mettant à l'épreuve. Emmitouflés, certains demeuraient prostrés, incapables de parler quand d'autres, agités comme jamais, étaient pris de frénésie verbale. Les langues se déliaient. On ne comptait plus les passagers dont les ampoules des liseuses avaient sauté dans leur cabine. Dommage que Mme Valentin ait été la seule à s'en plaindre.

Il était vain de tenter de retrouver des visages connus, tant nous étions éparpillés sur les différents navires qui, par bonheur, croisaient non loin. Il suffisait de ne pas les chercher, mais je ne pus m'empêcher de lancer un peu partout le nom d'Anaïs Modet-Delacourt jusqu'à ce qu'un mousse m'assure l'avoir vue embarquer avec son mari à bord du *Comorin*. Luigi Caetani vint me réconforter. Il souriait en parlant tout seul.

— Faites-moi participer à votre joie, l'implorai-je.

— Il y en a, tout de même... Vous savez ce que m'a dit Alvarez de la Mirada dans la chaloupe ?

— Il est vivant ? Dieu merci...

— Il m'a dit très calmement, sur le ton de la conversation, comme si on allait nous servir le thé : « Mon cher, c'est le moment ou jamais de nous dire si vous croyez en l'instinct de conservation. »

Un rescapé, l'un des rares à se tenir debout, s'était immobilisé depuis un bon moment face au *Georges Philippar* en feu. Il semblait le défier. Peut-être l'insultait-il. Lorsque le brouhaha des conservations cessa, on entendit plus distinctement son monologue. C'était une prière, la prière des marins :

>...Obtiens-leur une âme pure comme brise de mer,
>Un cœur fort comme les flots qui les portent,
>Une volonté tendue comme voile sous le vent,
>Une attention qui veille sans mollir comme gabier dans la hune,
>Un corps bien armé pour les luttes contre les tempêtes de la vie...

Quand il se retourna enfin, je reconnus l'homme que j'avais vu prier face aux ex-voto à la basilique Notre-Dame de la Garde juste avant de partir. Il me dévisagea, me remit lui aussi et s'assit à côté de moi sur un tas de cordages enroulés :

— Et maintenant, quoi ? Un naufrage, tout de même. Il y a des blessés, il y a peut-être des morts, que va-t-il se passer ?

— Comme d'habitude, lui dis-je d'un ton las. On nommera une commission d'enquête. À la Chambre on s'étonnera de la singulière propension des plus belles unités de notre marine à être sujettes aux incendies. Bien entendu, on incriminera la fatalité et on constatera que chacun a fait de son mieux. Et qui sait, avec un peu de chance, il y en aura pour poser la question des responsabilités. Trop facile d'invoquer la force majeure et le risque de mer. Et si un jour un responsable est désigné, ce dont je doute fort, il gardera la honte en lui tout le reste de sa misérable vie, c'est écrit, car la honte survit à tout.

Incrédule, il secoua la tête de droite à gauche puis retourna à son poste d'observation face à la mer. Soudain son corps se mit à trembler de tous ses membres. Les premiers signes d'une détresse respiratoire se manifestaient par le saccadé de son souffle. Un médecin accourut, l'allongea au sol et lui fit une piqûre qui le calma aussitôt. Quelqu'un derrière moi évoqua le syndrome du lac Ladoga. Cette légende rapporte qu'un cavalier poursuivi par une horde de cavaliers qui voulait le lyncher, une fois parvenu aux rives des eaux glacées, n'hésita pas à les franchir pour se réfugier de l'autre côté et échapper à ses poursuivants ; une fois en sécurité, il se retourna, contempla cette glace qui aurait pu mille fois se briser sous les sabots de sa monture ; et c'est seulement après avoir pris conscience du danger que la peur s'abattit sur lui ; alors, pris de frayeur rétrospective, son cœur cessa de battre.

En regardant autour de moi, je croyais reconnaître sur tant de visages l'effroi de ce cavalier.

Derniers jours.

Par l'opérateur radio du cargo qui nous avait repêchés, nous pouvions suivre les derniers développements de la situation. Sur le *Georges Philippar,* ou du moins ce qui en restait, la cloison avant du pont d'équipage était rouge. Le château n'était plus qu'un amas de ferraille. La cale était en feu. Et les moteurs des génératrices continuaient à tourner... La vie allait le déserter. La chaloupe dépêchée par un navire de sauvetage en fit le tour afin de s'assurer qu'il n'y avait plus personne à sauver. Ne restaient plus que le capitaine en second, le médecin, le commissaire de bord, les lieutenants. Lorsque tous embarquèrent, le commandant Vicq les rejoignit, sa valise à la main – un détail qui marqua des passagers qui l'observaient depuis leur chaloupe ou leur navire de sauvetage, eux qui n'avaient pas eu le temps ni la chance d'emporter quoi que ce soit. Il fut le dernier à quitter le navire à huit heures du matin ce 16 mai 1932. Le *Sovietskaïa Neft* le recueillit puis le transborda sur l'*André Lebon* à destination de Djibouti.

Le *Georges Philippar* n'était plus qu'un immense brasier. Son épave dériva durant trois jours vers le nord avant de sombrer par la poupe et de s'échouer à deux mille mètres de fond. Il n'aurait navigué que quatre-vingts jours. Nous, nous étions déjà loin, même si ce cauchemar hanterait longtemps encore nos nuits. Notre bal de têtes s'étant mal terminé, il fallait juste éviter de croiser un miroir pour ne pas risquer d'y apercevoir des cheveux blancs et une figure nouvelle de vieillard au retour d'une maladie ou d'un trop long voyage.

La fin de la traversée me parut interminable et pesante. L'esprit de la croisière, avec ce qu'il peut avoir de villégiature enchantée, n'y était plus. Une insondable tristesse dominait. La catastrophe nous avait laissés en vrac. Tous les jours le bilan était réactualisé. Les agents des Messageries maritimes chargés d'effectuer la liaison entre les passagers disséminés modifiaient leurs registres d'heure en heure même si, à mesure que le temps mettait le drame à distance, tout espoir de retrouver des absents, des manquants à l'appel, se réduisait comme peau de chagrin.

Des listes étaient affichées et remplacées autant que nécessaire. Des noms qui ne me disaient rien, à croire que nous n'avions pas voyagé sur le même paquebot. Puissance de la compartimentation entre les classes, et même à l'intérieur des classes !

Mme Rivoal, Coupeaud, Van Tricht, Jullien, Laval, Wolff, Clément, Saugeaux, Mme Claudon, Planté, Agostini, Luzergnes, Mme Lefèvre... Ceux dont la qualité était révélée me touchaient plus encore car je me prenais à imaginer leur vie : le capitaine d'armes Rose ; Rousselot, contrôleur des postes ; Merlini, inspecteur du ravitaillement ; Mlle Berthe Halbout et Mme Bouvier, femmes de chambre des premières ; Louis Alfred, chef de la magistrature en Indochine ; Pettinati, cambusier... À force de les lire et les relire, des noms d'inconnus nous devenaient familiers : M. Joyeux, avocat général à Hong-Kong, disparu ; Thaï van Toan, ministre d'Annam, rescapé ; Mlle de Rouge, brûlée vive, immergée en fin de journée... On apprit les noms de ceux qui étaient morts de leur dévouement pour avoir sauvé nombre de personnes, tel l'enseigne de vaisseau de première classe Jacques Callou, embarqué à Shanghaï et qui voyageait en simple passager. J'ai su que Georges Auger, l'infirmier des Messageries maritimes, avait été d'un dévouement exemplaire pendant le naufrage, de même que le chef de timonerie M. Collin, mais qu'étaient-ils devenus ?

Et Hercule Martin, mon cher Knock ? Pas de nouvelles. Et mes chers Armin et Tessa de Beaufort ? Pareil. Et Oblomov, avait-il continué à oblomoviser dans son coin, défiant l'horreur en cours, avant de poursuivre son inactivité quelque part sur la mer, ou peut-être dessous ? On l'ignorait encore. Et les membres de ma petite troupe de théâtre ? Nous étions bien loin du *Partage de midi* dans lequel nous aurions dû nous débattre, ce jour-là à cette heure précise, si seulement... Comme à la fin d'un roman, j'avais du mal à me séparer de mes personnages.

Quant à Albert Londres, il n'y avait plus aucun espoir de le retrouver vivant, même si ses plus fidèles lecteurs parmi nous l'imaginaient volontiers réfugié sur un îlot au large d'Aden, ou avançant à grands ahans dans les dunes à la recherche d'oasis sur la Côte des Somalis, ou récupéré par un sambouk qui passait par là, pas mécontent de s'isoler du monde ni pressé de rentrer. À quarante-sept ans, il n'était pas rassasié de jours, comme il est dit dans les Écritures. Sa légende de grand reporter élevée au rang de mythe lui conférait une certaine immortalité dans les cœurs et donc dans les esprits. À ceci près qu'un Quichotte n'est pas un aventurier, mais un chevalier d'idéal dans une affirmation absolue de sa liberté. Albert Londres, lui, s'était rêvé Quichotte et Cervantès à la fois.

Sa disparition autorisait toutes les extravagances d'interprétations. Partant du principe que sa présence à bord et la nature explosive de son enquête chinoise étaient la cause de la catastrophe, et bien que nul ne songeât à l'en incriminer, tous spéculaient. Le complotisme allait bon train. La thèse faisait son chemin sur notre paquebot de sauvetage, comme sur les autres, si l'on en croyait les nouvelles : un attentat avait coulé le *Georges Philippar* et Albert Londres en était la cible. M. Aller, un maître d'hôtel des premières classes, rapporta ce qu'il lui avait confié alors qu'il l'accompagnait pour dîner sur le balcon des Lang-Willar et que l'écriture de son enquête était bouclée : « Ce travail sera le couronnement de ma carrière... Si je voulais, j'obtiendrais des millions des documents que je rapporte... Ils concernent l'immixtion bolchevique dans les affaires sino-japonaises... »

Mais peut-être espérait-il ainsi lancer un curieux sur une fausse piste. Quant à la raison de l'attentat, sans la moindre preuve, chacun avançait sa théorie : qui la contrebande d'armes, qui le trafic d'opium, qui l'ingérence soviétique, qui la corruption d'hommes politiques français, qui la vengeance du PC chinois à la suite d'un transport d'armes du *Georges Philippar* pour le compte des Japonais, qui la réunion de toutes ces théories dont je m'évertuais à expliquer, en me mêlant aux différents cercles de discussions, qu'elles étaient absurdes. Il suffisait de faire appel au bon sens. Car enfin, pour supprimer le journaliste, n'importe quel homme de main aurait fait l'affaire. Dans l'un de ses câbles au jour le jour sur la situation, le reporter avait lui-même raconté comme M. Dien, un grand banquier chinois, s'était fait kidnapper par quatre hommes surgis d'une voiture en pleine journée alors qu'il passait par Burkill Road dans son rickshaw. Ou comment le général Wang Shou avait subi le même sort dans le hall de l'hôtel Astor House. Deux hommes pourtant éminents que nul n'avait jamais revus. Malgré le couvre-feu et le danger permanent, Londres se promenait seul toutes les nuits dans les rues de Shanghaï à la recherche de contacts, de sources, d'informateurs, n'hésitant pas à errer dans les quartiers excentrés du Bund comme dans les ruelles enténébrées de la ville chinoise, ou à se perdre dans les venelles sombres du côté de la rue de Nankin. Des lieux où chaque fenêtre aux volets clos semblait abriter un *sniper*. Et même au cœur de la concession française, n'importe quel exécuteur lui aurait logé une balle dans la tête au coin d'une rue sans courir le moindre risque. Ce qui aurait été tout de même plus sûr que d'organiser un incendie sur un paquebot en espérant que son éventuel naufrage entraînerait sa mort parmi le petit nombre de ceux qui n'en seraient pas revenus ! Car le bilan se précisa : sur les soixante-sept personnes qui manquaient à l'appel, une quarantaine ne furent jamais retrouvées. Pour la plupart des passagers des premières classes, où le feu avait pris, auxquels s'ajoutaient quatre personnes des quatrièmes, un marin et trois domestiques. Le registre des passagers de seconde et de troisième classe ne déplorait aucune perte. Ceux d'en haut rejoignaient ceux d'en bas au sein d'une même histoire. Mais, une fois n'est pas coutume, l'inégalité frappait à contre-courant.

L'équipage ainsi que le personnel, dont l'abnégation et l'efficacité furent généralement louées, étaient sains et saufs. Quelque quarante morts sur les sept cent soixante-sept, membres d'équipage compris, que transportait le *Georges Philippar* au retour, c'était peu. Mais c'était quarante de trop.

À mes yeux, cela ne faisait guère de doute : l'origine était à chercher dans le court-circuit et la cause dans la propagation rapide du feu. Après, c'était affaire de circonstances, de responsabilités, de lenteurs dans les prises de décision, de poids des négligences, d'initiatives critiquables, de la conception du bateau jusqu'aux réactions face à la catastrophe. Des passagers sont morts par asphyxie dans un cul-de-sac parce que la porte arrière de la coursive bâbord du pont D était restée hermétiquement fermée pendant toute la traversée afin d'empêcher des passagers d'en bas de s'infiltrer sur le territoire des premières. Et la clé n'était même pas sur la serrure. À qui ferait-on croire que c'était normal ? Moins que jamais il m'importait d'avoir raison. La marge d'incertitude, le territoire du doute, l'aire des mystères me convenaient mieux. À trop fréquenter la fiction, on peine à en sortir.

Des témoignages concordants nous parvinrent sur les derniers instants de M. Londres. La galerie dans laquelle donnait sa cabine était en feu à ses deux entrées. Il n'avait d'autre choix que de sauter par le hublot mais s'y refusa jusqu'à la dernière extrémité. Son voisin de cabine, qui ne passait pas pour un affabulateur, M. Julien, ingénieur des services municipaux de la ville de Saïgon, rapporta qu'il tambourinait à sa porte en hurlant : « Au secours ! Sauvez-moi ! » Certains assurèrent qu'il avait été brûlé vif, pour l'avoir aperçu par le hublot appelant à l'aide ; d'autres prétendirent l'avoir vu tomber à l'eau et couler à pic. Cramé ou noyé, on ne le reverrait plus jamais. Dans un rêve éveillé je *vis* des crieurs vendre leurs journaux sur les grands boulevards le bras ceint d'un bandeau noir. La presse parisienne n'avait pas tardé à en faire ses manchettes, non parce qu'il était des leurs mais parce qu'au fil des ans, des reportages, des dénonciations et des coups d'éclat d'innombrables lecteurs en avaient fait un ami lointain, une signature de confiance que l'on retrouve régulièrement dans son journal du matin, dût-elle gambader d'un quotidien à l'autre au gré de mouvements d'humeur gouvernés par un orgueil impérieux. Il ne supportait pas que des administrateurs prétendent lui imposer une ligne politique. Dans ces moments-là, il se coiffait de son feutre taupé, saisissait sa canne, tirait sa révérence au conseil d'administration et posait sa démission par un solennel : « Messieurs, vous apprendrez qu'un reporter ne connaît qu'une seule ligne : celle du chemin de fer ! » La formule avait fait le tour des rédactions et beaucoup, parmi les plus jeunes, en firent leur devise.

Lorsque sa disparition fut annoncée comme définitive, je le vécus comme un choc personnel. Mais le coup de grâce fut asséné quelques jours plus tard. Excellents nageurs, les Lang-Willar n'avaient eu aucun mal à rejoindre une chaloupe après avoir secouru quelques blessés prêts à se noyer. Une fois recueillis à bord d'un paquebot, ils entrèrent en contact avec la direction d'*Excelsior*. Comment ses responsables étaient-ils au courant ? Toujours est-il qu'ils connaissaient les liens d'amitié qui les liaient à leur reporter vedette et ils savaient que les Lang-Willar avaient en leur possession la fameuse série d'articles tant attendue. Londres la leur avait-il confiée ou le couple l'avait-il récupérée dans la débandade ? À Djibouti, à moins que ce ne soit à Port-Saïd où il fut débarqué avec sa femme, Alfred Lang-Willar reçut les représentants de la presse : « Dépositaires de sa pensée, nous en savons assez pour avertir le gouvernement français à notre retour... »

Puis il se confia en particulier à l'envoyé spécial d'*Excelsior* qui publia son récit en exclusivité. Le journal affréta aussitôt un avion privé et recruta le meilleur pilote du moment, le capitaine de réserve Goulette, un as parmi les as, accompagné de Moreau, mécanicien de grande classe, pour aller chercher les époux Lang-Willar et les ramener au plus vite à Paris avec leurs documents et les dernières photos d'Albert Londres vivant et du paquebot naufragé. Ils auraient pu se contenter de les confier au pilote, mais non, ils étaient pressés de rentrer. Après une escale à Brindisi, leur monoplan de trois cents chevaux mit le cap sur Marignane et, pris dans la brume, heurta le mont Ermicie, à six heures de marche de Veroli, une commune de la région du Latium, et s'écrasa. Le couple et les deux aviateurs moururent sur le coup. Il ne restait rien de leurs valises et sacoches, les carabiniers et le secrétaire régional du parti fasciste ayant tout emporté. On n'en sut pas plus.

À une table, des passagers se souvenant qu'ils étaient ingénieurs disputaient sans fin des origines et de la cause du naufrage. Nul ne faisait observer cette étrangeté : les installations étaient conçues pour un courant de cent dix volts alors que les dynamos fournissaient un courant de deux cent vingt volts. Mais j'avais décidé de ne pas m'en mêler, n'étant pas du bâtiment. Sans nier la possibilité d'un court-circuit, ils jugeaient l'hypothèse improbable :

— Les fils conducteurs en cuivre sont recouverts d'une couche de caoutchouc, gainée elle-même par une couche métallique, exposa l'un. Comment, dans ces conditions, les deux fils d'un circuit pourraient-ils venir en contact direct ?

— Il y avait trois génératrices en fonctionnement accouplées sur trois circuits, ajouta l'autre. En cas de court-circuit, celui-ci n'aurait pu être aux différents foyers.

— Pour être honnête, il faut reconnaître que les leviers de commutateurs étaient composés de couteaux en carton comprimé particulièrement inflammables...

C'est là que M. Vitalis, ingénieur électricien à Hanoï, intervint :

— Il y a toujours eu de la lumière. Et puis quoi : vous avez raison, il n'est pas de câble électrique qui ne soit sous-tressé d'une tresse d'acier, isolant chaque fil de cuivre conducteur enrobé de caoutchouc ; impossible ainsi que deux fils conducteurs entrent en contact à moins qu'une main, non pas maladroite mais malveillante, ne les y force.

On y était : le complot. Sans que le mot fût prononcé. Des groupes s'agglutinèrent aux ingénieurs et la polémique devint nettement moins technique. On entendit alors les thèses les plus délirantes ; les plus farfelues défiaient toute logique. Il y en eut même pour faire observer que, « comme par hasard », le premier navire qui se porta au secours du *Georges Philippar*, celui qui se trouvait le plus près de la catastrophe, était soviétique ! Et tant pis pour leur démonstration si les deux qui avaient surgi juste après lui battaient pavillon anglais.

Et si, au-delà du scoop ponctuel qui n'aurait pas manqué de faire scandale, Albert Londres avait écrit ces articles avant tout pour donner une forme à l'immaîtrisable chaos chinois ?

Marseille, fin mai.

La dizaine de cargos de toutes les nationalités qui s'étaient déroutés pour nous porter secours nous déposèrent à Djibouti. Des paquebots nous y cueillirent quelques jours plus tard pour nous ramener à Marseille à partir du 27 mai. À l'accueil, la cohue formée par les familles, les amis, les badauds, semblait grossir de jour en jour. La foule des reporters venus de Paris et de la France entière planta sa tente à même les quais pendant toute la semaine et au-delà. Les récits des survivants remplissaient les colonnes des journaux. Ceux qui avaient tout perdu, à commencer par leur famille, comme M. Venturini qui ramenait la robe tachée de sang de sa fille de vingt ans morte de ses brûlures. Ou comme Jean Vayssières, administrateur des services civils de l'Indochine, résident de France à Stung-Treng au Cambodge, lui-même grièvement brûlé en sauvant son fils. Ceux qui, tel le Dr Bablet, avaient perdu la mémoire écrite de dix années de travail : archives, lettres, rapports, comptes rendus, études qu'il ramenait aux chercheurs de l'institut Pasteur à Paris. Ceux qui rêvaient d'avoir perdu les quatre millions de lingots expédiés de Saïgon au siège de la banque d'Indochine. Ceux qui n'en revenaient pas d'être enfin rentrés sains et saufs.

On avait du mal à se séparer, comme si une forte solidarité s'était nouée entre nous dans l'épreuve. Le souvenir de la catastrophe nous rapprochait. Certains s'y complaisaient, racontant et racontant encore ; d'autres le fuyaient, refusant de livrer tout témoignage.

Un reporter du *Journal* insista pour me faire parler. Comme il s'agissait du quotidien pour lequel Albert Londres travaillait, je me laissai faire mais ma gorge se nouait. Impossible de sortir un son. Jusqu'à ce qu'un homme surgisse de la cohue, l'inévitable Delbos de Calvignac, l'un des rares dont la survie m'importait peu. Sa présence inopinée et non désirée eut le mérite de me secouer jusqu'à me faire retrouver ma voix :

— Mais enfin, Bauer, que cherchez-vous à la fin ?

— Comme tout le monde, mon cher : la vérité.

— Rien que ça ! Comment l'entendez-vous : avec un V majuscule ?

— Peu m'importe : la vérité, ni plus ni moins, ce qui est déjà beaucoup demander, la vérité brute, sans justifications, échappatoires, cas de conscience, ni circonstances atténuantes, la vérité nue, crue, sans autre arme que la raison, l'esprit critique, la conversation argumentée et tant pis si c'est une quête désespérée.

Il haussa les épaules, tourna les talons et s'en retourna soutenir la version officielle de la compagnie. Le hasard, les coïncidences, les circonstances, la fatalité... En attendant mieux.

— Alors ? insista le reporter.

Pour toute réponse, je sortis de ma poche une feuille de papier que je mis dans la sienne avec un sourire entendu. Je n'avais peut-être pas réussi à faire cracher le morceau à Albert Londres, mais sur une autre question, au moins, j'avais fait la lumière à l'issue d'une discrète et rapide enquête à bord.

— Vous permettez ? dit-il et sans attendre la déplia pour la lire à haute voix : Falcoz, ingénieur en chef des services contractuels, Drancey, idem, chargé des détails de l'installation, Joly et Guesne, qui ont signé en janvier et février 1932 les certificats de classement pour le Bureau Veritas, Berlhe de Berlhe, administrateur délégué du Bureau Veritas, Mutiner et Paquet, directeurs successifs des ateliers et chantiers de la Loire, Proteaux, ingénieur des Messageries maritimes, chargé du service de la surveillance à Saint-Nazaire, Georgelin, a surveillé la construction et le montage du navire, Brunet, ingénieur électricien au service du constructeur, Tiffau, contremaître électricien, idem, Saboulin-Bollens, directeur de la société contractuelle des Messageries maritimes, sans oublier Léon Meyer, ministre de la Marine marchande,

Georges Philippar, président du conseil d'administration des Messageries maritimes et des services contractuels, membre du comité central du Bureau Veritas... On dirait une liste noire.

— Il faudra bien qu'ils rendent des comptes, non ? On les fera tous défiler à la barre, vous verrez. Pas celle d'un bateau, celle d'un tribunal. Car il y aura un procès à n'en pas douter. Homicide par négligence, ce serait bien le moins.

— Tous coupables, c'est ça ?

— Ce n'est pas à moi de le dire. Mais tous responsables. D'ici là, le seul risque, c'est que les preuves fatiguent la vérité.

Un autre reporter joua des coudes dans la foule pour parvenir jusqu'à moi et m'entraîner à l'écart en me tenant fermement par le bras. C'était l'envoyé spécial du *Matin* :

— Excusez-moi, monsieur Bauer mais le patron M. Bunau-Varilla vous cherche partout. Sa secrétaire a laissé des messages pour vous. Il paraît que vous avez quelque chose d'urgent à lui dire.

— Moi ? Rien.

— Vraiment ? s'inquiéta-t-il.

— Dites-lui que la réponse gît quelque part au fond de l'océan Indien, ou alors dans un coin inaccessible des Abruzzes. Et que tout cela n'a plus aucune importance à présent.

De toute façon, même si j'avais découvert ce que je devais chercher, je n'aurais rien dit. Rien. Car si l'on peut toujours faire violence à la conscience d'un vivant, puisqu'il a encore le pouvoir de se défendre, il est impardonnable de violer celle d'un mort.

Le 2 juin arriva enfin le *Général Voyron,* l'un des navires qui ramenaient le plus de survivants. Le commandant Vicq se trouvait à bord. Un canot se porta au-devant du paquebot. On y distinguait les silhouettes de Georges Philippar accompagné de deux membres de la direction des Messageries maritimes. Il avait appris l'affreuse nouvelle au café de l'Épée, vieille institution de Quimper où il passait du temps. Il tenait à exprimer le premier la compassion et le soutien de la compagnie. Sur le pont, digne et figé, le commandant Vicq l'accueillit en vêtements civils, sa valise à la main.

À son retour, Ulysse, dans ses habits de mendiant, ne fut reconnu que par son chien. Argos, qui l'avait fidèlement attendu pendant vingt ans, s'autorisa à en mourir aussitôt. Et nous, à quoi ressemblerons-nous après cette épreuve, et qui nous reconnaîtra à en mourir ? Peut-être essuierons-nous alors une larme, en toute discrétion afin que nos Eumée n'en souffrent pas. Ce mystère m'intéressait bien davantage que l'issue du procès de la catastrophe du *Georges Philippar*. Je n'attendais rien des batailles d'experts entre les Messageries maritimes, la compagnie d'assurances et les pauvres parties civiles ou leurs héritiers. Rien à espérer. Du vent. *Poustiki !*

J'ai passé ma vie à lire des livres, à les regarder, à les décrire. Puis je les ai négociés. Et aujourd'hui je les fabrique. Il m'arrive même d'en écrire.

Adolf Hitler et les nazis ont été portés au pouvoir par la voie démocratique quelques mois plus tard, entraînant par la suite l'Europe dans un autre naufrage, un moment d'une barbarie absolue ; c'est notre histoire. Salomé m'a fait l'honneur de me demander d'être le témoin de son mariage avec Numa, et ce fut naturellement toute une histoire. Quant à Anaïs, nous nous sommes retrouvés peu après notre retour à Paris, mais c'est une autre histoire…

Un jour, les Messageries maritimes mirent en service un troisième paquebot de luxe destiné à la ligne Chine-Japon. Le personnel de la direction à Paris demanda à M. Philippar s'il acceptait qu'il fût baptisé *Georges Philippar II*, mais il refusa, ayant mal vécu que son nom soit associé à un drame.

Dans les années 1960, on apprit que des pêcheurs bretons avaient eu la surprise de remonter dans leurs filets une maquette de navire en bois peint crème pour les œuvres mortes, et en rouge et vert pour les œuvres vives. Elle mesurait soixante-dix centimètres de long et quarante-huit de haut. L'Inscription maritime l'identifia comme étant celle du *Georges Philippar*. Elle fut transmise aux héritiers de l'armateur, qui la firent à nouveau immerger, mais par grands fonds afin qu'elle disparût à jamais. Cette fois, je ne fus pas convié à la cérémonie. Dommage car, depuis mon retour de croisière, je n'étais plus sujet au mal de mer.

Conformément à un vœu testamentaire de M. Philippar, le commandant Arnold immergea un sac de souvenirs personnels que celui-ci lui avait confié. La cérémonie s'est déroulée sans témoin le 26 décembre 1960 sur les lieux du naufrage du *Georges Philippar* par 14.10 N et 50.22 E. Même si des médaillons à son effigie furent évoqués, nul n'a jamais su précisément quels objets ce sac contenait. Et nul ne saura jamais ce que contenaient les dernières lettres d'Albert Londres écrites à sa mère, que celle-ci tint à emporter dans sa tombe.

Qu'est-ce qui mourra avec nous quand nous mourrons ? Des choses que nos enfants et plus encore nos petits-enfants ne pourraient comprendre : que l'on puisse s'émouvoir à la pensée de souvenirs qui partiront avec nous, à la vue d'un verger de cognassiers ou d'amandiers.

Cette histoire n'a cessé de me hanter et voilà qu'elle resurgit de manière si dérisoire. Comme tous ceux qui en furent, et quel qu'ait été leur âge, nous sommes nés ce jour-là une seconde fois, le point aveugle autour duquel tout s'organise en amont et en aval, en secret, souterrainement. Depuis, mes actes en portent certainement la trace têtue, ombreuse. Tout ce qu'on peut espérer c'est d'être un peu moins, à la fin, celui qu'on était au commencement.

RECONNAISSANCE DE DETTES

JAN ARMBRUSTER, PETER THEISS-ABENDROTH, « Deconstructing the Myth of Pasewalk: Why Adolf Hitler's Psychiatric Treatment at the End of World War I Bears no Relevance », in *Archives of Clinical Psychiatry*, volume 43, n° 3, 2016.

PIERRE ARNAUD, « Journal de bord, novembre 1931-février 1932, Marseille-Haiphong, à bord du Chantilly », in *L'Encyclopédie des Messageries maritimes*, www.messageries-maritimes.org.

PIERRE ASSOULINE, *Albert Londres. Vie et mort d'un grand reporter, 1884-1932*, Gallimard, 1989.

S.M. BAO DAÏ, *Le Dragon d'Annam*, Plon, 1980.

MARIE-FRANÇOISE BERNERON-COUVENHES, *Les Messageries maritimes. L'essor d'une grande compagnie de navigation française, 1851-1894*, PUPS, 2007.
–, *La croisière : du luxe au demi-luxe. Le cas des Messageries maritimes (1850-1960)*, Eska, Entreprises et histoire, 2007/1, n° 46.

ALFRED BINET, *Psychologie des grands calculateurs et joueurs d'échecs*, Hachette, 1894.

PAUL BOIS, *Le Grand Siècle des Messageries maritimes*, Chambre de commerce et d'industrie Marseille-Provence, 1992.

Sébastien Brant, *La Nef des fous*, trad. Nicole Taube, José Corti, 2004.

John Malcolm Brinnin, Kenneth Gaulin, *Transatlantiques. Style et luxe en mer*, Robert Laffont, 1989.

Jean-Yves Brouard, *Paquebots de chez nous*, MDM, 1998.

Père Joseph Bulteau, « Un voyage de Marseille à Yokohama en 1927 », in *La Vie quotidienne à bord des paquebots des Messageries maritimes*, www.messageries-maritimes.org.

Bernard Cahier, *Albert Londres, terminus Gardafui. Dernière enquête, dernier voyage*, Arléa, 2012.

Blaise Cendrars, Colette, Claude Farrère, Pierre Wolff, *À bord du Normandie. Journal transatlantique*, photographies de Roger Schall, préface de Patrick Deville, Le Passeur, 2003.

Blaise Cendrars, *Moravagine*, Grasset, 1926.
–, « L'Équateur » in *Feuilles de route*, Au sans pareil, 1924.

Mark Chirnside, *The Olympic Class Ships: Olympic, Titanic, Britannic*, Tempus, 2004.

Alain Corbin (dir.), *L'Avènement des loisirs*, Aubier, 1995.

Alain Croce, « GP, un voyage unique », in *Navires et marine marchande*, n° 11.

Robert de La Croix, *Navires sans retour*, L'Ancre de marine, 1996.

Denise Delouche, Anne de Stoop, Patrick Le Tiec, *Mathurin Méheut*, Chasse-Marée / Glénat, 2007.

Alain Dewerpe, « Du style français. Les conventions nationales du paquebot comme produit matériel et comme imaginaire social (1900-1935) », in Bénédicte Zimmermann, Claude Didry et Peter Wagner (dir.), *Le Travail et la Nation. Histoire croisée de la France et de l'Allemagne*, Éditions de la Maison des sciences de l'homme, 1999, p. 281-309.

CORRADO FERULLI, *Au cœur des bateaux de légende*, Hachette Collections, 2004.

GEORGE H. GIFFORD, « Hugo's Pleine Mer and the "Great Eastern" », *PMLA, The Journal of the Modern Language Association of America*, vol. 45, n° 4, 1930.

JULIEN GREEN, *Journal intégral*, Robert Laffont, « Bouquins », 2020.

ALAIN A. GRENIER, « Le tourisme de croisière », *Téoros*, 27-2, 2008.

IVAN GROS, « L'imaginaire du jeu d'échecs en France au XIXe siècle, ou la conversion intellectuelle du guerrier », *Revue d'histoire du XIXe siècle*, n° 40, 2010.

ROBERT GUYON, *Échos du bastingage. Les bateaux de Blaise Cendrars*, Apogée, 2002.

SEBASTIAN HAFFNER, *Histoire d'un Allemand. Souvenirs, 1914-1933*, Actes Sud, 2003.

JEAN-MICHEL HAREL, « La Compagnie générale transatlantique et les Messageries maritimes, deux compagnies subventionnées au service de l'État, 1914-1944 », thèse de doctorat en science politique, Bibliothèque Cujas de droit et de sciences économiques, 2001.

DANIEL HILLION, *Paquebots*, Ouest-France, 1992.

KÉVIN JANIN, « L'image de l'Allemagne dans le journal *Le Matin* entre mars 1932 et août 1934, une impossible compréhension de l'altérité ? », mémoire de master 1 en sciences humaines et sociales, Université Pierre-Mendès-France, 2011.

FRANZ KAFKA, « Le silence des Sirènes » (1917), in *Œuvres complètes*, Gallimard, « Bibliothèque de la Pléiade », tome II, 1988, p. 542-543.

VICTOR KLEMPERER, *LTI. La Langue du IIIe Reich*, Albin Michel, 1996.

JONAS KURSCHEIDT, « Le *Narrenschiff* de Sébastien Brant à l'épreuve du filtre foucaldien », *Babel*, n° 25, 2012.

Jacques de Lacretelle, *Croisières en eaux troubles*, Gallimard, 1939.

Commandant Lanfant, *Historique de la flotte des Messageries maritimes, 1851-1975*, Hérault, 1997.

Virginie Lecorchey, « Stefan Zweig et l'Histoire à travers la littérature : les rapports entre biographies historiques et l'Histoire », thèse de doctorat d'études germaniques, université Paris-Est, 2018.

Thierry Lefebvre, « La mort parfumée des poux. Petite archéologie de la publicité pharmaceutique radiophonique », in *Revue d'histoire de la pharmacie*, n° 336, 2002.

Olivier Le Goff, *Les Plus Beaux Paquebots du monde*, Solar, 1998.

Emil Ludwig, *Entretiens avec Mussolini*, trad. Raymond Henry, Albin Michel, 1932.

Thomas Mann, *La Montagne magique*, trad. Claire de Oliveira, Fayard, 2016.
–, *Les Exigences du jour*, trad. Jeanne Naujac et Louise Servicen, Grasset, 1976.

Nicholas Manning, « La place du divin dans la poétique moderne : le reproche de Philippe Jaccottet adressé à Friedrich Hölderlin », in *Communication, lettres et sciences du langage*, vol. 2, n° 1, 2008.

Pierre-Henri Marin, *Les Paquebots ambassadeurs des mers*, Gallimard, 1989.

Christian Mars, Frank Jubelin, *Paquebots*, Sélection du *Reader's Digest*, 2001.

Daniel Ménager, *Convalescences. La littérature au repos*, Les Belles Lettres, 2020.

Paul Morand, *Le Voyage*, Hachette, 1927.
–, *Au seul souci de voyager*, anthologie par Michel Bulteau, La Quinzaine littéraire / Louis Vuitton, 2001.
–, *Rien que la terre*, Grasset, 1926.

Florence Naugrette, « Comment lire *William Shakespeare* de Victor Hugo ? », in *L'Œuvre inclassable*, Actes du colloque organisé à l'université de Rouen en novembre 2015, publiés par Marianne Bouchardon et Michèle Guéret-Laferté, Publications numériques du CÉRÉdI, « Actes de colloques et journées d'étude », n° 18, 2016.

Jean-Paul Ollivier, *Mon père, Albert Londres et le Georges Philippar*, Glénat, 2010.

Pierre Patarin, *Messageries maritimes. Voyageurs et paquebots du passé*, Ouest-France, 1997.

Nicolas Patin, « Weimar, république normale ? », in *L'Histoire*, n° 65, 2014.

Gérard Piouffre, *L'Âge d'or des voyages en paquebot*, Éditions du Chêne, 2009.

–, *Les Grands Naufrages, du Titanic au Costa Concordia*, First, 2012.

Mathilde Poizat-Amar, « L'Éclat du voyage. Blaise Cendrars, Victor Segalen, Albert Londres », thèse de doctorat en langue et littérature française, Nanterre / Kent, 2015.

Katherine Anne Porter, *La Nef des fous*, Seuil, 1963.

Philippe Ramona, *Paquebots vers l'Orient*, Alan Sutton, 2001.

Pascal Robert, « L'introduction des techniques électriques dans la marine marchande, 1880-1940. Des canots aux liners », Presses académiques francophones, 2013.

Henry Rousso, « Le grand capital a-t-il soutenu Hitler ? », in *L'Histoire*, « Collections » n° 18, 2003.

Avinoam Bezalel Safran (éd.), *Neuro-ophtalmologie*, Rapport annuel de la Société française d'ophtalmologie, Masson, 2004.

Lee Server, *L'Âge d'or des paquebots*, MLP, 1998.

Magali Soulatges, « *Et hic est finis* : bibliomanie, ou le livre-arbitre », http://journals.openedition.org/flaubert/2760, 2017.

Éric Thiers, « Les mondes perdus de Charles Péguy. Un mythe intime et universel », in *Mil neuf cent, Revue d'histoire intellectuelle*, n° 31, 2013.

Frédérick Tristan, *Thomas Mann*, Cahiers de l'Herne, 1973.

Thorstein Veblen, *Théorie de la classe de loisirs* (1899), Gallimard, 1970.

Jules Verne, *Une ville flottante*, Hetzel, 1871.

Louis-René Vian, *Arts décoratifs à bord des paquebots français, 1880-1960*, Fonmare Conseil, 1992.

Eugen Weber, *La France des années 30*, Fayard, 1994.

Ernst Weiss, *Le Témoin oculaire*, Gallimard, 2000.

Pyra Wise, « Olivier Dabescat : du Ritz à l'autre côté de chez Swann », in *Proustonomics*, 2021.

Stefan Zweig, *Le Monde d'hier*, trad. Dominique Tassel in *Romans, nouvelles et récits II*, Gallimard, « Bibliothèque de la Pléiade », 2013.

–, *Pas de défaite pour l'esprit libre. Écrits politiques 1911-1942*, Albin Michel, 2020.

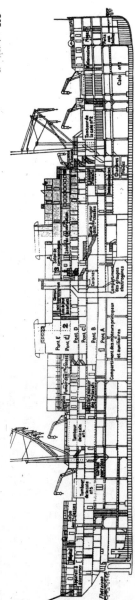

Coupe longitudinale du *Georges-Philippar*, côté tribord.

1. Cabine de luxe 5 (située en réalité sur l'autre côté, à bâbord) où se déclara l'incendie. — 2. Poste de secours d'électricité. — 3. Poste de télégraphie sans fil. 4. Timonerie sur la passerelle de navigation. — Le grisé limite approximativement la partie du « château » qui s'est embrasée tout d'abord.

L'Illustration, n° 4657, 4 juin 1932, p. 195.

Prologue	15
I. Aller	17
II. Retour	331
Épilogue	433
RECONNAISSANCE DE DETTES	437

DU MÊME AUTEUR

Biographies

MONSIEUR DASSAULT, Balland, 1983, Portaparole, 2010

GASTON GALLIMARD, Balland, 1984 (Folio n° 4353)

UNE ÉMINENCE GRISE. JEAN JARDIN, Balland, 1986 (Folio n° 1921)

L'HOMME DE L'ART. D. H. KAHNWEILER (1884-1979), Balland, 1987 (Folio n° 2018). Grand Prix des lectrices de *Elle*

ALBERT LONDRES. VIE ET MORT D'UN GRAND REPORTER, Balland, 1989 (Folio n° 2143). Grand Prix des lectrices de *Elle*

SIMENON, Julliard, 1992 (Folio n° 2797)

HERGÉ, Plon, 1996 (Folio n° 3064)

LE DERNIER DES CAMONDO, Gallimard, 1997 (Folio n° 3268)

CARTIER-BRESSON. L'ŒIL DU SIÈCLE, Plon, 1999 (Folio n° 3455)

GRÂCES LUI SOIENT RENDUES. PAUL DURAND-RUEL, LE MARCHAND DES IMPRESSIONNISTES, Plon, 2002 (Folio n° 3999)

ROSEBUD. ÉCLATS DE BIOGRAPHIES, Gallimard, 2006 (Folio n° 4675)

Entretiens

LE FLÂNEUR DE LA RIVE GAUCHE (avec Antoine Blondin), François Bourin, 1988, La Table ronde, 2004

SINGULIÈREMENT LIBRE (avec Raoul Girardet), Perrin, 1990

Récit

LE FLEUVE COMBELLE, Calmann-Lévy, 1997 (Folio n° 3941)

Documents

DE NOS ENVOYÉS SPÉCIAUX. LES COULISSES DU REPORTAGE (avec Philippe Dampenon), J.-C. Simoën, 1977

LOURDES. HISTOIRES D'EAU, Alain Moreau, 1980

LES NOUVEAUX CONVERTIS. ENQUÊTE SUR DES CHRÉTIENS, DES JUIFS ET DES MUSULMANS PAS COMME LES AUTRES, Albin Michel, 1982 (Folio Actuel n° 30)

L'ÉPURATION DES INTELLECTUELS, Complexe, 1985, réédition augmentée, 1990

GERMINAL. L'AVENTURE D'UN FILM, Fayard, 1993

BRÈVES DE BLOG. LE NOUVEL ÂGE DE LA CONVERSATION, Les Arènes, 2008

LA NOUVELLE RIVE GAUCHE (avec Marc Mimram), Alternatives, 2011

DU CÔTÉ DE CHEZ DROUANT. CENT DIX ANS DE VIE LITTÉRAIRE VUS À TRAVERS LES PRIX GONCOURT, Gallimard, 2013

Anthologie

OCCUPATION. ROMANS ET BIOGRAPHIES, Robert Laffont, 2018

Romans

LA CLIENTE, Gallimard, 1998 (Folio n° 3347). Prix Wizo, choix Goncourt de la Pologne

DOUBLE VIE, Gallimard, 2001 (Folio n° 3709). Prix des Libraires

ÉTAT LIMITE, Gallimard, 2003 (Folio n° 4129)

LUTETIA, Gallimard, 2005 (Folio n° 4398). Prix Maison de la Presse

LE PORTRAIT, Gallimard, 2007 (Folio n° 4897). Prix de la Langue française

LES INVITÉS, Gallimard, 2009 (Folio n° 5085)

VIES DE JOB, Gallimard, 2011 (Folio n° 5473). Prix de la Fondation prince Pierre de Monaco, prix Méditerranée, prix Ulysse

UNE QUESTION D'ORGUEIL, Gallimard, 2012 (Folio n° 5843)

SIGMARINGEN, Gallimard, 2014 (Folio n° 6007). Prix littéraire du Salon du livre de Genève

GOLEM, Gallimard, 2016 (Folio n° 6327). Prix Cabourg du roman

RETOUR À SÉFARAD, Gallimard, 2018 (Folio n° 6698). Prix des Vendanges littéraires de Rivesaltes

TU SERAS UN HOMME, MON FILS, Gallimard, 2020 (Folio n° 6971). Prix des Écrivains du Sud 2020

LE PAQUEBOT, Gallimard, 2022 (Folio n° 7274)

LE NAGEUR, Gallimard, 2023

Dictionnaires

AUTODICTIONNAIRE SIMENON, Omnibus, 2009, Le Livre de poche, 2011

AUTODICTIONNAIRE PROUST, Omnibus, 2011, Tempus, 2019

DICTIONNAIRE AMOUREUX DES ÉCRIVAINS ET DE LA LITTÉRATURE, Plon, 2016

Rapport

LA CONDITION DU TRADUCTEUR, Centre national du livre, 2012

Beaux livres

LE DERNIER DES CAMONDO, coédition Gallimard / Musée des Arts décoratifs, 2021

*Tous les papiers utilisés pour les ouvrages
des collections Folio sont certifiés
et proviennent de forêts gérées durablement.*

*Composition : Nord Compo
Impression Maury Imprimeur
45330 Malesherbes
le 25 septembre 2023
Dépôt légal : septembre 2023
N° d'impression : 273113*

ISBN : 978-2-07-301754-3 / Imprimé en France

559768